Três grandes cavaleiros da Távola Redonda

CLÁSSICOS ZAHAR
em EDIÇÃO COMENTADA E ILUSTRADA

O morro dos ventos uivantes
Emily Brontë

Sherlock Holmes (9 vols.)*
A terra da bruma
Arthur Conan Doyle

As aventuras de Robin Hood*
O conde de Monte Cristo*
A mulher da gargantilha de veludo e outras histórias de terror
Os três mosqueteiros*
Vinte anos depois
Alexandre Dumas

O corcunda de Notre Dame*
Victor Hugo

Os livros da Selva
Rudyard Kipling

O Lobo do Mar*
Jack London

Rei Arthur e os cavaleiros da Távola Redonda*
Howard Pyle

Os Maias*
Eça de Queirós

Frankenstein
Mary Shelley

Drácula*
Bram Stoker

20 mil léguas submarinas*
A ilha misteriosa*
Viagem ao centro da Terra*
A volta ao mundo em 80 dias
Jules Verne

* Títulos disponíveis também em edição bolso de luxo
Veja a lista completa da coleção no site zahar.com.br/classicoszahar

Howard Pyle

Três grandes cavaleiros da Távola Redonda
Lancelot, Tristão e Percival

EDIÇÃO COMENTADA E ILUSTRADA

Apresentação e notas:
Lênia Márcia Mongelli

Tradução:
Vivien Kogut Lessa de Sá

ZAHAR

Copyright da tradução © 2018, Vivien Kogut Lessa de Sá

Copyright desta edição © 2018:
Jorge Zahar Editor Ltda.
rua Marquês de S. Vicente 99 – 1º | 22451-041 Rio de Janeiro, RJ
tel (21) 2529-4750 | fax (21) 2529-4787
editora@zahar.com.br | www.zahar.com.br

Todos os direitos reservados.
A reprodução não autorizada desta publicação, no todo
ou em parte, constitui violação de direitos autorais. (Lei 9.610/98)

Grafia atualizada respeitando o novo
Acordo Ortográfico da Língua Portuguesa

Preparação: Bruno Gambarotto | Revisão: Tamara Sender, Eduardo Monteiro
Projeto gráfico: Carolina Falcão | Capa: Rafael Nobre

CIP-Brasil. Catalogação na publicação
Sindicato Nacional dos Editores de Livros, RJ

P998t
Pyle, Howard, 1853-1911
    Três grandes cavaleiros da Távola Redonda: Lancelot, Tristão e Percival: edição comentada e ilustrada/Howard Pyle; apresentação e notas Lênia Márcia Mongelli; tradução Vivien Kogut Lessa de Sá. – 1.ed. – Rio de Janeiro: Zahar, 2018.

il. (Clássicos Zahar)

    Tradução de: The story of the champions of the Round Table
    Inclui cronologia
    ISBN 978-85-378-1741-4

    1. Ficção americana. I. Mongelli, Lênia Márcia. II. Sá, Vivien Kogut Lessa de. III. Título. IV. Série.

CDD: 813

17-46562

CDU: 821.111(73)-3

Sumário

Apresentação: Histórias de armas, de amores e de sonhos,
por Lênia Márcia Mongelli 7

Três grandes cavaleiros
da Távola Redonda

Prefácio 25

A HISTÓRIA DE LANCELOT 27

O LIVRO DE SIR TRISTÃO 123

O LIVRO DE SIR PERCIVAL 287

Conclusão 363

Cronologia: Vida e obra de Howard Pyle 365

Apresentação

Histórias de armas, de amores e de sonhos

1. Preliminares

A força, a amplitude e a repercussão da chamada matéria arturiana ou "matéria de Bretanha" – versando a história do Rei Arthur e dos cavaleiros da Távola Redonda – é fato incontestável. Desde o impulso que lhe deu a *Historia Regum Britanniae* (1136), do clérigo galês Geoffrey de Monmouth, na esteira de outros que o antecederam a partir do século IX, a lenda disseminou-se principalmente pelo mundo europeu (Grã-Bretanha, França, Itália, Escandinávia, Alemanha e Península Ibérica são focos importantes) e ganhou esplêndidas edições impressas pelos séculos afora, precedidas por manuscritos ornamentados com preciosas (e dispendiosas) iluminuras,[1] já que visavam à aristocracia e à nobreza cavaleiresca, sempre interessadas em gloriosos feitos de armas – que eram, afinal, parte significativa da realidade cotidiana do homem medieval e do renascentista, inseridos no coração das grandes mudanças e das Conquistas. Arthur, o *dux bellorum* (chefe de guerra), "herói civilizador", cuja figura mitificada serviu como uma luva aos anseios de nacionalidade dos bretões e das comunidades celtas, ameaçados pelos invasores saxões desde que os romanos resolveram retirar-se da Britannia (século V), nunca deixou de alimentar o imaginário dos povos, modelo de soberano e esperança de quaisquer oprimidos, por quaisquer circunstâncias, à espera de redenção.

A vastidão dessa matéria – verdadeira "selva" de fontes entrelaçadas, reescrituras e reedições gerando outras tantas linhas de interpretação, em correntes que parecem infindáveis – ainda teve a alimentá-la os sonhos idealistas do Romantismo do século XIX, ávidos de vasculhar o que então se considerava como as misteriosas "brumas" da Idade Média, bem como as modernas mídias de nossa era contemporânea, cujos artifícios de superproduções – em âmbito teatral, cinematográfico, televisivo, gráfico, musical e etcs. – só fizeram alçar a valentia desses guerreiros ao patamar imbatível dos semideuses. As célebres

---

1. O leitor pode ter uma bela amostra deles em *La légende du Roi Arthur*, Thierry Delcourt (org.), Paris, Bibliothèque Nationale de France/Seuil, 2009.

óperas de Richard Wagner *Tristão e Isolda* (1865) e *Parsifal* (1882) não foram criações isoladas: por exemplo, Edgar Quinet dedicou uma última epopeia alegórica aos encantamentos de Merlin (1860) e Alfred Tennyson, tomando por base *A morte de Arthur* (1485), de Thomas Malory, escreveu, dentre outros, *Os idílios do Rei* (entre 1833-1874); na esteira de Quinet, Guillaume Apollinaire, já no século XX (a partir de 1909), dá uma visão bastante negativa dos amores malsucedidos do mago Merlin, não menos do que a que se oferece em *The Waste Land* (1922), de T.S. Eliot, ambientada no pós-guerra e aproveitando motivos do Santo Graal para traçar um panorama de tempos cruéis, em que as civilizações parecem desmoronar. No teatro, Jean Cocteau não desmerece a recente tradição e no seu *Cavaleiros da Távola Redonda* (1936) Merlin é um impostor, desmascarado por Galahad.

Depois desse *revival* oitocentista, que se pode considerar tanto filológico (reedição de textos antigos) quanto literário (ficção em verso e prosa), a "matéria de Bretanha" caiu de vez no gosto popular. Avalon, a famosa ilha da fada Morgana e da Dama do Lago, emprestou seu nome quer a um álbum do grupo de rock britânico Roxy Music (1982), quer à estação espacial da série *X-Men* (de 2000 em diante), conhecida pelos quadrinhos da Marvel Comics. O cinema, privilegiando a linha do espetáculo e recuperando estereótipos famosos como Robin Hood (século XII) ou Ivanhoé (1820), tem uma sequência numerosa de películas, que vai da inesquecível Ava Gardner interpretando Lady Guinevere, em *Os cavaleiros da Távola Redonda* (1953), de Richard Thorpe – tema retomado por Jerry Zucker em *Lancelot, o primeiro cavaleiro* (1995) –, passando pelo *Perceval, o Galês* (1978), de Éric Rohmer, ou, ainda, por *Excalibur* (1981), de John Boorman, até as animações pioneiras como *The Sword in the Stone* (1963), mais uma produção genial dos estúdios de Walt Disney.[2]

E as derivações para o humor, como *Monty Python* (1975)? Ou como a série televisiva *Kaamelott* (2005), de Alexandre Astier? E a restauração da pura fantasia, como no ciclo de *Conan, o Bárbaro* (1982), de Robert E. Howard, ou no de *O Senhor dos Anéis* (publicado entre 1954 e 1955), de J.R. Tolkien – livro e filme rivalizando na preferência do público? E as produções que aproveitam o veio esotérico aberto pelo escritor Jean Markale (1928-2008), muito afinado com o motivo do Graal (veja-se o jogo de vídeo *Myst*, 1993), conforme o conhecido *Indiana Jones e a última cruzada* (1989), de Steven Spielberg? Enfim, são todos

---

2. *A espada era a lei* é o título do filme no Brasil, dirigido por Wolfgang Reitherman e baseado na obra de T.H. White, *The Sword in the Stone* (1938).

indícios mais do que evidentes do vigor do mito arturiano – em seu tronco central ou em suas ramificações – por quase quinze séculos!

Howard Pyle (1853-1911), homem literalmente do século XIX, não poderia ter ficado de fora dessa avalanche de informações acerca de um tipo de tema que ele sempre prezou, por razões antes de tudo biográficas. Duas delas devem ser assinaladas, para melhor compreensão do teor da presente obra e das preferências do autor: 1) nascido em Wilmington, no estado americano de Delaware, seus ancestrais vieram, contudo, da Inglaterra (estabelecidos em Brandywine Valley desde 1682), como "imigrantes quacres" – movimento religioso britânico, protestante, bastante ortodoxo, que pregava o pacifismo e a simplicidade. Leitor ávido desde criança, tendo sido apresentado pela mãe aos contos de fadas e a obras como *Robinson Crusoé* (1719) – todas com uma "moral da história" de evidentes fins educativos –, Pyle, quer por sua origem, quer por sua formação, cultivou com convicção anseios de justiça, de ordem, de hierarquia e de caráter, os quais o universo dos cavaleiros andantes (real ou ficcional), com suas rígidas normas comportamentais, lhe oferecia à exaustão; 2) também muito cedo se manifestou o gosto de Pyle pelas artes em geral e pela pintura em particular, a ponto de o pai, vendo seu desinteresse nas aulas regulares, encaminhá-lo à Filadélfia, aos dezesseis anos, para um período de três anos junto ao artista belga Van der Wielen, quando recebeu sólida orientação sobre técnicas de desenho.[3] Foi quanto bastou para que montasse um pequeno estúdio em casa, enquanto trabalhava nos negócios de couro do pai e ia definindo, aos poucos, uma carreira pessoal, colaborando em jornais e casas editoras próximas, com desenhos e textos. Ao partir para Nova York, em 1876, ingressando na Art Students' League e sendo aceito mais tarde pela Harper and Brothers, então uma das maiores editoras do país, Howard Pyle profissionalizou-se como ilustrador de livros infantojuvenis – que foi o que o tornou célebre na América do Norte e fora dela. Diz-se, inclusive, que ele escrevia para poder recriar em imagens suas próprias histórias. Formou uma legião de grandes ilustradores, através da Howard Pyle School of Art, que ele mais uma vez montou em sua casa e a que se dedicou até quase o fim da vida.

São muito elucidativos, ainda, os princípios estabelecidos por Pyle para admissão de alunos na sua escola, conforme escreveu a um amigo editor: "Não aceitarei estudantes com deficiências em um dos três critérios: primeiro, imaginação; segundo, habilidade artística; terceiro, cor e desenho." Se os dois

---

3. Henry C. Pitz, *The Brandywine Tradition*, Boston, Houghton, Mifflin, 1969.

últimos requisitos são óbvios, tendo em vista o perfil daquela instituição de ensino, não assim o primeiro, a "imaginação" – que era a grande novidade cultural literária depois do declínio de classicismos e neoclassicismos, a partir de meados do século XVIII. A moda da "evasão", da "fuga" para lugares distantes, misteriosos e para tempos remotos como meio de suportar as agruras do presente está no cerne da óptica muito peculiar com que Pyle contempla a "matéria de Bretanha". É na fulgurante "imaginação" do autor – palpável em suas descrições de vestuários, paisagens, cenários e personagens, tratadas com a total liberdade a que ele se deu o direito – que devemos buscar resposta para a pergunta: por que reinventar justamente as aventuras de Lancelot, Tristão e Percival, no meio de 150 membros da Távola Redonda (em média), todos respeitados como "os melhores cavaleiros do mundo"? O que singulariza a trajetória de cada um dos três? Vejamos a seguir.

II. Lancelot, o que veio do Lago

No caso desta personagem – inseparável de Arthur quase como se fosse seu "duplo" –, se o leitor espera encontrar aqui o tão famoso relato de seus amores com Guinevere, saiba que Howard Pyle fez questão de contornar a tradição, conforme ele próprio afirma:

> Agora é preciso que eu mencione a amizade que havia entre Sir Lancelot e a Rainha Guinevere, pois após seu retorno à corte do rei, os dois tornaram-se tão bons amigos que não havia duas pessoas mais amigas do que eles.
>
> Estou ciente de que já se disseram muitas coisas escandalosas sobre essa amizade, mas escolhi não acreditar nesses boatos maldosos. Pois sempre haverá aqueles que adoram pensar e falar mal dos outros. No entanto, embora não se possa negar que Sir Lancelot jamais esteve com outra dama que não Lady Guinevere, ninguém jamais pôde afirmar honestamente que ela considerasse Sir Lancelot mais do que um amigo muito querido. Pois Sir Lancelot sempre jurou pela sua palavra de cavaleiro, até o último dia da sua vida, que Lady Guinevere era em todos os sentidos nobre e honrada, portanto escolhi crer em sua palavra de cavaleiro e tomar o que ele disse como a verdade. Pois não é verdade que se tornou um eremita, e que ela se tornou freira no fim dos seus dias? E não ficaram os dois de coração partido quando o Rei Arthur partiu deste mundo do modo singular como foi? É por isso que decidi pensar bem das nobres almas que são, e não mal. (p.54-5)

Depois de assim resolver, complementa: "Agora então narrarei várias aventuras maravilhosas em que Sir Lancelot se envolveu e nas quais teve completo êxito, trazendo grande glória e renome para a Távola Redonda" (p.56). Portanto, em lugar do Lancelot-amante, apenas o Lancelot-guerreiro e o brilho de suas conquistas.

Note-se que Pyle "escolheu" oferecer-nos sua versão imaginosa; que se diz ciente "dos boatos maldosos", como ele prefere classificar narrativas várias versando o triângulo Arthur/Guinevere/Lancelot; que optou por "crer na palavra do cavaleiro" e tê-la por "verdade". O curioso dessa firme tomada de posição – a falar por sua personalidade biográfica – é que Pyle assumiu quase o posto de um observador medieval, de um contemporâneo dos fatos, para quem todas essas lendas eram histórias verdadeiras e os atores delas, seres de carne e osso, não invenções ficcionais. O autor coloca-se ao lado de seu guerreiro e defende-o contra os que, a seu ver, desejam deslustrar-lhe a fama. Tendo em vista o que vimos dizendo sobre diversificação de perspectivas, quem lhe atirará a primeira pedra?

Mas de duas maneiras Pyle resguardou a verossimilhança de seu relato: 1) privilegiou algumas das fundamentais "aventuras" de que Lancelot saiu sempre vencedor – lembrando que "aventurar-se", no âmbito do romance[4] cavaleiresco, é muito mais do que sair andando à toa e entregar-se aos acontecimentos do acaso. Calogrenant, uma personagem do *Yvain, o cavaleiro do leão* (c.1170), de Chrétien de Troyes, define lapidarmente o conceito: em suas perambulações, encontra um estranho e peludo anão, que lhe pergunta "que homem é e o que procura"; "Sou um cavaleiro em busca do que não pode encontrar. Pois procuro e nada encontro", responde-lhe desanimado; "E o que querias encontrar?", insiste o estranho interlocutor; a réplica é imediata, quase uma súplica: "Aventura, para experimentar minha ousadia e bravura! Peço, pergunto e imploro: diz-me se conheces alguma aventura maravilhosa."[5] "Aventura", portanto, é experimentação – tanto do corpo, através da coragem nas batalhas e da destreza nas armas, quanto do espírito, que sai fortalecido das grandes dificuldades superadas (por isso, melhor ainda se a aventura for "maravilhosa", quer dizer, sobrenatural, mágica, inumana). Somadas várias delas – como faz aqui Lancelot – o cavaleiro adquire sua "identidade", aquela que importa nesse mundo guerreiro. 2) Sabedor disso, Howard Pyle acertou

---

4. Romance, na Idade Média, significa o texto escrito em língua vulgar e não em latim, termo com sentido, portanto, completamente diferente do romance moderno.

5. Em *Romances da Távola Redonda*, São Paulo, Martins Fontes, 1991, p.208.

quando, no Prólogo, resumiu a origem conturbada e a criação misteriosa de Lancelot, justificando ali sua extraordinária invencibilidade e sua impecável beleza: não só ele é filho de rei e traz no corpo a marca de nascença de uma linhagem nobre (a estrela dourada), como ainda cresceu em regiões subaquáticas, aos cuidados das fadas (a Dama do Lago), e foi treinado por Sir Pellias, o Cavaleiro Gentil – também do mesmo Lago –, para "justar" (lutar) com maestria. Esse diferencial de uma infância poderosa ainda vem acrescido do "anel mágico" que lhe deu sua mãe adotiva, graças ao qual ele se safou de tantos perigos, e do fato de ter sido sagrado cavaleiro pelo próprio Rei Arthur, selando ali uma forte relação, que transcende a esfera dos mortais comuns. É o que se chama de predestinação – motivo de feição bíblica, aproveitado à exaustão nos livros de cavalarias.

O material que Howard Pyle com certeza teve em mãos para fazer sua defendida "escolha" – embora não se possam precisar fontes – é um dos mais substanciosos dos legados arturianos. No ciclo da chamada *Vulgata* (século XIII), que prosifica, cristianiza e amplia relatos anteriores,[6] os cinco títulos que o compõem são conhecidos também por *Lancelot-Graal* ou *Lancelot en prose*, contando o nascimento, a ascensão e a queda do reino de Arthur: *Estoire del Saint Graal, Estoire de Merlin, Lancelot du Lac, Queste del Saint Graal, Mort Artu*. Os dois primeiros são posteriores à trilogia inicial e, desta, a história de Lancelot (chamam-na inclusive de *Lancelot propre*) é a mais longa, em vários volumes,[7] geralmente divididos em narrativas completas, com princípio, meio e fim em si mesmas – como no caso, aqui, do volume 4, *El Libro de Meleagant*, que retoma, graças à técnica do "entrelaçamento" de fontes, grande parte do *Le Chevalier à la Charrette*[8] (entre 1177-1181), de Chrétien de Troyes – talvez o mais célebre dos enredos sobre Lancelot.

Se a grandeza da personagem deve à *Vulgata* sua disseminação pelo mundo europeu e se o brilho de sua vida tão poderosa quanto trágica fora dado pela refinada pena poética de Chrétien,[9] não se deixe de mencionar o *Lanzelet*

---

6. Cf. a "Introdução" à obra a que tantas vezes remonta Pyle e que é o primeiro volume de sua tetralogia, publicado por esta editora: *Rei Arthur e os cavaleiros da Távola Redonda*, Rio de Janeiro, Zahar, 2013.

7. Já são numerosas as edições da obra; o acesso mais fácil para o leitor brasileiro talvez seja a edição espanhola de Carlos Alvar: *Lanzarote del Lago*, Madri, Alianza Editorial, 1987, 7 vols.

8. A tradução brasileira da obra está incluída no volume citado acima, na nota 3.

9. Cf. o trabalho até hoje insuperável de Ferdinand Lot, *Étude sur le Lancelot en prose*, Paris, Honoré Champion, 1918, de que toda a crítica posterior se tem beneficiado. E ainda: Jean Frappier, *Étude sur la Mort le Roi Artu*, Paris, Droz, 1936, p.87ss.

(c.1194), de Ulrich de Zatzikoven, um clérigo suíço que, ao fim de seu poema, afirma ter-se inspirado em "um livro teutônico" que lhe chegou às mãos trazido por Hugues de Morville, um dos reféns então enviados em troca de Ricardo Coração de Leão.[10] Dois aspectos precisam ser ressaltados dessa obra, porque com certeza Pyle não a desconhecia: em primeiro lugar, ela oferece um só-brio traçado antes biográfico que aventuroso da existência de Lancelot, acen-tuando a ingenuidade com que ele enfrenta o mundo ao deixar o Lago – mui-tos veem nisso uma possível influência do *Perceval* de Chrétien – e o quanto esses primeiros anos lhe moldaram definitivamente o caráter, conforme vi-mos. Em segundo, a vida amorosa de Lancelot – aqui casado com sua terceira esposa, Iblis – tangencia Lady Guinevere, que é para ele apenas a bela esposa de Arthur e a quem ele serve como leal vassalo, colocando-se a seu serviço em vários combates. Eis aí o herói circunscrito ao que Howard Pyle precisava que ele fosse para que nós, leitores, víssemos com nossos "próprios olhos, como ele arriscava sua vida pelos outros e que homem nobre e generoso era", além de "misericordioso com os fracos e oprimidos e terrível com os malfeitores" (p.120). Ou seja, um cavaleiro, assim, bem paramentado pelo figurino cortês.

III. TRISTÃO, O QUE AMOU O PROIBIDO

No famoso *lai*[11] de *Chievrefoil* (madressilva), quando sua autora Marie de France[12] descreve a mensagem cifrada que Tristão envia a Isolda, em um dos tantos en-contros disfarçados do casal – "assim como a madressilva se enrosca no tronco do avelaneiro e vivem felizes, porque se separados morrem ambos, assim ocorre conosco, bela amiga: nem vós sem mim, nem eu sem vós"[13] –, mal sabia ela que

---

10. Hendricus Sparnaay, "Hartmann von Aue and his successors", em R.S. Loomis, *Arthurian Literature in the Middle Ages*, Londres, Oxford University Press, 1959, p.430-42 (ver principal-mente o capítulo "*Lanzelet*", p.436ss). Essa estratégia de se dizer apenas o divulgador ou o coautor de uma narrativa "que lhe chegou às mãos" pelas mais diversas vias é comum entre os autores medievais, que assim procuravam dar veracidade a relatos fantásticos.

11. Trata-se de um poema curto, narrativo ou lírico, que floresceu na França entre os sécs.XII e XIV, ali introduzido pelos bardos celtas, embora se suponha que sua fonte mais próxima esteja na poesia latina medieval.

12. Não confundi-la com Marie de Champagne, a protetora das Artes filha de Luís VII da França e de Leonor de Aquitânia. No caso da autora, o topônimo "France" adicionado ao nome "Marie" parece indicar apenas o seu lugar de origem. A crítica datou os *lais* entre o período posterior a 1160 e anterior a 1189.

13. *Bele amie, si est de nus:/ Ne vuz sanz mei, ne jeo sanz vus.* Maria de Francia, *Lais*, ed. bilíngue de Luis Alberto de Cuenca, Madri, Editora Nacional, 1975, p.275.

estava formulando alguns dentre os versos mais famosos da chamada "matéria tristaniana", grandemente responsáveis pela ênfase posta, séculos afora, no caráter trágico desse lendário amor. Tanto que a eles remonta muitas vezes Denis de Rougemont, em seu estudo quase tão conhecido quanto o próprio mito de Tristão e Isolda, *O amor e o Ocidente*,[14] em que defende a teoria do "amor-paixão" vivido pelo casal como símbolo de um sentimento tão exaltado e ardente que superou até o modelo da *fin'amors* cantado pelos trovadores dele contemporâneos.

A lenda é muito antiga, cheia de variações e bem anterior à expansão dela a partir da segunda metade do século XII. Segundo especialistas, sua origem preferencialmente celta – de regiões como Irlanda, Gales, Cornualha e Bretanha – conta ainda com heranças da antiguidade clássica, de árabes e indianos, além do folclore oriental e da poderosa tradição oral de raízes indo-europeias.[15] Mas, em meio a essa extraordinária ramificação de fontes, alguns textos são unanimemente apontados como aqueles que construíram a espinha dorsal do mito tal qual o conhecemos hoje,[16] divididos no que se convencionou chamar de "versão comum" e "versão cortês".[17] No primeiro grupo, considerado o veio mais antigo, mais popular e menos distante do arquétipo desaparecido de que se tem notícia, estão o fragmento de 4.485 versos de Béroul (c.1180); emendado pelo *Tristrant*, do alemão Eilhart von Oberg (c.1185) – um dos raros enredos "completos" da história do casal; e o poema episódico da *Folie Tristan*, exemplar de Berna (572 versos), conforme é designado. No segundo grupo, tem-se *Le roman de Tristan* (c.1173), única obra conhecida do poeta anglo-normando Thomas; que influenciou diretamente o *Tristan und Isold* (c.1210), do alemão Gottfried von Strassburg (19.500 versos), tido por muitos como a obra-prima no gênero[18] e inspiradora de Wagner; e a *Folie Tristan*, exemplar de Oxford (998 versos), mais extenso e mais completo do que o de Berna.[19] Para encerrar

---

14. Denis de Rougemont, *O amor e o Ocidente*, Rio de Janeiro, Guanabara, 1972, p.58ss. (Há outra edição brasileira, mais recente, dessa obra: *História do amor no Ocidente*, São Paulo, Ediouro, 2ª ed. rev., 2003).

15. Helaine Newstead, "The origin and growth of the Tristan Legend", em R.S. Loomis, op. cit., p.122-33.

16. De fácil acesso para o leitor brasileiro é o verbete "Tristão" do *Dicionário de mitos literários*, Pierre Brunel (org.), Rio de Janeiro, José Olympio, 3ª ed., 2000, p.889ss.

17. Philippe Ménard, "La fortune de Tristan", em *La légende du Roi Arthur*, op.cit., p.172-87.

18. Há edição acessível em espanhol: Gottfried von Strassburg, *Tristán e Isolda*, org. Bernd Dietz, Madri, Siruela, 1987.

19. Em uma bela "edição de bolso", dirigida pelo renomado Michel Zink, é possível consultar integralmente todos esses fragmentos: *Tristan et Iseut. Les poèmes français. La saga norroise*, trad. e coment. de Daniel Lacroix e Philippe Walter, Paris, Librairie Générale Française, 1989.

essa enumeração das fontes que, de uma maneira ou de outra, interessaram a Howard Pyle, lembre-se que em 1900 Joseph Bédier, o filólogo-romanista de origem bretã, publicou seu *Tristan et Iseut*[20] em francês moderno, destinado a um amplo público e com largo sucesso, porque, atento à atmosfera de fim de século, ele "suaviza" a tradição e oferece da lenda um relato mais delicado, mais policiado em seus pormenores cruentos – tal qual faz também Pyle.

O que se entende por "versão comum" e "versão cortês" do mito, ou, de preferência, por "feição épica" ou "feição lírica" dele? A primeira está mais próxima dos primitivos relatos, de certo modo aparentada com as canções de gesta e imersa na dureza do mundo feudal, com suas rígidas leis, a crueza de seu sistema jurídico e um conceito muito específico de família e de linhagem – condicionando, evidentemente, as reações das personagens centrais e sua concepção de amor. Já a segunda – cuja conformação foi sem dúvida inaugurada por Thomas – tem a marca da "cortesia" trovadoresca,[21] das relações de vassalagem já bastante hierarquizadas e de um sentido de Amor (com maiúscula) à margem de regras, transgressor e talvez por isso mesmo quase sempre trágico, tendo em vista a moral cristã apregoada pela sociedade ocidental em que a lenda se instalou, paradoxalmente, como em casa própria.

É bem conhecida a liberdade com que os copistas medievais manipulavam essas narrativas recebidas das mais diversas proveniências, sobre as quais aplicavam a técnica retórica da *abreviatio* ou da *amplificatio* segundo as conveniências de momento ou a natureza da "encomenda" feita por algum mecenas ao seu "adaptador" de ocasião. E, ainda, conforme a essência das narrativas míticas, elas vão somando acréscimos dos tempos que cruzam: por exemplo, por influência da "novela sentimental" posta em voga a partir do século XVI,[22] a tendência é privilegiar ou os soberbos feitos cavaleirescos de Tristão (escolha muito clara de Howard Pyle) ou a questão amorosa que tornou famoso o casal gaélico. Por isso temos tantas concepções do mito quantas foram as histórias

---

20. No Brasil, a adaptação de Afrânio Peixoto a esta obra teve várias edições: Béroul, Thomas, Eilhart & Joseph Bédier, *Tristão & Iseu*, São Paulo/Brasília, GRD/INL, 5ª ed., 1976.

21. A título de curiosidade, convém saber que a história dos amores de Tristão e Isolda circulava já desde o início do séc.XII entre os trovadores, como mostra, por exemplo, a referência que Bernart de Ventadorn faz a Tristão, comparando os sofrimentos do cavaleiro aos seus próprios, longe de sua *patronesse* Leonor de Aquitânia: cf. a estrofe IV do poema *Tant ai mo cor ple de joya* ("Tenho meu coração cheio de alegria"), em Martín de Riquer, *Los trovadores. Historia literaria y textos*, Madri, Ariel, 2001, v.I, p.372-5.

22. Ver *Tristán de Leonís*. Valladolid, Juan de Burgos, 1501, org. Mª Luzdivina Cuesta Torre, Alcalá de Henares, Centro de Estudios Cervantinos, 1999. (A Introdução a esta obra é bastante útil.)

que sobre ele se compuseram (literárias, escultóricas, pictóricas, musicais, dramatúrgicas etc.), de maior ou menor qualidade, mais ou menos completas.

Apesar disto, é inegável a força de "união" trazida pelo *Tristan en prose* (1230-35),[23] que teve por modelo o *Lancelot-Graal*, com ele ombreando não só em extensão, como em significado[24] perante um conjunto até então bastante disperso. Mesmo assim mais coeso, já os primeiros intérpretes da obra constataram sua autoria anônima, apesar das especulações, e também sua indiscutível formação a partir de pelo menos três elementos, a dificultar a questão das "origens": as primitivas narrações de *Tristan*, os romances de cavalaria e a invenção dos prosadores.[25] Quanto ao que aqui nos importa, pode-se depreender que foi do *Tristan en prose* que Howard Pyle alimentou o essencial de sua sempre particular inspiração (é o assunto a que dedicou mais capítulos, quatorze, contra oito para Lancelot e cinco para Percival). Parece que também a partir dali decidiu dividir sua história em três partes, a segunda delas uma espécie de parêntese voltado para as aventuras de cavalaria, e as outras duas descrevendo a tumultuada relação dos amantes – arranjo estrutural legitimado pelo tipo de composição que é o *Tristan en prose*.

Embora claramente rendido aos atrativos da indômita bravura guerreira de Tristão[26] – sua invencibilidade, tão cedo atestada pela vitória sobre Marhaus, é confirmada pela derrota do terrível Nabon, o Negro –, Pyle sucumbiu à misteriosa beleza de uma Paixão que teve a moldá-la a magia (o filtro do amor), o Destino (os barcos à deriva), a perseverança (contra a implacável perseguição de Mark e seus barões) e a loucura (ausência da amada). Porém, coerentemente com suas decisões sobre o *affair* de Lancelot e Guinevere, Pyle faz o Rei Ar-

---

23. Cf. os vários volumes que integram a coleção Textes Littéraires Français, sob a direção geral de Philippe Ménard, mas tendo cada tomo editado por diferentes estudiosos e em diferentes datas, todos publicados pela Librairie Droz de Genebra.

24. Inclusive com ele estreitamente entrelaçado, como mostram as diversas interpolações não só com a *Queste del Saint Graal*, como também com o *Mort Artu*, integrando definitivamente a personagem de Tristão no mundo da Távola Redonda. Ver o estudo minucioso e a interpretação instigante de Emmanuèle Baumgartner, *Le "Tristan en Prose". Essai d'Interprétation d'un Roman Médiéval*, Genebra, Droz, 1975. E ainda: "The Prose Tristan" (Emmanuèle Baumgartner, trad. Sarah Singer), em *The Arthur of the French*, Glyn S. Burgess e Karen Pratt (orgs.), Cardiff, University of Wales Press, 2006, p.325-41.

25. Ver o trabalho pioneiro de Eilert Löseth, *Le roman en prose de Tristan, Le roman de Palamède et la Compilation de Rusticien de Pise. Analyse critique d'après les manuscrits de Paris*, Paris, Émile Bouillon Éditeur, 1890.

26. Como disse o próprio autor: "Quando comecei a escrever esta história, não pretendia contar tanto sobre Sir Tristão quanto acabei fazendo. Mas, quanto mais me embrenhava nesta história, mais percebia quanta nobreza e lealdade cavaleiresca havia em Sir Tristão." (p.279)

thur perguntar a Isolda, suscitando-lhe, segundo o autor, algum conflito de consciência: "É melhor viver honradamente, mas infeliz, ou sem honra, mas feliz?" (p.281). A trégua que, a partir daí, apazigua o triângulo Tristão, Isolda e Mark não é duradoura; a saudade aperta, o par volta a encontrar-se e a morte é iminente: vendo Tristão inerte, Isolda tomba sobre ele. Comovido, o narrador encerra: "Creio que não era possível que a alma de um daqueles dois amantes abandonasse o corpo sem que a outra também o fizesse, para que pudessem ficar juntos no Paraíso" (p.284).

Os ecos dessa morte – teatral em sua trágica singeleza – comoveram ouvintes e leitores dos séculos XV e XVI, em diversas versões de um famoso *romance*[27] popular espanhol anônimo, que termina assim:

> Júntanse boca con boca,
> juntos quieren dar el alma;
> llora el uno, llora el otro,
> la tierra toda se baña;
> allí donde los entierran
> nace una azucena blanca.[28]

IV. PERCIVAL, O QUE CONTEMPLOU O GRAAL

Leia-se com atenção o excerto a seguir:

> Três cavaleiros vinham pela estrada: Gwalchmei, Gweir e Owein.
> – Mãe – perguntou Peredur –, quem são esses que vêm?
> – São anjos, filho meu – respondeu-lhe ela.
> – Aposto que vou com eles, como um anjo também.
> E, dizendo isto, Peredur correu até a estrada para vê-los.
> – Diz-me, pequeno – falou Owein –, não viste um cavaleiro passar por aqui, hoje ou ontem?
> – Não sei o que é um cavaleiro.

---

27. *Romance*, aqui, é hispanismo, referindo um tipo de texto que é reunido pelo *Romancero* espanhol. Neste caso, *romances* são poemas épico-líricos breves, que se cantam ao som de um instrumento, em reuniões de entretenimento ou de trabalho comum.
28. Em tradução literal: "Juntam-se boca com boca,/ juntos querem dar a alma;/ chora um, chora outro,/ a terra toda se banha;/ ali onde foram enterrados,/ nasce uma açucena-branca." Ramón Menéndez Pidal, *Flor nueva de romances viejos*, Madri, Espasa-Calpe, 1985, p.60.

– É o que sou.

– Se quiseres responder às minhas perguntas, responderei às tuas.

– Com muito gosto – disse Owein.

– O que é isto?

– Um arreio de montar – disse-lhe Owein.

Peredur interrogou-o depois sobre peças de sua equipagem, sobre armamento, cavalos, homens; interrogou sobre as coisas a que eles aspiravam e as que podiam fazer. Owein lhe explicou tudo.

– Segue adiante – disse-lhe Peredur. – Já sei a espécie de homem que procuras. Vou seguir-te. E regressou até onde sua mãe estava.

– Mãe, não são anjos – disse-lhe –, são cavaleiros *ordenados*.

Meu caro leitor, o que você acabou de ler não é a cena que Howard Pyle narra, quase nos mesmos termos, nas páginas 297-98 deste livro. Trata-se do conto (ou *mabinogion*) "Peredur ab Evrawc",[29] uma das possíveis fontes em que se inspirou Chrétien de Troyes para compor o seu *Perceval ou Le Conte Du Graal*[30] (c.1191), obra seminal que abriu as portas de outro fértil afluente de histórias sobre a matéria arturiana, com "ciclo" próprio de prosadores. Os *mabinogion* célticos são criações galesas (registrados a partir do século XI ao fim do século XIII), com importante parcela de oralidade em sua transmissão, reunindo conhecimentos que formavam a bagagem literária de um *mabinog* – ou seja, um aprendiz de bardo, de homem letrado. Daí seu forte pendor para o mistério, a magia, o segredo, conforme se exigia dos detentores dessas informações, dos quais o mais conhecido será o mago Merlin – justamente o que se perdeu porque revelou o que não devia.

Enredos como esse proveram a invejável imaginação de Chrétien, a quem se atribui o precioso feito de ter trazido para o seio da Távola Redonda a lenda do Graal[31] – assunto que é pré-cristão, muito anterior às aventuras dos cavaleiros de Arthur. E foi principalmente a essa obra de Chrétien que Howard Pyle remontou, embora também aqui tenha feito suas "escolhas": por exemplo,

---

29. *Los Mabinogion. Romances galeses del medioevo*, seleção, trad. e notas de Carlos Dubner, Barcelona, Teorema, 1984, p.140. Ver, ainda, Ian Lovecy, "Historia de Peredur ab Efrawg", em *The Arthur of the Welsh*, org. R. Bromwich et alii, Cardiff, University of Wales Press, 1991, p.171.

30. Chrétien de Troyes, *Perceval o El cuento del Grial*, trad. de Martín de Riquer, Madri, Espasa-Calpe, 1961.

31. Christine Ferlampin-Acher, "Le Graal et la quête mystique", em *La légende du Roi Arthur*, op.cit., p.188.

reservou apenas duas páginas finais para tratar rapidamente das relações de Percival com o Graal (prometendo voltar a elas em outra ocasião, como diz à p.361), preferindo deter-se em algumas de suas monumentais aventuras (como a do castelo de Beaurepaire ou o encontro com Sir Lamorack), sem esquecer as peripécias da infância e juventude do rapaz criado em "uma erma e solitária floresta", só com a mãe, longe de tudo e de todos. A personagem de Sir Gawaine, a que Chrétien cedeu quase metade de seu livro depois de interromper o relato dos feitos de Percival, teve rápida referência, porque Pyle – romântico, já o sabemos – decidiu contar sobre Lady Yvete, a amada que colocou ao lado do herói galês e que este, depois de muitas andanças em busca de glórias, encontrou morta.

Caso o leitor tenha alguma familiaridade com a "matéria de Bretanha" e esteja se perguntando se, afinal, foi Percival ou Galahad (o filho de Lancelot, de cujo "brilho" Pyle fala à p.41) quem viu o Graal, convém saber: ambos, mas em circunstâncias muito diferentes, porque em tempos bem diversos. Depois que Chrétien contou sua bela lenda, na qual o jovem estouvado presencia a entrada do Graal mas perde a oportunidade de com ele interagir e salvar todo um reino em decadência, o poeta francês Robert de Boron (início do século XIII) oferece outra decisiva versão do mesmo tema, agora cristianizado: no seu *Persival*, transforma o recipiente do Graal no cálice que teria recolhido o sangue de Cristo na cruz.[32] No ciclo da *Vulgata*, logo a seguir e em prosa (meados do século XIII), o papel de Percival é cedido a Galahad, cuja imaculada pureza o qualifica para a experiência mística do Graal e, com ele, justifica sua ascensão ao céu, levado por uma coorte angélica.[33]

Rios de tinta rolaram, depois que Chrétien morreu sem concluir seu livro e deixando de responder à famosa pergunta "A quem serve o Graal?", que teria feito do jovem Percival um outro cavaleiro. Tanto que seus "continuadores", todos do século XIII – em um número formidável de manuscritos –, foram

---

32. Na mesma direção, mas em parâmetros um pouco mais esotéricos, caminhou o anônimo autor de *Perlesvaus o El alto libro del Graal* (no original francês: *Li hauz livres du Graal*, c.1215) – o primeiro que se apresenta já em magnífica prosa. O interessante nessa obra é que ela oferece uma etimologia para o antropônimo "Perlesvaus": segundo essa versão, o herói teria conhecido seu pai e foi ele que lhe deu o nome, significando "o que perdeu os vales"; com isto, passava-lhe a responsabilidade de recuperar suas terras usurpadas e de vingar os que lhe destroçaram a linhagem. Cf. o "Posfácio" de Victória Cirlot, responsável pela edição; Madri, Siruela, 1986, p.385.

33. Cf. a "Introdução" de Irene Freire Nunes à sua edição da *Demanda do Santo Graal*, Lisboa, Imprensa Nacional-Casa da Moeda, 1988.

publicados pela crítica,[34] que os distinguiu qualitativamente: se o primeiro, anônimo, escreveu sem conhecer outros romances do Graal, e se o segundo (Wauchier de Denain) enumera sucessivos feitos aventurosos do herói (muitos dos quais parecem ter inspirado Pyle), Gerbert e Manessier, que trabalham afinados, realmente compõem um epílogo para a história – não só Percival regressa ao castelo de Beaurepaire e se casa com Brancaflor, como, antes de morrer, é coroado rei em Corberic, podendo servir-se abundantemente do Graal.[35]

Teria o poeta alemão Wolfram von Eschenbach (c.1160/80-1220) aí buscado lições para compor também sua história completa, *Parsifal*[36] (entre 1200 e 1210) – principal fonte da ópera de Wagner com o mesmo nome? *Minnesinger* (trovador), protegido do Conde de Werthein, que lhe abriu as portas da vida cortesã – onde vicejavam os *Lais* de Marie de France e o *Tratado de amor* de Andreas Capellanus –, Wolfram, sem menosprezar o enredo do mentor Chrétien, trouxe para a matéria pelo menos duas importantes contribuições: 1) privilegiou o Amor (claro antecedente, portanto, de Pyle), que divide com o Graal os interesses do herói, ficando este muitas vezes esquecido em favor de interesses mais mundanos, como os jogos da corte e as brincadeiras eróticas, de que nos são oferecidas soberbas e pormenorizadas descrições, em episódios perpassados de sensualismo pagão – completamente alheios às exigências do eremita Treveszent: "no momento em que alguém se dispõe a servir ao Graal, deve igualmente renunciar ao amor da mulher" (p.265), advertência que será a síntese do rigor ascético na *Demanda do Santo Graal*. 2) Se, já o dissemos, a autoria de textos como este é sempre atribuída, na tradição medieval, a algum "livro" de que o "copista" atual é só o porta-voz[37] – algum manuscrito em latim, certo presente de alguém da nobreza e até uma "revelação de Deus" –, pode-se afirmar que Wolfram requintou o modelo, como está contado na última parte do Livro IX: o manuscrito teria sido encontrado por Kyot, "renomado mestre", em Toledo, em código, e cedido a Wolfram, com a recomendação expressa de que guardasse segredo. Tudo isto por causa da curiosa proveniência do exem-

---

34. *El cuento del Grial de Chrétien de Troyes y sus continuaciones*, prólogo e trad. de *Cuento del Grial* por Martín de Riquer; trad. das *Continuaciones* por Isabel de Riquer, Madri, Siruela, 1989.

35. Cf. Albert Wilder Thompson, "The additions to Chrétien's *Perceval*", em R.S. Loomis, op.cit., p.206.

36. Há uma tradução brasileira: Wolfram von Eschenbach, *Parsifal*, trad. de Alberto Ricardo S. Patier, Brasília, Thot Editora, 1989.

37. Mª Carmen Marín Pina, "El libro encontrado y el tópico de la falsa traducción", em *Páginas de sueños. Estudios sobre los libros de caballerías castellanos*. Zaragoza, Institución Fernando el Católico, 2011, p.69-84.

plar: "Outrora, vivia um pagão chamado Flegetanis, afamado por sua notável sabedoria. Esse naturalista era da raça israelita e descendia de Salomão. Sua origem recuava ao tempo em que o batismo se tornara nosso escudo contra as penas do Inferno. Foi esse homem que redigiu os originais do Graal" (p.240). Verdade? Mentira? Por acaso tal pergunta cabe, ou mesmo interessa, segundo o que vimos informando? Ninguém (e Howard Pyle muito menos) parece tê-la feito com convicção...

V. E QUAL A MORAL DA(S) HISTÓRIA(S)?

O próprio autor dá-nos a pista, quando conclui assim a narrativa de seus biografados: "Espero que tenham se deleitado em pensar sobre a vida deles e os seus feitos, tanto quanto eu. Pois, enquanto escrevia e pensava sobre o comportamento deles, pareceu-me que eram o melhor exemplo a ser seguido por qualquer um que queira progredir na vida, neste mundo cheio de enganos a consertar" (p.363). Pelo menos três aspectos são imediatamente compreensíveis: "deleitar" e "pensar" – composto que é de raiz horaciana, *prodesse* e *delectare*[38] – como mecanismos de fruição da boa leitura; ter nas difíceis proezas desses cavaleiros o "melhor exemplo" de vida; com a finalidade, talvez, de tentar "consertar" o nosso mundo "cheio de enganos".

O que, no entanto, é mais sutil no contexto literário da cavalaria andante é a ideia de "progredir na vida". Por esse viés podemos responder à pergunta que fizemos de início, sobre o que teria motivado Pyle a escolher Lancelot, Tristão e Percival dentre os mais ou menos 150 "melhores cavaleiros do mundo". Por que eles? Não bastasse o atraente currículo das conquistas de cada um, todos têm em comum o tema que a crítica francesa chama de *enfance du héro* – referindo seu nascimento excepcional.[39] Desse ângulo, consideremos:

1) *Lancelot*: ainda bebê, perde o pai, o Rei Ban, que sucumbe ao ver seu castelo em chamas e suas terras tomadas pelo Rei Claudas; a mãe, a Rainha Helen, após a morte do marido, só tem ao filho, que, no entanto, é levado pela Dama do Lago. Mesmo com a promessa de ter o menino devolvido, ela não resiste à tristeza e tranca-se em um convento. *Tristão*: seu pai, o Rei Meliadus

---

38. Assim concebeu Horácio as duas principais funções da magna Poesia. *A poética clássica. Aristóteles, Horácio, Longino*, trad. de Jaime Bruna, São Paulo, Cultrix, p.55-69.
39. Victória Cirlot diz, inclusive, que esse "motivo" gerará a "ideia cíclica, evolutiva e biográfica do posterior *roman* em prosa". Cf. seu "Posfácio" citado acima, na nota 32.

de Lyonesse, sai para caçar e cai nas artimanhas de uma formosa feiticeira, que estava por ele apaixonada e que o atrai, por magia, a seu castelo, onde o faz prisioneiro. A mãe, Lady Elizabeth, irmã de Mark da Cornualha, vendo que o marido não retorna, enlouquecida de dor, sai a procurá-lo na floresta e ali, só com sua dama de companhia, dá à luz Tristão, aquele "que fez com que tantas lágrimas rolassem". *Percival*: depois de desentender-se com Arthur, o Rei Pellinore é obrigado a exilar-se na floresta, com sua mulher e seus quatro filhos, Lamorack, Aglaval, Dornar e o caçula Percival, de apenas três anos. Mortos o pai e dois dos irmãos, em escaramuças com a família de Sir Gawaine, só restam Lamorack – que é cavaleiro – e o pequeno Percival, que vive completamente isolado, até os dezesseis anos, em uma torre com a mãe, temerosa de também perdê-lo. Dessa síntese, pode-se depreender que os três heróis viveram anos conturbados nos primórdios de sua existência e que, de uma maneira ou de outra, receberam como uma espécie de "ponto de honra" a obrigação de resgatar a grandeza da memória de seus pais, restabelecendo, pelas armas, o poderio das respectivas linhagens.

2) Em função disto – e eis o lado quase "psicanalítico" que parece ter fascinado Howard Pyle –, são rapazes inexperientes quando saem pelas encruzilhadas à cata de aventuras, ingênuos e até inocentes, tendo que se defrontar com perigos insuspeitados e com a obrigação de vencer medos, contando com a ajuda antes de tudo de si mesmos. Por mais que seu destino tenha sido traçado no Alto – o que é tão do gosto da tradição celta e da cristã –, e que tenham sido protegidos por anéis ou amuletos de entidades benfazejas, o que prevalece mesmo é sua força física e moral. Que vai sendo adquirida aos poucos, ao longo do árduo caminho...

LÊNIA MÁRCIA MONGELLI

Lênia Márcia Mongelli é professora titular do Departamento de Letras Clássicas e Vernáculas da USP. Além da carreira docente, é crítica literária, especializada em literatura portuguesa e brasileira, com interesse central pela Idade Média. É sócio-fundadora da Abrem – Associação Brasileira de Estudos Medievais e membro da Associación Hispánica de Literatura Medieval. Dentre outros livros, publicou *Por quem peregrinam os cavaleiros de Artur*; *Fremosos cantares: Antologia da lírica medieval galego-portuguesa*; *Palmeirim da Inglaterra* (com Raúl Cesar Gouveia Fernandes e Fernando Maués); e organizou *E fizerom taes maravilhas... Histórias de cavaleiros e cavalarias*.

TRÊS GRANDES CAVALEIROS da TÁVOLA REDONDA

Prefácio

Num livro que escrevi nos tempos de outrora e que foi levado a lume, contei bastante da história do Rei Arthur:[1] como ele revelou sua realeza ao obter a maravilhosa espada mágica que arrancou da bigorna; como estabeleceu seu reino; como encontrou uma espada esplêndida pelo nome de Excalibur por um maravilhoso milagre; como conquistou a dama mais bela do mundo para ser sua rainha; e como estabeleceu a famosa Távola Redonda, composta de cavaleiros nobres e dignos, cujas proezas o mundo jamais vira e dificilmente tornará a ver algum dia.

Naquele livro também contei as aventuras de certos cavaleiros valorosos, e como o mago Merlin foi traído e arruinado pela grande feiticeira Vivien.

Agora, se por acaso acharam aquele livro divertido, tenho muitas esperanças de que esta continuação lhes traga igual prazer. Isto porque passarei agora a tratar das aventuras de alguns outros homens notáveis que vocês já devem ter encontrado no meu livro ou de outra forma, além das aventuras de outros notáveis, que até agora não tinha narrado.

Acredito que se divertirão especialmente lendo as aventuras de um grande cavaleiro que tinha o espírito mais nobre e belo e o coração mais valente de todos os cavaleiros que jamais existiram – exceto somente o seu próprio filho,

---

1. Trata-se de Howard Pyle, *Rei Arthur e os Cavaleiros da Távola Redonda*; apresentação e notas Lênia Márcia Mongelli; tradução Vivien Kogut Lessa de Sá. Rio de Janeiro: Zahar, 2013.

Galahad,[2] que foi a glória máxima da sua família, do seu nome e do reino do Rei Arthur.

Todavia, se virem que por vezes o comportamento de Sir Lancelot do Lago deixa a desejar, quem é que poderá dizer: "Jamais cometi erro algum"? E se, em mais de uma ocasião, ele foi violento, quem haverá de ter a audácia de dizer: "Jamais cometi desacato algum"?

Sim, aquilo que faz Lancelot tão singularmente caro ao mundo todo é o fato de que não era diferente dos outros homens, mas sim igual a eles, tanto nas suas virtudes quanto nos seus defeitos. Apenas foi mais forte e mais valente e mais incansável do que aqueles de nós que somos seus irmãos, tanto nas nossas conquistas quanto nos nossos fracassos.

---

2. Galahad ou Galaaz, "o sergente (servo) de Jesus Cristo", o "puro dos puros", é o protagonista da novela de cavalaria *Demanda do Santo Graal* (pergaminho do séc.XV, cópia de manuscrito francês anterior), célebre por ter sido "eleito" a contemplar o Santo Cálice ("Santo Graal"), onde teria sido colhido o sangue de Cristo, na versão cristã. É filho de Lancelot do Lago e da donzela Amida, filha do Rei Peles (também chamado "Rei Pescador"), tendo sido concebido graças a um equívoco: no castelo de Peles, Brisaina dá a Lancelot uma bebida e leva-o a dormir com a filha do rei, fazendo-o supor que se trata da Rainha Guinevere, dama de seus cuidados.

A
HISTÓRIA
de
LANCELOT

Sir Lancelot do Lago

SUMÁRIO

Prólogo *31*

Capítulo Primeiro
Como Sir Lancelot partiu do castelo encantado no lago e retornou
ao mundo dos homens, e como o Rei Arthur o sagrou cavaleiro *43*

Capítulo Segundo
Como Sir Lancelot e Sir Lionel partiram juntos como cavaleiros errantes
e como Sir Lionel encontrou Sir Turquine, para sua grande desgraça.
E também como Sir Ector lamentou a partida de seu irmão Lancelot e,
seguindo-o, acabou dando numa aventura muito infeliz *57*

Capítulo Terceiro
Como Sir Lancelot foi encontrado adormecido pela Rainha Morgana,
a Fada, e três outras rainhas que estavam com ela, e como foi levado
a um castelo da Rainha Morgana e o que lhe aconteceu lá *64*

Capítulo Quarto
Como Sir Lancelot saiu em busca de Sir Lionel e como uma jovem donzela
o levou à pior luta que jamais travara em toda a sua vida *72*

Capítulo Quinto
Como Sir Lancelot partiu numa aventura acompanhado da donzela Croisette,
e como derrotou Sir Peris, o Selvagem da Floresta *81*

Capítulo Sexto
Como Sir Lancelot participou do torneio entre o Rei Bandemagus
e o Rei de Gales do Norte, e como venceu aquela batalha
para o Rei Bandemagus *89*

Capítulo Sétimo

Como Sir Lancelot se viu no maior apuro da sua vida. E também como libertou um castelo e uma vila infelizes dos gigantes que os aprisionavam, e como libertou de uma masmorra o senhor do castelo *98*

Capítulo Oitavo

Como Sir Lancelot salvou Sir Kay de uma situação perigosa e também como trocou sua armadura com Sir Kay e o que aconteceu *110*

Conclusão *121*

Prólogo

Num livro que escrevi sobre as aventuras do Rei Arthur à época em que se tornou rei, já foi contado como havia alguns reis menores que o apoiaram e lhe serviram de aliados e amigos, e como havia alguns outros que eram seus inimigos.

Entre os seus amigos havia o Rei Ban de Benwick,[3] que era extraordinariamente nobre, senhor de muitas terras e de grande honra, e que vinha de uma linhagem tão importante que dificilmente havia alguém no mundo que fosse de mais alta estirpe.

Assim, certa vez, o Rei Ban de Benwick viu-se em grandes dificuldades, pois tinha se erguido contra ele um poderoso inimigo, qual seja, o Rei Claudas da Escócia.[4] O Rei Claudas foi até Benwick com um exército enorme de cavaleiros e lordes, que se postaram em frente ao castelo de Trebes com a intenção de conquistar aquela fortaleza e destruí-la.

Sobre o Rei Ban e suas desventuras

---

3. Personagem importante dentro da "matéria arturiana" ou "matéria de Bretanha", por ser pai de Lancelot do Lago e marido de Helen ou Elaine, a "Rainha do Grande Sofrimento" (conforme o autor explicará adiante). Por intervenção do mago Merlin, é amigo e vassalo do Rei Arthur desde a juventude, além de um de seus principais aliados. Ausente para uma campanha de guerra, é traído e vê arder em chamas seu castelo de Trebes ou Trebes; sucumbe à dor da derrota e morre.

4. Também conhecido como Claudas da Terra Deserta, cujas possessões limitam com as terras de Ban e com Gaunes; é o antagonista de Arthur e seus aliados, vencendo-os muitas vezes por *felonia* (traição). Acrescenta às vitórias as humilhações a que submete Arthur, Guinevere e os herdeiros legítimos dos referidos reinos. É derrotado por Lancelot, que decide vingar o desrespeito à sua família.

O nobre castelo de Trebes era o bastião mais importante e resistente de todos os domínios do Rei Ban, e portanto foi ali que se entrincheirara o Rei com todos os seus cavaleiros e com sua rainha, chamada Helen, e seu filho mais jovem, chamado Lancelot.

Pois bem, essa criança, Lancelot, era o que a Rainha Helen tinha de mais querido no mundo, pois era não só robusto mas possuía um rosto tão extraordinariamente belo que creio que nem um anjo do Paraíso pudesse ser mais belo. Tinha uma marca de nascença no ombro que era assaz singular, parecida com uma estrela dourada estampada na pele. Por causa disso a Rainha costumava dizer:

– Lancelot, por causa desta estrela no teu ombro creio que serás a estrela de nossa família e que brilharás com tal glória que todo o mundo se deslumbrará com o teu brilho por todo o sempre.

E assim a Rainha era profundamente encantada com Lancelot e o amava do fundo do seu coração – embora, quando dizia essas coisas, não soubesse o quanto essa sua profecia sobre a estrela[5] acabaria se confirmando.

Pois bem, embora o Rei Ban se julgasse muito seguro no seu castelo de Trebes, o Rei Claudas trouxera um exército tão extraordinariamente numeroso que ocupou toda a ravina. Muitas grandes lutas foram travadas sob as muralhas do castelo, de modo que, quanto mais o Rei Claudas ia se fortalecendo, mais o lado do Rei Ban se enfraquecia e se apavorava.

O Rei Ban se lembra do Rei Arthur

A situação foi piorando de tal maneira que o Rei Ban acabou por lembrar-se do Rei Arthur, então disse a si mesmo: "Irei até meu senhor, o Rei, e pedirei sua ajuda e apoio, pois ele certamente os dará. Não confiarei em nenhum mensageiro, cuidarei disto eu mesmo; eu mesmo irei até o Rei Arthur e avisá-lo-ei com minhas próprias palavras."

Tendo tomado essa decisão, mandou que a Rainha Helen viesse até seus aposentos particulares e disse-lhe:

– Meu querido amor, nada me resta a não ser ir à corte do Rei Arthur e pedir-lhe que me preste sua poderosa ajuda no auge desta nossa desfortuna. Tampouco confiarei em algum mensageiro senão eu mesmo. Bem, este castelo não é lugar para ti enquanto eu estiver fora, portanto, após minha partida, levar-te-ei

---

5. É comum nas novelas de cavalaria em geral, tanto as medievais quanto as renascentistas, o nascimento miraculoso do herói, via de regra predestinado a grandes feitos desde o berço, recurso que remonta à Antiguidade e aos semideuses, sempre portadores de alguma marca da sua parcela de humanidade. O leitor pode conferir o *Amadis de Gaula* (1508) ou o *Clarimundo* (1520), magníficos exemplares no gênero.

e a Lancelot comigo, e os deixarei ambos na segurança da corte do Rei Arthur com nosso outro filho, Sir Ector, até que esta guerra termine.

E a Rainha Helen a isto assentiu.

Então o Rei Ban chamou o senescal[6] do castelo, que se chamava Sir Malidor, o Moreno, e disse-lhe:

– Meu Senhor, parto hoje à noite por uma passagem secreta com a intenção de me apresentar ao Rei Arthur, e solicitar sua ajuda neste grande apuro. Além disto, levarei comigo minha dama e o jovem Lancelot para deixá-los aos cuidados do Rei Arthur durante estas guerras devastadoras. Além deles não levarei comigo ninguém mais, exceto meu escudeiro[7] favorito, Foliot. Agora peço-lhe, Senhor, que defenda este castelo por mim com toda a sua força e ímpeto, e não ceda aos inimigos sob qualquer circunstância, pois creio que retornarei dentro de pouco tempo com ajuda do Rei Arthur para defender este lugar.

Assim, quando a noite fez-se muito escura e quieta, o Rei Ban, a Rainha Helen e o pequeno Lancelot, junto com o escudeiro Foliot, saíram da vila sorrateiramente através de um portão lateral. De lá seguiram por um caminho secreto, conhecido só de muito poucos, que passava por um declive íngreme e pedregoso, protegido por muros de pedra dos dois lados que eram bem altos, até que alcançaram um local seguro longe do exército do Rei Claudas e a floresta do vale abaixo. A floresta permanecia muito quieta, solene e escura no silêncio da noite.

O Rei Ban, com a Rainha Helen e Lancelot, escapa de Trebes

Uma vez alcançada a segurança da floresta, o pequeno grupo seguiu viagem com toda pressa que podia até que, pouco antes da aurora, chegaram à beira de um lago num prado aberto no fundo da floresta. Ali pararam para descansar um pouco, pois a Rainha Helen tinha ficado muito cansada da viagem árdua e apressada que tinham feito.

Pois bem, enquanto ali estavam descansando, Foliot falou de repente, dizendo ao Rei Ban:

– Senhor, que luz é aquela clareando todo o céu lá longe?

Então o Rei Ban olhou brevemente e logo disse:

Foliot vê uma luz

– Parece-me que deve ser a aurora que se aproxima.

---

6. Cargo de alta responsabilidade, designa o mordomo-mor, o superintendente ou o vedor de certas casas reais. Em alguns casos, juiz supremo ou governador-geral.

7. O escudeiro é o encarregado de portar as armas do guerreiro, principalmente o escudo, além de lhe preparar os cavalos. É muitas vezes considerado um membro "da família", da esfera doméstica do senhor, pois o acompanha nas batalhas e até lhe serve de "mensageiro". Geralmente são jovens provenientes de família nobre, que vêm ao castelo educar-se, esperando ascender a cavaleiro.

– Senhor – disse Foliot –, isso não pode ser, pois aquela luz no céu vem do sul, de onde viemos, e não do leste, onde o sol deve nascer.

Então o coração do Rei Ban apertou-se e sua alma tremeu de grande preocupação.

– Foliot – disse ele –, creio que estás certo e que aquela luz é mau sinal para todos nós.

Então disse:

– Fica aqui um pouco e irei tentar descobrir o que será aquela luz.

Em seguida, montou em seu cavalo e saiu galopando no escuro.

Acontece que havia um monte muito alto lá perto de onde estavam, e no topo do monte havia uma laje de onde se podia avistar bem longe em todas as direções. Então o Rei Ban foi até lá, e quando chegou, olhou na direção da luz e imediatamente viu com certo horror que a luz vinha de Trebes. Assim, com aquele horror aumentando no seu coração, viu que a vila e o castelo se consumiam numa única e enorme chama.

O Rei Ban avista Trebes em chamas

Ao ver isto, o Rei Ban ficou algum tempo parado no seu cavalo como se tivesse se transformado em pedra. Então, depois de algum tempo, gritou bem alto:

– Ai, ai, ai de mim!

E então gritou bem alto:

– Por certo, Deus me abandonou inteiramente.

Naquele momento uma tristeza profunda se apoderou dele e sacudiu-o como se fosse uma folha, e logo em seguida sentiu como se algo se quebrasse dentro dele com uma dor aguda e amarga, e sabia que era o seu coração que se partia. E estando assim totalmente só no topo daquele monte, no silêncio profundo da noite, gritou:

– Meu coração! Meu coração!

E, em seguida, como sucumbia às sombras da morte, não conseguiu mais manter-se sobre o cavalo, e caiu no chão. Sabia muito bem que a morte se aproximava. Então, na falta de uma cruz onde pudesse dizer uma prece, arrancou duas lâminas da grama e torceu-as em cruz, beijou-as e rezou para que Deus perdoasse seus pecados. Morreu dessa forma, sozinho, no alto do monte.

Enquanto isto, a Rainha Helen e Foliot continuavam sentados esperando o seu retorno quando ouviram as ferraduras do seu cavalo descendo o caminho pedregoso do monte. Então a Rainha Helen disse:

– Foliot, creio que meu senhor vem voltando.

Dali a pouco chegou o cavalo sem montaria. Quando Foliot viu aquilo, disse:

– Senhora, parece-me que nos virão graves problemas, pois creio que algo aconteceu ao meu senhor, e que está em grandes apuros, pois aí está seu cavalo sem ele.

Naquele momento parecia à Rainha Helen que era como se o espírito da vida a tivesse subitamente abandonado, pois previu o que acontecera. Então levantou-se como num transe e, falando bem baixo, disse:

– Foliot, leva-me até onde meu senhor estava!

Ao que Foliot respondeu:

– Senhora, espere até o amanhecer, que já vem vindo, pois está muito escuro para ir lá agora.

Ao que a dama respondeu:

– Foliot, não posso esperar, pois se aqui permanecer esperando acho que enlouquecerei.

Ouvindo isso, Foliot desistiu de persuadi-la e preparou-se para levá-la aonde quisesse ir.

Acontece que naquele momento o pequeno Lancelot achava-se adormecido no colo da Rainha. Ela então tirou sua capa, embrulhou-o nela e deitou-o delicadamente no chão para que não despertasse. Então montou em seu palafrém e Foliot foi conduzindo o palafrém até o alto do monte aonde o Rei Ban fora pouco tempo antes.

Quando chegaram à laje mencionada acima, encontraram o Rei Ban deitado imóvel e mudo no chão, com o rosto bem sereno. Pois creio que por certo Deus perdoara-lhe todos os seus pecados, e não padeceria mais dos sofrimentos e angústias desta vida. Foi assim que a Rainha Helen encontrou-o, e ao encontrá-lo não fez nenhuma cena, apenas ficou um longo tempo olhando seu rosto sem vida, que agora via claramente pois tinha chegado a aurora. E dali a pouco disse:

Lady Helen encontra o Rei

– Senhor querido, está agora melhor do que eu.

E dali a pouco disse a Foliot:

– Vai e traz o cavalo dele para cá, para que o levemos de volta.

– Senhora – disse Foliot –, não é boa ideia que fique aqui sozinha.

– Foliot – disse a Rainha –, não sabes como já estou só. Deixar-me aqui não me fará mais só.

E caiu em prantos, desconsolada.

Então Foliot também chorou bastante e, ainda chorando feito chuva, partiu e deixou-a. Quando retornou com o cavalo do Rei Ban o sol já tinha raiado e todos os pássaros cantavam alegremente, e o ambiente estava tão vivo e feliz que ninguém acreditaria que num mundo assim tão lindo pudessem existir preocupações e sofrimento.

Assim, a Rainha Helen e Foliot ergueram o rei morto e o colocaram sobre seu cavalo. A Rainha então disse:

– Vem, Foliot, desce com calma enquanto vou adiante buscar meu filhinho, pois ainda tenho Lancelot para me dar alegria. Com certeza deve agora estar precisando de mim.

E assim a Rainha desceu depressa o monte íngreme, na frente de Foliot, e dali a pouco chegou às margens do pequeno lago onde tinham ficado descansando.

A essa altura o sol estava alto no céu e brilhando tão forte que todo o lago, o prado em torno e a floresta ao redor estavam iluminados com o seu brilho esplendoroso.

Pois bem, quando a Rainha Helen alcançou o prado viu que uma dama maravilhosa lá estava, e a dama trazia Lancelot nos braços. E a dama cantava para Lancelot enquanto a jovem criança olhava o seu rosto e ria, e tocava sua face com a mão. Tudo isso a Rainha Helen viu; e viu também que a dama tinha uma aparência extraordinária, toda vestida de um verde que brilhava e resplandecia com uma claridade incrível. E viu que a dama trazia um colar de ouro incrustado de opalas e esmeraldas no pescoço. E notou que o seu rosto parecia de marfim – muito branco e liso – e que seus olhos, que eram muito brilhantes, resplandeciam como joias incrustadas no marfim. E viu que a dama era incrivelmente bela, de modo que quem a via, ao olhar para ela sentia uma espécie de medo – pois aquela dama era uma fada.[8]

Lady Helen desce do monte com seu marido morto

(Aquela era a Dama do Lago, de quem já se falou antes no Livro do Rei Arthur, onde foi contado como ela ajudou o Rei Arthur a obter a maravilhosa e famosa espada de nome Excalibur, e como ajudou Sir Pellias, o Cavaleiro Gentil, quando este estava em apuros, levando-o para o lago consigo. Lá também foram contadas muitas outras coisas sobre ela.)

Então a Rainha aproximou-se de onde estava a dama, e disse-lhe:

– Senhora, por favor devolva meu filho!

Ao que a Dama do Lago sorriu de modo estranho e disse:

---

8. As fadas, imortais, são, por excelência, mestras da magia e simbolizam os poderes da imaginação, por sua capacidade de realizar de imediato os desejos mais ambiciosos. Geralmente representadas por mulheres, são consideradas mensageiras do Outro Mundo, fazendo-se distinguir pela varinha e pelo anel, ambos objetos "mágicos". Muitas vezes identificadas à Mãe-Terra, vivem nas profundezas, confundindo-se com as águas (lagos, rios, nascentes) ou com a vegetação (em cavernas e abismos), aparecendo aos mortais sob o luar. Daí sua luminosa brancura.

Lady Nymue leva Lancelot embora para o lago.

– Terá seu filho de volta, Senhora, mas não agora; daqui a algum tempo o terá de volta.

Então a Rainha gritou com grande agonia e sofrimento:

– Senhora, quer tirar meu filho de mim? Devolva-me a criança, pois é tudo o que me resta neste mundo. Ai de mim, pois perdi casa, terras e marido, e todas as alegrias que a vida poderia me dar. Portanto, imploro-lhe, não me leve meu filho.

Ao que a Dama do Lago disse:

– Terá que aguentar seu sofrimento um pouco mais, pois está decidido que levarei a criança. Mas levo-o somente para que possa devolvê-lo novamente, tendo sido criado de tal forma que trará glórias à sua família e será a glória do mundo. Pois ele se tornará o maior cavaleiro do mundo, e do seu sangue nascerá um outro ainda maior que ele, de modo que se louvará a glória da linhagem do Rei Ban enquanto durar a humanidade.

Mas a Rainha Helen gritou ainda mais desesperada:

– Que me importa tudo isto? Só me importa ter de volta meu filhinho! Devolve-me a criança!

A Dama do Lago leva Lancelot

Ela ainda tentou se agarrar nas vestes da Dama do Lago suplicando, mas a Dama do Lago desviou-se das mãos da Rainha Helen e disse:

– Não me toque, pois não sou mortal, mas sim fada.

E, naquele instante, ela e Lancelot desapareceram das vistas da Rainha Helen, feito o ar soprado num espelho.

Pois quando se respira na superfície de um espelho o ar embaça o vidro e a vista; mas logo o embaçado desaparece, e então se pode ver tudo claro e nítido novamente. Assim a Dama do Lago desapareceu, e toda a paisagem atrás dela apareceu clara e nítida, mas ela não estava mais lá.

A Rainha Helen desfaleceu, e ficou caída na beira do lago e na borda do prado feito morta. Quando Foliot chegou, encontrou-a assim e não sabia o que fazer para ajudá-la. Lá estavam seu senhor morto e sua senhora que parecia tão inerte que não sabia se estava morta ou não. Sem saber o que fazer, sentou-se e ficou algum tempo se lamentando.

Enquanto assim estava, vieram vindo pelo caminho três freiras que moravam numa abadia não muito distante dali. Ficaram muito penalizadas com aquela cena, e levaram embora o rei morto e a rainha inconsolável. Enterraram o rei em chão consagrado, e deixaram a rainha viver com elas, de modo que ficou depois conhecida como a "Irmã das Tristezas".

Lady Helen é levada para um convento

Pois bem, Lancelot viveu por quase dezessete anos com Lady Nymue do Lago[9] naquele vale deslumbrante, todo coberto pelo que parecia ser um lago mágico, como já foi descrito no Livro do Rei Arthur.

---

9. Nome por que é também conhecida a Dama do Lago, assim como "Niniana" ou "Vivien" (quando se relaciona a personagem com o mago Merlin), variantes que dependem de fontes da matéria artúrica. É neta de Diana, a Caçadora (que viveu nos tempos de Vergílio), e do Rei da Nortúmbria. Sua primeira aparição deu-se no séc.XII, no *Chevalier de la Charrette*, de Chrétien de Troyes, exercendo já seu papel de madrinha ou mãe adotiva de Lancelot e, posteriormente, de protetora de seus amores. Dessas oscilações em sua descrição advém a ambiguidade da figura: como Vivien ou Niniana, é ser maléfico, porque provoca a morte de Merlin; como a Dama do Lago, é a benéfica guardiã de Lancelot. Segundo Thomas Malory (*Le Morte d'Arthur*, 1485), foi decapitada por Balín, o Selvagem.

Aquela terra do lago era assim: quem conseguisse adentrar as águas mágicas (e foram bem poucos os mortais que tiveram permissão de alcançar aquelas pradarias das fadas escondidas sob as águas encantadas) depararia com um campo vasto e radiante de extraordinária beleza. Veria que esse campo era todo coberto com uma tal profusão de flores deslumbrantes e raras que o coração de quem as visse ficaria cheio da mais pura alegria, só de estar ali no meio daquele mar ondulante de flores coloridas e perfumadas. E o felizardo veria também vários bosques lindos e sombreados que cresciam aqui e ali pelo vale, cujas clareiras guardavam fontes de água cristalina. Talvez também visse, sob as sombras daquelas árvores, alguns grupos da gente bela e gentil daquela terra; e os veria jogando e se divertindo, ou os escutaria cantando e tocando música em harpas de ouro brilhante. E avistaria, no meio daquela linda planície, um castelo maravilhoso com torres e telhados que iam até o céu, todos reluzentes do brilho especial daquela terra, como se fossem castelos e fortalezas de puro ouro.

Como Lancelot viveu no lago

Era assim a terra para onde Lancelot foi levado, e, pelo que lhes contei, podem ver como era um lugar maravilhoso e lindo.

O mistério daquele lugar penetrou tão fundo na alma de Lancelot que, mesmo depois, quando partiu de lá, nunca mais pôde ser como os outros; sempre parecia estar num lugar remoto e distante dos mortais com quem convivia.

Pois embora sorrisse bastante, não costumava rir. E quando ria, nunca era de zombaria, mas sempre por gentil afeição.

Era naquela terra que Sir Pellias já vivia há muitos anos, muito feliz e satisfeito. (Pois já foi narrado no Livro do Rei Arthur como, quando ele esteve à beira da morte, Lady Nymue do Lago trouxe-o de volta à vida e como, dali por diante, ele passou a ser meio-fada e meio-mortal.)

Sir Lancelot fora levado para lá a fim de que Sir Pellias lhe ensinasse e o treinasse na arte de ser cavaleiro. Pois não havia ninguém no mundo mais hábil no manejo das armas do que Sir Pellias, e ninguém melhor do que ele para ensinar a Lancelot os deveres da cavalaria.[10]

---

10. Convém lembrar que "os deveres da cavalaria" transcendiam de muito o exercício das armas ou as atividades guerreiras, porque abrangiam também a rígida educação moral do postulante, ligado posteriormente a uma Ordem – instituição que previa normas de ingresso e princípios comportamentais a serem seguidos. Quando, a partir do séc.XII, a Cavalaria se torna uma espécie de expressão militar da nobreza, "cavaleiro" eleva-se a título nobiliárquico.

Assim, Sir Pellias ensinou a Lancelot o melhor da cavalaria, tanto em termos de conduta quanto em termos de mérito e habilidade no manejo de armas. Portanto, quando Lancelot estava completamente treinado, não havia cavaleiro no mundo todo que se igualasse a ele em força de armas ou em cortesia, até a chegada à corte de seu filho, Sir Galahad, como se contará mais adiante.

Assim, quando Lancelot retornou ao mundo, acabou se tornando o maior cavaleiro de toda a história da cavalaria, de modo que se concretizou a profecia que sua mãe fizera, segundo a qual ele seria uma estrela reluzente de incrível brilho.

Conforme o prometido, contei-lhes aqui em detalhes todas as circunstâncias da sua infância para que saibam exatamente como foi levado para o fundo do lago, e por que ficou depois conhecido como Sir Lancelot, de sobrenome "do Lago".

Quanto ao modo como voltou a este mundo para alcançar a glória que lhe tinha sido prevista, e como o Rei Arthur sagrou-o cavaleiro, e como se envolveu em muitas fabulosas aventuras, leiam agora no que aqui se segue.

Aqui se inicia a história de Sir Lancelot, de sobrenome "do Lago", que era tido por todos os homens como o mais excelente, nobre e perfeito cavaleiro-campeão jamais visto neste mundo, desde os primórdios da cavalaria até quando seu filho, Sir Galahad, surgiu como uma estrela de extraordinário esplendor, brilhando no céu da cavalaria.

Neste Livro será contado como o levaram para o fundo de um lago mágico, como saiu de lá para ser sagrado cavaleiro pelo Rei Arthur e como se lançou em várias das aventuras que o fizeram admirado por todos os homens, e a maior glória da Távola Redonda de Arthur-Pendragon.

Capítulo Primeiro

Como Sir Lancelot partiu do castelo encantado no lago e retornou
ao mundo dos homens, e como o Rei Arthur o sagrou cavaleiro

NÃO CONHEÇO ÉPOCA do ano mais cheia de alegria do que o início do verão:[11]
pois é quando o brilho do sol é especialmente forte e revigorante sem ser
quente demais; é quando as árvores e arbustos estão cheios de vida e oferecem
sombra abundante, não tendo ainda ressecado com o calor e o tempo seco do
fim da estação; é quando a grama está tão nova, viva e verde que atravessar um
prado é como cruzar um lago ondulante de vegetação mágica, salpicado de mi-
lhares de pequenas flores; é quando as rosas, tanto brancas como
vermelhas, estão florindo por toda parte, e as roseiras-bravas se *Na primavera de*
muito tempo atrás
multiplicam; é quando os ninhos estão repletos de passarinhos
já crescidos, e os coraçõezinhos dos seus pais estão tão cheios de felicidade
que cantam a pleno fôlego e com ímpeto, enchendo o dia com as melodias
doces da alegre sinfonia dos seus cantos. Essa é mesmo uma ótima estação do
ano pois, embora o espírito não esteja tão jubiloso quanto no início dourado
da primavera, a alma está tão satisfeita com a beleza do mundo que o coração
exulta com uma alegria transbordante de que não é capaz em outra estação.

Pois bem, aconteceu que na véspera do dia de São João, bem no auge do
verão, o Rei Arthur olhou pela janela dos seus aposentos bem cedo de manhã e
viu como o mundo lá fora estava tão lindo e vistoso naquela fresca luz da manhã.
O sol ainda não nascera, embora estivesse a ponto de nascer, e o céu parecia
feito de puro ouro de tão radioso. A relva e as flores estavam todas banhadas
de um orvalho doce e perfumado e os passarinhos cantavam tanto que tudo o

---

11. Não é só pelo fato de Howard Pyle ser um escritor de espírito notoriamente romântico –
filho legítimo do séc.XIX – que sua obra está permeada de descrições idealistas da Natureza
e que grande parte dos episódios narrados transcorrem entre a primavera e o verão. Sob as
progressivas mudanças conceituais acentuadas a partir do cristianismo e seus calendários de
festas litúrgicas, o tempo medieval dependia dos ritmos naturais e da marcha do sol (aurora
e ocaso). Por exemplo, a data de 24 de junho, São João (a que o autor se referirá logo adiante),
cujas fogueiras celebram o solstício de verão no hemisfério Norte, legitima antigas festividades
e dá continuidade, em outro registro, a costumes pagãos. Jacques Le Goff afirma que havia
até um "tempo guerreiro", privilegiando "a primavera e o verão". São estações do ano caras
também à lírica trovadoresca, com sua sensualidade latente.

que restava ao coração de um homem era exultar com a plenitude da vida que o rodeava.

O Rei Arthur estava acompanhado de dois cavaleiros: Sir Ewain, filho de Morgana, a Fada[12] (era portanto sobrinho do Rei Arthur), e Sir Ector de Maris, filho do Rei Ban de Benwick e da Rainha Helen – um cavaleiro muito nobre e jovem, o mais jovem de todos os cavaleiros da Távola Redonda que tinham sido escolhidos até então. Encontravam-se ambos ao lado do Rei Arthur olhando pela janela junto dele e, como ele, alegrando-se com a suavidade do verão. Dali a algum tempo o Rei Arthur disse-lhes assim:

– Senhores, parece-me que este dia está belo demais para que fiquemos a portas fechadas; logo eu, que sou rei, não posso ficar prisioneiro em meu próprio castelo enquanto qualquer camponês é livre para aproveitar planícies e bosques, o sol radioso, o céu azul e o vento que sopra sobre os morros e vales. Muito me agradaria sair e aproveitar tudo isto. Ordeno, portanto, que saiamos para caçar hoje,[13] e comecemos antes que os outros fidalgos e damas que aqui moram acordem. Levemos conosco nossos cavalos e cães de caça, levemos também

O Rei Arthur e dois cavaleiros partem numa caçada alguns guias e caçadores, e saiamos à caça no meio da floresta verdejante, pois hoje será um dia de folga para mim e para vocês e deixaremos para trás as preocupações enquanto nos divertimos em lugares agradáveis.

Então todos fizeram conforme ordenara o Rei Arthur: cada um providenciou por si mesmo o necessário e chamou caçadores e guias, conforme o Rei Arthur ordenara. Depois disto partiram do castelo a galope em direção ao vasto mundo que os aguardava, e era ainda tão cedo de manhã que ninguém mais do castelo acordara ou soubera da sua partida.

---

12. A Fada Morgana, casada com o Rei Urién, é uma das personagens mais célebres da "matéria de Bretanha" e tão ambígua em sua caracterização quanto a Dama do Lago, ora do Bem, ora do Mal, dependendo das fontes em que se inscreve. A começar por sua genealogia divergente: filha de Ygerne, seu pai, em alguns textos, é o Duque de Tintagel; em outros, Uther-Pendragon, sendo, portanto, irmã do Rei Arthur. Mas, segundo os especialistas, o que a distingue é sua condição de mulher enamorada, com numerosos amantes, inclusive Guiamor, de quem engravida. Este é sobrinho de Guinevere, que interrompe o relacionamento de ambos, despertando em Morgana um ódio irreversível. É ela quem denuncia para Arthur os amores proibidos de Guinevere.

13. Os primeiros espaços reservados para a caça (referida em diversos outros momentos deste livro), que surgem com os soberanos merovíngios (a partir do séc.V) e carolíngios (a partir do séc.VIII), vão sofrendo modificações com a feudalização progressiva do Ocidente. Inegavelmente, a aristocracia laica dava a esta atividade uma enorme importância: a partir do séc.XII, as duas principais formas de caça eram aos cervídeos (cervo, gamo, cabrito), feita com cães, e a falcoaria, utilizando falcões adestrados. A caça foi objeto de paixão de toda a aristocracia europeia durante pelo menos doze séculos.

Passaram o dia todo caçando na floresta, divertindo-se e alegrando-se muito, sem nem sequer voltar os olhos para o castelo até o dia já estar quase no fim e o sol se pôr atrás das copas das árvores mais altas. Então, naquele momento, o Rei Arthur deu ordem para que tomassem o caminho de volta a Camelot.[14]

É nessa época, a véspera de São João, que, como bem se sabe, as fadas e os seres mágicos saem de onde normalmente vivem e aparecem. Então, quando o Rei Arthur e os dois cavaleiros, junto com os vários guias e caçadores, chegaram a uma parte remota da floresta, de repente se deram conta da presença de uma donzela e um anão na encruzilhada do caminho[15] por onde passavam, e perceberam que, com aquela aparência extraordinária, a donzela só poderia ser uma fada.

O Rei Arthur e seus companheiros encontram uma estranha dama e um anão

Tanto ela quanto o anão estavam montados num cavalo branco como leite, estranhamente imóveis, perto de um santuário que ficava ao lado de uma sebe de espinheiros. E o rosto da donzela era tão incrivelmente belo que era um encanto de se ver. Além disso, estava vestida da cabeça aos pés de seda branca e suas roupas eram bordadas com fios de prata. E os arreios e apetrechos do seu cavalo eram de seda branca incrustada com relevos de prata, que faziam com que ela toda reluzisse com um agudo brilho ao menor movimento que fizesse. Quando o Rei Arthur e os dois cavaleiros que o acompanhavam se aproximaram da donzela, muito intrigados com a sua aparência, ela saudou-os com uma voz que era ao mesmo tempo alta e clara, exclamando:

– Bem-vindo, Rei Arthur! Bem-vindo, Rei Arthur! Bem-vindo, Rei Arthur! – repetindo a saudação três vezes.

E:

– Bem-vindo, Sir Ewain! Bem-vindo, Sir Ector de Maris! – tratando cada um dos cavaleiros pelo nome.

– Donzela – disse o Rei Arthur –, é muito estranho que saiba quem somos e que não saibamos quem é. Portanto, poderia dizer-nos seu nome e de onde vem? Pois acredito que é uma fada.

– Senhor – disse a donzela –, não importa quem sou, exceto que sou da corte de uma dama maravilhosa que é uma grande amiga sua. Ela enviou-me aqui

---

14. Camelot é a residência habitual do Rei Arthur. Já houve várias propostas para identificar o lugar – Cadbury, Camelford, Colchester, Winchester... –, mas nenhuma hipótese teve a unanimidade dos estudiosos.

15. Essa imagem tornou-se clichê nas novelas de cavalaria: em uma encruzilhada, geralmente nos lugares mais remotos ou ermos, aparece abruptamente a chamada "figura tutelar", só ou acompanhada, personagem misteriosa que guiará os passos do herói, protegendo-o ou revelando-lhe algum importante segredo.

para encontrá-lo e pedir-lhe que me siga por onde eu for, pois o conduzirei até ela.

– Donzela – disse o Rei Arthur –, farei com prazer o que me pede. Já que me conduzirá à sua dama, eu e meus cavaleiros a seguiremos de bom grado para fazer-lhe a corte.

Dito isto, a donzela acenou com a mão, e puxando a rédea foi mostrando o caminho, acompanhada do anão, enquanto o Rei Arthur e os cavaleiros a seguiam, e todo o grupo de guias, caçadores, cães de caça e beagles ia atrás.

O Rei Arthur e seus cavaleiros seguem a donzela

A essa altura o sol tinha se posto, e a lua tinha nascido bela e cheia, e amarela feito ouro, lançando uma forte luz sobre as copas silenciosas das árvores. Tudo tinha ficado imerso no crepúsculo, e o mundo todo parecia embrulhado no mistério do solstício de verão. Contudo, embora o sol tivesse se posto, a luminosidade ainda era incrivelmente forte, de modo que tudo o que se podia ver aparecia aos olhos nítido e claro.

Assim a donzela e o anão foram mostrando o caminho por um tempo, embora não muito, até que, de repente, chegaram a uma clareira aberta na floresta, escondida atrás de uma fileira de árvores do bosque. Naquele lugar o rei e seus cavaleiros perceberam que havia um rebuliço com muitas pessoas, algumas muito ocupadas montando várias tendas de seda branca, outras arrumando uma mesa para um banquete, uns ocupados com uma coisa e outros ocupados com outra. E havia várias mulas de carga, cavalos e palafréns por ali, como se pertencessem a gente de muitas posses.

Então o Rei Arthur e seus companheiros viram que, mais adiante, do outro lado do prado, havia três pessoas sentadas debaixo de uma pequena macieira, sobre um divã preparado especialmente para eles. Logo perceberam que aquelas eram as pessoas mais importantes de toda aquela gente.

O primeiro dos três era um cavaleiro de aparência muito altiva e nobre, trajando uma armadura branca feito prata. E seu jaquetão branco era bordado

O Rei Arthur e seus companheiros conversam com uma gente estranha

com fios de prata, a bainha da espada e o cinto eram brancos, e seu escudo, que pendia da macieira sobre ele, também era todo branco como se fosse de prata. Esse cavaleiro ainda usava um elmo para esconder o rosto. O segundo dos três era uma dama toda vestida de branco. Seu véu cobria o rosto de modo que não era possível ver claramente seus traços, mas suas vestes eram maravilhosas, feitas de tafetá branco todas bordadas por cima com figuras de lírios prateados. Usava também, ao redor do pescoço e sobre o peito, uma corrente de prata brilhante incrustada de pedras claras e brilhantes de vários tipos. O terceiro do grupo era um jovem de dezoito anos, de rosto tão belo que o Rei Arthur teve a impressão de jamais ter visto alguém tão nobre: pois sua tez era branca e brilhante, e seus cabelos, negros, macios como seda, caindo em cachos pelos ombros. E seus olhos eram grandes e brilhantes e extraordinariamente negros, suas sobrancelhas arqueadas e tão desenhadas que, ainda que tivessem sido pintadas, não seriam mais precisas e regulares. Seus lábios, ligeiramente protuberantes, mas não muito, eram rubros como coral, e sobre o lábio superior crescia uma leve penugem negra. Além disso, o jovem estava todo vestido de cetim branco sem qualquer ornamento, exceto uma fina corrente de prata brilhante incrustada de opalas e esmeraldas que lhe pendia do pescoço.

Então, quando o rei aproximou-se o suficiente, percebeu por certos indícios que a dama era a pessoa mais importante dos três. Portanto, dirigiu-lhe especialmente a cortesia, dizendo-lhe:

– Senhora, parece-me que fui trazido até à sua presença e que já sabia meu nome e minha posição quando me mandou chamar. Ficaria, portanto, imensamente feliz se pudesse igualmente revelar-me os seus.

– Senhor – disse ela –, faço-o de bom grado, pois já o conhecia antes, da mesma forma como já me viu antes e me teve como amiga.

Com isto, a dama retirou o véu do rosto e o Rei Arthur viu tratar-se da Dama do Lago.

Ouvindo aquilo o Rei Arthur se ajoelhou e levou a mão dela aos lábios.

– Senhora – disse ele –, tenho de fato razão para conhecê-la muito bem, pois em muitas ocasiões tem sido, como bem afirma, muito amiga minha e de meus amigos.

Então o Rei Arthur virou-se para o cavaleiro que acompanhava a Dama do Lago e disse:

– Meu Senhor, se não me engano, também parece-me que o conheço. Não duvido nada que, se erguer a viseira do seu elmo, todos os três reconheceremos seu rosto.

Ao ouvir isso, o cavaleiro imediatamente ergueu a viseira conforme o Rei Arthur pedira e viram os três que se tratava de Sir Pellias, o Cavaleiro Gentil.

A história de Sir Pellias já foi contada em detalhes no Livro do Rei Arthur, e aqueles que leram sem dúvida se lembrarão de como ficara gravemente ferido na luta contra Sir Gawaine, que era seu melhor amigo, e como a Dama do Lago levou-o para viver consigo na cidade encantada oculta na miragem de um lago mágico, e como Sir Gawaine fora o último a vê-lo. Mas se Sir Gawaine era o amigo mais querido de Sir Pellias naquela época, Sir Ewain vinha-lhe logo em seguida. Portanto, quando Sir Ewain

O Rei Arthur reencontra Sir Pellias

viu que o cavaleiro desconhecido era Sir Pellias, ficou sem saber o que pensar de tão surpreso, pois nenhum mortal vira Sir Pellias desde que entrara no lago junto com a Dama do Lago, conforme já foi contado, e todos achavam que ninguém jamais o veria novamente.

Portanto, quando viu que o cavaleiro era Sir Pellias, Sir Ewain soltou um grito de alegria e correu para ele, cingiu-o nos braços, e Sir Pellias não o repeliu. Pois embora muitas vezes aqueles que vêm do mundo das fadas não gostem de ser tocados por mãos mortais, na véspera de São João as fadas e os mortais podem juntar-se como se fossem da mesma matéria. Assim, Sir Pellias não repeliu Sir Ewain e abraçaram-se como irmãos em armas que tinham sido. E beijaram-se no rosto e juntos rejubilaram-se. Sim, foi tão grande a sua alegria que aqueles que estavam em volta encheram-se de pura felicidade.

Então Sir Pellias foi até o Rei Arthur e ajoelhou-se à sua frente e beijou-lhe a mão, como é o dever de todo cavaleiro perante seu senhor.[16]

– Ora, Senhor – disse o Rei Arthur –, quando vi esta dama logo pensei que não estaria muito distante dela.

Então disse à Dama do Lago:

– Senhora, peço-lhe que me diga quem é este belo jovem que a acompanha, pois me parece que jamais vi rosto tão belo e nobre como o seu. Talvez possa apresentá-lo a nós também.

– Milorde – disse Lady Nymue –, espero que, quando chegar a hora certa, revele-se quem ele é e qual é sua posição. Por ora não desejo que sejam revelados, nem mesmo ao senhor. Mas posso dizer que foi por causa dele que enviei minha donzela para encontrá-lo na encruzilhada do caminho mais cedo. Depois revelarei mais sobre isso. Agora, veja! O banquete que preparamos para entretê-lo está agora posto. Portanto vamos primeiro comer, beber e nos divertir, e depois conversaremos mais sobre isto.

Então todos os seis foram e sentaram-se em volta da mesa que lhes tinha sido preparada sobre o prado. Era uma noite muito agradável e amena, uma maravilhosa lua cheia reluzia com um brilho encantador, e da floresta vinha um

A Dama do Lago prepara um banquete para o Rei Arthur

ar prazenteiro, leve e morno. E com as inúmeras velas fincadas em candelabros de prata espalhadas pela mesa (cada vela brilhando tão viva como uma estrela), a noite estava toda iluminada como se fosse o meio-dia. Serviram-lhes várias carnes e muitos vinhos

---

16. Ritual de vassalagem, significando que Sir Pellias é súdito do Rei Arthur, devendo-lhe respeito e obediência. No sistema feudal, firmava-se essa relação mediante juramento de fidelidade, ficando o vassalo na dependência de seu senhor.

excelentes, alguns dourados como ouro, outros tintos como rubi, e comeram, beberam e se divertiram, conversando e rindo sob aquele doce luar. Ora contavam a Sir Pellias e à dama sobre tudo o que vinha acontecendo na corte em Camelot, ora Sir Pellias e a dama contavam-lhes coisas tão incríveis a respeito da terra onde viviam que era difícil crer que os reinos do céu pudessem ser mais encantadores do que as cortes do país das fadas, de onde vinham.

Então, terminado o banquete, a Dama do Lago disse ao Rei Arthur:

– Milorde, se por acaso puder contar com uma mercê sua, há algo que gostaria de pedir-lhe.

O Rei Arthur replicou:

– Peça, Senhora, e lhe será concedido, não importa o que seja.

– Milorde – disse a Dama do Lago –, eis o que gostaria de pedir: gostaria que cuidasse deste jovem que está sentado junto de mim. Me é tão caro, nem consigo dizer-lhe o quanto. Trouxe-o aqui do lugar onde vivemos por um motivo específico: que o faça cavaleiro. É esta a grande mercê que lhe peço, e para tal trouxe comigo a armadura e todos os apetrechos de cavalaria, pois ele vem de linhagem tão nobre que nenhuma armadura no mundo lhe poderia servir.

– Senhora – disse o Rei Arthur –, farei o que pede com muito prazer e satisfação. Porém, em relação à armadura de que fala, costumo proporcionar a todos os que sagro cavaleiros uma armadura de minha própria escolha.

Ao ouvir aquilo a Dama do Lago sorriu muito gentilmente, dizendo:

– Milorde, peço que deixe estar desta vez, pois ouso dizer que a armadura que foi feita para este jovem será tão digna da nobreza do Rei Arthur e da glória futura deste cavaleiro, que o deixará satisfeito.

E com isso o Rei Arthur se deu por satisfeito.

Em relação à armadura, diz a antiga lenda que trata desse assunto, que era do seguinte feitio e foi trazida da corte encantada do lago da seguinte forma, como adiante será descrito: à frente vinham dois jovens, guiando duas mulas brancas, e as mulas traziam dois baús incrustados de prata. Um dos baús continha a malha da armadura e o outro as botas de ferro. Estas botas eram brilhantes feito prata e entalhadas com delicadas figuras de puro ouro. Acompanhavam-nos dois escudeiros vestidos com trajes brancos e montados em cavalos brancos, um carregando um escudo prateado e o outro um elmo reluzente, como se fosse de prata – o elmo também maravilhosamente entalhado com figuras de puro ouro. Atrás destes escudeiros vinham mais dois escudeiros, um carregando uma espada numa bainha branca incrustada de relevos de prata (cujo cinto era de prata com a barra dourada) e o outro puxando um corcel

Sobre a armadura etc. de Sir Lancelot

branco, cujo pelo era macio e brilhante feito seda. E todos os arreios e apetrechos do cavalo eram de prata e de seda branca enfeitada de prata. Tudo isto mostra como este jovem acólito vinha já provido à altura de suas glórias vindouras. Pois, como já devem ter adivinhado, esse jovem era Lancelot, o filho do Rei Ban de Benwick, que logo se tornaria o maior cavaleiro do mundo.

Lancelot vigia sua armadura durante a noite

Bem, havia naquele extremo da floresta uma pequena abadia, e foi na capela daquela abadia que Lancelot ficou vigiando sua armadura[17] durante aquela noite, acompanhado todo o tempo por Sir Ewain. Enquanto isto, o Rei Arthur e Sir Ector de Maris dormiram numa tenda de seda que a Dama do Lago lhes providenciara.

De manhã Sir Ewain levou Lancelot ao banho e o lavou, pois era esse o costume daqueles que eram preparados para tornarem-se cavaleiros.

Pois bem, enquanto Sir Ewain banhava o jovem, notou que em seu ombro havia uma marca de nascença semelhante a uma estrela dourada, e aquilo deixou-o muito intrigado. Mas nada disse naquele momento e guardou segredo do que havia visto, apenas continuou muito intrigado.

Então, quando Sir Ewain terminou de banhar Lancelot, vestiu-o em paramentos próprios para a cerimônia de sagração e, quando o jovem estava vestido, Sir Ewain levou-o até o Rei Arthur, e o Rei Arthur sagrou Lancelot com grande solenidade, e afivelou seu cinto com as próprias mãos. Quando terminou, Sir Ewain e Sir Ector de Maris colocaram as esporas de ouro nos seus calcanhares, sem que Sir Ector pudesse imaginar que aquele era seu próprio irmão.

O Rei Arthur faz de Sir Lancelot um Cavaleiro-Real

Assim Sir Lancelot foi sagrado cavaleiro com grande solenidade e pompa, do modo como acabei de lhes contar em todos os detalhes. Pois vale a pena contar tudo o que se relacione com este grande e famoso cavaleiro.

Depois que o Rei Arthur nomeou Sir Lancelot "cavaleiro", chegou a hora de um grupo se despedir do outro, ou seja, o grupo que acompanhava a Dama do Lago e o grupo que acompanhava o Rei Arthur. Mas, quando estavam prestes a se despedir, a Dama do Lago puxou Sir Lancelot para um canto e disse-lhe assim:

– Lancelot, não te esqueças que és filho de um rei, e que tua linhagem é das mais nobres deste mundo, conforme já te disse muitas vezes antes. Portanto,

---

17. "Vigiar a armadura" faz parte do chamado "adubamento do jovem cavaleiro". Cerimônia ritualística de sagração, de origem germânica e atestada desde o séc.X, consistia em receber das mãos de alguém já "sagrado" – o próprio Rei ou um nobre – as armas (espada, escudo, esporas), sendo em seguida tocado no ombro com a espada, gesto possivelmente de "iniciação" mágica.

faz com que teu valor seja tão grande quanto a tua beleza, e que tua gentileza e cortesia sejam tão elevadas quanto tua coragem. Hoje partes para Camelot com o Rei Arthur para te fazeres conhecido naquela famosa corte de cavalaria. Contudo, não te demores por lá mas, antes que a noite chegue, parte e sai pelo mundo afora para provar teu valor de cavaleiro da forma mais nobre que Deus te permita. Pois não quero que te reveles ao mundo antes que tenhas provado teu valor por meio de atos.[18] Por isto, não sejas tu a dizer teu nome, mas aguarda que o mundo o diga, pois mais vale que o mundo proclame o valor de um homem do que um homem proclame seu próprio valor. Assim prepara-te para te lançar em qualquer aventura que Deus te envie, mas jamais permite que outro homem complete uma tarefa que tu próprio decidiste realizar.

A Dama do Lago dá bons conselhos a Sir Lancelot

Então, após dar-lhe estes conselhos, a Dama do Lago beijou Lancelot no rosto, e deu-lhe um anel finamente trabalhado e incrustado com uma deslumbrante pedra púrpura. Tratava-se de um anel que tinha o poder de dissolver qualquer feitiço. Então ela disse:

– Lancelot, usa este anel e nunca o retira do dedo.

E Lancelot disse:

– Assim farei.

Assim, Sir Lancelot colocou o anel no dedo e dali por diante, até o fim da vida, jamais o retirou.

Então o Rei Arthur, Sir Ewain, Sir Ector de Maris e o jovem Lancelot seguiram caminho para Camelot. E, enquanto viajavam juntos, Sir Ewain confessou em segredo a Sir Ector de Maris que aquele jovem tinha uma marca de nascença no ombro em forma de uma estrela dourada e, ao ouvir aquilo, Sir Ector ficou em silêncio. Pois Sir Ector sabia que aquela era a mesma marca de nascença que seu irmão trazia no ombro, e não conseguia imaginar como outro homem pudesse ter uma marca como aquela no ombro. Portanto, ficou sem entender como aquele jovem poderia tê-la no ombro, porém nada disse dos seus pensamentos a Sir Ewain, e continuou quieto.

Assim alcançaram Camelot enquanto ainda era razoavelmente cedo de manhã, e todos que lá estavam fizeram grandes festas com a chegada de um jovem cavaleiro com uma aparência tão extraordi-

Sir Lancelot chega a Camelot

---

18. Norma essencial na Cavalaria e um dos esteios do gênero novelesco: o "valor", que distingue qualquer grande cavaleiro, só se adquire mediante "atos de bravura", via de regra conquistados nos campos de batalha. Raimundo Lúlio, no seu conhecido *O Livro da Ordem de Cavalaria*, fala explicitamente da "bravura do corpo" como decorrente da "bravura do espírito".

nariamente bela e nobre como Sir Lancelot. Portanto houve grande algazarra com a sua chegada.

Então, após algum tempo, o Rei Arthur disse:

– Vejamos se, porventura, o nome deste jovem está inscrito em algum dos assentos em torno da Távola Redonda, pois creio que lá estará.

Então todos da corte foram para a tenda já descrita antes, dentro da qual ficava a Távola Redonda, e olharam. E – ora vejam! – no assento que tinha sido de Sir Pellinore estava escrito o seguinte nome:

O Cavaleiro do Lago

Assim ficou sendo este o nome usado a princípio, e assim continuou até que Sir Lancelot do Lago se tornasse famoso por todo o mundo. Então passou a ser:

Sir Lancelot do Lago

Então Sir Lancelot permaneceu em Camelot todo aquele dia e foi apresentado a muitos fidalgos e fidalgas e cavaleiros e damas da corte do Rei Arthur. E tudo lhe parecia um sonho, pois nada conhecia do mundo dos homens desde que fora levado para o lago,[19] portanto não sabia bem se o que via era real ou uma visão encantada. Pois não só tudo lhe parecia novo e deslumbrante, mas lhe parecia ainda mais encantador por ser ele um homem no mundo dos homens. Portanto, embora o castelo no lago fosse tão lindo, seu coração inclinava-se mais para este outro mundo menos belo do que aquele, pois ele era humano, como este mundo.

Sir Lancelot se torna cavaleiro da Távola Redonda

Contudo, embora aquele lhe fosse um dia jubiloso, Sir Lancelot não havia se esquecido do que a Dama do Lago lhe dissera sobre o tempo de permanência ali! Assim, quando foi chegando a noite, pediu ao Rei Arthur para partir em busca de aventura, e o Rei Arthur lhe deu permissão para fazê-lo.

Então Sir Lancelot preparou-se para partir e, enquanto estava em seus aposentos juntando seus pertences, Sir Ector de Maris foi ter com ele. E Sir Ector assim disse:

---

19. Em obra clássica, Joseph Campbell examina o que ele chama de "a aventura do herói": consiste num longo percurso, que começa pela ingênua entrada do donzel em um mundo ainda desconhecido, a ser paulatinamente conquistado por meio de toda sorte de dificuldades, destinadas a "provar" sua resistência e valor. Verdadeiro "rito de iniciação", com etapas muito bem marcadas, tornou-se clichê nos livros de cavalaria.

– Senhor, peço que me diga: é verdade que traz no ombro direito uma marca de nascença semelhante a uma estrela dourada?

E Sir Lancelot respondeu:

– Sim, é verdade.

Do sentimento fraterno entre Sir Ector e Sir Lancelot

Então Sir Ector disse:

– Peço que me diga se seu nome é Lancelot.

E Sir Lancelot disse:

– Sim, é esse o meu nome.

Ouvindo aquilo, Sir Ector caiu em prantos e cingiu Sir Lancelot entre os braços, exclamando:

– Lancelot, és meu irmão! Teu pai era o meu pai, e minha mãe era a mesma que a tua! Pois somos ambos filhos do Rei Ban de Benwick, e a Rainha Helen era nossa mãe.

E com isso encheu o rosto de Sir Lancelot de beijos. E Sir Lancelot também beijou Sir Ector com a enorme alegria de ter encontrado um irmão naquele estranho mundo aonde acabara de chegar. Mas Sir Lancelot pediu que Sir Ector não revelasse isso a ninguém. E Sir Ector deu sua palavra de cavaleiro que não o faria. (E jamais revelou a ninguém quem Sir Lancelot era até que Sir Lancelot tivesse realizado os feitos que fizeram seu nome conhecido mundo afora.)

Pois, ao sair pelo mundo daquele jeito, Sir Lancelot acabou se envolvendo em vários desafios de peso, levando-os todos a êxito, de modo que seu nome logo ficou conhecido em todas as cortes de cavalaria.

Primeiro quebrou um feitiço que pairava sobre um castelo chamado Vista Dolorosa;[20] então liberou o castelo, libertando todos os pobres prisioneiros desvalidos que lá estavam. (E ficou com o castelo para si, mudando o seu nome de Vista Dolorosa para Vista Alegre, e o castelo tornou-se muito famoso dali por diante como sendo o seu bem favorito. Pois foi esse o primeiro bem que conquistou pela proeza das armas e estimava-o mais que os outros, considerando-o sempre como sua casa.) Depois disso, Sir Lancelot, a pedido da Rainha Guinevere, tomou o partido da Dama de Nohan contra o Rei da Nortúmbria, e derrotou o Rei da Nortúmbria e fê-lo vassalo do Rei

Das várias aventuras de Sir Lancelot

---

20. Trata-se de episódio famoso – o do Vale sem Retorno ou Vale dos Falsos Enamorados – envolvendo Lancelot e Morgana, e que Howard Pyle resume com topônimos próprios: enamorada de um cavaleiro, Morgana surpreende-o em um vale com uma donzela, a quem ele ama de verdade. Enfurecida, a Fada cobre o lugar com um encantamento tal que nenhum cavaleiro que ali entre poderá sair, caso haja cometido alguma falta contra Amor. Durante dezesseis anos, o castelo mantém 250 prisioneiros e só a intervenção de Lancelot os libertará desse curioso cativeiro.

Arthur. Então venceu Sir Gallehaut, Rei das Fronteiras Distantes, e enviou-o prisioneiro para a corte do Rei Arthur (e mais tarde Sir Gallehaut e Sir Lancelot se tornariam melhores amigos para o resto da vida). Assim, dali a pouco tempo todo o mundo falava de Sir Lancelot, pois dizia-se que, em verdade, ele jamais fora derrotado por outro cavaleiro, fosse a cavalo ou homem a homem, e que sempre obtinha êxito em qualquer aventura em que se metesse, fosse ela grande ou pequena. Assim deu-se como a Dama do Lago havia previsto, pois o nome de Sir Lancelot ficou famoso, não por ser filho do Rei Ban, mas por causa dos feitos que alcançara por conta própria.

Foi assim que Sir Lancelot realizou todas essas famosas aventuras, e depois retornou para a corte do Rei Arthur coroado de tantos sucessos e glórias de cavalaria, e lá foi recebido com aclamação e júbilo e logo conduzido ao assento na Távola Redonda que lhe cabia. E naquela corte era tido na mais alta conta e estima por todos os cavaleiros que lá estavam. Pois o Rei Arthur muitas vezes falava dele assim: que não imaginava maior honra ou glória devida a um rei do que ter um cavaleiro como Sir Lancelot do Lago a servi-lo. Pois um cavaleiro como Sir Lancelot raramente surgia neste mundo e, quando isso acontecia, sua glória acabava iluminando com seu resplendor todo o reino de quem servisse.

Foi assim que Sir Lancelot foi grandemente honrado por todos na corte do Rei Arthur, e viveu naquela corte a maior parte de sua vida.

Agora é preciso que eu mencione a amizade que havia entre Sir Lancelot e a Rainha Guinevere, pois após seu retorno à corte do rei, os dois tornaram-se tão bons amigos que não havia duas pessoas mais amigas do que eles.

Estou ciente de que já se disseram muitas coisas escandalosas sobre essa amizade, mas escolhi não acreditar nesses boatos maldosos. Pois sempre haverá aqueles que adoram pensar e falar mal dos outros. No entanto, embora não se possa negar que Sir Lancelot jamais esteve com outra dama que não Lady Guinevere, ninguém jamais pôde afirmar honestamente que ela considerasse Sir Lancelot mais do que um amigo muito querido. Pois Sir Lancelot sempre jurou pela sua palavra de cavaleiro, até o último dia da sua vida, que Lady Guinevere era em todos os sentidos nobre e honrada, portanto escolhi crer em sua palavra de cavaleiro e tomar o que ele disse como a verdade. Pois não é verdade que se tornou um eremita, e que ela se tornou freira no fim dos seus dias? E não ficaram os dois de coração partido quando o Rei Arthur partiu deste mundo

Sobre Sir Lancelot e a Rainha Guinevere

Sir Lancelot saúda a Rainha Guinevere.

do modo singular como foi? É por isso que decidi pensar bem das nobres almas que são, e não mal.[21]

Contudo, embora Sir Lancelot vivesse na corte do Rei, continuava amando o grande mundo e a vida de aventuras mais do que tudo. Pois tinha vivido tanto tempo no Lago que as coisas da rude vida ao ar livre nunca deixaram de atraí-lo.

---

21. Curiosamente, e movido aparentemente apenas pelo moralismo de que já dera mostras no volume anterior (ver nota 1), consentâneo ao rigor de sua educação familiar de ascendência protestante, Howard Pyle houve por bem extirpar da biografia de Lancelot – como ele justifica neste parágrafo – a conturbada história de seus amores adúlteros com a Rainha Guinevere, esposa do Rei Arthur, de cuja Távola Redonda ele era um dos cavaleiros mais preeminentes. Contudo – é preciso que se diga –, a par de Tristão e Isolda, Guinevere e Lancelot viveram os mais célebres episódios da "matéria de Bretanha", justamente por estar sempre e dolorosamente divididos entre a fidelidade a um Rei magnânimo e a paixão avassaladora, condenada às penas do inferno na *Demanda do Santo Graal*.

De como Sir Lancelot vivia em Camelot Assim, embora durante algum tempo a corte do Rei lhe tivesse proporcionado alguma alegria (pois houve muitas justas em sua honra e aonde quer que fosse os homens comentavam: "Lá vai o grande cavaleiro, Sir Lancelot, que é o maior cavaleiro do mundo!"), ansiava novamente por sair cavalgando mundo afora. Por isso um dia pediu ao Rei Arthur que lhe permitisse partir dali e sair por algum tempo em busca de aventuras; e o Rei Arthur lhe deu permissão para fazer como quisesse.

Agora então narrarei várias aventuras maravilhosas em que Sir Lancelot se envolveu e nas quais teve completo êxito, trazendo grande glória e renome para a Távola Redonda, da qual era o cavaleiro mais importante.

Capítulo Segundo

Como Sir Lancelot e Sir Lionel partiram juntos como cavaleiros errantes
e como Sir Lionel encontrou Sir Turquine, para sua grande desgraça.
E também como Sir Ector lamentou a partida de seu irmão Lancelot
e, seguindo-o, acabou dando numa aventura muito infeliz

Pois bem, depois que o Rei Arthur deu sua permissão para que Sir Lancelot saísse errante pelo mundo e enquanto Sir Lancelot se preparava para partir, Sir Lionel, que era seu primo-irmão, veio ter com ele, e Sir Lionel pediu-lhe para acompanhá-lo como companheiro de armas, e Sir Lancelot assentiu.

Assim, quando o Rei Arthur confirmou a autorização de Sir Lancelot, Sir Lionel também se aprontou muito feliz, e cedo na manhã do dia seguinte os dois partiram da corte juntos – era um dia muito belo e agradável, e o ar estava todo cheio da alegria daquela estação do ano, que era bem o meio da primavera.

Sir Lancelot e Sir Lionel partem em busca de aventura

Então, por volta do meio-dia, chegaram a um lugar onde havia uma grande macieira encostada numa sebe, e naquela altura estavam famintos. Então ataram seus cavalos ali perto numa área fresca e sombreada e logo sentaram-se à sombra da macieira sobre a grama fofa, ainda fria do frescor da manhã.

Quando terminaram de comer, Sir Lancelot disse:

– Estou com muita vontade de dormir um pouco, pois sinto-me tão sonolento que minhas pálpebras pesam como chumbo.

Ao que Sir Lionel respondeu:

– Pois bem, dorme um pouco enquanto fico de vigia. Depois podes vigiar enquanto eu durmo um pouco.

Assim, Sir Lancelot apoiou a cabeça no elmo e virou-se de lado, e dali a pouco tinha caído num sono sem qualquer sonho ou pensamento, mas profundo e puro como um poço d'água no meio da floresta.

Sir Lancelot adormece sob uma macieira

Enquanto dormia, Sir Lionel ficou de vigia, andando de um lado para outro à sombra da sebe vizinha.

Estavam numa ribanceira abaixo da qual havia um vale; e uma estrada atravessava o vale, muito clara e iluminada sob a luz do sol, como uma fita de seda,

Sir Lionel avista um cavaleiro perseguindo três outros

e a estrada corria entre uma plantação de milho e um pasto. Pois bem, enquanto caminhava ao longo da sebe, Sir Lionel viu três cavaleiros cavalgando pelo vale, passando muito rápido pela estrada numa grande nuvem de poeira. Atrás deles vinha um quarto cavaleiro, muito corpulento e com uma armadura toda negra. Além disso, o cavalo em que este cavaleiro vinha montado era negro, seu escudo era negro, sua lança era negra e os arreios e apetrechos de seu cavalo eram todos negros, de modo que tudo nele era tão negro como um corvo.

E Sir Lionel viu que esse cavaleiro perseguia os outros três e que, como seu cavalo era mais veloz do que os deles, já alcançava o cavaleiro que vinha por último. E Sir Lionel viu que o cavaleiro negro desferiu um golpe tão violento com sua espada no cavaleiro em fuga que ele caiu de cabeça do seu cavalo, rolou duas ou três vezes no chão e lá ficou estirado, feito morto. O cavaleiro negro então alcançou o segundo dos três e fez o mesmo que tinha feito a seu companheiro. Nisto, o terceiro de todos, vendo que não poderia escapar, voltou-se como que para se defender, mas o cavaleiro negro investiu contra ele e de tal forma o golpeou que nem um raio o teria derrubado do cavalo tão rápido. Pois, embora o embate se desse a umas boas milhas de distância, Sir Lionel escutou o ruído daquele golpe como se fosse ali ao lado.

Assim, depois de ter derrubado aqueles três cavaleiros, o cavaleiro negro foi até cada um e atou suas mãos para trás. Então, erguendo cada um com extraordinária facilidade, depositou-os atravessados nas selas dos seus próprios cavalos, como se fossem sacos de farinha. E tudo isso Sir Lionel via com muito espanto, impressionado com a enorme força e destreza daquele cavaleiro negro. "Puxa!", pensou consigo mesmo. "Lá irei investigar esse negócio, pois bem pode ser que esse cavaleiro negro não ache assim tão fácil lidar com um cavaleiro da Távola Redonda como lidou com aqueles três."

Em seguida, Sir Lionel desatrelou silenciosamente seu cavalo e saiu tão de mansinho que Sir Lancelot não despertou. Só quando já tinha se distanciado um pouco montou em seu corcel e saiu galopando rápido na direção do vale.

Depois de chegar aonde o cavaleiro estava, viu que tinha acabado de amarrar o último dos cavaleiros à sela do seu cavalo, como já foi dito. Então Sir Lionel falou ao cavaleiro negro assim:

– Senhor, peço que me diga seu nome e grau e por que trata estes cavaleiros de um modo tão vergonhoso como este que vejo.

Sir Lionel interpela o cavaleiro negro

– Senhor – disse o cavaleiro negro de modo ríspido –, este assunto não é da sua conta. Mas mesmo assim lhe direi: estes cavaleiros que derrotei são cavaleiros da corte do Rei Arthur, e trato assim

Sir Lionel da Inglaterra

a qualquer um desses cavaleiros que porventura passe por aqui. E o mesmo farei consigo se for cavaleiro do Rei Arthur.

– Bem – disse Sir Lionel –, o que diz é muito desleal. E, se quer saber, também eu sou um cavaleiro da corte do Rei Arthur, mas duvido que me tratará do modo como tratou estes três. Ao contrário, espero sinceramente tratá-lo de tal modo que permita libertar estes cavaleiros das suas mãos.

Com isto, sem mais demora, preparou-se, empunhando a lança e o escudo, e o cavaleiro negro, percebendo suas intenções, também se preparou. Então distanciaram-se um pouco um do outro, deixando caminho livre para o embate. Em seguida, cada um esporeou seu cavalo, e os dois dispararam um contra o outro com tal violência que a terra lhes tremeu por baixo. Chocaram-se bem no meio do caminho, mas, ora vejam!, naquele encontro a lança de Sir Lionel se partiu em trinta ou quarenta pe-

O cavaleiro negro derrota Sir Lionel

daços, enquanto a lança do cavaleiro negro ficou inteira, arrancando Sir Lionel da sua sela e lançando-o sobre a garupa do cavalo com tal violência que, quando atingiu o chão, rolou três vezes sem parar. E por causa daquele golpe tão terrível e violento, caiu numa vertigem tão profunda que não conseguia mais enxergar coisa alguma, e acabou por perder os sentidos.

Então o cavaleiro negro desmontou e amarrou as mãos de Sir Lionel para trás e deitou-o atravessado na sela de seu cavalo como tinha feito com os outros nas selas dos seus. Amarrou-o com grossas cordas tão apertadas que Sir Lionel não conseguia se mover.

Enquanto isso tudo acontecia, Sir Lancelot continuava dormindo sob a macieira na ribanceira, embalado pelo doce zumbido das abelhas nas flores no topo da colina.

Agora fiquem sabendo que quem aprisionou Sir Lionel e os outros três cavaleiros era um certo Sir Turquine, um cavaleiro muito cruel e orgulhoso, que possuía um enorme castelo fortificado para além da entrada do vale onde os cavaleiros se enfrentaram, como foi narrado. Além disso, Sir Turquine tinha o hábito de aprisionar todos os cavaleiros e damas que passassem por ali. E libertava todos os cavaleiros e damas que não fossem da corte do Rei Arthur depois de pagarem

Sobre Sir Turquine, o cavaleiro negro

o resgate que pedia. Mas mantinha os cavaleiros da corte do Rei Arthur, especialmente aqueles da Távola Redonda, para sempre prisioneiros em seu castelo. A masmorra do castelo era gélida e sombria, um lugar miserável, e foi para lá que ele decidiu levar os quatro cavaleiros que derrotara, desejando mantê-los prisioneiros, conforme foi dito.

Agora retornemos à corte do Rei Arthur e vejamos o que aconteceu por lá depois que Sir Lancelot e Sir Lionel partiram em busca de aventuras.

Quando Sir Ector viu que Sir Lancelot e Sir Lionel haviam partido daquele modo ficou muito entristecido. Então pensou consigo mesmo: "Meu irmão devia ter me levado consigo, como levou nosso primo." Então foi até o Rei Arthur e pediu-lhe permissão para deixar a corte e partir em busca dos outros dois para juntar-se a eles em suas aventuras, e o Rei Arthur alegremente deu-lhe permissão. Assim, Sir Ector preparou-se com toda presteza e partiu a galope atrás de Sir Lancelot e Sir Lionel. E Sir Ector inquiria quem encontrava pelo caminho,

Sir Ector vai atrás de Sir Lancelot e Sir Lionel

até descobrir que os dois cavaleiros seguiam à sua frente. Então pensou consigo mesmo: "Logo logo os alcançarei – se não hoje à noite, o mais tardar durante o dia de amanhã."

Todavia, depois de algum tempo, alcançou uma encruzilhada e ali tomou o caminho que não era o que Sir Lancelot e Sir Lionel haviam tomado. Portanto, depois de cavalgar por algum tempo, viu que os tinha perdido por ter tomado aquela estrada. Mesmo assim, continuou seguindo até próximo do raiar do dia, quando deu com um lenhador, a quem disse:

Sir Ector busca aventura

– Bom homem, por acaso viu dois cavaleiros cavalgando por estas bandas? Um deles traja uma armadura branca e traz um escudo branco, no qual está gravada a figura de uma dama, e o outro cavaleiro traja uma armadura vermelha com a figura de um grifo vermelho[22] gravada no escudo.

– Não – disse o lenhador –, não vi ninguém assim.

Então Sir Ector disse:

– Sabe se por aqui há alguma aventura?

O lenhador então caiu na gargalhada.

– Sim – disse ele –, há uma bela aventura aqui perto, e é uma em que muitos se lançaram e ninguém jamais conseguiu realizar com sucesso.

Então Sir Ector disse:

– Diga-me que aventura é essa e nela me lançarei.

– Senhor – disse o lenhador –, se seguir por aquela estrada por um bom pedaço encontrará um castelo muito grande e fortificado rodeado por um largo fosso. Em frente ao castelo corre um riacho com um vau raso e limpo que se pode atravessar. No lado de cá do vau verá um espinheiro muito alto e grosso, com uma bacia de latão pendurada. Golpeie a bacia com a ponta de sua lança e logo encontrará a aventura da qual falei.

– Camarada – disse Sir Ector –, fico-lhe muito agradecido pela informação.

E com isso logo partiu em busca daquela aventura.

Cavalgou por bastante tempo num galope veloz e acabou chegando ao topo de um morro e de lá avistou a entrada de um formoso vale. Na distância à sua frente havia um outro morro não muito grande ou alto, mas incrivelmente íngreme e pedregoso. No topo desse morro tinha sido construído um castelo alto e imponente, de pedra cinzenta, repleto de torres e pináculos, altas chaminés e inúmeras janelas, todas refletindo a luz do sol.[23] Um formoso riacho corria

---

22. Animal fabuloso e elemento comum em heráldica, tem geralmente cabeça, bico e asas de águia e corpo de leão, simbolizando a sabedoria e a força, além de uma natureza simultaneamente divina e terrestre. A cor vermelha (ou esmalte *goles*, com provável origem no persa *ghiul*, "rosa", trazido pelos cruzados) representa a coragem e o sangue derramado a serviço de uma causa maior.

23. Note-se a inacessibilidade desse castelo (e de outros mais neste livro), com diversos obstáculos a serem transpostos. Topografias como essa, comuns na matéria cavaleiresca e destina-

pela entrada do vale, cuja água era calma e clara feito prata, em cujas margens havia largos prados muito verdes, entremeados de arvoredos e pomares. E Sir Ector percebeu que a estrada por onde seguia acabava por cruzar o tal riacho através de um vau raso, e concluiu que aquele deveria ser o vau de que o lenhador falara. Cavalgou então em direção ao vau e quando se aproximou avistou o espinheiro de que o lenhador falara, e viu pendurada nele uma grande bacia de latão, exatamente como dissera o lenhador.

Então Sir Ector cavalgou até o espinheiro e golpeou a bacia de latão com a ponta de sua lança, e a bacia ressoou feito um trovão. E golpeou-a muitas e muitas mais vezes. Mas embora percebesse o alvoroço que causara no formoso castelo, nenhuma aventura se anunciava, ainda que golpeasse a bacia inúmeras vezes.

Sir Ector golpeia a bacia de latão

Pois bem, como seu cavalo tivesse sede, Sir Ector levou-o até o vau para que bebesse, e enquanto lá estava de repente notou, no outro lado do riacho, um grupo muito estranho que vinha pela estrada. Na frente de todos vinha um cavaleiro inteiramente vestido de preto, montado num cavalo negro, e todos os arreios e apetrechos do cavalo eram inteiramente negros. Atrás dele vinham quatro cavalos enfileirados que ele conduzia como uma tropa, e atravessado sobre cada cavalo havia um cavaleiro com sua armadura, amarrado na sela como se fosse um saco de farinha, coisa que encheu Sir Ector de espanto.

Assim que o cavaleiro negro se aproximou do castelo, muitos vieram tomar os cavalos de suas mãos e conduzi-los para o castelo. E logo que se desvencilhou dos cavalos, o cavaleiro negro cavalgou arrogantemente até Sir Ector. Assim que chegou à beira d'água, gritou:

– Senhor cavaleiro, saia da água e lute comigo.

– Muito bem – disse Sir Ector –, assim farei, embora ache que sairá perdendo.

Sir Ector tenta lutar contra o cavaleiro negro

Logo que terminou de dizer isso, saiu rapidamente do vau, espalhando água enquanto passava. Imediatamente dispensou sua lança, puxou a espada e arremeteu na direção do cavaleiro negro, descendo-lhe um golpe tão forte que seu cavalo rodopiou duas vezes.

– Ah! – disse o cavaleiro negro. – Este deve ser o melhor golpe que já me atingiu em toda a minha vida.

---

das a encarecer a conquista, visam à "provação" do cavaleiro, cuja destreza depende sempre de vitórias, quaisquer que sejam os inimigos, inclusive a Natureza inóspita.

Em seguida, o cavaleiro negro lançou-se sobre Sir Ector, e sem usar qualquer arma, agarrou-o pela cintura e arrancou-o da sela de uma só vez, arremessando-o atravessado sobre a sua própria sela. Depois de realizar esse incrível feito, com Sir Ector ainda atravessado na sela, cavalgou até o seu castelo e não se deteve até alcançar o pátio da guarda, onde depositou Sir Ector no chão de pedra. Então disse:

– O senhor fez comigo hoje o que nenhum outro cavaleiro jamais fez. Portanto, se prometer ser meu ajudante daqui para a frente, dou-lhe a liberdade, além de grandes recompensas pelos seus serviços.

Mas Sir Ector estava tão envergonhado que exclamou indignado:

– Prefiro passar a vida toda prisioneiro a servir a um cavaleiro assim tão covarde, que ousa tratar outros cavaleiros do modo como me tratou.

– Bem – disse o cavaleiro negro, com ar bem severo –, como queira.

Dito isto, deu certas ordens, e vários sujeitos mal-encarados lançaram-se sobre Sir Ector, arrancaram-lhe a armadura e imediatamente o levaram dali, seminu, para a masmorra de que já falei.

Lá encontrou vários cavaleiros da corte do Rei Arthur, e vários da Távola Redonda, e a todos conhecia. E quando viram Sir Ector ser lançado ali daquele modo, soltaram grandes gemidos, lamentando que também ele tivesse sido capturado, em vez de libertá-los daquela situação penosa e miserável.

– Ai de nós – diziam –, não existe cavaleiro que possa nos libertar desta masmorra, exceto Sir Lancelot. Pois com certeza esse Sir Turquine é o melhor cavaleiro do mundo, com exceção de Sir Lancelot.

O cavaleiro negro faz Sir Ector prisioneiro

Capítulo Terceiro

Como Sir Lancelot foi encontrado adormecido pela Rainha Morgana,
a Fada, e três outras rainhas que estavam com ela, e como foi
levado a um castelo da Rainha Morgana e o que lhe aconteceu lá

Assim Sir Lancelot continuava dormindo profundamente à sombra da macieira, sem saber da partida de Sir Lionel ou da desventura que havia se abatido sobre aquele bom cavaleiro. E enquanto estava assim adormecido, veio passando pela estrada próxima dali um formoso cortejo de pessoas importantes, desfilando pelo caminho de modo imponente. À frente do grupo vinham quatro damas que eram quatro rainhas. Acompanhavam-nas quatro cavaleiros e, por ser aquele um dia quente, os quatro cavaleiros traziam, erguido pela ponta de suas lanças, um dossel de seda verde para proteger as rainhas do forte calor do sol. E os quatro cavaleiros vinham de armadura completa, montados em quatro belos corcéis, enquanto as quatro rainhas, vestidas com grande pompa, vinham montadas em quatro mulas brancas ricamente enfeitadas com arreios de diversas cores bordados a ouro. Atrás destes nobres personagens vinha um fino cortejo de escudeiros e damas de companhia que deviam ser uns vinte ou mais, alguns montados em cavalos e outros em mulas que trotavam mansamente.

Quatro rainhas e seus cortejos passam por onde Sir Lancelot dormia

Pois bem, nenhuma dessas pessoas de maior ou menos grau imaginava que Sir Lancelot estivesse dormindo ali tão perto enquanto iam passando, conversando muito animadas naquele agradável dia de primavera, quando o ar é morno, tudo é viçoso, os campos são verdes, e o céu claro. E continuariam sem imaginar que lá havia um cavaleiro, não fosse o cavalo de Sir Lancelot soltar um sonoro relincho. Com isso notaram a presença do cavalo e então avistaram Sir Lancelot dormindo à sombra da macieira, a cabeça apoiada no elmo.

Pois bem, a mais importante daquelas rainhas era a Rainha Morgana, a Fada (que era irmã do Rei Arthur e uma poderosa feiticeira má, sobre a qual muito já foi dito no Livro do Rei Arthur). Além da Rainha Morgana, havia também a Rainha de Gales do Norte, a Rainha das Terras do Leste e a Rainha das Ilhas de Fora.

Então, quando tal grupo de rainhas, cavaleiros, escudeiros e damas ouviu o relincho do corcel, e quando viram Sir Lancelot ali deitado, puxaram as rédeas muito espantados de encontrar um cavaleiro dormindo tão profundamente ali, apesar de todo o ruído e algazarra da passagem do cortejo. Então a Rainha Morgana chamou um dos escudeiros que a seguia e disse-lhe:

– Vai devagarinho e vê se reconheces aquele cavaleiro ali, mas não o despertes.

Então o escudeiro seguiu a ordem: foi até a macieira e olhou bem de perto o rosto de Sir Lancelot, e logo soube quem era porque já estivera antes em Camelot e lá vira Sir Lancelot. Com isso voltou depressa até onde estava a Rainha Morgana e disse-lhe:

*Um escudeiro
reconhece
Sir Lancelot*

– Senhora, creio que aquele cavaleiro é nada menos que o grande Sir Lancelot do Lago, sobre quem tanto se tem dito, pois é tido como o mais forte de todos os cavaleiros da Távola Redonda do Rei Arthur, e o maior cavaleiro do mundo, de modo que o Rei Arthur o adora e favorece acima de todos os outros.

Contudo, quando a Rainha Morgana, a Fada, percebeu que o cavaleiro que ali dormia era Sir Lancelot, imediatamente pensou numa maneira de lançar-lhe um feitiço malévolo e poderoso para prejudicar o Rei Arthur. Sabendo o quanto o Rei Arthur estimava Lancelot, decidiu-se atormentá-lo por causa do Rei Arthur.[24] Então foi silenciosamente até onde Sir Lancelot estava, com a intenção de lançar-lhe algum encantamento. Ao aproximar-se de Sir Lancelot, porém, deu-se conta de que não poderia exercer suas más intenções enquanto ele usasse no dedo o anel dado pela Dama do Lago. Por esta razão foi obrigada a deixar de lado, por ora, esses intentos malévolos.

*A Rainha Morgana,
a Fada, lança um
encantamento suave
sobre Sir Lancelot*

Embora não pudesse lançar-lhe um feitiço malévolo, conseguiu, por um passe de mágica, fazer com que seu sono prosseguisse ininterrupto por mais três ou quatro horas. Assim, fazendo certos movimentos com as mãos sobre seu rosto, urdiu seu sono numa trama tão rente que Sir Lancelot não conseguiria rompê-la e acordar.

Em seguida chamou vários dos escudeiros que faziam parte do seu cortejo e ordenou que buscassem o escudo de Sir Lancelot e deitassem o cavaleiro sobre ele. Então levantaram-no e levaram-no embora, transportando-o daquele modo até certo castelo na floresta, não muito longe dali. O nome do castelo era Chateaubras e era um dos castelos da Rainha Morgana.

E durante todo esse tempo Sir Lancelot permaneceu adormecido num sono profundo, sem dar acordo de si. Portanto, quando despertou e olhou em volta, ficou assaz espantado, sem saber se estava acordado ou sonhando. A verdade

---

24. Conforme se pode depreender do que se disse acima (nota 12), a aversão que Morgana tinha por Guinevere se estendeu, em várias situações, a Arthur, acusados ambos de interferir em sua inconstante vida amorosa.

Sir Lancelot
desperta num
belo aposento

é que se deitara para dormir à sombra de uma macieira, mas agora se achava num belo aposento, deitado num divã forrado com uma colcha de cor flamejante.

Então percebeu que era um quarto muito bonito, com paredes recobertas de tapeçarias onde se viam cenas da corte com belas damas e cenas de batalhas com cavaleiros. E o chão era coberto de tapetes tramados, e o divã onde estava era feito de lenho entalhado e ricamente decorado. Havia duas janelas no quarto e pôde ver que o quarto ficava muito elevado pois tinha sido construído no alto de um penhasco, de tal maneira que a floresta se estendia lá embaixo como um mar verdejante. E percebeu que havia somente uma porta no aposento e que a porta tinha uma trava de ferro e era cravejada de espinhos de ferro. E, ao tentar abri-la, viu que a porta estava trancada.

Então Sir Lancelot se deu conta de que estava ali como prisioneiro – embora não no sentido mais terrível da palavra – e não conseguia entender como fora parar ali ou o que lhe acontecera.

Pois bem, chegando o crepúsculo, veio um guardião corpulento e mal-encarado, abriu a porta do quarto onde estava Sir Lancelot e deixou entrar uma for-

Uma formosa donzela traz um lume e comida para Sir Lancelot

mosa donzela que trazia um delicioso jantar numa bandeja de prata. Trazia na bandeja, além disso, três velas de cera perfumada em três candelabros de prata que iluminavam o quarto todo. Contudo, quando Sir Lancelot viu que a jovem vinha com intenção de servi-lo, levantou-se, tomou-lhe a bandeja das mãos e colocou-a ele mesmo sobre a mesa. Aquela gentileza não escapou à donzela, que disse:

– Senhor cavaleiro, encontra-se bem?

– Ah, donzela – disse Sir Lancelot –, não sei como responder a esta pergunta pois não saberei como estou enquanto não souber se estou entre amigos ou inimigos. Pois embora este aposento onde me encontre seja muito formoso e finamente decorado, parece-me que fui trazido aqui sob algum feitiço e que aqui estou prisioneiro. Portanto não sei bem se estou bem ou mal.

Então a donzela olhou para Sir Lancelot e sentiu muita pena dele.

A donzela se apieda de Sir Lancelot

– Senhor – disse ela –, sinto muita pena de vê-lo nesta situação, pois ouvi falar que é o melhor cavaleiro do mundo e certamente tem uma aparência muito nobre. Devo dizer que este castelo onde está é um castelo enfeitiçado e que os que vivem aqui não lhe querem bem. Portanto aconselho que tome muito cuidado com eles.

– Donzela – disse Sir Lancelot –, agradeço as gentis palavras e tomarei o cuidado que me aconselhas.

A Rainha Morgana aparece para Sir Lancelot.

A donzela teria dito ainda mais, mas não ousou por medo que a escutassem e lhe acontecesse algum mal, pois o guardião ainda estava do lado de fora da porta. Então, dali a pouco partiu, deixando Sir Lancelot sozinho.

Mas embora a donzela tivesse tentado reconfortar Sir Lancelot, ele não conseguiu se sentir reconfortado naquela noite, como vocês podem bem imaginar,[25] pois não tinha ideia do que o aguardava na manhã seguinte.

---

25. Com esse "vocês", tantas vezes utilizado ao longo do livro, o autor dirige-se a um público imaginário. A estratégia é não só própria de seu tempo, pois a prosa romântica do séc.XIX se serve frequentemente do diálogo – direto ou indireto – para introduzir o leitor na narrativa, como ainda remonta à tradição oral da Idade Média, quando as "histórias de proveito e exemplo" eram repassadas de boca em boca a ouvintes ávidos, que não tinham acesso aos livros manuscritos (a invenção da imprensa é do séc.XV) – ou porque não sabiam ler ou porque era escassíssima a circulação desse caro material.

Pois bem, quando amanheceu, Sir Lancelot percebeu que havia alguém na porta do seu quarto e, quando o dito alguém entrou, era a Rainha Morgana, a Fada. Estava vestida com toda a imponência que lhe cabia, e sua aparência era tão reluzente e radiosa que, quando entrou no quarto, Sir Lancelot não sabia se era uma visão ou se se tratava de uma criatura de carne e osso.

Como a Rainha Morgana foi ter com Sir Lancelot

Trazia a coroa dourada sobre a cabeça e seus cabelos, que eram rubros como ouro, estavam presos com fitas de ouro; e vinha toda coberta de vestimentas de ouro; e nos dedos usava anéis de ouro cravejados de pedras preciosas e nos braços pulseiras douradas, além de um colarinho dourado que lhe caía pelos ombros. Portanto, ao entrar no quarto brilhava com um esplendor extraordinário, como se fosse uma estátua maravilhosa toda feita de puro ouro – mas com um rosto de pele macia que era lindo, olhos incrivelmente brilhantes, os lábios vermelhos feito coral que sorriam, e uma expressão que se alterava conforme o fascínio que desejasse exercer.

Quando Sir Lancelot viu-a entrando assim deslumbrante no quarto levantou-se e saudou-a com uma profunda reverência, pois ficara completamente perplexo de ver aquela visão reluzente. Então a Rainha Morgana estendeu-lhe a mão e ele, ajoelhando-se, tomou-lhe os dedos cheios de anéis nas mãos e tocou-os com os lábios.

– Bem-vindo, Sir Lancelot! – disse ela. – Seja bem vindo-aqui! Pois é mesmo uma grande honra receber um cavaleiro tão nobre e famoso!

– Ora, Senhora – disse Sir Lancelot –, quanta gentileza a sua! Mas, por favor, diga-me como vim parar aqui e por que motivo? Pois quando adormeci ontem à tarde tinha me deitado à sombra de uma macieira na ribanceira de um morro, e quando acordei, ora, veja, encontrei-me aqui neste belo aposento.

A Rainha Morgana, a Fada, então respondeu sorrindo:

– Senhor, sou a Rainha Morgana, a Fada, de quem já deve ter ouvido falar, pois sou irmã do Rei Arthur, de quem é cavaleiro particular. Ontem à tarde, enquanto cavalgava com algumas outras rainhas e um pequeno cortejo de cavaleiros, escudeiros e damas de companhia, passamos pelo local onde dormia. Ao vê-lo dormindo daquele jeito, sozinho e sem qualquer companheiro, consegui, por meio de certos poderes que possuo, lançar-lhe um leve feitiço para que o seu sono durasse ininterrupto por três ou quatro horas. Foi assim que o trouxemos até aqui, na esperança de que fique conosco por dois ou três

A Rainha Morgana tenta enganar Sir Lancelot

dias ou mais e nos dê o prazer de sua companhia. Pois é certo que a sua fama, que é grande, chegou até aqui, e por isso por ora o fizemos gentil prisioneiro.

– Senhora – disse Sir Lancelot –, tal imposição me seria muito agradável em algum outro momento, mas quando adormeci estava acompanhado do meu primo, Sir Lionel, e não sei o que lhe aconteceu, e certamente ele, sem saber o que me aconteceu, irá me procurar. Portanto, peço que me deixe partir e encontrar meu primo e então voltarei aqui com o espírito tranquilo.

– Muito bem, Senhor – disse a Rainha Morgana –, será como deseja. Só lhe peço alguma prova de que retornará. (E nisso ela retirou do seu dedo um anel de ouro incrustado com várias pedras preciosas.) Fique então com este anel – ela disse – e me dê esse anel que vejo no seu dedo, de modo que, quando voltar, cada um de nós receba o seu anel de volta.

– Senhora – disse Lancelot –, isto não pode ser, pois este anel foi colocado em meu dedo com a promessa de que, enquanto ali estiver, minha alma viverá no meu corpo. Peça-me qualquer outra prova e a terá, mas não posso lhe dar este anel.

Ao escutar essas palavras o rosto da Rainha Morgana ficou muito vermelho, e seus olhos brilharam como labaredas.

A Rainha Morgana fica com raiva de Sir Lancelot

– Ah, Senhor Cavaleiro – ela disse –, não me parece muito cortês recusar a uma dama e rainha uma prova tão pequena quanto esta. Estou muito ofendida consigo e com o que me fez. Portanto, agora exijo, como irmã do Rei Arthur a quem serve, que me dê este anel.

– Senhora – disse Sir Lancelot –, não posso fazê-lo, embora muito me vexe recusá-lo.

Então a Rainha Morgana ficou algum tempo encarando Sir Lancelot com muita raiva, mas ao perceber que não conseguiria dele o que queria, virou-se de repente e saiu do quarto, lá deixando Sir Lancelot. Deixou-o muito angustiado, pois não sabia o tamanho dos poderes da Rainha Morgana, a Fada, e não tinha como saber que mal ela tentaria lhe causar com eles. Mas lembrou-se de que o anel que usava era soberano contra os feitiços malignos que ela possuía, o que lhe trouxe algum consolo.

Contudo, passou todo aquele dia muito temeroso naquele aposento, e quando veio a noite receou deixar-se adormecer, temendo que viesse gente do castelo sorrateiramente fazer-lhe algum mal enquanto dormia. Por isso permaneceu acordado enquanto todos no castelo dormiam. Aconteceu então que, de madrugada, mais ou menos ao primeiro cantar do galo, ouviu um ruído do lado de fora e notou uma luz que brilhava pela fresta da porta. Dali a pouco a porta se abriu, e a mesma donzela que lhe servira o jantar na noite anterior entrou trazendo na mão uma vela acesa.

Quando Sir Lancelot viu a donzela, falou:

– Donzela, vens com boas ou más intenções?

– Senhor – disse ela –, venho com boas intenções, pois enche-me de pena vê-lo nesta situação lastimosa. Sou filha de um rei e dama de companhia da Rainha Morgana, a Fada, mas ela é uma feiticeira tão poderosa que, para dizer a verdade, morro de medo que ela acabe me fazendo algum mal. Por isso amanhã deixarei de servi-la e voltarei ao castelo de meu pai. Enquanto isso, resolvi que irei ajudá-lo em sua dificuldade. Veja, a Rainha Morgana confia em mim; além disso, conheço este castelo e tenho comigo todas as suas chaves, portanto posso libertá-lo. Prometo soltá-lo se, de sua parte, ajudar-me com algo que lhe será muito fácil.

A donzela vem ter com Sir Lancelot novamente

– Bem – disse Sir Lancelot –, contanto que a ajuda seja condizente com a minha honra de cavaleiro, ficarei muito feliz de oferecê-la sob qualquer condição. Agora peço que me digas o que desejas.

– Senhor – disse a donzela –, meu pai aceitou participar de um torneio contra o Rei de Gales do Norte, marcado para acontecer numa terça-feira, e isso é daqui a somente duas semanas. Acontece que meu pai já foi derrotado num desses torneios, pois não possui muitos cavaleiros que o ajudem, enquanto o Rei de Gales do Norte possui três cavaleiros da Távola Redonda do Rei Arthur consigo. Foi com a ajuda desses cavaleiros da Távola Redonda que o Rei de Gales do Norte derrotou meu pai no último torneio, e agora meu pai teme o próximo torneio. Agora, se o senhor participar junto de meu pai no dia do torneio, tenho certeza que ele vencerá, pois todos dizem que é o maior cavaleiro que há no mundo neste momento. Então, se me prometer ajudar meu pai, tomarei essa promessa junto com sua palavra de cavaleiro e poderei libertá-lo deste castelo enfeitiçado.

A donzela fala para Sir Lancelot sobre seu pai, o Rei Bandemagus

– Bela donzela – disse Sir Lancelot –, diz-me teu nome e o nome de teu pai, pois não posso dar-te minha palavra enquanto não souber quem és.

– Senhor – disse a donzela –, chamo-me Elouise, a Formosa, e meu pai é o Rei Bandemagus.[26]

Sir Lancelot promete ajudar o Rei Bandemagus

– Ah! – exclamou Sir Lancelot. – Conheço teu pai e sei que é um bom rei e, além disso, um cavaleiro muito valoroso. Mesmo que não me prestasses qualquer favor eu iria dar a ele a melhor ajuda que pudesse, bastando que me pedisses e que eu não estivesse aqui prisioneiro.

---

26. Rei de Gore e sobrinho de Uríen, tem a distingui-lo, na "matéria de Bretanha", duas características: aliado de Arthur, é o mais antigo de seus cavaleiros; e é dos poucos que conseguem visitar Merlin aprisionado por Vivien. Morre em confronto com Galvan.

Ao ouvir isso, a donzela se alegrou imensamente e agradeceu muito a Sir Lancelot. Então combinaram como fariam para que Sir Lancelot fosse levado à presença do Rei Bandemagus. E a donzela Elouise disse:

– Façamos o seguinte, Sir Lancelot: em primeiro lugar, saiba que a uma certa distância a oeste do lugar onde o senhor adormeceu ontem fica uma abadia muito grande e bela conhecida como Abadia de Santiago Menor. Esta abadia fica bem no meio de uma propriedade tão vistosa que é impossível passar por aquela região e não encontrá-la, se perguntar. Pois bem, quando sair daqui, esperarei algum tempo e me hospedarei na abadia. Assim, quando o senhor achar o momento propício, vá até lá. Lá estarei e o levarei até meu pai.

– Muito bem – disse Sir Lancelot –, assim será. Chegarei lá ainda a tempo do torneio. Enquanto isso, podes ter certeza que jamais esquecerei a tua gentileza comigo hoje, nem do que me fizeste e disseste. Portanto, para mim não será um dever mas sim um prazer servir-te.

Então, quando tudo isso ficou combinado, a donzela Elouise abriu a porta do quarto e levou Sir Lancelot para fora dali. E conduziu-o através de várias passagens, e desceram várias escadarias, até que finalmente chegaram a um certo aposento onde estava sua armadura. Então a donzela ajudou Sir Lancelot a colocar a armadura, de modo que dali a pouco estava de novo inteiramente armado, do mesmo modo como estava quando adormeceu à sombra da macieira. Depois disso, atravessaram o pátio e chegaram ao estábulo onde estava o cavalo de Sir Lancelot, e o cavalo logo o reconheceu quando o viu. Ele então selou seu cavalo, iluminado pela luz da meia-lua que flutuava como um barquinho navegando lá no alto, entre as nuvens prateadas do céu. Assim ficou pronto para partir. Então a donzela abriu os portões e ele saiu a galope noite adentro, quando já vinha a aurora.

Foi assim que Elouise, a Formosa, ajudou Sir Lancelot a escapar daquele castelo enfeitiçado onde muitos outros males teriam lhe acontecido.

A donzela liberta Sir Lancelot

Agora contarei como Sir Lancelot lutou contra Sir Turquine e o que aconteceu então.

Capítulo Quarto

Como Sir Lancelot saiu em busca de Sir Lionel e como uma jovem
donzela o levou à pior luta que jamais travara em toda a sua vida

Então Sir Lancelot atravessou a floresta e, enquanto cavalgava, começou a raiar o dia. Quando o sol já ia nascendo, alcançou uma clareira onde alguns carvoeiros labutavam.

Para aqueles homens simples, Sir Lancelot saindo da floresta escura parecia uma visão brilhante e reluzente. Deram-lhe boas-vindas e ofereceram-lhe de

Sir Lancelot quebra o jejum na floresta

sua comida, e ele apeou e sentou-se com eles e quebrou o jejum na sua companhia. Tendo satisfeito a fome, agradeceu-lhes a acolhida, montou em seu cavalo e partiu.

Sir Lancelot retorna à macieira

Avançou até mais ou menos o meio da manhã, até que acabou alcançando o local onde, dois dias antes, adormecera à sombra da macieira em flor. Estacou e ficou olhando em volta por um bom tempo, pois achava que certamente encontraria alguma pista de Sir Lionel.

Não achando, porém, qualquer sinal dele, Sir Lancelot ficou sem ideia do que lhe podia ter acontecido.

Sir Lancelot vê uma donzela montada num palafrém

Pois bem, enquanto Sir Lancelot lá estava sem saber como fazer para encontrar Sir Lionel, passou por ali uma donzela montada num palafrém. Sir Lancelot saudou-a, e ela retribuiu, perguntando como estava.

– Donzela – disse Sir Lancelot –, não estou muito bem, já que me perdi de meu companheiro de armas e não sei onde andará.

Então acrescentou:

– Teria por acaso encontrado por aí algum cavaleiro cujo escudo traz a insígnia de um grifo vermelho?

Ao que a donzela respondeu:

– Não, não vi ninguém assim.

Então Sir Lancelot disse:

– Diz, bela donzela, sabes de alguma aventura por aqui por perto em que eu possa me lançar? Como vês, é nessa busca que viajo.

Ao ouvi-lo, a donzela começou a rir:

– Sim, Senhor Cavaleiro – disse ela –, sei de uma aventura não muito longe daqui, mas é uma aventura na qual, que eu saiba, nenhum cavaleiro jamais teve êxito. Posso levá-lo até lá, se mesmo assim quiser tentar.

– Por que não tentaria – disse Sir Lancelot –, já que estou aqui justo por esse motivo – para me lançar em aventuras?

– Bem – disse a donzela –, então me acompanhe, Senhor Cavaleiro, e o levarei a uma aventura que o satisfará.

A donzela leva Sir Lancelot a uma aventura

Então Sir Lancelot e a donzela partiram juntos, ele montado no seu corcel, e ela seguindo ao seu lado no manso palafrém.[27] O brilho do sol sobre eles era muito agradável e morno, e todos por quem passavam voltavam-se para olhá-los, pois a donzela era muito formosa e esbelta, e Sir Lancelot tinha um porte tão nobre e imponente que poucos que o viam de longe resistiam a virar-se para olhar mais duas ou três vezes. E enquanto cavalgavam juntos começaram a conversar, e a donzela disse a Sir Lancelot:

– Senhor, parece ser um bom cavaleiro e do tipo que se lançaria em qualquer aventura esperando ter sucesso. Portanto diga-me seu nome e que tipo de cavaleiro é.

– Bela donzela – disse Sir Lancelot –, quanto a dizer meu nome, faço-o de bom grado. Chamo-me Sir Lancelot do Lago, e sou cavaleiro da corte do Rei Arthur e da sua Távola Redonda.

Ao ouvir isso, a donzela ficou muito surpresa e tomada de admiração.

– Ora! – disse ela. – É um imenso prazer tê-lo encontrado, Sir Lancelot, pois a sua fama corre o mundo todo. Nunca imaginei encontrá-lo pessoalmente, menos ainda falar consigo ou cavalgar assim na sua companhia. Agora lhe direi que aventura é essa para a qual nos dirigimos. É a seguinte: perto daqui fica o castelo de um cavaleiro chamado Sir Turquine, que mantém em sua masmorra muitos cavaleiros da corte do Rei Arthur e

Sir Lancelot e a donzela conversam

muitos cavaleiros da Távola Redonda. Lá ele os mantém sofrendo os piores maus-tratos, pois dizem que quem passa pela estrada em frente ao castelo consegue ouvir seus gemidos. Esse tal Sir Turquine é tido como o maior cavaleiro do mundo (exceto pelo senhor), pois jamais foi derrotado em batalha, seja a cavalo ou homem a homem. Creio, contudo, que é muito provável que o senhor o venha a derrotar.

---

27. O palafrém era, segundo uma acepção específica, o animal adestrado para ser usado principalmente pelas senhoras, enquanto o cavalo e o corcel, mais velozes, serviam para o torneio e para a guerra. Dentro da rigorosa hierarquia cavaleiresca, em que cavalo e armas identificavam o cavaleiro, não se devia usar um nome pelo outro.

– Bela donzela – respondeu Sir Lancelot –, também eu espero derrotá-lo quando o encontrar, e para tanto me empenharei o mais que puder. Contudo também isso, como todo o resto, está nas mãos de Deus.

Então a donzela disse:

– Se vencer esse Sir Turquine, sei de uma outra aventura que ninguém mais poderá levar a êxito.

Sir Lancelot retrucou:

– Alegra-me saber desta ou de qualquer outra aventura, pois aventurar-me dá-me enorme satisfação. Agora, diz, que outra aventura é esta?

– Senhor – disse a donzela –, bem longe daqui para o oeste há um cavaleiro que possui um castelo no bosque. Trata-se do cavaleiro mais malvado de que jamais se ouviu falar pois está sempre rondando as cercanias da floresta, de onde muitas vezes ataca os viajantes. Mira principalmente as damas da região, pois carregou muitas delas prisioneiras para seu castelo, onde as mantém na masmorra em troca de resgate. Às vezes as mantém por muito tempo. Gostaria de pedir que se lançasse nessa aventura por mim.

A donzela conta a Sir Lancelot sobre o cavaleiro selvagem da floresta

– Bem – disse Sir Lancelot –, creio que qualquer cavaleiro deveria querer livrar o mundo de alguém assim tão mal-intencionado. Portanto, se tiver a boa sorte de derrotar esse Sir Turquine, dou-te minha palavra de honra que me empenharei nessa aventura por ti, se me acompanhares e mostrar o caminho até o seu castelo.

– Será feito de bom grado – disse a donzela –, pois é um orgulho enorme para qualquer dama poder acompanhá-lo numa aventura dessas.

Iam assim conversando, e acabaram deixando tudo combinado. Seguiram cavalgando juntos agradavelmente através do vale por duas léguas ou um pouco mais, até que chegaram ao local onde a estrada cruzava com o riacho de água mansa, o mesmo que já foi contado. E lá estava o castelo de Sir Turquine, como já foi contado. E lá estavam o espinheiro e a bacia pendurada no galho, como já foi contado. Então a donzela disse:

– Sir Lancelot, se golpear aquela bacia ali com força desafiará Sir Turquine para lutar consigo.

Então Sir Lancelot cavalgou até onde a bacia estava pendurada e golpeou-a bem forte com a ponta de sua lança. E golpeou-a sem parar até romper-lhe a parte de baixo. Mas ainda assim não vinha ninguém.

Sir Lancelot golpeia a bacia

Então, passado algum tempo, avistou alguém que vinha cavalgando na sua direção, e viu que quem vinha era um cavaleiro muito corpulento, de braços e pernas longos e fortes. E viu que o cavaleiro vinha todo vestido de preto, e que o cavalo em que montava e todos os seus arreios eram negros. E viu que, ademais, puxava consigo outro cavalo, e atravessado na sela do outro cavalo havia um cavaleiro de armadura, com as mãos e os pés atados. E Sir Lancelot percebeu que o cavaleiro negro que vinha cavalgando era o tal Sir Turquine que ele procurava.

Então Sir Turquine veio bem veloz pela estrada na direção de Sir Lancelot, e vinha puxando o outro cavalo com o cavaleiro cativo. Quando se aproximaram, Sir Lancelot pareceu reconhecer o cavaleiro ferido e, quando chegaram bem perto e pôde ver as insígnias no escudo do cavaleiro cativo, viu que quem Sir Turquine trazia daquele jeito era Sir Gaheris, irmão de Sir Gawaine e sobrinho do Rei Arthur.

O cavaleiro negro traz Sir Gaheris prisioneiro

Sir Lancelot luta com Sir Turquine.

Aquilo deixou Sir Lancelot furioso, pois não lhe era possível assistir a um companheiro de armas da Távola Redonda ser tratado com tanto descaso, como Sir Gatheris nas mãos de Sir Turquine. Portanto, Sir Lancelot galopou até Sir Turquine e gritou:

– Senhor Cavaleiro! Ponha esse homem ferido no chão e deixe-o descansar um pouco, e provemos nossa força entre nós dois, um contra o outro! Pois é um vexame tratar um nobre cavaleiro da Távola Redonda com tanto despeito como está tratando esse cavaleiro.

– Senhor – disse Sir Turquine –, trato-o do mesmo modo como trato todos os cavaleiros da Távola Redonda, e é assim que também o tratarei, se for da Távola Redonda.

– Bem – disse Sir Lancelot –, pois saiba que sou de fato da Távola Redonda, e vim aqui com o único propósito de desafiá-lo.

– Senhor Cavaleiro – disse Sir Turquine –, fala com muita ousadia. Agora, peço-lhe que me diga que tipo de cavaleiro é e qual é o seu nome.

– Senhor – disse Sir Lancelot –, não tenho nenhum receio em fazê-lo. Chamo-me Sir Lancelot do Lago, e sou cavaleiro do Rei Arthur, que me sagrou cavaleiro com sua própria mão.

– Ah! – disse Sir Turquine. – Folgo muito em sabê-lo, pois de todos os cavaleiros do mundo o senhor é o que eu mais desejava encontrar, e por isso o vinha procurando há muito para um duelo. Pois foi o senhor quem matou meu irmão, Sir Caradus, na Vista Dolorosa, que era considerado o maior cavaleiro deste mundo. É por essa razão que lhe trago mais ódio do que a qualquer outro homem no mundo, e foi por causa desse ódio que travei duelos particulares contra todos os cavaleiros da corte do Rei Arthur. E por causa desse ódio agora tenho cento e oito cavaleiros em meu poder, que são seus companheiros, e mantenho-os na masmorra mais sombria de meu castelo. Além disso, devo dizer que entre eles estão seu próprio irmão, Sir Ector, e seu primo, Sir Lionel. Pois derrotei Sir Ector e Sir Lionel há somente uns dois dias e agora estão ali, nos porões do castelo, em andrajos. Colocarei esse cavaleiro aqui no chão, como me pede, e quando o tiver derrotado, espero amarrá-lo na sela, no lugar dele.

Então Sir Turquine desamarrou as cordas que prendiam Sir Gaheris e retirou-o da garupa do cavalo, e sentou-o, muito ferido e desfalecendo, sobre uma pedra ali perto.

Sir Lancelot e Sir Turquine duelam

Então Sir Lancelot e Sir Turquine se prepararam e se posicionaram onde acharam melhor. Quando estavam prontos para o ataque, esporearam seus cavalos e dispararam, um na direção do outro, com tal violência que ao se chocarem houve um estrondo, como de trovão.

Aquele embate foi tão feroz que os cavalos caíram no chão e foi graças à sua enorme habilidade e mestria que os cavaleiros conseguiram livrar-se das selas a tempo de evitar a queda. E naquele choque o cavalo de Sir Turquine logo caiu morto e o cavalo de Sir Lancelot se machucou tanto que não conseguia mais se levantar, ficando feito morto no chão.

Então, cada cavaleiro puxou de sua espada e empunhou o escudo e arremessaram-se um contra o outro com tal ira que era como se saíssem faíscas de seus olhos ferozes pelas viseiras dos elmos. Foi assim que se chocaram e golpearam inúmeras vezes. Os golpes eram tão violentos que nem escudo nem armadura aguentavam as investidas: os escudos estavam todos amassados e muitos pedaços de armadura tinham sido arrancados e jaziam aos montes pelo chão. E cada cavaleiro feriu o outro de modo tão contundente que o chão estava todo manchado de sangue em volta deles.

Até que foi ficando muito quente, pois era quase meio-dia, então Sir Turquine gritou:

– Espere um pouco, Sir Lancelot, pois tenho um obséquio a pedir!

Ao que Sir Lancelot susteve a mão no ar e disse:

– O que é que deseja pedir, Senhor Cavaleiro?

Sir Turquine disse:

– Senhor, tenho sede, deixe-me beber um pouco.

E Sir Lancelot disse:

– Vá e beba.

Então Sir Turquine foi até o riacho e entrou na água, que ficou toda manchada de sangue à sua volta. Curvou-se e bebeu até saciar-se, em seguida retornou bem refrescado.

Em seguida empunhou a espada novamente e correu até Sir Lancelot, golpeando-o com força redobrada, de modo que Sir Lancelot curvava-se com a grande dificuldade de se defender desses golpes.

Assim, pouco a pouco Sir Lancelot começou, ele também, a se sentir fraco e sedento, e gritou:

– Imploro-lhe um obséquio, Senhor Cavaleiro!

– O que deseja? – disse Sir Turquine.

– Senhor Cavaleiro – disse Sir Lancelot –, paremos um pouco enquanto bebo um pouco, pois tenho sede.

– Não – disse Sir Turquine –, só poderá saciar sua sede no Paraíso.[28]

---

28. Essa "justa" (combate armado) entre Sir Turquine e Sir Lancelot dá bem a medida de como procediam os combatentes em campo. Sendo guiados por rígidas normas de conduta e obedecendo a um ritual que implicava o respeito mútuo entre os adversários, aquele que

– Ah! – gritou Sir Lancelot. – É mesmo um malvado grosseirão e não um verdadeiro cavaleiro. Pois quando estava com sede eu o deixei beber e agora, quando sou eu a ter sede, nega-me o direito de matá-la.

Aquilo deixou-o tão furioso que ficou fora de si: arremessou seu escudo para longe, puxou da espada com ambas as mãos e correu na direção de Sir Turquine, golpeando-o repetidas vezes. Os golpes que lhe deu foram tão violentos que deixaram Sir Turquine um pouco atordoado. Ele então retrocedeu, e mal conseguia suster seu escudo por fraqueza.

Então, quando Sir Lancelot viu que Sir Turquine fraquejava, lançou-se sobre ele, agarrou-o pelo elmo e forçou-o a ficar de joelhos. Então Sir Lancelot arrancou o elmo da cabeça de Sir Turquine. E ergueu a espada e decepou a cabeça de Sir Turquine, que saiu rolando pelo chão.

Sir Lancelot derrota Sir Turquine

Sir Lancelot ainda ficou algum tempo ali parado, ofegante, depois daquele embate terrível que o tinha deixado quase sufocado de calor e fúria. Em seguida foi até a água, tropeçando pelo caminho como um ébrio, deixando um rastro vermelho pela água por onde passava. Sir Lancelot inclinou-se e saciou a sede, que era imensa de tanto calor e fúria.

Depois saiu da água, gotejando, foi aonde a donzela estava e disse-lhe:

– Donzela, vê, venci Sir Turquine. Agora estou pronto para acompanhar-te naquela outra aventura, conforme prometi.

A donzela ficou assaz espantada, donde exclamou:

– Senhor, está gravemente ferido, e precisa descansar dois ou três dias, talvez ainda mais, até que suas feridas sarem.

– Não – disse Sir Lancelot –, não há necessidade de esperar. Acompanho-te já.

Então Sir Lancelot foi até Sir Gaheris – pois, enquanto tudo isso acontecia, Sir Gaheris ficara sentado sobre uma pedra. Sir Lancelot disse a Sir Gaheris:

– Nobre Senhor, não fique zangado se eu levar seu cavalo, pois tenho agora de acompanhar esta donzela e, como vê, meu próprio cavalo machucou-se.

– Senhor Cavaleiro – disse Sir Gaheris –, já que hoje salvou a mim e a meu cavalo, nada mais justo que meu cavalo, ou mesmo qualquer coisa que me pertença, seja seu para fazer o que quiser. Então por favor leve meu cavalo, mas diga-me apenas seu nome e que tipo de cavaleiro é, pois juro pela minha espada que jamais vi no mundo um cavaleiro lutar de modo tão extraordinário como lutou hoje.

---

infringisse as regras era acusado de vilania. Enquanto Lancelot aceita com galhardia o pedido de trégua do inimigo e lhe concede a pausa para beber água, Turquine nega ao oponente o mesmo favor, o que diz claramente do caráter de cada um.

– Senhor – disse Sir Lancelot –, chamo-me Sir Lancelot do Lago, e sou um dos Cavaleiros do Rei Arthur. Portanto, nada mais certo do que prestar serviços assim para o senhor, já que é irmão do estimado Cavaleiro Sir Gawaine. Pois se eu não tivesse lutado por sua causa, ainda assim o teria feito por meu senhor, o Rei Arthur, que é seu tio e tio de Sir Gawaine.

Sir Lancelot se revela a Sir Gaheris

Quando Sir Gaheris ouviu quem era Sir Lancelot, exclamou muito admirado:

– Ora, Sir Lancelot! – exclamou. – Então é ele mesmo! Muitas vezes ouvi falar do senhor e de suas proezas em armas! Desejava conhecê-lo mais do que qualquer outro cavaleiro nesse mundo, mas nunca imaginei que o encontraria numa situação como esta.

Sir Gaheris, então, levantou-se e foi até Sir Lancelot, e Sir Lancelot foi até ele e abraçaram-se e beijaram-se no rosto. E dali por diante passaram a ser como irmãos.

Então Sir Lancelot disse a Sir Gaheris:

– Peço-lhe, Senhor, que vá até aquele castelo socorrer os pobres infelizes que lá estão. Pois creio que encontrará lá muitos companheiros da Távola Redonda. E creio que encontrará lá meu irmão, Sir Ector, e meu primo, Sir Lionel. E se porventura encontrar mais algum parente meu, peço que o liberte e faça o que puder para confortá-lo e ajudá-lo. E se houver algum tesouro nesse castelo, peço que entregue aos cavaleiros que lá estiverem prisioneiros para compensá-los pelo sofrimento que passaram. Peço também que diga a Sir Ector e Sir Lionel que não me sigam, mas que retornem para a corte e me esperem lá, pois ainda tenho duas aventuras a realizar e devo realizá-las sozinho.

Sir Lancelot pede a Sir Gaheris que liberte os prisioneiros do castelo

Então Sir Gaheris ficou muito espantado, e disse para Sir Lancelot, exclamando:

– Senhor! Senhor! Com certeza não seguirá em busca de uma nova aventura agora, estando tão gravemente ferido.

Mas Sir Lancelot respondeu:

– Sim, partirei agora mesmo, pois não creio que meus ferimentos sejam tão graves que eu não possa cumprir meus deveres quando chega a hora de cumpri-los.

Aquilo deixou Sir Gaheris surpreso além da conta, pois Sir Lancelot estava muito ferido e sua armadura muito maltratada daquela luta, de modo que jamais vira alguém tão determinado a seguir lutando.

Então Sir Lancelot montou no cavalo de Sir Gaheris e partiu, cavalgando com a jovem donzela, e Sir Gaheris foi até o castelo conforme Sir Lancelot lhe pedira.

Sir Lancelot parte com a donzela

Sir Gaheris liberta os prisioneiros

Naquele castelo encontrou cento e oito prisioneiros em estado lastimável, pois alguns lá estavam há tanto tempo que seus cabelos tinham crescido até o ombro, e suas barbas até o peito. E outros estavam lá há pouco tempo, como era o caso de Sir Lionel e Sir Ector. Mas todos achavam-se num sofrimento miserável e todos aqueles pobres prisioneiros, exceto dois, eram Cavaleiros da corte do Rei Arthur, e oito deles eram Cavaleiros da Távola Redonda. Todos rodearam Sir Gaheris, pois viram que estava ferido e julgaram que era ele quem os libertara. Portanto davam-lhe enormes mostras de gratidão.

– Não é bem assim – disse Sir Gaheris –, não fui eu quem os libertou. Foi Sir Lancelot do Lago. Foi ele quem derrotou Sir Turquine numa luta como nunca vi antes, pois assisti à luta com meus próprios olhos, já que estava ferido, como veem, e sentado sobre uma pedra ali perto. Juro pela minha honra que jamais vi um embate tão feroz e virulento em toda minha vida. Mas agora todas as suas dificuldades acabaram, e Sir Lancelot envia a todos suas saudações e bons votos, e me pede que lhes diga que usufruam alegremente dessa liberdade. Pediu-me, principalmente, que o saúde, Sir Ector, e o senhor também, Sir Lionel. E pediu que lhes dissesse que não devem mais segui-lo, mas retornar à corte e lá ficar até que ele volte, pois ele partiu numa aventura que deve empreender sozinho.

– Isso não – disse Sir Lionel –, vou segui-lo e encontrá-lo.

Sir Lionel, Sir Ector e Sir Kay seguem Sir Lancelot

E Sir Ector disse a mesma coisa, que iria encontrar Sir Lancelot. Então Sir Kay, o Senescal, disse que iria cavalgar junto com os outros dois. Assim os três montaram em seus cavalos e saíram juntos para procurar Sir Lancelot.

Quanto aos outros, vasculharam o castelo de Sir Turquine e encontraram doze baús cheios de tesouro, tanto prata quanto ouro, junto com muitas pedras preciosas. E encontraram muitos fardos de seda e de tecido de fios de ouro. Então, seguindo o que Sir Lancelot tinha lhes pedido, dividiram entre eles o tesouro, separando uma parte para Sir Ector, uma parte para Sir Lionel e uma parte para Sir Kay. Com isto, embora antes estivessem taciturnos, agora exultavam ao se verem enriquecidos com todas aquelas joias e tecidos.

Assim terminou o grande embate com Sir Turquine, que certamente foi a luta mais feroz e destruidora que Sir Lancelot jamais travou em sua vida, já que, a não ser por Sir Tristão, jamais encontrou cavaleiro tão grande quanto Sir Turquine ou quanto Sir Galahad, que era seu próprio filho.

AGORA SERÁ CONTADO o que aconteceu a Sir Lancelot na aventura prometida à jovem donzela.

Capítulo Quinto

Como Sir Lancelot partiu numa aventura acompanhado da
donzela Croisette, e como derrotou Sir Peris, o Selvagem da Floresta

Pois bem, depois que Sir Lancelot terminou de lutar com Sir Turquine, como foi contado, e tendo pegado o cavalo de Sir Gaheris emprestado, partiu daquele campo de batalha com a jovem donzela para realizar a outra aventura que lhe prometera.

Embora cavalgasse com ela, Sir Lancelot passou algum tempo sem dizer muito, pois as feridas o fustigavam e sentia bastante dor. Por isso mal conseguia conversar, só pensando em aguentar o que tinha que aguentar com toda a paciência que tivesse consigo. De sua parte, a donzela desconfiava do que Sir Lancelot padecia e sentia muita pena dele. Naquele momento, portanto, buscou não incomodá-lo com conversas banais, e esperou bastante antes de dizer qualquer coisa.

Sir Lancelot sofre com suas feridas

Então, depois de algum tempo, assim disse:

– Meu Senhor, gostaria que descansasse por alguns dias e esperasse um pouco. Neste meio-tempo poderia deixar que examinassem e cuidassem de suas feridas e que limpassem e reparassem sua armadura. Pois há um castelo não muito longe daqui, que é do meu irmão, e podemos alcançá-lo por um atalho. Lá poderá descansar esta noite e se recuperar, pois sei que meu irmão ficará encantado em vê-lo, sendo assim tão famoso.

Então Sir Lancelot virou-se para a donzela e disse:

– Formosa donzela – disse ele –, devo confessar que de fato sinto muita dor e que me sinto um tanto cansado da luta que travei hoje, portanto fico satisfeito em aceitar tua sugestão. Mas, peço-te, donzela, diz-me teu nome, pois ainda não sei como te chamas.

– Senhor – disse ela –, chamo-me Croisette do Vale, e meu irmão se chama Sir Hilaire do Vale, e é para o castelo dele que o conduzirei para que descanse por ora.

Então Sir Lancelot disse:

– Sigo-te, donzela, aonde quiseres me levar.

Assim iam os dois cavalgando em passo lento e tranquilo. E, ao cair a tarde, tomaram um atalho e saíram do vale, indo dali a

De como Sir Lancelot e a donzela cavalgaram juntos

pouco dar num outro vale, pequeno, muito viçoso e bonito, mas bem acanhado. A maior parte do vale era coberta de campos e prados, entremeados de bosques todos floridos e fazendolas. Um rio serpenteava pelo meio do vale, muito tranquilo e sereno, as margens verdes quase transbordando, enfileiradas de amieiros, carriços e salgueiros-chorões debruçados sobre a água.

Sir Lancelot e Croisette chegam a um belo vale

No fundo do vale havia um castelo muito gracioso, metade de pedra e metade de tijolos vermelhos. O castelo tinha muitas janelas envidraçadas e chaminés altas, com fumaça saindo de algumas delas. Logo em torno ao castelo havia um vilarejo de casas de sapê, com muitas árvores em flor. Outras árvores, sem flor, protegiam os telhados das casinhas abrigadas à sua sombra.

Pois bem, quando Sir Lancelot e Croisette chegaram àquele pequeno vale, o dia já ia no fim e o céu estava todo iluminado do sol poente, e as andorinhas sobrevoavam a superfície lisa e brilhante do riacho em bandos tão grandes que era um encanto de se ver. E os rebanhos mugiam, retornando para casa lentamente pela ribeira, e tudo estava tão calmo e sereno que Sir Lancelot deteve-se por algum tempo admirando, de puro deleite, aquele vale belo e feliz. Então dali a pouco disse:

– Croisette, parece-me que jamais vislumbrei terra tão aprazível e bela como esta, nem terra mais agradável de se viver.

Croisette folgou muito em ouvir aquilo, e sorriu para Sir Lancelot, dizendo:

– Crê mesmo, Sir Lancelot? – disse ela. – Bem, fico deveras feliz que este vale lhe agrade, pois amo-o mais do que qualquer outro lugar no mundo. Foi aqui que nasci e cresci, naquele castelo ali. Pois aquele é o castelo do meu irmão, e antes foi de meu pai. Portanto, nenhum outro lugar no mundo pode me ser tão querido como este pequeno vale.

Então foram atravessando aquele pequenino vale, ladeando o rio de águas tranquilas e, quanto mais seguiam, mais Sir Lancelot deleitava-se com tudo o que via. Foi assim que atravessaram o formoso vilarejo enquanto os moradores

Croisette leva Sir Lancelot até a casa de seu irmão

assistiam, muito admirados, à passagem daquele nobre cavaleiro. Finalmente alcançaram o castelo, e cavalgaram direto para o pátio da entrada. Logo veio o senhor do castelo, que era Sir Hilaire do Vale. E Sir Hilaire cumprimentou Sir Lancelot, dizendo:

– Bem-vindo, Senhor Cavaleiro. É uma enorme honra que me presta em vir até este vale tranquilo junto com minha irmã, pois não costumamos receber visitantes tão ilustres como o senhor.

– Irmão – disse Croisette –, fazes muito bem em dizer que é uma honra ter conosco este cavaleiro aqui, pois este é ninguém menos do que o grande Sir

Lancelot do Lago. Hoje o vi derrotar Sir Turquine numa luta justa e honrosa. Portanto ele realmente muito nos honra em visitar-nos assim.

Então Sir Hilaire encarou Sir Lancelot e disse:

– Sir Lancelot, sua fama é tão grande que alcançou mesmo esta terra tranquila e distante, portanto sua vinda será lembrada por muito tempo. Agora, peço-lhe, entre e descanse, pois vejo que está ferido e sem dúvida cansado.

Nisso vieram vários criados e conduziram Sir Lancelot a um agradável aposento. Lá retiraram sua armadura e lavaram-no em água morna e veio um esculápio e examinou e cuidou de suas feridas. Então os criados deram a Sir Lancelot um roupão de veludo macio para vestir, o que o deixou muito confortável.

Sir Lancelot
é posto à
vontade

Sir Lancelot se reúne com Sir Hilaire e Croisette.

Dali a pouco, quando caiu a noite, serviram um excelente banquete no salão do castelo para Sir Lancelot, Sir Hilaire e a donzela Croisette. Enquanto comiam, conversaram sobre várias coisas, e Sir Lancelot narrou suas aventuras, de modo que todos que lá estavam ficaram em silêncio ouvindo suas histórias. Era como se ele tivesse vindo de outro mundo, muito estranho e distante, do qual nada sabiam, portanto prestavam atenção para não perder uma só palavra do que contava. Assim a noite passou de modo muito agradável, e quando Sir Lancelot se recolheu, sentia-se muito satisfeito.

Como Sir Lancelot permaneceu no castelo de Sir Hilaire

Então Sir Lancelot permaneceu ali por vários dias até que suas feridas sararam. Assim, certa manhã, após o desjejum, pediu permissão para que ele e a donzela pudessem partir para a aventura que ele lhe prometera. E Sir Hilaire deu sua permissão.

Acontece que durante esse tempo, os ferreiros do castelo consertaram e remendaram a armadura de Sir Lancelot de tal modo que, ao colocá-la, achou que parecia quase a mesma de sempre, o que o deixou muito contente. Então, quando tudo estava pronto, ele e Croisette partiram, e todos que lá estavam deram-lhes adeus e desejaram a Sir Lancelot boa sorte na aventura.

Algum tempo depois de saírem do pequeno vale, cavalgaram por uma floresta muito antiga, os cascos dos cavalos trotando silenciosamente sobre a relva macia enquanto iam passando sob as copas das árvores carregadas de folhagem. E à medida que cavalgavam vagarosamente através do bosque iam conversando sobre muitas coisas de modo alegre e agradável.

Disse a donzela a Sir Lancelot:

– Senhor, muito me espanta que não tenha uma dama especial a quem sirva com a mesma devoção com que os cavaleiros servem às suas damas.

– Ah, donzela – disse Sir Lancelot –, sirvo a uma dama que é única, maior do que todas, pois é a Lady Guinevere, a rainha, esposa do Rei Arthur. E em-

Sir Lancelot e Croisette conversam

bora eu seja seu servo, sirvo-a mesmo que de muito longe. Pois, ao servi-la, é como se eu estivesse na terra com os olhos voltados para a estrela-d'alva, da mesma forma que os homens se encantam com aquela estrela mesmo de longe, sabendo que nunca irão alcançá-la ali no alto, onde brilha.

– Puxa vida! – disse Croisette. – Mas com certeza existem outras maneiras de servir a uma dama. Se eu fosse um cavaleiro, creio que preferiria servir a uma dama que estivesse mais próxima, não tão distante assim como fala. Pois na maioria das vezes um cavaleiro prefere servir a uma dama que pode sorrir-lhe de perto, em vez de ficar tão distante como uma estrela no céu.

Mas Sir Lancelot nada respondeu, apenas sorriu. Então, dali a pouco Croisette disse:

– Jamais pensa numa dama desse modo, Sir Lancelot?

– Não – disse Sir Lancelot –, e tampouco desejaria servir a qualquer outra dama. Pois o que acontece comigo, Croisette, é o seguinte: até os dezoito anos vivi numa terra encantada que ficava no fundo de um lago mágico, sobre a qual nada mais posso contar-te. Então, saí daquele lago e vim para este mundo, e o Rei Arthur me sagrou cavaleiro. Pois bem, porque estive tanto tempo fora deste mundo dos homens e nada conhecia dele até tornar-me homem-feito, sinto que amo tanto este mundo que nem posso te dizer quão lindo e maravilhoso me parece. É tão lindo e tão maravilhoso que me parece que jamais conseguirei fartar-me de todos os seus prazeres. Sim, sinto que adoro cada broto de grama nos campos e cada folha nas árvores e que adoro tudo o que rasteja ou voa. E, quando estou assim ao ar livre e vejo tudo isso ao meu redor, quase me dá vontade de chorar de tanta alegria. Por isso, Croisette, prefiro ser um cavaleiro errante neste mundo que tanto amo a ser um rei sentado num trono e ostentando uma coroa de ouro na cabeça com todos ajoelhados em volta. Isso mesmo! Parece-me que, por causa da alegria que sinto em tudo, não há espaço no meu coração para o amor pela dama de que falas, somente para o amor à vida de cavaleiro errante e um enorme desejo de tornar este mundo em que agora vivo melhor e mais feliz para se viver. É por isso, Croisette, que não tenho uma dama a quem servir do modo como dizes. E jamais terei, exceto a Lady Guinevere, cuja lembrança paira sobre mim como a estrela brilhante de que já falei.

Sir Lancelot fala de Lady Guinevere

– Ah – disse Croisette –, então fico triste por alguma dama, nem sei quem. Pois se o senhor pensasse diferente certamente faria alguma dama por aí muito feliz de ter um cavaleiro assim para servi-la.

Isto fez Sir Lancelot rir, achando muito divertido, pois ele e a donzela tinham se tornado ótimos amigos, como já devem ter percebido por uma conversa destas.

Foram assim seguindo pelo caminho até mais ou menos o final da manhã, e àquela altura tinham saído da floresta e deram numa terra muito escarpada: o lugar em que estavam agora era uma espécie de vale rochoso, áspero e exposto e bem feioso. Quando lá chegaram avistaram, lá longe, um castelo construído sobre o rochedo. E o castelo tinha sido construído tão no alto que os telhados e chaminés pareciam recortados contra o céu. Mas o castelo estava ainda tão distante que quase parecia um brinquedo que se pudesse facilmente segurar com a ponta dos dedos.

Sir Lancelot avista o castelo de Sir Peris

Então Croisette disse para Sir Lancelot:

– Lá está o castelo do cavaleiro malvado de quem lhe falei ontem, e seu nome é Sir Peris, o Selvagem da Floresta. Logo abaixo do castelo, corre uma estrada que vai dar no bosque, e é ali que ele fica à espreita para atacar os viajantes que passam por aquelas bandas. E ele é de fato um cavaleiro muito pusilânime, pois, embora seja forte e poderoso, não costuma atacar outros cavaleiros, somente damas e donzelas que passam por lá, pois estas ele consegue aprisionar sem se arriscar. Acredito que, embora seja corpulento, no fundo é um covarde.

Então Sir Lancelot ficou algum tempo observando o castelo e pensando. E disse:

– Donzela, se esse cavaleiro é tão covarde como dizes, tenho o palpite de que, se eu viajar na tua companhia, me será difícil agarrá-lo porque, se ele me vir

Sir Lancelot diz a Croisette o que fazer contigo, talvez permaneça escondido na densa folhagem da floresta. Faremos o seguinte: continuas cavalgando pelo caminho bem à vista do castelo, e eu ficarei na beira do bosque onde poderei ver-te sem ser visto. Então, se esse cavaleiro atacar-te, como acho que fará, sairei e lutarei com ele antes que me escape.

Então seguiram o plano de Sir Lancelot e continuaram cavalgando assim: Croisette cavalgava pela estrada, enquanto Sir Lancelot seguia a cavalo sob algumas árvores à beira do bosque, onde ficava fora das vistas de qualquer um que olhasse naquela direção. E assim seguiram um bom pedaço até que chegaram bem perto do castelo.

Então, quando chegaram a uma parte da estrada que descia na direção de um pequeno vale, ouviram de repente um ruído bem alto e imediatamente saiu

Sir Peris ataca Croisette do bosque um cavaleiro grandalhão e forte, seguido de perto por um escudeiro trajando escarlate da cabeça aos pés. O cavaleiro lançou-se em alta velocidade na direção de Croisette, enquanto o escudeiro seguia logo atrás.

Quando os dois alcançaram Croisette, o escudeiro saltou do seu cavalo e segurou o palafrém dela pelas rédeas, e o cavaleiro se aproximou e agarrou-a, como se quisesse arrancá-la do cavalo.

Isto fez com que Croisette soltasse um agudo grito, e imediatamente Sir Lancelot irrompeu do bosque e galopou direto para lá com um estrondo de trovão. Enquanto vinha, gritava com uma voz alta e terrível:

– Senhor Cavaleiro, solte a dama, vire-se e defenda-se!

Então Sir Peris, o Selvagem da Floresta, olhou para um lado e para outro querendo fugir, mas viu que não conseguiria escapar de Sir Lancelot. Portanto, empunhou o escudo e puxou a espada, colocando-se na defensiva, pois já que não poderia escapar, decidiu lutar. Então Sir Lancelot desfez-se da lança, empunhou o escudo, puxou a espada e esporeou o cavalo na direção de Sir Peris. Quando chegou perto de Sir Peris levantou-se nos estribos e deu-lhe um murro tão forte que nada neste mundo poderia ter-lhe resistido. Embora Sir Peris tivesse erguido o escudo para se defender, a espada de Sir Lancelot atravessou o escudo, empurrando o braço que o segurava, e desceu com uma força tão terrível sobre o elmo de Sir Peris que ele caiu do cavalo e ficou no chão, inerte.

Sir Lancelot derrota Sir Peris

Então Sir Lancelot saltou de seu cavalo, arrancou o elmo de Sir Peris e ergueu a espada para decepar sua cabeça.

Nisto Sir Peris recobrou uma parte dos sentidos e uniu as mãos, implorando, embora com voz muito fraca:

– Poupe-me, Senhor Cavaleiro! Eu me rendo!

– Por que deveria poupá-lo? – disse Sir Lancelot.

– Senhor – disse Sir Peris –, peço-lhe, pela sua nobreza de cavaleiro, que me poupe.

– Bem – disse Sir Lancelot –, já que me pediu pela minha nobreza de cavaleiro, nada me resta além de poupá-lo. Mas se poupá-lo, sofrerá um tal vexame que qualquer real cavaleiro, em seu lugar, preferiria morrer a ter sido poupado assim.

– Senhor Cavaleiro – disse Sir Peris –, satisfaço-me com qualquer coisa que fizer comigo, contanto que me poupe a vida.

Sir Lancelot ordenou, então, que se levantasse. Então tomou a cilha do cavalo de Sir Peris e amarrou-lhe as mãos para trás e depois conduziu-o ao castelo sob a mira da sua lança. Quando chegaram ao castelo, pediu que Sir Peris ordenasse que abrissem os portões e Sir Peris assim fez. Então Sir Lancelot e Sir Peris entraram no castelo seguidos pela donzela e pelo escudeiro.

Naquele castelo havia quatorze damas de alta estirpe mantidas prisioneiras em troca de resgate. Algumas delas estavam lá há bastante tempo, sofrendo grandes desconfortos. Todas se encheram de alegria quando viram que Sir Lancelot viera libertá-las. Então foram até ele e fizeram-lhe grandes mesuras e inúmeras demonstrações de gratidão.

Sir Lancelot liberta as prisioneiras

Sir Lancelot e Croisette permaneceram no castelo aquela noite, e quando amanheceu Sir Lancelot vasculhou todo o castelo e encontrou um grande tesouro de ouro e prata, obtido com os resgates pagos pelas donzelas de estirpe que Sir Peris aprisionara. Sir Lancelot dividiu todo o tesouro entre as damas prisioneiras e deu uma parte do tesouro à donzela Croisette, porque os dois eram muito amigos e porque fora

Sir Lancelot entrega o tesouro do castelo às damas

Croisette que o trouxera ali naquela aventura, o que deixou Croisette muito alegre. Mas Sir Lancelot não ficou com nenhuma parte do tesouro.

Então Croisette disse:

– O que é isto, Sir Lancelot? Não guardou nada do tesouro para si embora o tenha conquistado pela força de suas próprias armas. Ele é, portanto, todo seu, se assim quiser.

– Croisette – disse Sir Lancelot –, não me importo com tesouros pois quando vivia no lago de que te falei, tesouros como este valiam o mesmo que cascalho no leito dos rios. Portanto tais coisas não têm valor para mim.

Pois bem, uma vez que tudo ficou resolvido, Sir Lancelot mandou que Sir Peris, o Selvagem da Floresta, fosse trazido até a sua presença, e disse:

– Cavaleiro pusilânime, agora é chegada a hora da tua humilhação.

Em seguida mandou que arrancassem toda a sua armadura e vestes, até mesmo o colete e as meias, e amarrassem suas mãos para trás e lhe pendurassem uma argola de ferro no pescoço. Então Sir Lancelot amarrou a argola que estava em volta do pescoço de Sir Peris na alça da sela do seu próprio cavalo, de modo que quando partiu com Croisette, Sir Peris tinha que seguir atrás acompanhando o passo do cavalo de Sir Lancelot.

Sir Lancelot faz de Sir Peris um prisioneiro desonrado

Então Sir Lancelot e Croisette voltaram para os domínios de Sir Hilaire do Vale com Sir Peris correndo atrás deles, e ao chegarem lá Sir Lancelot entregou Sir Peris a Sir Hilaire, e Sir Hilaire mandou que Sir Peris fosse amarrado a um cavalo com os pés atados por baixo da barriga do animal e enviou-o a Camelot para o Rei Arthur fazer dele o que bem entendesse.[29]

Sir Hilaire envia Sir Peris para o Rei Arthur

Mas Sir Lancelot permaneceu com Sir Hilaire do Vale todo o dia seguinte, folgando muito em ficar naquele lugar agradável. E no outro dia, que era um domingo, partiu logo ao raiar do dia para ir até a abadia de monges, onde combinara de encontrar a donzela Elouise, a Formosa, como já foi contado.

E agora se quiserem saber como Sir Lancelot portou-se no torneio do Rei Bandemagus, basta lerem o que aqui se segue.

---

29. Conforme o costume feudal de o senhor ou o rei disporem de seu vassalo como bem lhes aprouvesse, principalmente para exercer a justiça – importante atividade nas cortes medievais.

Capítulo Sexto

Como Sir Lancelot participou do torneio entre o
Rei Bandemagus e o Rei de Gales do Norte, e como
venceu aquela batalha para o Rei Bandemagus

Sir Lancelot cavalgou a passo lento por muitas estradas e sendas menores, parando aqui e ali quando lhe convinha, pois folgava muito em estar novamente ao ar livre. Ademais, o dia estava quente, e as nuvens, bem carregadas, vagavam em abundância pelo céu. Num instante, de repente, caía um temporal, e, no outro, o sol voltava a brilhar muito forte e quente, fazendo o mundo todo reluzir como se fosse cravejado de incríveis pedras preciosas. Então um galo cantava bem alto porque a chuva tinha passado, e outro galo respondia de longe, e todo o mundo de repente sorria, enquanto a água escorria por toda parte, e os morretes batiam palmas de alegria. Assim Sir Lancelot se deleitava com o dia e cavalgava pelo caminho num passo tão despreocupado que, quando chegou à abadia de monges onde encontraria Elouise, a Formosa, já era noite.

Como Sir Lancelot foi ao encontro de Elouise, a Formosa

Naquela noite Elouise estava sentada em um aposento da abadia enquanto observava o pátio, e uma dama de companhia lia para ela à luz de velas um livro decorado com iluminuras.[30] E a dama de companhia lia com voz alta e clara, enquanto Elouise ouvia tudo muito concentrada. Pois bem, enquanto Elouise, a Formosa, assim estava, ouviu subitamente o ruído de um corcel que chegava, os cascos ecoando nas pedras do pátio. Elouise então ergueu-se rapidamente, correu para a janela e olhou para baixo. Então viu que quem chegava era Sir Lancelot do Lago, pois a luz ainda não tinha toda desaparecido do céu, que ainda reluzia cinzento.

Então Elouise soltou uma grande exclamação de júbilo e bateu palmas. E desceu correndo para o pátio onde Sir Lancelot estava, acompanhada de várias das suas damas de companhia.

---

30. A arte da iluminura era um ofício bastante refinado no contexto artístico da Idade Média. A palavra aplica-se não só à pintura decorativa das letras capitulares em códices de pergaminhos, como também aos belos elementos imagéticos que ilustravam os manuscritos copiados nos mosteiros e abadias pelos monges e copistas. Supõe-se que o termo provenha do latim *illuminare*, referindo o gosto pelas cores vibrantes como o dourado, o vermelho, o azul.

Sir Lancelot e Elouise, a Formosa

Quando alcançou o pátio, deu grandes boas-vindas a Sir Lancelot, e chamou vários criados, pedindo-lhes que ajudassem Sir Lancelot. Então alguns deles ajudaram Sir Lancelot a apear e outros conduziram seu cavalo, e outros levaram-no até um aposento que fora reservado para ele e lá o desarmaram, serviram e acomodaram.

Elouise, a Formosa, dá boas-vindas a Sir Lancelot

E Elouise enviou-lhe um roupão macio de puro veludo púrpura forrado de pele, e Sir Lancelot vestiu-o e sentiu-se muito bem.

Depois disso, Sir Lancelot desceu para encontrar Elouise e viu que uma bela ceia fora preparada para recebê-lo. Então sentou-se e comeu, e a própria Elouise, a Formosa, serviu-o.

Enquanto isso ela tinha mandado chamar seu pai, o Rei Ban- *Elouise manda*
demagus, que não se encontrava distante, e pouco depois de Sir *chamar o Rei*
Lancelot terminar sua ceia o Rei Bandemagus chegou, muito in- *Bandemagus*
trigado por Elouise tê-lo feito chamar.

Quando o Rei Bandemagus chegou, Elouise tomou-o pela mão, conduziu-o até Sir Lancelot e disse:

– Senhor, aqui está o cavaleiro que, por minha causa, veio ajudá-lo neste torneio de terça-feira.

Como o Rei Bandemagus jamais vira Sir Lancelot antes, não sabia quem aquele cavaleiro era. Então disse-lhe:

– Senhor, fico-lhe muito grato de vir em meu auxílio nesta batalha. Agora peço-lhe que me diga seu nome e que tipo de cavaleiro é.

– Senhor – disse Sir Lancelot –, chamo-me Lancelot, e meu sobrenome é "do Lago".

Ao ouvir aquilo, o Rei Bandemagus ficou completamente estupefato, e então exclamou:

– Mas é maravilhoso que o senhor, que é a própria nata da cavalaria, esteja aqui e tenha vindo ajudar-me nesta minha batalha!

– Senhor – disse Sir Lancelot –, só saberei o quanto poderei ajudá-lo quando chegar a hora. Mas posso garantir que farei o que puder para cumprir um pedido desta donzela, em troca de tudo o que ela fez para me auxiliar
quando estive em grande perigo. Portanto é uma pequena retibuição *Sir Lancelot*
ajudá-lo, que é pai dela, agora que está em apuros. Por isso, se por- *conversa com o*
ventura eu puder ter serventia nesta batalha que se aproxima, ficarei *Rei Bandemagus*
mais feliz do que nunca de pagar uma parte da dívida que tenho com esta dama.

– Senhor – disse o Rei Bandemagus –, agradeço-lhe a boa vontade. Estou certo de que, com sua ajuda, sairei vitorioso na batalha, e esta ficará sendo a mais famosa na história da cavalaria, uma vez que o senhor participou dela.

Assim conversavam com toda cortesia.[31] Então, dali a pouco, Sir Lancelot disse:

– Senhor, por favor me diga: quem são os cavaleiros da corte do Rei Arthur que lutarão ao lado do Rei de Gales do Norte? Gostaria muito de saber contra quem deverei lutar.

---

31. O termo "cortesia", aqui, tem significado muito próximo aos usos de hoje: boa educação, gentileza, cavalheirismo, urbanidade. Mas a cortesia medieval, um derivado mais amplo do chamado amor cortês (na verdade, "amor cortesão", da corte, porque se desenvolveu e tomou forma nos meios aristocráticos), indicava severas regras de comportamento social, baseadas inclusive em princípios éticos e morais.

O Rei Bandemagus retrucou:

– Meu Senhor, são os seguintes cavaleiros da Távola Redonda: Sir Mordred, sobrinho do Rei Arthur, Sir Galahantine e Sir Mador de la Porte.

– Ah! – disse Sir Lancelot. – São todos três realmente bons cavaleiros e não me surpreeendo nem um pouco que o Rei de Gales do Norte tenha tido tanto sucesso no outro torneio, já que tinha três cavaleiros como esses para lutar a seu lado.

Em seguida, começaram a discutir o modo pelo qual lutariam na manhã seguinte, e Sir Lancelot deu o seguinte conselho:

– Senhor, deixe-me levar comigo três de seus cavaleiros que sejam de confiança, e que o senhor ache os mais fortes do seu grupo. Que estes três cavaleiros pintem seus escudos de branco como eu farei, assim ninguém saberá quem somos,[32] pois eu gostaria que não soubessem que estou nesta batalha até que eu tenha provado o meu valor na luta. Pois bem, quando tiver escolhido os três cavaleiros, nós quatro nos esconderemos em algum bosque ou clareira perto do local da batalha.

Sir Lancelot combina a ordem da batalha com o Rei Bandemagus

Então, quando perceber que a refrega está muito apertada para o seu lado, avançaremos e nos lançaremos sobre a retaguarda do Rei de Gales do Norte, para confundi-los. Nesse momento o senhor deve atacar com toda força; assim não duvido nada que, com a graça de Deus, conseguiremos desbaratá-los.

Este pareceu ao Rei Bandemagus ser um ótimo conselho, então fez conforme Sir Lancelot dissera. Escolheu três cavaleiros bem fortes, valentes e honrados e todos pintaram seus escudos de branco como Sir Lancelot aconselhara.

Então, quando tudo estava pronto conforme o plano de Sir Lancelot, chegou a véspera da batalha. Portanto, pouco depois do pôr do sol, Sir Lancelot e os três cavaleiros que o Rei Bandemagus tinha escolhido partiram em direção ao local do torneio (que ficava a umas doze milhas de distância da abadia onde estava hospedada a donzela Elouise). Lá encontraram um pequeno bosque de árvores altas e frondosas, adequadas às intenções de Sir Lancelot, e aquele bosque ficava ao lado do prado onde seria a batalha e a cerca de cento e vinte varas de distância. Naquele pequeno bosque Sir Lancelot e os três cavaleiros que o Rei Bandemagus escolhera acomodaram-se sobre a relva e embrulharam-se em seus mantos. Assim dormiram até a manhã seguinte, que seria o dia da batalha.

Acontece que imensos preparativos haviam sido feitos para aquele torneio, pois em três lados do prado haviam sido erguidas arquibancadas, onde foram

---

32. Lembre-se que, coberto pela armadura e pelo elmo, o único meio de identificação do cavaleiro era o escudo, nele pintado ou o brasão de família ou qualquer outra figura que permitisse o reconhecimento do indivíduo oculto – não raramente, o rosto da mulher amada.

instaladas fileiras de assentos. Os assentos foram recobertos de tapeçarias e panos de várias cores – alguns estampados e outros lisos – de modo que a ravina, que era outrora toda verde e uniforme, ficou toda enfeitada de cores alegres e vivas.

Quando amanheceu, o povo que tinha vindo assistir àquele torneio começou a vir de todos os cantos – nobres e damas de alta estirpe, escudeiros e donzelas de menor grau, burgueses e artesãos com suas esposas, gente da vila, camponeses e sesmeiros das fazendolas da região. Junto com eles vinham muitos cavaleiros dos dois grupos que competiam, e junto com os cavaleiros vinham seus escudeiros. Pois bem, estes cavaleiros trajavam armadura completa, brilhavam muito reluzentes, enquanto seus escudeiros usavam trajes de muitas cores e texturas e vinham, portanto, muito alegres e galantes. Com uma tal multidão passando pela estrada em direção ao campo de batalha, o mundo inteiro parecia cheio de movimento e alegria.

Acontece que o lugar onde Sir Lancelot e os três outros cavaleiros que o acompanhavam se esconderam não ficava muito longe da estrada. Portanto, de onde estavam conseguiam ver aquela procissão de gente movendo-se em direção às paliçadas, e conseguiam ver também o prado onde aconteceria a batalha que, como já foi dito, não ficava a mais de cento e vinte varas de distância, e conseguiam ver a multidão de gente de todo tipo acomodando-se nos assentos de acordo com seu grau e condição. E conseguiam ver como os cavaleiros que competiriam tinham-se postado nos dois cantos do campo e como os escudeiros e atendentes corriam para lá e para cá, ocupados em ajudar seus amos a prepararem-se para o embate que logo iria acontecer. Sim, tudo isso conseguiam ver claramente como se estivesse ao alcance das suas mãos.

Sir Lancelot e seus companheiros esperam perto do local do torneio

Então viram como, perto do meio-dia, todos os que tinham vindo tomaram seus lugares, o campo esvaziou-se, e os dois grupos rivais posicionaram-se para a batalha.

Então Sir Lancelot percebeu que o grupo do Rei de Gales do Norte era muito maior do que o grupo do Rei Bandemagus, pois enquanto o grupo do Rei de Gales do Norte tinha cerca de dezesseis combatentes, o grupo do Rei Bandemagus mal tinha oito. Então Sir Lancelot viu que o grupo do Rei Bandemagus teria bastante dificuldade em vencer aquela batalha.

Pois bem, quando tudo estava pronto, o arauto levantou-se e soprou sua trombeta,[33] e os dois grupos de cavaleiros lançaram-se uns contra os outros

---

33. Em uma sociedade militarizada como a medieval, sempre pronta para a guerra, até os espetáculos lúdicos, como são em geral as justas e os torneios (estes surgiram por volta do séc. XII), reproduzem alegremente os enfrentamentos, com entusiasmada participação popular –

Como a batalha começou	levantando nuvens tão grossas de poeira que mal se conseguia ver os cavaleiros avançando. Logo chocaram-se no meio do campo de batalha com um estrondo e um estrépito terríveis de lanças que se esfacelavam.

E por algum tempo ninguém conseguia ver o que estava acontecendo, tal era a poeira e a confusão. Mas dali a algum tempo a poeira baixou um pouco e então Sir Lancelot viu que o grupo do Rei Bandemagus tinha sido forçado pelo outro grupo a retroceder, como era de esperar.

Então Sir Lancelot ficou assistindo à luta mais algum tempo até que viu que o grupo do Rei Bandemagus retrocedia mais e mais. Com isso não demorou muito para Sir Lancelot dizer aos cavaleiros que o acompanhavam:

– Senhores, parece-me que chegou a hora de entrarmos nesta luta.

Com isso ele e os outros saíram do bosque a galope, desceram o morro e atravessaram os campos até chegar ao campo de batalha.

Naquele instante o grupo do Rei de Gales do Norte estava tão engajado no ataque ao grupo do Rei Bandemagus que somente alguns desses cavaleiros notaram os quatro cavaleiros que se aproximavam, e aqueles que notaram deram muito pouca importância a um grupo tão pequeno que vinha vindo. Assim, ninguém interferiu com a sua chegada, o que lhes permitiu atirar-se com grande velocidade sobre a retaguarda do grupo do Rei de Gales do Norte. E começaram a atacar a retaguarda com tal força, que derrubaram os cavaleiros junto com seus cavalos.

Sir Lancelot e seus companheiros entram na luta

Naquele embate Sir Lancelot trazia uma lança que era incrivelmente forte e resistente. Correu com ela impetuosamente para o meio da batalha e, antes que pudesse ser contido, derrubou cinco cavaleiros com aquela única lança. Da mesma forma os três cavaleiros que o acompanhavam fizeram tão belo serviço que todo aquele flanco do grupo do Rei de Gales do Norte foi desbaratado sem saber como se defender daquele ataque furioso.

Então Sir Lancelot e seus três companheiros retrocederam um pouco e, tomando alguma distância, correram novamente para o meio da batalha, e dessa vez Sir Lancelot derrubou o próprio Rei de Gales do Norte, e o fez com tal violência que o osso da sua coxa se partiu e ele precisou ser carregado para fora

---

embora sejam organizados pela aristocracia. A pompa dessas festas distingue muitas das novelas de cavalaria quinhentistas, estendendo-se pelo séc.XVIII afora: em alguns casos são dias e dias de comemorações, modelo não poucas vezes seguido ao pé da letra pela realeza (veja-se, por exemplo, o casamento de d. João I e d. Filipa de Lencastre, em 1387, na cidade do Porto, em Portugal). Segundo historiadores, eram jogos militares, que ofereciam uma espécie de teatralização de funções sociais como as do cavaleiro.

do campo por seus atendentes. E, como nesse segundo ataque Sir Lancelot e os três cavaleiros que vinham com ele derrubaram onze cavaleiros além do Rei de Gales do Norte, toda aquela parte do grupo começou a se separar e procurar refúgio contra outro ataque semelhante.

Pois bem, quando o grupo do Rei Bandemagus viu como os adversários saíam em debandada levados por aqueles quatro bravos cavaleiros, iniciaram uma investida tão feroz e tenaz que, dali a pouco, o grupo do Rei de Gales do Norte começou a recuar. Portanto, somando-se aqueles que tinham recuado antes do ataque de Sir Lancelot àqueles que depois recuaram por causa do Rei Bandemagus, fez-se uma desordem enorme nas fileiras do grupo do Rei de Gales do Norte.

Pois bem, os três cavaleiros que eram da corte do Rei Arthur perceberam como Sir Lancelot e seus companheiros de armas estavam desbaratando as fileiras do grupo do Rei de Gales do Norte e viram que, a menos que impedissem as investidas de Sir Lancelot, com certeza perderiam a luta. Portanto Sir Mador de la Porte disse:

– Aquele cavaleiro ali é muito forte e destemido. Se não impedirmos suas investidas, com certeza sairemos humilhados da batalha.

– Sim – disse Sir Mordred –, é isso mesmo. Agora desafiarei aquele cavaleiro para uma justa e hei de derrotá-lo.

Com isso os outros dois cavaleiros pediram-no para ir e fazer conforme dissera. Então Sir Mordred foi até Sir Lancelot, avançando com muita violência e ferocidade, e Sir Lancelot, percebendo que Sir Mordred se aproximava, preparou-se para aquele ataque. Os dois então se chocaram com terrível violência, e Sir Lancelot desferiu um golpe tão pesado em Sir Mordred que a correia da sela de Sir Mordred se partiu, e a sela junto com Sir Mordred foram lançados por sobre a cauda do cavalo. Sir Mordred caiu de cabeça com tal violência no chão que quase quebrou o pescoço, e permaneceu desmaiado, feito morto, tendo que ser levado dali por seus atendentes.

Sir Lancelot derruba Sir Mordred

A tudo assistiu Sir Mador de la Porte, e gritou:

– Oh! Vejam só o que aconteceu a Sir Mordred!

E, em seguida, também lançou-se contra Sir Lancelot com todo ímpeto, tencionando derrubá-lo. E Sir Lancelot avançou contra ele, e os dois se chocaram com uma ferocidade terrível até de se ver. Mas a lança de Sir Mador de la Porte se espatifou em mil pedaços enquanto a lança de Sir Lancelot ficou inteira, derrubando no chão Sir Mordred junto com seu cavalo, e o cavalo rolou por cima do cavaleiro. E, como no choque o ombro

Sir Lancelot derruba Sir Mador

de Sir Mador acabou deslocado, ele também precisou ser levado dali por seus atendentes.

Então Sir Galahantine tomou uma lança enorme trazida por seu escudeiro que estava ali perto, e também avançou contra Sir Lancelot com todo ímpeto. Sir Lancelot chocou-se com ele com toda força e aquele embate foi ainda mais terrível do que os dois anteriores, pois as lanças dos dois cavaleiros se esfacelaram de uma ponta à outra. Então lançaram para longe o que sobrou delas e desembainharam as espadas, e Sir Galahantine atingiu Sir Lancelot com uma espadeirada tão brutal que até as patas do cavalo de Sir Lancelot tremeram com o impacto daquele golpe. Aquilo deixou Sir Lancelot mais furioso do que nunca: levantou-se nos estribos e desferiu um tal golpe em Sir Galahantine que começou a jorrar sangue de seu nariz e orelhas. Ele foi perdendo os sentidos e já não conseguia mais sequer ver a luz do dia, pois sua vista começou a falhar.

Sir Lancelot dá um golpe terrível em Sir Galahantine

A cabeça de Sir Galahantine ficou então pendendo sobre o peito, e como não conseguisse mais conduzir seu cavalo, o cavalo saiu do campo de batalha e foi galopando para longe, levando Sir Galahantine embora, independente da sua vontade. A certa distância, porém, Sir Galahantine não conseguiu mais permanecer sobre a sela e caiu do cavalo, rolando pelo chão, de onde não teve mais forças para erguer-se.

Então Sir Lancelot tomou uma outra lança, enorme e resistente, do escudeiro que o acompanhava, e derrotou dezesseis cavaleiros sem que ela se partisse. Aquilo causou grande espanto e admiração em todos os que assistiam à batalha.

A essa altura o grupo do Rei de Gales do Norte começou a recuar mais e mais e dali a pouco dispersou-se. Então o grupo do Rei Bandemagus perseguiu-os por toda parte e aqueles que não se rendiam eram derrubados, de modo que não lhes foi possível organizar-se de novo para a luta. Então todos eles acabaram rendendo-se e dando-se por vencidos, fazendo com que o Rei Bandemagus vencesse o torneio. E foi a maior glória que poderia ter, pois nunca se ouvira falar antes que um grupo de oito cavaleiros derrotasse daquele modo um grupo de dezesseis cavaleiros que contava, como campeões, três cavaleiros da Távola Redonda. Tampouco aquela vitória teria sido possível não fosse pelo que Sir Lancelot fizera durante a luta.

Sir Lancelot vence a batalha para o Rei Bandemagus

Assim Sir Lancelot venceu aquele torneio para o Rei Bandemagus, e depois de terminada a batalha o Rei Bandemagus foi até Sir Lancelot e disse-lhe:

– O senhor hoje trouxe-me glória como jamais tive em toda a minha vida.[34] Agora faça-me a mercê de acompanhar-me, para que eu possa expressar a merecida gratidão por tudo o que fez e recompensá-lo como um rei deve recompensar um bravo cavaleiro do seu nível.

Então Sir Lancelot retrucou:

– Senhor, agradeço-lhe a cortesia, mas não careço de nenhuma recompensa, pois cabia-me fazer o que pudesse em nome da donzela Elouise, a Formosa, já que ela me salvou dos males que a Rainha Morgana tramava contra mim.

Então o Rei Bandemagus pediu que Sir Lancelot ficasse mais um pouco e descansasse, mas Sir Lancelot recusou, pois desejava seguir em seu caminho sem demora. Contudo, ainda disse ao Rei Bandemagus:

– Peço-lhe que mande minhas saudações à sua filha, e diga-lhe que, se precisar de minha ajuda novamente, que me mande avisar e virei, mesmo que seja do fim do mundo, pois ainda não retribuí tudo o que a gentil donzela fez por mim.

Sir Lancelot parte sem recompensa

Em seguida Sir Lancelot partiu daquele campo de batalha, foi até a beirada da floresta e entrou por ela adentro – e os que estavam no campo de batalha não o viram mais.

Assim termina a história do famoso torneio entre o Rei Bandemagus e o Rei de Gales do Norte.

---

34. Lembre-se que Lancelot se ofereceu para ajudar o Rei Bandemagus na batalha e lutar por sua causa como um "campeão", conforme diz o autor em outros momentos deste livro – ou seja, representando as forças guerreiras reais, como seu porta-voz. A vitória, portanto, se engrandece e nobilita o cavaleiro, leva a glória também ao monarca que o subsidiou.

Capítulo Sétimo

Como Sir Lancelot se viu no maior apuro da sua vida. E também
como libertou um castelo e uma vila infelizes dos gigantes que os
aprisionavam, e como libertou de uma masmorra o senhor do castelo

Depois disso Sir Lancelot vagou errante por muitos dias. E embora não
desse com qualquer aventura de monta, folgava com tudo o que via do
vasto mundo que o cercava, e durante esse tempo abrigava-se onde quer que
estivesse (se não numa casa, então a céu aberto), e enfrentava todos os tipos de
clima, tanto chuva quanto sol.

Num certo dia, logo cedo de manhã, alcançou o topo de um morro e de lá
avistou um vale muito fértil e todo arado, recoberto de campos e prados, como

Sir Lancelot chega
a um vale formoso
com um castelo

um formoso tapete verdejante de padrões diversos. E no meio
do vale havia um castelo imenso e imponente, com muitas torres,
e telhados elevados e íngremes cheios de chaminés. Então Sir
Lancelot desceu até o vale, e a estrada que tomou passava em
frente ao castelo sob a sombra das suas muralhas altas e cinzentas. No entanto,
ele não se deteve no castelo e continuou em seu caminho.

Acontece que, depois de passar pelo castelo, Sir Lancelot pareceu escutar o
doce tintilar de sininhos de prata tocando bem perto dali e, quando ergueu os
olhos, viu que um falcão voava por cima de sua cabeça até um olmo alto que
ficava um pouco mais distante, e deu-se conta de que eram os sininhos presos
ao falcão que tintilavam tão doces. E Sir Lancelot viu que o falcão voava com
duas correias pendendo de suas garras, donde deduziu que o falcão afrouxara
as correias e abandonara seu dono.

Então Sir Lancelot observou o falcão e viu que voou para um olmo bem alto,
onde pousou para descansar, equilibrando-se com as asas abertas. Dali a pouco
parecia desejar levantar voo novamente, mas as correias presas nas suas garras
tinham se enrodilhado no galho onde pousara. Portanto, por mais que tentasse,
não conseguia levantar voo. Sir Lancelot sentiu enorme pena do falcão debatendo-

Sir Lancelot
vê um falcão
enredado

se daquele jeito, esforçando-se por livrar-se daquele cativeiro, mas não
sabia como poderia ajudá-lo, pois a árvore era bem alta, e ele carecia
de destreza para subir em árvores.

Enquanto lá estava observando o falcão, ouviu o portão do castelo que se erguia com estrondo, a ponte levadiça que baixava e, em seguida, viu sair do castelo uma dama cavalgando muito veloz sobre uma mula branca, e vinha cavalgando na direção de Sir Lancelot, que observava o falcão na árvore. Quando a dama aproximou-se de Sir Lancelot, exclamou:

– Senhor Cavaleiro, por acaso viu um falcão voando por estes lados?

Sir Lancelot retrucou:

– Sim, Senhora, e lá está ele, preso pelas correias naquela árvore.

Então, quando a dama viu seu falcão preso daquele jeito, fez um gesto de aflição e exclamou:

– Ai meu Deus, ai meu Deus! O que hei de fazer? Aquele é o falcão favorito de meu senhor![35] Enquanto estava brincando com ele há algum tempo escapou-me das mãos e voou, fugindo, como pode ver. Mas quando meu senhor descobrir que perdi seu falcão desta maneira ficará tão furioso comigo que certamente há de punir-me de maneira terrível.

Sir Lancelot disse assim:

– Senhora, tenho-lhe muita pena.

– Senhor – ela disse –, não adianta nada ter pena de mim se não puder me ajudar.

– Como poderei ajudá-la? – disse Sir Lancelot.

– Ora, Senhor – disse ela –, de que outro modo senão subindo na árvore para apanhar meu falcão? Pois se não me ajudar dessa maneira, não sei o que farei, pois meu senhor tem um temperamento difícil e violento, e por certo não ficará nem um pouco satisfeito de ter perdido seu falcão favorito, como parece ser o caso.

A Dama implora a Sir Lancelot que resgate seu falcão

Sir Lancelot viu-se então numa situação difícil e sem saber o que fazer, pois não desejava subir naquela árvore.

– Senhora – disse ele –, peço-lhe que me diga o nome de seu senhor.

– Senhor – ela retrucou –, ele é chamado Sir Phelot e é cavaleiro da corte do Rei de Gales do Norte.

---

35. O falcão é animal poderoso: por sua força e beleza, no Egito encarnava a divindade, deus dos espaços aéreos, princípio celeste. Independente das diversas culturas, é sempre solar, macho, diurno, símbolo ascensional – nos planos físico, intelectual e moral. No *Livro das aves* (séc.XII), atribuído a Hugo de S. Vítor, mas impresso como obra de Hugo de Folieto, onde se interpreta alegoricamente a natureza de vários animais, a "sabedoria" do falcão é modelo para os homens; e explica-se inclusive o uso de carregá-lo na mão esquerda, lugar "dos bens temporais": ao voar para a direita, estará indo em direção aos "bens eternos, espirituais".

– Bem, Senhora – disse Sir Lancelot –, confia-me uma tarefa assaz inglória, pois Deus é testemunha de que não sou capaz de subir em árvores. De fato, preferiria lutar contra vinte cavaleiros a subir numa árvore destas. Contudo, não posso recusar o pedido de uma dama se cabe a mim, e somente a mim, satisfazer a sua vontade. Então, se ajudar-me a retirar minha armadura, tentarei subir nesta árvore e recuperar seu falcão.

Então a dama apeou da mula em que vinha montada e Sir Lancelot apeou de seu cavalo, e a dama ajudou Sir Lancelot a retirar sua armadura. E depois de retirada a armadura, despiu-se de todas as suas vestes, exceto as calças e o gibão. Então subiu na árvore, ainda que com muito esforço e dificuldade, e um medo enorme de cair. Finalmente alcançou o falcão, desamarrou as correias presas no galho e libertou a ave. Então partiu um pedaço solto do galho, amarrou as correias do falcão nele e lançou o falcão com o galho na direção da dama. A dama então correu muito feliz e agarrou o falcão, soltando-o do galho partido e amarrando as correias no próprio pulso para que não escapasse novamente.

Sir Lancelot sobe na árvore

Então Sir Lancelot começou a descer da árvore com o mesmo esforço e dificuldade com que antes subira.

Mas mal tinha começado a descer quando avistou um cavaleiro que vinha galopando em alta velocidade até a árvore, e viu que o cavaleiro trajava armadura completa. Quando o cavaleiro alcançou a árvore, puxou as rédeas e disse algo à dama que lá estava, embora Sir Lancelot não conseguisse ouvir o que dizia. Depois de algum tempo falando, o cavaleiro apeou de seu cavalo e foi até o escudo de Sir Lancelot e examinou-o atentamente. Em seguida olhou para Sir Lancelot e disse:

– Por acaso é Sir Lancelot do Lago?

E Sir Lancelot disse:

– Sim.

– Muito bem – disse o cavaleiro –, folgo muito em sabê-lo. Pois sou Sir Phelot, o senhor deste castelo, e irmão de Sir Peris, o Selvagem da Floresta, a quem tratou com tanta humilhação depois de tê-lo derrotado.

– Senhor – disse Sir Lancelot –, tratei-o apenas conforme mereceu.

– Não importa – disse Sir Phelot –, ele era meu irmão, e o senhor cobriu-o de vergonha e humilhação. Portanto agora hei de vingar-me, pois agora tenho-o em meu poder e irei matá-lo de modo tão humilhante como o envergonhou. Assim, vá fazendo suas últimas orações daí mesmo onde está pois jamais sairá daqui vivo.

Sir Lancelot sobe na árvore para apanhar o falcão de uma dama.

– Senhor Cavaleiro – disse Sir Lancelot –, não creio que de fato atacaria um homem desarmado e indefeso, pois seria-lhe uma verdadeira vergonha causar-me mal assim. Pois, veja só! O senhor está trajando armadura completa e eu estou despido, então matar-me como estou seria não só assassinato mas também traição.[36]

– Não importa – disse Sir Phelot –, e quanto à vergonha, pouco se me dá. Digo-lhe que não terá de mim perdão ou misericórdia. Portanto, faça as pazes com Deus, pois é chegada a sua hora.

Sir Phelot ameaça matar Sir Lancelot

– Senhor Cavaleiro – disse Sir Lancelot –, peço-lhe apenas um obséquio: se está decidido a causar para si mesmo tanta vergonha como parece ser o caso,

---

36. Severo em sua ortodoxa descrição dos que podem ou não podem pertencer à Ordem de Cavalaria, diz Raimundo Lúlio que os traidores, os ladrões, os salteadores, dentre outros, faltosos, devem estar na mira dos cavaleiros, porque assim como o machado é feito para destruir árvores, assim o cavaleiro tem o dever de destruir os maus homens.

não me deixe, ao menos, morrer como um rufião desarmado. Deixe que eu tenha minha espada na mão, ainda que não tenha outro meio de defesa. Pois se um cavaleiro deve morrer, é uma vergonha que morra sem armas. Portanto pendure minha espada naquele galho ali ao meu alcance, aí então pode matar-me.

– Não – disse Sir Phelot –, não o farei, pois sei muito bem de sua incrível mestria. Portanto creio que, mesmo que estivesse sem qualquer outra arma, poderia derrotar-me se tivesse sua espada à mão. Por isso não lhe darei esta chance, mas farei o que quiser do senhor assim mesmo como está.

Então Sir Lancelot foi tomado de grande aflição, pois não sabia como conseguiria escapar do perigo em que se achava. Começou a olhar ao redor, e para cima e para baixo, até que por fim avistou um galho enorme na árvore, muito reto e firme, bem acima de sua cabeça. Agarrou então o galho, arrancou-o da árvore e fez dele uma espécie de clava. Em seguida desceu até um galho um pouco mais baixo, enquanto o cavaleiro aguardava para golpeá-lo com sua espada tão logo Sir Lancelot estivesse ao seu alcance. Mas Sir Lancelot não desceu o suficiente.

Sir Lancelot passa por grande aperto para conseguir escapar

Então, quando Sir Lancelot viu que seu cavalo estava logo debaixo de si, um pouco para o lado, correu de repente pelo galho onde estava e rapidamente saltou no chão, mais perto do seu cavalo do que do cavaleiro.

Com isso, Sir Phelot correu na sua direção, investindo contra ele com sua espada, tencionando matá-lo antes que se endireitasse do salto. Mas Sir Lancelot foi mais rápido, firmou-se logo nos pés e defendeu-se do golpe de Sir Phelot com a clava que trazia na mão. De um lance passou por debaixo do braço com que Sir Phelot erguia a espada e, antes que ele pudesse usá-la, golpeou Sir Phelot com toda a força no lado da cabeça. E seguiu golpeando-o mais uma vez, e uma terceira vez, tudo isso antes que se pudesse contar até dois. Desferiu golpes tão violentos que Sir Phelot caiu de joelhos, completamente atordoado e confuso, enquanto a força dos músculos lhe fugia, tamanha a vertigem. Então Sir Lancelot arrebatou a espada da mão de Sir Phelot, sem que Sir Phelot tivesse forças para impedi-lo. E Sir Lancelot arrancou o elmo de Sir Phelot e susteve-o pelos cabelos, puxando seu pescoço para a frente para melhor poder decepar sua cabeça.

Sir Lancelot vence Sir Phelot com uma arma estranha

Enquanto isso a dama chorava, assistindo ao que acontecia. Mas quando viu o enorme perigo em que Sir Phelot se achava, correu e envolveu-o nos braços, e gritou numa voz muito alta e aguda, pedindo a Sir Lancelot que poupasse Sir Phelot e não o matasse. Mas Sir Lancelot, ainda segurando-o pelos cabelos, disse:

– Senhora, não posso poupá-lo, pois foi mais traiçoeiro comigo do que qualquer cavaleiro que jamais enfrentei.

Mas a dama gritava de forma ainda mais veemente:

– Sir Lancelot, ó bom cavaleiro, imploro-lhe, pela sua nobreza de cavaleiro,[37] poupe-o.

– Bem – disse Sir Lancelot –, nunca se poderá dizer que neguei algo que estava a meu alcance a uma dama que me pedisse pela minha nobreza de cavaleiro. Contudo, não sei ainda se posso confiar em nenhum dos dois. Pois a senhora não disse uma só palavra para defender-me quando, agora mesmo, quase fui assassinado de modo tão traiçoeiro. E quanto a este cavaleiro aqui, percebo que é tão traiçoeiro e covarde quanto seu irmão Sir Peris, o Selvagem da Floresta. Portanto irei poupá-lo, mas não confio nele, pois pode atacar-me antes que eu esteja armado. Dê-me, portanto, as rédeas de sua mula.

Sir Lancelot poupa a vida de Sir Phelot

Então a dama entregou as rédeas a Sir Lancelot, ainda aos prantos. Sir Lancelot tomou as rédeas e amarrou as mãos de Sir Phelot para trás. Então pediu que a dama de Sir Phelot o ajudasse a recolocar a armadura e armou-se da cabeça aos pés. Ela assim fez, muito trêmula. Então, quando estava pronto, Sir Lancelot disse:

– Agora não receio a traição de ninguém.

Em seguida montou em seu cavalo e partiu dali. E não olhou uma só vez para trás, mas seguiu cavalgando para bem longe, como se o desprezo que sentia por aquele cavaleiro e aquela dama fosse tão grande que não quisesse mais sequer pensar neles.

Depois Sir Lancelot viajou por algum tempo através dos verdes campos daquele vale até que foi saindo aos poucos dele e chegando a uma floresta, na qual viajou por muito tempo.

Era já o cair da tarde quando saiu da floresta e novamente cavalgava a céu aberto. Ao sair da floresta viu que adiante o terreno era plano e todo pantanoso, muito verde e exuberante, cheio de lagoas e córregos rodeados de juncos e carriços, e com salgueiros enfileirados nas margens. No meio dessa planície verdejante (que era lisa como a superfície de

Sir Lancelot chega a uma terra pantanosa

---

37. Observe-se que o pedido de clemência não apela a sentimentos individuais, mas sim a um código externo, pertencente à Ordem de Cavalaria: a "nobreza de cavaleiro", mantida inclusive por juramento sagrado, feito sobre a Bíblia e confirmado pela "espadeirada" sobre o ombro (ver nota 17).

uma mesa) erguia-se um imponente castelo, em parte feito de tijolo e em parte de pedra, e uma vila pequena e murada. O castelo e a vila ficavam numa ilha no meio de um lago, e uma ponte sustentada por pilares de pedra ligava a margem à vila. O castelo e a vila ainda estavam bem distantes, embora parecessem muito nítidos e claros além da terra plana e pantanosa, como se fossem parte de uma engenhosa miniatura.

Acontece que o caminho por onde Sir Lancelot ia levava até aquela vila, portanto ele continuou seguindo para ver se conseguia vê-la mais de perto. Assim foi indo por algum tempo pela estrada sem encontrar vivalma pelo caminho. Finalmente deparou, de repente, com um arqueiro, escondido atrás de um vimeiro de onde tentava abater uma ave ribeirinha que viera até o lago – pois trazia várias dessas aves penduradas na cinta. Sir Lancelot interpelou-o:

– Bom camarada, que vila é aquela ali adiante?

Sir Lancelot conversa com um camponês

– Senhor – disse o camponês –, chama-se Vila Pantanosa porque fica no meio destes charcos. E aquele castelo se chama castelo dos Charcos pelo mesmo motivo.

Disse então Sir Lancelot:

– Que tipo de lugar é aquele? É um lugar bom ou mau?

– Senhor – disse o arqueiro –, já foi um lugar muito bom, um lugar feliz; no passado havia lá um castelão que era justo e nobre, e gentil com toda a gente, e portanto amado por todos. Mas certa noite chegaram dois gigantes muito cruéis e horrorosos, vindos das serranias de Gales, e invadiram o castelo de modo traiçoeiro, aprisionando o castelão. Lançaram-no na masmorra do castelo, onde o mantêm prisioneiro e refém, pois dizem que, se os amigos do castelão tentarem resgatá-lo à força de armas, eles o matarão. Quanto a qualquer outra tentativa de salvá-lo, não há cavaleiro que ouse combatê-los por seu tamanho descomunal, bem como sua força e sua fisionomia horríveis e assustadoras.

– Puxa – disse Sir Lancelot –, que lástima, sinto muito pelo nobre fidalgo. Agora, já que não há cavaleiro que ouse lançar-se a essa aventura, eu próprio enfrentarei os gigantes.

– De jeito nenhum, Senhor Cavaleiro – disse o camponês –, não o faça, pois não são como mortais, e mais se parecem com monstros: não são bichos, nem homens.[38] É por isso que todos os que os veem ficam apavorados.

---

38. Os gigantes são figuras recorrentes na matéria cavaleiresca em geral, a par de outras "maravilhas". São comuns inclusive os "bons gigantes" – espécie de estetização do monstruoso –, que emprestam sua força descomunal a algum cavaleiro em vias de sucumbir ao inimigo (veja-se, por exemplo, no *Palmeirim de Inglaterra*, 1544, do português Francisco de Moraes).

– Muito lhe agradeço por temer por mim, bom camarada – falou Sir Lancelot –, mas se eu me recusar a essa aventura porque a considero perigosa, então não poderei meter-me em nenhuma outra aventura.

Com isso despediu-se do camponês e seguiu em seu caminho, indo na direção da vila num passo tranquilo.

Finalmente alcançou a ponte comprida que ligava a margem à ilha, e viu que o final da ponte levava ao portão de entrada da vila e avistou sob a arcada uma rua com casas dos dois lados, onde o povo circulava.

Assim começou a atravessar a ponte, e quando ouviram que se aproximava (pois os cascos de seu cavalo reverberavam na ponte como trovão), as pessoas vieram correndo ver quem é que ousava entrar assim tão corajosamente na sua vila. *Sir Lancelot atravessa a ponte até a vila*

Quando Sir Lancelot ia se aproximando, começaram a chamá-lo, gritando:

– Dê meia-volta, Senhor Cavaleiro! Volte! Ou então aqui encontrará a própria morte.

Só que Sir Lancelot não deu meia-volta, mas continuou avançando, determinado, pelo caminho.

Pois bem, quase no final da ponte havia uma pequena cabana de pedra, feita para abrigar das intempéries o vigia da ponte. Quando Sir Lancelot se aproximava da cabana, saiu dela, de repente, um campônio enorme, de uns dois metros de altura, trazendo na mão uma clava imensa, revestida de metal e com enormes dentes de ferro na ponta. O campônio correu até Sir Lancelot, agarrou as rédeas de seu cavalo e empurrou-o para trás, gritando com um vozeirão rouco:

– Aonde pensa que vai, Senhor Cavaleiro, atravessando esta ponte?

Sir Lancelot disse:

– Solte as rédeas de meu cavalo, Senhor Campônio.

Ao que o campônio respondeu:

– Não soltarei as rédeas do seu cavalo e não atravessará esta ponte.

Aquilo deixou Sir Lancelot furioso; ele desembainhou a espada e desferiu um golpe no ombro do campônio, fazendo-o logo soltar as rédeas. Em seguida o campônio retrocedeu e agarrou com as duas mãos sua clava gigantesca revestida de ferro e golpeou Sir Lancelot com um golpe que teria partido uma pedra de moer. Mas Sir Lancelot conseguiu *Sir Lancelot mata o enorme campônio*

Segundo a regra, eles encarnam inversamente os heróis: são bestiais, porque privados da racionalidade dos paladinos, e incrivelmente feios, disformes, em oposição à beleza, à proporção e à cortesia daqueles. Acrescente-se que, na cristianização do tema, são idólatras e diabólicos, contrários aos defensores da fé cristã.

desviar do golpe com sua espada, de modo que não o atingiu. Contudo, aquilo deixou-o ainda mais furioso, e, rangendo os dentes de raiva, ergueu-se nos estribos e desferiu no campônio um tal golpe que lhe atravessou o capacete de ferro e a cabeça e só parou no meio do peito.

Pois bem, quando as pessoas da vila viram aquele golpe terrível, fizeram um enorme alarido, gritando:

– Dê meia-volta, Senhor Cavaleiro! Volte! O que fez lhe custará muito caro!

O povo alerta Sir Lancelot

E alguns gritavam:

– Matou o vigia da ponte dos gigantes!

E outros gritavam:

– O senhor é um homem morto, a não ser que parta bem depressa.

Mas a todos Sir Lancelot ignorava, apenas limpou sua espada e guardou-a de volta na bainha. Então seguiu em frente, atravessando a ponte como se nada houvera, até chegar do outro lado. Então, sem dar ouvidos aos que lá estavam, cavalgou direto para o castelo e atravessou o portão até alcançar o pátio.

A essa altura havia um enorme alvoroço por todo o castelo e muita gente corria para as janelas para ver Sir Lancelot lá embaixo. E Sir Lancelot ficou parado em seu cavalo, olhando em volta. Assim percebeu que, para além do pátio do castelo, havia um belo campo coberto de grama muito macia e verde, ideal para uma batalha. Portanto, apeou do cavalo e amarrou-o a uma argola no muro. Então foi até o campo gramado, e preparou-se para enfrentar o que fosse.

Enquanto isso, todos os que estavam nas janelas do castelo gritavam para ele, da mesma forma como tinham feito as pessoas da vila:

– Vá embora, Senhor Cavaleiro! Parta enquanto ainda é tempo de fugir, ou então será um homem morto!

Mas Sir Lancelot nada respondia, apenas permaneceu ali e esperou muito resoluto. Então o grande portão do castelo abriu-se, e apareceram os dois gigantes de que ouvira falar.

E de fato Sir Lancelot jamais tinha visto seres tão terríveis quanto aqueles: tinham mais que três metros de altura, com corpo imenso e membros compridos. E trajavam armaduras feitas de couro de boi com argolas de ferro. E cada um vinha armado com uma clava enorme, longuíssima e grossa, revestida de ferro e coberta de dentes. Eles avançaram na direção de Sir Lancelot, balançando as clavas e rindo de uma maneira assaz medonha enquanto rangiam os dentes pontudos e brancos, pois julgavam-no uma presa fácil.

Dois gigantes atacam Sir Lancelot

106

Então Sir Lancelot, assistindo à aproximação de ambos, empunhou o escudo e preparou-se para o ataque com grande calma. Então os gigantes de súbito avançaram em sua direção, golpeando-o ao mesmo tempo, pois pensavam que, assim fazendo, o inimigo não lhes poderia escapar, e se um falhasse, o outro poderia matá-lo. Sir Lancelot, porém, defendeu-se do golpe de um gigante com sua espada e do outro com seu escudo com incrível destreza. Em seguida, antes que conseguissem se recuperar, ele atacou o gigante que estava à sua esquerda e desferiu-lhe um golpe tão terrível no ombro que atravessou a armadura, o ombro e metade do corpo. Com isso a cabeça e um braço do gigante ficaram pendendo para um lado e o outro braço e o ombro ficaram pendendo para o outro. Então o gigante desabou no chão com um mugido terrível de se ouvir, e logo acabou morrendo ali mesmo.

Como Sir Lancelot mata o primeiro gigante

Pois bem, quando o outro gigante viu aquele golpe mortal e terrível, ficou tão aterrorizado que passou algum tempo ali tremendo como num transe. Quando viu, porém, que Sir Lancelot voltava-se contra ele com a intenção de fazer com ele o mesmo, deixou cair por terra sua clava e saiu correndo com grande e terrível alarido. Correu para o castelo e teria entrado nele se aqueles que lá estavam não fechassem as portas e os portões, impedindo-o de refugiar-se ali. Portanto o gigante ficou correndo em volta do pátio fazendo enorme alarido, buscando alguma maneira de escapar, enquanto Sir Lancelot o perseguia. E Sir Lancelot golpeou-o muitas vezes com sua espada, até que, por fim, de tanto terror, dor e exaustão, o gigante cambaleou e acabou desabando no chão. Em seguida Sir Lancelot correu até ele e, antes que pudesse se levantar, tomou sua espada com ambas as mãos e decepou-lhe a cabeça, que rolou pelo chão feito uma bola. Então Sir Lancelot

Como Sir Lancelot mata o segundo gigante

ficou ali, ofegante, pois tinha corrido muito atrás do gigante e mal conseguia respirar. Enquanto isso, muitos que estavam no castelo e muitos dos que estavam na vila vieram até ele de todos os lados, e rodearam-no e aclamaram-no por tê-los livrado dos gigantes.

Então Sir Lancelot perguntou-lhes:

– Onde está o senhor do castelo?

Ao que eles responderam:

– Senhor, ele está na masmorra, nos subterrâneos do castelo, acorrentado à parede. Lá está há três anos ou mais, sem que ninguém ousasse acudi-lo, até o senhor aparecer.

– Vão logo até lá – disse Sir Lancelot –, e libertem-no, não percam tempo. E cuidem dele o melhor que puderem.

Eles então disseram:

– Não vai ficar e conhecê-lo, Senhor, e receber sua gratidão pelo que fez?

Mas Sir Lancelot respondeu:

– Não, não o farei.

Então disseram:

– Não gostaria de descansar um pouco depois desta luta?

Ao que Sir Lancelot retrucou:

– Não preciso de descanso.

Então disseram:

– Mas não descansará nem um pouquinho?

– Não – disse Sir Lancelot –, não posso me demorar, pois ainda tenho um longo caminho pela frente e muito a fazer, portanto não posso ficar.

Então desamarrou seu cavalo da argola no muro, montou nele e partiu do castelo e da vila, atravessando a ponte por onde tinha vindo. E todos o seguiram, aclamando-o vivamente enquanto passava.

Assim foi que Sir Lancelot partiu do castelo, não porque não precisasse descansar, mas porque não toleraria receber o agradecimento daqueles a quem tinha auxiliado. Pois, embora adorasse ajudar os necessitados, não adorava receber seus agradecimentos ou elogios. Por isso, satisfez-se em libertar o senhor do castelo daquele bando de gigantes, e com isso seguiu caminho sem descanso ou esperar agradecimentos.

Sir Lancelot parte sem descanso

E assim eram os nobres e galantes cavaleiros daqueles tempos:[39] embora prestassem serviços inestimáveis à humanidade, não gostavam de receber agradecimento ou recompensa pelos mesmos, mas tiravam enorme satisfação, não no que pudessem ganhar pelas suas ações, mas em realizar atos cavaleirescos. Para eles toda a retribuição vinha das suas próprias boas ações, porque assim o mundo em que viviam ficava melhor, e o Rei a quem serviam recebia glórias ainda maiores.

Tenho para mim que aqueles que têm essa mesma atitude são, na minha opinião, pares de Sir Lancelot, ou de Sir Tristão, ou de Sir Lamorack, ou de Sir Percival, sim, mesmo do próprio Sir Galahad. Pois não é preciso cerimônia ou

---

39. Nos três parágrafos que terminam este capítulo, Howard Pyle constrói o que corresponde, em Retórica, a um "epifonema": aproveita as aventuras dos cavaleiros para finalizar tecendo comentários morais, com objetivos claramente didáticos, visando a uma espécie de instrução do leitor. A prática é comum nas novelas de cavalaria, principalmente as ibéricas quinhentistas, comprometidas que estavam com a "educação dos príncipes" – manuais que se espalharam com enorme rapidez, voltados para a doutrinação da nobreza. (O artifício voltará a ser usado ao final dos livros de Sir Tristão e Sir Percival, e na conclusão geral desta obra.)

batismo para fazer de um homem um verdadeiro cavaleiro sagrado por Deus. Tampouco é preciso que um Rei mortal deite uma espada ao ombro de um homem para fazê-lo parte de uma confraria tão cavaleiresca como esta, cuja história escrevo. É preciso somente que ele prove ser sempre digno no cumprimento do dever e que não viva esperando recompensa ou elogio dos outros no cumprimento deste dever.

Portanto, lembrem-se de seguir o exemplo do nobre Sir Lancelot do Lago em tudo o que fizerem, tentando sempre superar-se, usando de toda a força e ímpeto, e que se satisfaçam com ter dado o melhor de si, independente de elogios. Assim serão dignos da companhia de Sir Lancelot e seus companheiros.

Capítulo Oitavo

Como Sir Lancelot salvou Sir Kay de uma situação perigosa e também
como trocou sua armadura com Sir Kay e o que aconteceu

Um dia, quando a noite já caía, Sir Lancelot chegou a uma bela estância onde buscou pousada para a noite, e lá foi bem acolhido.

Acontece que não havia um senhor daquela estância, mas somente uma velha fidalga de muito boa família e de boas maneiras. Ela logo deu boas-vindas a Sir Lancelot e o entreteve como pôde, oferecendo-lhe uma bela ceia, bem quente e saborosa, acompanhada de uma enorme taça do mais fino hidromel.[40] Enquanto Sir Lancelot comia, a fidalga indagou seu nome, e ele lhe respondeu que era Sir Lancelot do Lago.

A velha fidalga dá boas-vindas a Sir Lancelot

– Ora! – disse ela. – Jamais ouvi esse nome antes, mas é um bom nome.

Sir Lancelot riu-se:

– Folgo em saber – disse ele – que meu nome lhe apetece. Quanto a jamais tê-lo ouvido antes, bem, sou ainda um jovem cavaleiro com somente três anos de serviço. Contudo, espero que acabe me tornando mais conhecido do que sou agora.

– Pois é isto mesmo – disse ela –, ainda é muito jovem e não sabe o que pode fazer até que tenha a oportunidade de tentar.

Sir Lancelot riu-se novamente, e disse:

– Sim, é a mais pura verdade.

Pois bem, depois da ceia, a anfitriã levou Sir Lancelot até o aposento que lhe tinha preparado para dormir e que ficava num sótão, logo acima do portão que conduzia ao pátio. Então Sir Lancelot foi deitar-se e, estando cansado de tanto viajar, logo caiu num sono profundo e tranquilo.

Sir Lancelot é despertado

Porém, lá pelo meio da noite, ouviu-se de repente um ruído de alguém batendo no portão e chamando bem alto, pedindo que o

---

40. Bebida milenar de teor alcoólico, hoje redescoberta, consumida desde a Grécia antiga e muito popular entre os nórdicos, obtinha-se pela fermentação de uma mistura de água e mel. Corre a lenda que, entre os celtas, era servida nas cerimônias religiosas, porque tinha efeitos afrodisíacos e ajudava na fertilidade. Segundo uma acepção folclórica, daí adviria a expressão "lua de mel".

deixassem entrar imediatamente. Despertado por esse estardalhaço, Sir Lancelot levantou-se da cama, foi até a janela e olhou para ver quem era que gritava tão alto, fazendo tanto alarido.

Naquele momento a lua brilhava muito clara e imóvel no céu e, pela sua luz, Sir Lancelot conseguiu ver que se tratava de um cavaleiro trajando armadura completa, montado em seu cavalo do lado de fora do portão. O cavaleiro esmurrava o portão com o punho da sua espada e gritava, pedindo que o deixassem entrar.

Mas antes que pudessem atendê-lo, ouviu-se um ruído de galope vindo pela estrada e, logo em seguida, surgiram três cavaleiros que chegavam a toda velocidade. Ficou claro que os três cavaleiros estavam perseguindo o outro cavaleiro, pois quando o viram, galoparam até onde ele estava e lançaram-se sobre ele violentamente, os três ao mesmo tempo. Sendo assim, embora o cavaleiro tentasse defender-se o melhor que podia, achava-se numa situação muito difícil pois provavelmente seria derrotado. Os três outros o cercaram de tal forma contra o portão que não lhe restava muito a fazer para desviar de seus golpes.

Bem, quando Sir Lancelot viu os três cavaleiros atacando o quarto, disse para si mesmo: "Aquele cavaleiro com certeza está em apuros. Farei o que puder para ajudá-lo, pois é uma lástima ver três cavaleiros atacando um cavaleiro solitário desta forma. E se ele for morto neste ataque, serei em parte responsável pela sua morte."

Então correu e colocou sua armadura e preparou-se para a luta. Em seguida retirou o lençol da cama e amarrou-o na grade da janela; com ele, rapidamente desceu até a entrada, não muito distante de onde os cavaleiros lutavam. Quando pisou no chão em segurança, gritou bem alto:

Sir Lancelot sai em defesa do cavaleiro atacado

– Senhores, deixem em paz este cavaleiro que estão atacando e venham lutar comigo, pois decidi desafiá-los sozinho.

Então, um dos cavaleiros, falando de modo bem agressivo, disse:

– Quem é e por que se mete no que não é da sua conta?

– Não importa quem sou – disse Sir Lancelot –, mas não permitirei que ataquem esse aí sem primeiro lutarem comigo.

– Muito bem – disse o cavaleiro que tinha falado –, vamos agora mesmo satisfazer a sua vontade.

Então ele e seus companheiros imediatamente saltaram dos seus cavalos, desembainharam as espadas e partiram para cima de Sir Lancelot de três lados ao mesmo tempo. Sir Lancelot pôs-se de costas contra o portão, pronto para defender-se.

Nisso, o cavaleiro que Sir Lancelot fora defender saltou de seu cavalo para ir ajudar Sir Lancelot, mas Sir Lancelot impediu-o, imperioso, dizendo:

– Deixe estar, Senhor Cavaleiro, esta disputa é minha e não deve meter-se nela.

Os três cavaleiros, então, correram para cima dele com toda raiva e investiram contra ele todos ao mesmo tempo, golpeando-o como podiam e com toda força. Portanto, Sir Lancelot teve muita dificuldade para defender-se do seu ataque, mas ainda assim conseguiu que não se lançassem sobre ele todos ao mesmo tempo. Logo depois, encontrando a oportunidade de bater-se com um deles, de repente virou-se para um dos cavaleiros e desferiu-lhe um golpe tão terrível que este caiu feito morto com a força daquele murro.

Sir Lancelot luta contra os três cavaleiros

Em seguida, antes que os outros dois dessem por si, correu para o segundo deles e golpeou-o com tanta força que ficou desnorteado, cambaleando feito um bêbado e correndo em círculos, sem saber aonde ia. Então correu para o terceiro e empurrou-o com imensa força. Enquanto ele caía, Sir Lancelot golpeou-o como tinha feito aos seus companheiros. E então o cavaleiro deixou cair sua espada e caiu de joelhos, sem forças para reerguer-se.

Então Sir Lancelot correu até ele, arrancou seu elmo e agarrou-o pelos cabelos para decepar sua cabeça. O cavaleiro caído, porém, abraçou os joelhos de Sir Lancelot, implorando:

– Poupa-me a vida!

– E por que a pouparia? – disse Sir Lancelot.

– Senhor – implorou o cavaleiro –, peço-lhe por sua honra de cavaleiro que me poupe.

– Que direito tem de invocar a cavalaria? – disse Sir Lancelot. – Pois ia atacar um cavaleiro sozinho, três homens contra um?

Então um dos outros cavaleiros que tinham sido derrubados por Sir Lancelot, tendo, a essa altura, recobrado um pouco os sentidos, veio e ajoelhou-se diante de Sir Lancelot, dizendo:

– Senhor, poupe-lhe a vida, pois todos nos rendemos ao senhor, já que, com certeza, é o mais bravo dos cavaleiros do mundo inteiro.

Então Sir Lancelot se acalmou, mas disse:

– Não, não é a mim que irão se render; como os três atacaram este cavaleiro solitário, os três devem render-se a ele.

– Senhor – disse o cavaleiro ajoelhado –, detesta-me a ideia de rendermo-nos àquele cavaleiro ali, pois perseguimo-lo até aqui, e ele fugiu de nós, e o teríamos derrotado não fosse o senhor intervir para ajudá-lo.

– Bem – disse Sir Lancelot –, nada disso me importa, somente que me obedeçam. E se não o fizerem, então terei que matá-los a todos. Portanto podem escolher.

Então o cavaleiro ajoelhado disse:

– Meu Senhor, não vejo outra coisa a fazer a não ser rendermo-nos como determinou, portanto nos sujeitamos ao cavaleiro que o senhor salvou de nossas mãos.

Os três cavaleiros são forçados a render-se ao cavaleiro solitário

Então Sir Lancelot voltou-se para o cavaleiro a quem tinha ajudado e disse:

– Senhor Cavaleiro, estes cavaleiros aqui se rendem ao senhor para que faça deles o que quiser. Agora peço-lhe a gentileza de me dizer seu nome e quem é.

– Senhor – disse o cavaleiro –, sou Sir Kay, o Senescal, irmão de criação do Rei Arthur e cavaleiro da Távola Redonda.[41] Tenho andado errante por algum tempo procurando Sir Lancelot do Lago. Agora creio que ou o senhor é Sir Lancelot, ou então se equipara a ele.

– Tem razão, Sir Kay – disse Sir Lancelot –, sou Sir Lancelot do Lago.

Então os dois rejubilaram-se com aquele encontro e abraçaram-se como irmãos de armas.

Então Sir Kay contou a Sir Lancelot por que aqueles três cavaleiros o estavam acossando: eram irmãos, e ele tinha derrotado o quarto irmão numa aventura de armas e o tinha ferido gravemente. Por isso os outros três o estavam perseguindo havia três dias para fazer-lhe algum mal.

Acontece que Sir Kay não estava nada satisfeito de aceitar a rendição dos três cavaleiros, mas Sir Lancelot foi irredutível. Então Sir Kay acabou deixando que se fizesse conforme Sir Lancelot queria. Em seguida, os três cavaleiros vieram e colocaram-se à disposição de Sir Kay, e Sir Kay ordenou que fossem até Camelot e expusessem a situação perante o Rei Arthur, e que o Rei Arthur deveria julgar o caso de acordo com o que achasse certo e apropriado.

Sir Kay aceita a rendição dos três cavaleiros

Em seguida os três cavaleiros montaram em seus cavalos e partiram, e então os portões da estância se abriram, e Sir Lancelot e Sir Kay entraram. Mas quando a anciã, que era sua anfitriã, viu Sir Lancelot entrando, ficou muito espantada, pois achava que ele estivesse dormindo no seu aposento. Portanto disse:

---

41. A pouca simpatia com que Pyle trata esta personagem tem sua razão de ser, é histórica e acompanha a evolução de sua caracterização. Senescal (ver nota 6) do Rei Arthur e porta-estandarte do reino de Logres (i.e., Inglaterra), é filho de Antor. Em fontes gaulesas mais antigas, Sir Kay é preeminente guerreiro e ocupa sempre lugar privilegiado ao lado de Arthur; em alguns textos, é até descrito como herói com poderes sobrenaturais. Na *Historia Regum Britanniae* (1136), de Geoffrey de Monmouth, é bravo combatente, conduzindo seus comandados à vitória contra os romanos. Essa imagem será muito modificada a partir das obras de Chrétien de Troyes: Sir Kay torna-se um homem desagradável, cavaleiro medíocre, temido por seus companheiros e de caráter fanfarrão. Apesar disso, continua gozando da estima e do favor de Arthur, o que se explica talvez por seus antecedentes gloriosos.

– Senhor, pensava que estivesse na cama dormindo.
– De fato estava – disse Sir Lancelot –, até que vi este cavaleiro aqui em perigo de vida, ameaçado por três cavaleiros. Então saltei de minha janela e fui ajudá-lo.
– Bem – disse a anfitriã –, parece-me que o senhor virá a ser um ótimo cavaleiro, se já é tão corajoso sendo tão jovem.

Tais palavras fizeram Sir Lancelot e Sir Kay irromperem em risos.

Então a estancieira serviu pão e vinho a Sir Kay, e ele comeu e bebeu. Em seguida ele e Sir Lancelot foram até o sótão sobre o portão e lá adormeceram muito tranquilos.

Pois bem, antes do nascer do sol, Sir Lancelot acordou mas Sir Kay ainda dormia profundamente. Quando viu que Sir Kay ainda dormia, Sir Lancelot pensou numa brincadeira. Então cobriu-se da cabeça aos pés com a armadura de Sir Kay, tomou a lança e o escudo de Sir Kay, e deixou sua armadura, escudo

Sir Lancelot toma a armadura de Sir Kay.

e lança para Sir Kay usar. Em seguida saiu silenciosamente do quarto, deixando Sir Kay dormindo. Tomou o cavalo de Sir Kay, montou nele e partiu. E durante tudo aquilo Sir Kay não tinha ideia do que acontecia, pois dormia profundamente.

Sir Lancelot leva a armadura de Sir Kay

Pois bem, passado algum tempo, quando Sir Kay acordou, viu que Sir Lancelot tinha partido. E, olhando em volta, viu que sua armadura não estava mais lá e que lá só havia a armadura de Sir Lancelot. Percebeu o que Sir Lancelot fizera, e disse:

– Ora! Que cavaleiro nobre e cortês. Deixou-me sua armadura para que eu me proteja, pois enquanto usá-la, empunhar seu escudo e montar no seu cavalo, provavelmente ninguém há de atacar-me pelo caminho. Quanto aos que tentarem atacá-lo, provavelmente não acharão a aventura muito divertida.

Então levantou-se, colocou a armadura de Sir Lancelot e, depois do desjejum, agradeceu à anfitriã pelo que lhe tinha oferecido e partiu muito satisfeito.

(E deu-se conforme Sir Kay previra, pois quando encontrava outros cavaleiros pela estrada, ao verem a insígnia em seu escudo, todos diziam: "É melhor deixar aquele cavaleiro em paz, pois é Sir Lancelot." E assim chegou a Camelot sem ter tido que lutar com ninguém.)

QUANTO A SIR LANCELOT, seguiu seu caminho a cavalo com o espírito bem alegre, sem pensar nos problemas do mundo, mas cantarolando baixinho naquele dia agradável. Todavia seguia seu caminho em direção a Camelot, pois dizia:

– Voltarei para Camelot por pouco tempo para ver como vão meus amigos na corte do Rei.

Como Sir Lancelot viajou para Camelot

Assim, dali a algum tempo, foi chegando às terras vizinhas a Camelot, que são muito planas e férteis, cheias de belos rios e pradarias com muitas choupanas e vilarejos, e estradas enfileiradas de sebes, muito agradáveis de se passar. Assim acabou chegando a um prado bem largo onde havia vários arvoredos aqui e ali ao longo de um rio. E enquanto ia passando pelo prado avistou à frente uma ponte comprida, e no final dela havia três tendas de seda de várias cores, montadas à sombra de um arvoredo de faias. Em frente a cada tenda havia uma lança comprida fincada no chão, e em cada uma estava pendurado o escudo do cavaleiro a quem a tenda pertencia. Sir Lancelot conseguia ler os escudos com facilidade e assim saber que cavaleiros eram aqueles. Eram eles Sir Gunther, Sir Gylmere e Sir Raynold, que eram três irmãos da corte do Rei Arthur. Ao

Sir Lancelot avista três cavaleiros num banquete

passar pelas tendas, viu que os três cavaleiros estavam banqueteando na tenda do meio, e que vários escudeiros e pajens lhes serviam, pois eram cavaleiros de alta estirpe, e portavam-se como importantes senhores.

Pois bem, quando os cavaleiros avistaram Sir Lancelot, pensaram tratar-se de Sir Kay por causa da armadura que trajava, e Sir Gunther, que era o mais velho dos irmãos, gritou:

– Venha até aqui, Sir Kay, e coma conosco!

Os três cavaleiros convidam Sir Lancelot a comer com eles

Mas Sir Lancelot nada respondeu e continuou cavalgando. Então Sir Gunther disse:

– Parece-me que Sir Kay acordou esta manhã sentindo-se muito importante. Vou agora mesmo buscá-lo e trazê-lo até aqui, ou então farei com que desça um pouco do seu pedestal.

Então apressou-se a colocar seu elmo, correu e apanhou seu escudo e lança, montou em seu cavalo e saiu galopando veloz atrás de Sir Lancelot. Ao se aproximar de Sir Lancelot gritou:

– Pare aí, Senhor Cavaleiro! Vire-se e siga-me!

– Por que deveria segui-lo? – disse Sir Lancelot.

Sir Gunther retrucou:

– Porque ou bem me segue ou luta comigo.

– Bem – disse Sir Lancelot –, prefiro lutar a segui-lo contra a minha vontade.

Aquilo deixou Sir Gunther assaz espantado, pois Sir Kay nunca teve fama de estar pronto assim para a luta. Então Sir Lancelot empunhou seu escudo e lança e posicionou-se, e Sir Gunther posicionou-se também. Em seguida, quando estavam todos preparados, cada um esporeou seu cavalo e lançou-se contra o outro numa incrível velocidade. E cada cavaleiro atingiu o outro bem no meio do escudo, mas a investida de Sir Lancelot foi tão violenta que não foi possível resistir-lhe. Assim, tanto Sir Gunther quanto seu cavalo desabaram no chão, levantando uma nuvem de poeira tão grande que nem se conseguia enxergar mais nada.

Sir Lancelot derruba Sir Gunther

Aquilo deixou Sir Raynold e Sir Gylmere sobremaneira espantados, pois Sir Gunther sempre fora considerado um cavaleiro muito mais hábil que Sir Kay, logo não conseguiam entender como Sir Kay conseguira derrotá-lo daquele modo.

No mesmo instante Sir Gylmere, que era o segundo dos irmãos, gritou para que Sir Lancelot esperasse e lutasse com ele.

– Muito bem – disse Sir Lancelot –, se não há outro jeito, lutarei. Mas se apresse, pois quero seguir meu caminho.

Sir Gylmere então rapidamente colocou seu elmo, correu e apanhou seu escudo e lança e montou em seu cavalo. Assim que estava todo preparado, lançou-se contra Sir Lancelot com todo ímpeto, e Sir Lancelot lançou-se contra ele.

Naquele embate cada cavaleiro golpeou o outro bem no meio do escudo, e enquanto a lança de Sir Gylmere se despedaçou, a lança de Sir Lancelot permaneceu inteira, rasgando de tal forma a correia da sela de Sir Gylmere, *Sir Lancelot* que tanto a sela como o cavaleiro foram arrancados do cavalo, indo ao *derruba Sir* chão, onde Sir Gylmere permaneceu caído e atordoado. *Gylmere*

Então Sir Raynold foi lutar contra Sir Lancelot da mesma forma como os outros fizeram, e naquele embate Sir Lancelot derrubou tanto o cavalo como o cavaleiro de tal maneira que, não tivesse Sir Raynold saltado antes, *Sir Lancelot* teria ficado terrivelmente ferido. *vence Sir*

Então Sir Raynold desembainhou a espada e gritou bem alto: *Raynold*

– Venha, Senhor Cavaleiro, e lute comigo no chão!

Mas Sir Lancelot disse:

– E por que assim deseja, Senhor Cavaleiro? Nada tenho contra o senhor para me engajar numa luta homem a homem.

– Ah! – disse Sir Raynold. – Lutará comigo quer queira, quer não. Pois embora esteja trajando a armadura de Sir Kay, sei muito bem que não é Sir Kay, e sim alguém bem mais forte que ele.

– Não – disse Sir Lancelot –, não lutarei mais consigo.

E com isso tomou as rédeas de seu cavalo e partiu, deixando Sir Raynold furioso ali parado no meio da estrada.

Depois disso Sir Lancelot seguiu cavalgando num passo tranquilo, sem prestar muita atenção por onde passava, até que, dali a algum tempo, chegou a um local onde a estrada atravessava uma planície verde com duas fileiras de álamos, uma em cada lado da estrada. Então Sir Lancelot percebeu que, parados ao lado de seus cavalos à sombra dos álamos, havia quatro cavaleiros. E esses quatro cavaleiros conversavam alegremente. Pois bem, quando Sir Lancelot chegou mais perto, viu que eram quatro nobres cavaleiros *Sir Lancelot* da Távola Redonda que eram muito famosos. Um era seu próprio *encontra* irmão, Sir Ector de Maris, o outro era Sir Gawain, o terceiro era Sir *quatro nobres* Ewain, e o quarto era Sir Sagramore, o Desejoso. *cavaleiros*

Pois bem, quando Sir Lancelot foi se aproximando, Sir Gawain disse:

– Vejam, lá vem Sir Kay, o Senescal.

Ao que Sir Sagramore, o Desejoso, disse:

– Sim, é ele. Esperem aqui um pouco e lá irei para derrubá-lo.

Logo em seguida montou em seu cavalo e cavalgou até Sir Lancelot, gritando-lhe:

– Pare aí, Senhor Cavaleiro, não pode avançar até se entender comigo.

– O que quer de mim? – perguntou Sir Lancelot.

– Senhor – disse Sir Sagramore –, vou derrubá-lo.

– Bem – disse Sir Lancelot –, suponho que não me resta alternativa a não ser dar-lhe este prazer.

Em seguida, empunhou o escudo e a lança, e Sir Sagramore empunhou seu escudo e lança, e quando estavam prontos avançaram ao mesmo tempo a toda velocidade. Quando se chocaram a lança de Sir Sagramore partiu-se, e Sir Lancelot desferiu um golpe tão violento que derrubou o cavalo junto com o cavaleiro numa vala cheia d'água que havia ali perto.

Sir Lancelot derruba Sir Sagramore

Então Sir Ector de Maris disse:

– Ora, só pode ter havido uma grande falta de sorte para Sir Sagramore ser assim derrubado por Sir Kay. Vou lá agora mesmo tirar isto a limpo pois, de outro modo, jamais poderemos viver na corte sem nos tornarmos o motivo favorito de pilhéria.

Então montou em seu cavalo e foi até Sir Lancelot, galopando bem rápido. Quando chegou perto de Sir Lancelot gritou:

– Prepare-se para mais um desafio, Sir Kay, pois agora é a minha vez!

– Por que o enfrentaria? – disse Sir Lancelot. – Não lhe fiz nenhum mal.

– Não tem importância – disse Sir Ector –, não deixarei que siga adiante até que lute comigo.

– Bem – disse Sir Lancelot –, se assim é, quanto antes lutarmos, mais cedo posso seguir meu caminho.

Sir Lancelot derruba Sir Ector

Em seguida cada cavaleiro se preparou, e quando estavam completamente prontos se chocaram com tal força que a lança de Sir Lancelot atravessou o escudo de Sir Ector e feriu-lhe o ombro, e Sir Ector foi lançado no chão com tal violência que ficou ali, sem forças para se mover.

Então Sir Ewain disse para Sir Gawain lá onde estavam:

– Essa é a coisa mais incrível que já vi, pois jamais imaginei ver Sir Kay portar-se assim numa batalha. Agora fique aqui e deixe-me tentar derrotá-lo.

Assim, Sir Ewain montou em seu cavalo e cavalgou até Sir Lancelot, e desta vez os cavaleiros nada disseram, mas imediatamente posicionaram-se para lutar. Então lançaram seus cavalos um contra o outro, e Sir Lancelot deu um murro tamanho em Sir Ewain que o deixou atordoado, e por algum tempo ficou sem saber onde estava, pois a lança caiu de sua mão e o escudo pendia tão baixo que Sir Lancelot poderia tê-lo morto ali mesmo, se assim quisesse.

Então Sir Lancelot disse:

– Senhor Cavaleiro, exijo que se renda.

E Sir Ewain disse:

– Rendo-me. Pois não creio que o senhor seja Sir Kay, mas alguém muito mais forte do que ele jamais será. Portanto rendo-me.

Sir Ewain se rende a Sir Lancelot

– Então está bem – disse Sir Lancelot. Agora vá até ali ajudar os outros dois cavaleiros, pois vejo que Sir Gawain decidiu desafiar-me.

E deu-se como Sir Lancelot havia dito, pois Sir Gawain já tinha montado em seu cavalo e estava pronto para o embate. Então Sir Gawain e Sir Lancelot posicionaram-se no lugar que acharam mais adequado. Em seguida cada cavaleiro esporeou seu cavalo e saíram em disparada feito um trovão, e cada cavaleiro golpeou o outro no meio do seu escudo. E naquele choque a lança de Sir Gawain partiu-se em dois mas a lança de Sir Lancelot ficou inteira, e ele então deu um soco tão forte em Sir Gawain que o cavalo de Sir Gawain empinou no ar. Foi só com muito esforço que conseguiu livrar-se de sua sela antes que seu cavalo caísse para trás. Se não tivesse saltado antes, seu cavalo o teria esmagado.

Sir Gawain falha com Sir Lancelot

Então Sir Gawain desembainhou sua espada e gritou furiosamente:

– Desça daí e lute comigo, Senhor Cavaleiro, pois não é Sir Kay!

– Não, não lutarei dessa forma – disse Sir Lancelot, e seguiu caminho sem mais demora.

Mas, enquanto ia, ria-se consigo mesmo por baixo do elmo, e dizia assim:

– Que Deus garanta a Sir Kay a felicidade de uma lança como esta, pois jamais tive em minhas mãos uma lança tão boa. Foi graças a ela que derrotei sete famosos cavaleiros hoje.

Quanto àqueles quatro famosos cavaleiros da Távola Redonda, ficaram se consolando uns aos outros o melhor que puderam, pois não conseguiam entender o que lhes tinha acontecido. Só Sir Ector falou:

– Sir Kay nunca poderia ter lutado assim conosco. É alguém dez vezes melhor que Sir Kay, ou mesmo vinte vezes melhor.

Pois bem, Sir Lancelot chegou a Camelot por volta do anoitecer, quando o Rei Arthur e sua corte estavam reunidos para a ceia. Houve então grande alegria quando se soube da sua chegada e trouxeram-no para o salão e sentaram-no ao lado do Rei e de Lady Guinevere, todo armado como estava. Então o Rei Arthur disse:

Como Sir Lancelot retorna a Camelot

– Sir Lancelot, como tem passado?

E Sir Lancelot respondeu:

– Bem.

E o Rei Arthur disse:

– Conte-nos o que lhe aconteceu.

E Sir Lancelot contou tudo o que acontecera durante o mês em que estivera fora. E todos ouviram, muito admirados.

Mas quando Sir Lancelot contou como tinha encontrado os sete cavaleiros, trajando a armadura de Sir Kay, todos riram à balda, exceto os sete que lá estavam, pois não lhes apeteceu que zombassem deles daquela maneira.

ASSIM, ESPERO TÊ-LOS APRESENTADO a Sir Lancelot do Lago, que foi o maior cavaleiro do mundo. Pois não só contei-lhes como ele foi sagrado cavaleiro pelas mãos do Rei Arthur, mas também levei-os nas suas aventuras errantes, para que vissem com seus próprios olhos como ele arriscava sua vida pelos outros e que homem nobre e generoso era; e também como podia ser misericordioso com os fracos e oprimidos e terrível com os malfeitores. Mas agora tenho que deixá-lo de lado por algum tempo (depois disso, num outro livro que será a continuação deste, voltarei a ele novamente para contar-lhes muitas coisas incríveis sobre outras aventuras suas). Agora é preciso contar a história de um outro cavaleiro, que era tido por muitos como quase tão excelente quanto o próprio Sir Lancelot.

Conclusão

Aqui termina a história de Sir Lancelot. Em seguida vem a história de Sir Tristão de Lyonesse, que tinha laços de amizade tão estreitos com Sir Lancelot que, mesmo se tivessem sido irmãos de sangue, filhos do mesmo pai e da mesma mãe, não teriam tido afeição igual.

De fato seria impossível contar qualquer história de Sir Lancelot do Lago sem contar também a história de Sir Tristão de Lyonesse, pois, como os fios que compõem a trama de um belo tecido, as vidas de Sir Lancelot e Sir Tristão eram entremeadas uma na outra.

Agora, portanto, vou contar-lhes as admiráveis aventuras de Sir Tristão de Lyonesse; e Deus queira que gostem de lê-las tanto quanto gostei de escrevê-las.

Sir Tristão de Lyonesse

Sumário

Prólogo *127*

PARTE I
A HISTÓRIA DE SIR TRISTÃO E DE LADY ISOLDA, A BELA

Capítulo Primeiro
Como a nova Rainha de Lyonesse atentou contra a vida
de Tristão; como ele partiu para a França e como retornou
a Lyonesse e foi recebido calorosamente lá *133*

Capítulo Segundo
Como Sir Tristão foi sagrado cavaleiro pelo Rei da Cornualha e
como travou uma batalha contra um famoso campeão *141*

Capítulo Terceiro
Como Sir Tristão foi à Irlanda para que a filha do Rei da Irlanda
o curasse de sua ferida e como se apaixonou por Lady Isolda, a
Bela. E também sobre Sir Palamedes e Lady Isolda, a Bela *150*

Capítulo Quarto
Como Sir Tristão se bateu com Sir Palamedes no torneio e o que se passou.
Também como Sir Tristão foi forçado a partir do reino da Irlanda *158*

Capítulo Quinto
Como Sir Tristão foi enviado à Irlanda, por ordem do Rei Mark, para buscar
Lady Isolda, a Bela, e trazê-la para a Cornualha, e o que se passou com ele *172*

Capítulo Sexto
Como Sir Tristão precisou travar batalha contra três cavaleiros da Távola
Redonda. E também como teve audiência com o Rei Arthur *186*

Capítulo Sétimo
Como Sir Tristão conversou com o Rei Angus da Irlanda; como
assumiu defender a causa do Rei Angus e o que aconteceu depois *196*

PARTE II
A HISTÓRIA DE SIR TRISTÃO E SIR LAMORACK

Capítulo Primeiro
Como Sir Lamorack de Gales chegou a Tintagel e como ele
e Sir Tristão juraram eterna amizade na floresta *213*

Capítulo Segundo
Como Sir Tristão partiu para Camelot e como parou pelo
caminho para lutar contra Sir Nabon, o Negro *224*

Capítulo Terceiro
Como Sir Tristão fez justiça na ilha e assim libertou Sir Lamorack
do cativeiro. Também como Sir Tristão e Sir Lamorack renovaram
o grande apreço que sentiam um pelo outro *234*

PARTE III
A LOUCURA DE SIR TRISTÃO

Capítulo Primeiro
Como Sir Tristão foi surpreendido com Lady Isolda, a Bela; como
atacou o Rei Mark e como fugiu de Tintagel para a floresta *249*

Capítulo Segundo
Como Sir Tristão tomou a espada de Sir Kay e com ela matou um imenso
cavaleiro na floresta, e como salvou uma dama em graves apuros. Também como
Sir Lancelot encontrou Sir Tristão na floresta e levou-o de volta a Tintagel *258*

Capítulo Terceiro
Como Sir Tristão foi reconhecido em Tintagel e o que aconteceu então *270*

Capítulo Quarto
Como Sir Tristão e Lady Isolda, a Bela, retornaram à Cornualha
e como viveram juntos até o fim dos seus dias *279*

Prólogo

Havia um certo reino chamado Lyonesse,[42] e o rei daquela terra era chamado Meliadus, e a rainha de lá, chamada Lady Elizabeth, era irmã do Rei Mark da Cornualha.

No reino de Lyonesse havia uma dama muito formosa, que era uma feiticeira ardilosa e má. Essa dama apaixonou-se pelo Rei Meliadus, cuja aparência era assaz nobre, e passava todo o tempo tramando como poderia trazê-lo ao seu castelo para tê-lo perto de si.

Pois bem, o Rei Meliadus era um famoso caçador, e amava caçar mais do que qualquer outra coisa no mundo, exceto a alegria que sentia no amor da sua Rainha, Lady Elizabeth. Então, certo dia, no final do outono, decidiu sair para caçar, embora fosse um dia muito frio e inóspito.

Por volta do raiar do dia, os cães de repente avistaram uma corça extraordinária.[43] Era branca, e seus chifres eram brilhantes e reluziam

O Rei Meliadus sai para caçar

---

42. Segundo um consenso entre os estudiosos, vários argumentos apontam para a teoria da origem celta da complexa matéria relativa a Tristão. Parece lógico supor, então, que no próprio espaço da narrativa estariam alguns cenários do possível nascimento da lenda: Irlanda (pátria de Isolda); Cornualha (reino do Rei Mark); Bretanha (onde, em algumas versões, Tristão se casa com Isolda das Brancas Mãos) ou o próprio reino de Lyonesse (Leonis/Lothian, localizado no sudeste da atual Escócia, entre os rios Tweed e Forth).
43. A corça, fêmea do cervo – animal tão presente na lírica trovadoresca –, é por excelência o símbolo da feminilidade, em seu estado quase indiferenciado, instintivo e primitivo. Na mitologia grega, a corça era consagrada a Hera, deusa do Amor e do himeneu. Sua beleza advém do extraordinário brilho de seus olhos luminosos, razão de a compararem a uma jovem

como puro ouro, fazendo com que o próprio animal parecesse um milagre vivo na floresta. Quando a corça surgiu, os cães imediatamente partiram em seu encalço latindo muito, como se tivessem sido tomados de um súbito frenesi. E quando o Rei viu aquela criatura, ficou ele também de súbito como que possuído por uma ânsia de persegui-la, pois logo gritou e esporeou seu cavalo e saiu num galope tão veloz que acabou deixando seu séquito para trás, até que ficou completamente só na floresta, só com sua presa.

A corça, acossada pelos cães, corria muito veloz pelas sendas do bosque, enquanto o Rei Meliadus a perseguia com todo ímpeto, até que a caça saiu da floresta e foi dar numa planície aberta. Então o Rei Meliadus viu que, no meio da planície, havia um lago bem grande, e no meio do lago havia uma ilha, e na ilha havia um castelo muito alto e imponente. Foi para lá que a corça correu bem veloz e quando alcançou o lago, saltou na água e nadou até a ilha – e havia uma fina camada de gelo sobre a água perto das margens.

O Rei Meliadus persegue a corça

Mas quando os cães que perseguiam a corça chegaram à beira da água gelada, estacaram e ficaram ganindo na beira da água, repelidos pelo gelo e pela água. Só que o Rei Meliadus não hesitou, imediatamente saltou de seu cavalo, mergulhou na água e nadou atrás da corça. E quando alcançou a outra margem, saiu atrás da corça a pé, correndo bem rápido, e a corça então correu para o castelo e adentrou o pátio, com o Rei Meliadus em seu encalço. Só que, assim que ele atravessou os portões do castelo, estes se fecharam, e o Rei Meliadus viu-se prisioneiro.

(Pois fiquem sabendo que naquele castelo vivia uma linda feiticeira da qual já se falou, e saibam que ela enviara a corça encantada para atrair o Rei Meliadus para a sua corte, e assim fazer do Rei Meliadus seu prisioneiro. E mais: fiquem sabendo que, uma vez que o tinha ali no seu castelo, ela o enredou num feitiço tão poderoso que ele se esqueceu de Lady Elizabeth, de sua corte e de seu reino, e só pensava na linda feiticeira em cujo poder caíra, vítima de seus ardis.)

O Rei Meliadus é feito prisioneiro num castelo encantado

Pois bem, quando o séquito do Rei retornou ao castelo de Lyonesse sem ele, e quando o Rei não retornou no dia seguinte, nem no outro dia, Lady Elizabeth

---

donzela. (No *Cântico dos Cânticos*, é sugestivo o apelo: "Conjuro-vos, ó filhas de Jerusalém,/ pelas gazelas e corças dos campos,/ que não desperteis nem perturbeis o amor...", 2:7). É com essa força atrativa que o animal misterioso aparece ao Rei Meliadus, sendo por ele perseguido exaustivamente. Aqui se acrescenta, ainda, a magia, pois foi por encantamento que a corça conduziu o Rei ao castelo da feiticeira, onde ficou prisioneiro.

começou a ficar cada vez mais desesperada de aflição por ele. E quando se passaram duas semanas e ainda não se tinha notícia do Rei, seu sofrimento e preocupação tornaram-se tão grandes que ela caiu em desespero e tiveram que vigiá-la de perto para que não causasse algum mal a si mesma em meio à loucura.

Lady Elizabeth fica desesperada de tanto sofrer

Por isso mantiveram-na muito tempo fechada no castelo, mas certo dia ela conseguiu enganar seus vigias e fugiu para a floresta antes que pudessem descobrir. Apenas uma dama de companhia viu-a e chamou um jovem pajem para que a seguisse, e foi ela própria atrás da Rainha por onde ia, tentando trazê-la de volta.

Mas Lady Elizabeth correu para o meio da floresta, enquanto a dama de companhia e o pajem seguiram-na. A Rainha achava que na floresta encontraria seu senhor; portanto, corria bem rápido e para bem longe, até que ficou cansada de tanto correr e caiu no chão; e os que a seguiam encontraram-na assim desfalecida. Logo viram que a Rainha sofria de muita dor e estava à beira da morte, pois era um dia muito gelado, havia uma fina camada de neve sobre o chão, e o frio penetrara as vestes de Lady Elizabeth e gelara o seu corpo até o coração.

Lady Elizabeth foge para a floresta

A dama de companhia, vendo o estado da Rainha, chamou o pajem e disse:

– Corre, corre! Volta para o castelo de Lyonesse e traz alguns dos cavaleiros do castelo com toda pressa, senão a Rainha morrerá aqui.

Então o pajem correu com toda pressa para cumprir aquela ordem e a Rainha ficou só com a sua dama de companhia.

Então a dama de companhia disse:

– Senhora, como se sente?

E a Rainha disse:

– Ai de mim, que estou morrendo.

A dama de companhia disse:

– Senhora, será que não consegue aguentar um pouco até a ajuda chegar?

Ao que Lady Elizabeth caiu num pranto sentido e disse:

– Não, não aguento mais, pois o frio penetrou meu coração.

(Sim, a morte sobrevinha-lhe por causa do frio em seu coração.)

Então dali a pouco, em meio às lágrimas e com muito esforço, a Rainha deu à luz um varão, e logo em seguida foi tomada de uma súbita paz.

Então ela disse, virando-se para a ama com enorme exaustão:

– Que criança é esta que eu trouxe ao mundo?

E a ama disse:

De como Tristão nasceu na floresta

– É um varão.

A Rainha disse-lhe:

– Levanta-o para que eu o veja.

Então a ama ergueu a criança e a Rainha olhou-a. Mas mal conseguia vê-la porque era como se uma névoa cobrisse os seus olhos e não se dissipasse, pois naquela altura ela exalava os últimos sopros de vida. Assim, após olhar a criança e ver que era forte, sadia e extremamente graciosa, ela disse:

– Vê, este é meu filho, que nasceu em meio a tanto sofrimento e tristeza, portanto seu nome será Tristão, já que fez com que tantas lágrimas rolassem.

Logo depois a senhora expirou, e a dama de companhia ficou ali chorando ao seu lado, lamentando-se muito no meio daquela floresta fria e solitária.

Dali a pouco chegaram os cavaleiros enviados do castelo para buscar a Rainha, e quando lá chegaram, viram que ela jazia no chão toda fria e pálida como uma estátua de mármore. Então a ergueram e levaram-na embora numa liteira, seguida pela dama de companhia, que chorava e carpia muito pelo caminho, enquanto trazia a criança embrulhada num manto.

Foi assim que Tristão nasceu e ganhou este nome por causa das lágrimas vertidas no seu nascimento.

E agora é hora de contar como o Rei Meliadus retornou do castelo encantado onde ficara prisioneiro.

Naquela época Merlin ainda vivia neste mundo, pois Vivien ainda não o enfeitiçara, como foi contado no Livro do Rei Arthur. Portanto, ele acabou descobrindo que o Rei Meliadus estava preso e o que lhe acontecera no castelo daquela feiticeira. Então lançou feitiços ainda mais poderosos do que os que haviam enredado o Rei Meliadus, e fez com que o Rei Meliadus se lembrasse da sua Rainha e do seu reino. Com isso, o Rei imediatamente irrompeu do castelo da feiticeira e retornou ao seu reino. Mas, quando lá chegou, encontrou apenas luto e tristeza, pois Lady Elizabeth não estava mais neste mundo para alegrar o coração do Rei. Por isto, por muito tempo depois de seu retorno, o Rei Meliadus ficou prostrado de tristeza diante daquela perda.

O Rei Meliadus é livrado do cativeiro

Segue agora a história de Tristão, como passou sua juventude e como se tornou um cavaleiro da Cornualha, sagrado pelo Rei Mark.

PARTE I

A História de Sir Tristão e de Lady Isolda, a Bela

Segue aqui a história de Sir Tristão de Lyonesse, que, junto com Sir Lancelot do Lago, era considerado um dos dois campeões mais valorosos e perfeitos de seu tempo.

Também será contada a história de Lady Isolda, a Bela, que, junto com Lady Guinevere, era tida como a dama mais bela e gentil do mundo todo.

Capítulo Primeiro

Como a nova Rainha de Lyonesse atentou contra a
vida de Tristão; como ele partiu para a França e como
retornou a Lyonesse e foi recebido calorosamente lá

POR SETE ANOS o Rei Meliadus sofreu amargamente com a perda de Lady
Elizabeth, e durante aquele tempo pouca satisfação tirava da vida e ainda
menos do filho que lhe nascera daquele modo. Até que um dia um conselheiro
que lhe era muito próximo veio e lhe disse:

– Senhor, não é certo que um rei viva assim sem uma consorte. O senhor
deveria ter uma rainha e ter outros filhos além de Tristão, para que o futuro
deste reino não dependa inteiramente de uma criancinha.[44]

E o Rei Meliadus considerou seu conselho seriamente e, passado algum
tempo, falou:

– O que diz é verdade, portanto arranjarei para mim uma nova rainha, ainda
que não consiga amar mulher alguma no mundo como a minha
querida que partiu e morreu.

*O Rei Meliadus
toma Lady
Moeya como
segunda esposa*

Então, algum tempo depois, tomou como esposa Lady Moeya,
que era filha do Rei Howell da Inglaterra.

Acontece que a Rainha Moeya fora casada com um Duque da Inglaterra, e
dele tivera um filho que tinha mais ou menos a idade de Tristão. Portanto ela
trouxe esse filho consigo para Lyonesse, e ele e Tristão tornaram-se muito bons
companheiros.

Mas a Rainha Moeya tomou-se de ódio por Tristão, pois pensava consigo
mesma: "Não fosse esse Tristão, meu filho poderia se tornar rei e ser senhor

---

44. O tema insere-se em uma questão bem mais complexa e mais ampla: a das estruturas de
parentesco na Idade Média, as quais evoluem ao longo de toda a era feudal. No caso específico
da nobreza, considera-se o séc.XI o momento de viragem na história das famílias, incluindo-se
aqui o rápido progresso dos sistemas de indivisibilidade das heranças e de regulamentação
da distribuição delas. Nascem as grandes linhagens, celebradas pelas canções de gesta e pela
literatura hagiográfica; proliferam os escritos genealógicos. No geral, predominam a filiação
paterna, a primogenitura em caso de hereditariedade e as alianças entre linhagens, com a
"circulação de mulheres" por meio dos casamentos. Justifica-se, portanto, a preocupação do
conselheiro do Rei Meliadus com o futuro do reino.

desta terra." E tanto acalentou tais pensamentos, que logo começou a tramar um meio de livrar-se de Tristão para que seu filho se tornasse o único herdeiro.

Pois bem, naquela época Tristão tinha mais ou menos treze anos de idade, e possuía um físico bem forte e robusto e um rosto extraordinariamente belo. Mas o filho da Rainha Moeya não era assim. Então, quanto mais belo e vistoso Sir Tristão se tornava, mais a Rainha o odiava. Até que, certo dia, ela chamou um boticário muito astuto e disse-lhe assim:

– Faça-me uma poção de tal tipo que aquele que a beber, ainda que um pouco, com certeza morrerá, não importa o que façam para salvá-lo.

E o boticário deu-lhe o que pedia: vinha dentro de um frasco e era de uma cor dourada.

Pois bem, Tristão e o filho de Lady Moeya gostavam de jogar bola numa quadra do castelo, e ficavam muito encalorados toda vez que jogavam. Lady

Lady Moeya trama maldades contra Tristão

Moeya sabia disso muito bem, então certo dia tomou o frasco de veneno e derramou um pouco num cálice, encheu-o de água fresca e colocou o cálice sobre um banco onde os meninos costumavam jogar. E disse para si mesma:

– Quando ficarem com calor de tanto jogar, Tristão certamente beberá desta água para saciar a sede, e então meu filho poderá ficar com a herança dele.

Assim os dois jovens jogaram bastante até ficarem muito encalorados e sentindo muita sede. Então Tristão disse:

– Gostaria de beber alguma coisa.

E seu meio-irmão disse:

– Olha lá um cálice d'água. Bebe! Depois de saciares tua sede, também eu beberei.

Mas Tristão disse:

– Não, irmão, bebe primeiro, pois tens mais sede do que eu.

De início o filho de Lady Moeya não queria aceitar, e insistiu que Tristão bebesse antes, mas acabou fazendo o que Tristão dissera e, segurando o cálice

O filho da Rainha bebe o veneno

com as duas mãos, bebeu avidamente do veneno que sua própria mãe preparara. Então, depois de saciar a sede, Tristão tomou o cálice e teria bebido também, mas o outro disse:

– Para, Tristão, que esse cálice tem um gosto muito amargo.

E acrescentou:

– Parece que me vem uma dor aguda e amarga no ventre.

E então gritou:

– Ai de mim! Que dor terrível!

E caiu no chão e ficou ali contorcendo-se de dor. Então Tristão começou a gritar bem alto pedindo socorro, mas quando veio o socorro já era tarde demais, pois o filho de Lady Moeya estava morto.

Lady Moeya ficou com a alma dilacerada, e batia contra o peito e arrancava os cabelos e foi muito difícil para o Rei Meliadus consolá-la. Depois disso ela passou a odiar Tristão ainda mais do que antes, pois pensava consigo mesma: "Se não fosse por Tristão, meu filho ainda estaria vivo!"

Ficava assim ruminando essas coisas noite e dia sem descanso. Até que um dia apanhou o resto do veneno que estava no frasco e derramou-o numa taça de vinho branco. Entregou a taça a um dos seus pajens, dizendo:

– Leva a Tristão, e oferece a ele quando eu te disser!

Em seguida, foi até o salão onde Tristão estava e disse:

– Tristão, façamos as pazes.

E Tristão disse:

– Senhora, é também o que desejo, pois em meu coração jamais lhe tive outro sentimento que não afeição gentil, o mesmo que gostaria que tivesse por mim.

O pajem entrou então no salão com a taça de vinho branco. Então Lady Moeya tomou a taça e disse:

– Toma essa taça e bebe o vinho, e assim a paz estará selada entre nós para sempre.

E olhava Tristão de um modo estranho enquanto dizia aquilo, mas Tristão nem suspeitava de qualquer mal. Então esticou a mão para tomar a taça que o pajem lhe trouxera.

Lady Moeya atenta contra a vida de Tristão uma segunda vez

Mas naquele instante o Rei Meliadus entrou no salão de volta de uma caçada e, como estava morrendo de sede, ao ver a taça de vinho, disse:

– Espera, Tristão, deixa-me beber pois estou morrendo de sede. Depois que saciar minha sede, poderás beber.

E com isso tomou-lhe a taça de vinho e já ia levá-la aos lábios quando Lady Moeya gritou numa voz bem alta e aguda:

– Não bebas deste vinho!

E o Rei indagou:

– Por que não deveria beber dele?

– Não importa – disse Lady Moeya –, não deves beber dele pois traz a morte.

Então correu até o Rei e agarrou sua mão, arrancando a taça e derramando o vinho todo no chão.

Então o Rei Meliadus olhou para Lady Moeya e muitas coisas passaram num átimo por seus pensamentos. Em seguida agarrou-a pelos cabelos e puxou-a,

O Rei Meliadus ameaça matar a Rainha

derrubando-a de quatro no chão do salão. E o Rei Meliadus puxou uma enorme espada que reluziu feito um relâmpago e gritou:

– Diz o que fizeste, e diz logo, ou então não poderás nunca mais dizer nada!

Então Lady Moeya agarrou-se às pernas do Rei Meliadus e gritou:

– Não me mates com tuas próprias mãos, pois meu sangue te desonrará! Contarei tudo, e depois podes aplicar-me a lei, pois realmente não mereço viver.[45]

Então Lady Moeya confessou tudo ao Rei.

Então o Rei Meliadus vociferou muito, chamou os atendentes e disse:

– Levem essa mulher e joguem-na na prisão, e cuidem para que nada lhe aconteça lá, pois serão os nobres desta terra que a julgarão, e não eu.

Em seguida, virou-se e saiu.

Mais tarde, quando chegou a hora, Lady Moeya foi levada a julgamento e foi condenada à fogueira.

Acontece que, quando chegou o dia em que seria queimada, Tristão encheu-se de pena dela. Então, ao vê-la amarrada à pira foi até o Rei Meliadus, ajoelhou-se e disse:

– Pai, desejo pedir-te uma mercê.

Ao que o Rei Meliadus olhou para Tristão e se encheu de carinho e afeição, e disse:

– Filho meu, pede o que quiseres, e será teu.

Então Tristão falou:

Tristão implora o perdão para a Rainha

– Pai, peço-te que poupes a vida dessa dama, pois creio que se arrependeu de tanta maldade e certamente Deus já a puniu bastante pelas malvadezas que tentou fazer.

Então o Rei Meliadus ficou muito zangado por Tristão tentar interferir com a lei, mas como já havia prometido uma mercê a seu filho não podia recusar. Portanto, depois de pensar um pouco disse:

---

45. Esse episódio da condenação de Lady Moeya (que prossegue nas páginas seguintes), envolvendo não só o julgamento dela como o posterior banimento de Tristão do reino, encerra quesitos fundamentais, tanto no Direito germânico como no romano: 1) num universo como o feudal, em que os laços de consanguinidade estão estreitamente atrelados ao de "honra" familiar, o crime dela, como esposa, atinge o rei seu marido, consequentemente "desonrado"; 2) por isso mesmo, ele não deve matá-la "com as próprias mãos" – por risco de "contaminação" –, mas sim submetê-la "à lei", ou seja, a um "conselho de nobres", que decidirá com isenção; 3) a condenação à fogueira, degradante, dava-se por crimes gravíssimos, como assassinato ou bruxaria (prática comum nos séculos inquisitoriais); 4) Tristão, ao defender cavaleirescamente a rainha, não só submete o rei a um "juramento" que o desmerece (palavra empenhada por um monarca: não pode ser rompida), como ainda interfere na legislação do reino, caracterizando abuso contra a autoridade.

Sir Tristão socorre Lady Moeya.

— Bem, dei minha promessa e devo cumpri-la. A vida dela está em tuas mãos, vai até a pira e leva-a embora. Mas depois disso peço-te que partas e não voltes mais aqui, pois interferiste com a lei e fizeste muito mal pois, sendo filho do rei, salvaste essa assassina. Portanto deves partir, pois é possível que acabem cometendo algum crime neste reino.

Então Tristão foi chorando até onde a Rainha estava amarrada e cortou as cordas com sua adaga, libertando-a. E disse:

— Senhora, está livre. Agora parta e que Deus lhe perdoe, como fiz eu.

Então a Rainha também chorava e disse:

— Tristão, és muito bom para mim.

E porque ela estava descalça e trajava uma simples cota, Tristão tomou sua própria capa e envolveu-a com ela.

Tristão parte de Lyonesse

Logo em seguida, Tristão partiu de Lyonesse, e o Rei Meliadus escolheu um membro da corte que era muito honroso e nobre, chamado Gouvernail, para acompanhá-lo. Os dois foram para a França, e lá foram bem recebidos na corte do Rei. Então Tristão ficou vivendo na França até ter dezoito anos, e todos na corte do Rei da França adoravam-no e respeitavam-no tanto que ele vivia ali como se fosse de sangue francês.

Durante o tempo em que ficou na França tornou-se o melhor caçador do mundo, e escreveu muitos livros sobre caçadas que eram lidos e estudados mesmo depois de seu tempo. E também tornou-se exímio harpista, superando todos os menestréis do mundo. E ia ficando com o corpo cada vez mais robusto, e o rosto mais belo. Ia também ficando cada vez mais destro na cavalaria, pois naquele tempo aperfeiçoou-se em armas de tal forma que ninguém na França se igualava a ele.

Assim, Tristão viveu tranquilo naquela terra por cinco anos, embora sempre sofrendo no fundo de seu coração de profunda saudade de casa. Portanto, um dia, disse a Gouvernail:

– Gouvernail, não suporto mais ficar longe de meu pai e da minha própria terra, pois sinto que, se não os vir, meu coração por certo se partirá de tanta saudade.

E se recusou a ouvir qualquer palavra que Gouvernail dissesse em contrário. Assim, os dois partiram da França, e Tristão viajou disfarçado de harpista e Gouvernail disfarçado de seu auxiliar, e com esses disfarces chegaram a Lyonesse.

De como Tristão volta a Lyonesse

Um dia, enquanto o Rei Meliadus estava à mesa, os dois entraram no salão do castelo, e Gouvernail ostentava uma longa barba branca que o disfarçava de tal forma que ninguém o reconheceu. Mas Tristão irradiava tanta beleza e juventude que todos que o viam se encantavam. E o Rei Meliadus sentiu enorme afeição por Tristão, e disse assim, em frente de toda a corte:

– Quem és, belo jovem? E de onde vens?

Ao que Tristão respondeu:

– Senhor, sou um harpista, e este é meu auxiliar. Viemos da França.

Então o Rei Meliadus disse a Tristão:

– Por acaso viste na França um jovem conhecido como Tristão?

E Tristão respondeu:

– Sim, vi-o muitas vezes.

O Rei Meliadus disse:

– Ele vai bem?

– Sim – disse Tristão –, vai muito bem, embora às vezes sofra muito de saudades de sua terra.

Quando ouviu aquilo o Rei Meliadus escondeu o rosto, pois emocionou-se muito pensando em seu filho. Algum tempo depois disse a Tristão:

– Tocarás algo em tua harpa?

E Tristão disse:

– Sim, se for do seu agrado ouvir-me tocar.

Em seguida tomou a harpa e colocou-a em frente de si, e dedilhou as cordas, cantando de um modo como ninguém ali jamais havia ouvido.

O talento de menestrel de Tristão derreteu o coração do Rei Meliadus, e ele disse:

– Tocas de forma maravilhosa. Agora pede o que quiseres de mim e será feito, seja lá o que for.

Ao que Tristão retrucou:

– Senhor, o que me promete é muito.

– Ainda assim – disse o Rei Meliadus –, será feito.

Então Tristão deixou sua harpa de lado e foi até o Rei Meliadus, ajoelhou-se à sua frente e disse:

– Senhor, se é esse o caso, então o que lhe peço é o seguinte: que me perdoe e me permita voltar.

O Rei Meliadus ficou tomado de espanto e disse:

– Belo rapaz, quem és, e por que devo perdoar-te?

– Senhor – disse Tristão –, sou seu filho, e peço que me perdoe por ter salvado a vida da dama que é sua Rainha.

Então o Rei Meliadus soltou uma exclamação de felicidade e desceu do trono, tomou Tristão nos braços e beijou-lhe o rosto, e Tristão chorava e beijava o rosto de seu pai.

> O Rei Meliadus se reconcilia com Tristão

Foi assim que se reconciliaram.

Depois disso, Tristão viveu tranquilo em Lyonesse por algum tempo, e durante esse tempo fez as pazes entre o Rei Meliadus e a Rainha Moeya, e a Rainha o amava porque a tratava tão bem.

Pois bem, depois que Tristão retornou, como já foi contado, o Rei Meliadus queria sagrá-lo cavaleiro, mas Tristão não admitia que a honra da cavalaria lhe fosse entregue naquele momento, e sempre dizia:

– Senhor, não pense mal de mim se ainda não aceito tornar-me cavaleiro, mas preferiria esperar até que me acontecesse uma grande aventura. Então eu poderia

Tristão recusa tornar-se cavaleiro tornar-me cavaleiro para lançar-me nessa aventura, para logo ganhar fama. Pois, de que valeria para nossa família eu ser sagrado cavaleiro para ficar sentado no salão, participando de banquetes e festas?

Assim falou Sir Tristão, e o Rei Meliadus apreciou suas palavras, evitando, dali por diante, insistir para que se tornasse cavaleiro.

Pois bem, agora contarei como Sir Tristão se tornou cavaleiro, e também como lutou sua primeira batalha, que foi uma das mais famosas em que jamais lutou.

Capítulo Segundo

Como Sir Tristão foi sagrado cavaleiro pelo Rei da Cornualha
e como travou uma batalha contra um famoso campeão

ANTES DE MAIS NADA, é preciso contar que, naquela época, o Rei Mark da Cornualha (que, como já foi dito antes, era tio de Sir Tristão) vinha passando por muitos problemas, que eram os seguintes:

O Rei da Cornualha e o Rei da Irlanda entraram numa grande disputa por uma ilha que ficava entre a Cornualha e a Irlanda. Embora a ilha pertencesse à Cornualha, o Rei da Irlanda a reivindicava e exigia que o Rei da Cornualha lhe pagasse tributo por ela. Isso o Rei Mark recusava-se a fazer, e começou uma desavença tão grande entre a Cornualha e a Irlanda que ambos os reinos estavam em vias de entrar em guerra.

O Rei da Irlanda pede tributo da Cornualha

Contudo, o Rei da Irlanda disse:

– É melhor que a Irlanda e a Cornualha não entrem em guerra por causa dessa desavença, mas que resolvamos essa disputa de outro modo. Que cada um de nós escolha um campeão e que os dois campeões decidam quem tem a razão por meio de um embate armado. Assim se chegará à verdade.

Agora, saibam que naquela época a reputação dos cavaleiros da Cornualha era assaz fraca em todas as cortes de cavalaria, pois não havia então na Cornualha um só cavaleiro afamado. Portanto o Rei Mark não sabia onde encontraria um campeão à altura do desafio do Rei da Irlanda. Contudo, precisava encontrá-lo, pois sentia vergonha de recusar um tal desafio e reconhecer que a Cornualha não possuía um só cavaleiro campeão que a defendesse. Então disse que seria feito conforme o Rei da Irlanda dissera, e que, se o Rei da Irlanda escolhesse um campeão, também ele o faria.

Assim, o Rei da Irlanda escolheu Sir Marhaus da Irlanda, que era um dos maiores cavaleiros do mundo, para ser seu campeão. Pois vocês devem ter lido no Livro do Rei Arthur, que escrevi há algum tempo, na história de Sir Pellias, como Sir Marhaus era um campeão grande e forte, e como derrotou Sir Gawaine e outros com a maior facilidade. Portanto, naquele tempo, anterior à época de Sir Lancelot do Lago, Sir Marhaus era tido por muitos como o maior cavaleiro do mundo,

O Rei da Irlanda escolhe Sir Marhaus para ser seu campeão

e mesmo na época de Sir Lancelot não se tinha certeza de qual dos dois era o maior campeão.

Contudo, o Rei Mark não conseguia encontrar na Cornualha nenhum cavaleiro que pudesse enfrentar Sir Marhaus, tampouco conseguia encontrar algum cavaleiro fora da Cornualha para lutar contra ele. Afinal, como Sir Marhaus era um cavaleiro da Távola Redonda, nenhum outro cavaleiro da Távola Redonda lutaria contra ele, e não havia outros cavaleiros que fossem tão grandes quanto os daquela famosa confraria da Távola Redonda.

Por tudo isso, o Rei Mark não sabia onde poderia encontrar um campeão que defendesse a sua causa.

Vendo-se nesse apuro, o Rei Mark enviou uma carta por um mensageiro para Lyonesse, perguntando se havia algum cavaleiro em Lyonesse que concordasse em lutar como seu campeão contra Sir Marhaus, e ofereceu uma enorme recompensa se tal campeão aceitasse o seu pleito contra a Irlanda.

Tristão pede permissão para ir à Cornualha Pois bem, quando o jovem Tristão ouviu o conteúdo da carta de seu tio Mark, imediatamente foi até seu pai e disse:

– Senhor, há algum tempo o senhor pediu que eu me tornasse cavaleiro. Agora gostaria de pedir que me deixasse ir à Cornualha, pois quando lá chegar pedirei a meu tio que me sagre cavaleiro e então lutarei contra Sir Marhaus. Estou decidido a embarcar nessa aventura em nome do Rei Mark e lutar como seu campeão contra Sir Marhaus, pois embora Sir Marhaus seja um cavaleiro tão excelente e um herói famoso, se eu tiver a sorte de derrotá-lo na luta, minha bravura de cavaleiro com certeza trará enorme honra para nossa família.

Então o Rei Meliadus olhou para Tristão com enorme afeição, e disse:

– Tristão, tens mesmo um coração enorme para aceitares esse desafio que ninguém mais quer. Portanto, peço-te que vás, em nome de Deus, se assim teu coração ordena, pois talvez a vontade de Deus empreste a força necessária para que tenhas sucesso na aventura.

Assim, naquele mesmo dia Tristão partiu de Lyonesse e foi para a Cornualha, levando consigo somente Gouvernail como companheiro. Então chegaram à Cornualha de barco, e ao castelo de Tintagel,[46] onde ficava a corte do Rei Mark.

Já ia caindo a tarde quando chegaram, e naquele momento o Rei Mark estava sentado no salão, rodeado de muitos dos cavaleiros e nobres. E o Rei estava muito aflito. Veio até ele um criado dizendo:

---

46. Situada na Cornualha, a fortaleza (ou cidade) de Tintagel tem dupla tradição literária: de um lado, relaciona-se às origens de Arthur (foi Geoffrey de Monmouth, na *Historia Regum Britanniae*, quem primeiro referiu a misteriosa concepção de Arthur, ajudada por uma beberagem de Merlin); de outro, é cenário da história de Tristão e Mark.

O Rei Mark da Cornualha

– Senhor, há dois estranhos lá fora que pedem permissão para serem trazidos à sua presença. Um deles se porta com grande dignidade e sobriedade, e o outro, que é um jovem, tem uma aparência tão nobre e distinta que não creio possa haver igual no mundo.

Ao que o Rei respondeu:

– Fá-los entrar.

Então os dois foram imediatamente trazidos até o salão e se prostraram diante do Rei Mark; um deles era Gouvernail e o outro, o jovem Tristão. Este vinha na frente de Gouvernail, e Gouvernail trazia a harpa de Tristão, e a harpa era de ouro e brilhava de um modo incrivelmente reluzente e belo. Então o Rei Mark olhou para Tristão e admirou-se com seu porte e beleza, pois Tristão era mais alto que todos ali, parecendo um

Tristão e Gouvernail chegam à Cornualha

herói entre eles. Sua tez era branca como leite, seus lábios eram rubros feito coral, seus cabelos eram ruivos, dourados e cheios como a juba de um jovem leão, seu pescoço era largo, reto e firme como uma pilastra de pedra branca. E estava vestido com roupas de seda azul delicadamente bordadas com fios de ouro e incrustadas de várias pedras multicoloridas. E tudo isso lhe conferia um brilho especial que irradiava luxo e beleza.[47]

Portanto o Rei Mark deslumbrou-se com a imponência da aparência de Tristão, e sentiu em seu coração afeto e admiração pelo rapaz. Então, dali a pouco, falou assim:

– Belo jovem, quem és, de onde vens e o que desejas de mim?

Tristão oferece-se como campeão da Cornualha

– Senhor – disse Tristão –, meu nome é Tristão, e venho do reino de Lyonesse, onde sua irmã era rainha. Quanto ao motivo de minha vinda, é este: ouvi falar que o senhor precisava de um campeão para lutar pelos seus direitos contra o campeão da Irlanda, então vim aqui para dizer que, se me sagrar cavaleiro com suas próprias mãos, assumirei o desafio de ser seu campeão e de bater-me contra Sir Marhaus da Irlanda pelo senhor.

O Rei Mark ficou tomado de espanto com a coragem de Tristão, e disse:

– Belo jovem, por acaso não sabes que Sir Marhaus da Irlanda é cavaleiro de muitos anos e de tantos grandes e famosos feitos de armas que a opinião geral é que, exceto por Sir Lancelot do Lago, não há quem se iguale a ele em qualquer corte de cavalaria no mundo todo? Como então tu, que és novato no uso das armas, esperas enfrentar um campeão de tanto renome quanto ele?

– Senhor – disse Tristão –, bem sei que tipo de cavaleiro é Sir Marhaus, e estou bem ciente do grande risco da empreitada. Contudo, se aquele que deseja ser cavaleiro temer encarar o perigo, que valor teria a honra da cavalaria? Portanto, Meu Senhor, ponho minha fé em Deus e nas Suas mercês, e tenho grandes esperanças de que Ele me concederá tanto coragem quanto força quando eu delas necessitar.

Então o Rei Mark alegrou-se sobremaneira, dizendo para si mesmo: "Talvez esse jovem de fato me salve dos perigos que ameaçam a minha honra." Então disse:

– Tristão, creio que tens muita chance de ter sucesso nessa empreitada, portanto será feito como desejas; hei de fazer-te cavaleiro, e, além disto, pro-

---

47. Note-se que, assim como procedeu em relação a Lancelot, Howard Pyle esmera-se na descrição da beleza de Tristão. Remonta à tradição dos heróis mitológicos e dos literários antigos a "divina proporção" entre as qualidades do espírito e as do corpo.

videnciarei para ti uma armadura e apetrechos em todos os sentidos dignos de um cavaleiro-real. E também hei de dar-te um cavalo de Flandres, da melhor raça,[48] para que estejas tão bem preparado quanto qualquer cavaleiro no mundo jamais esteve.

Assim, Tristão passou aquela noite vigiando sua armadura na capela do castelo, e no dia seguinte foi sagrado cavaleiro com toda pompa e circunstância dignas de uma cerimônia tão solene. E na tarde do dia em que foi sagrado cavaleiro, o Rei Mark equipou um navio em todos os sentidos digno da ocasião, e Tristão e Gouvernail embarcaram nele para a ilha onde Sir Marhaus vivia naquela época.

Tristão é sagrado cavaleiro-real

BEM, NO SEGUNDO DIA DE VIAGEM, mais ou menos ao meio-dia, chegaram a um lugar que julgaram ser o lugar que procuravam, e ali os marinheiros atracaram. Assim que lançaram âncora, desceram uma passarela para a praia, e Sir Tristão e Gouvernail passaram a terra firme montados em seus cavalos.

Em seguida cavalgaram por um bom tempo, até o cair da tarde, e por fim avistaram ao longe três belos navios ancorados na praia. Logo avistaram um cavaleiro, trajando uma armadura e montado num nobre corcel à sombra dos navios, e concluíram que aquele devia ser quem Sir Tristão procurava.

Então Gouvernail falou para Sir Tristão:

– Senhor, aquele cavaleiro descansando à sombra dos navios deve ser Sir Marhaus.

– Sim – disse Sir Tristão –, com certeza é ele.

Ficou observando o outro cavaleiro detidamente, por longo tempo, e só depois disse:

Sir Tristão vai ao encontro de Sir Marhaus

– Gouvernail, aquele cavaleiro lá longe parece-me corpulento e imponente demais para que um cavaleiro jovem como eu o enfrente em sua primeira batalha. Todavia, com a poderosa ajuda de Deus, será pelas Suas mãos que ganharei renome.

E logo acrescentou:

– Agora vai, Gouvernail, e deixa-me sozinho para lidar com isso, pois não quero ninguém por perto quando enfrentar aquele cavaleiro, já que ou bem

---

48. Tanto quanto a espada, o cavalo – adestrado superiormente pelos árabes – era adereço indispensável a um cavaleiro. Não se tratava de um animal comum, mas do especificamente preparado para a guerra, capaz de suportar o peso da armadura e de submeter-se a estratégias de conduta em campo. Os Destriers, bastante vendidos na Flandres medieval, eram considerados exemplares perfeitos no gênero, por isso muito mais caros do que os demais.

derroto-o na luta, ou bem perco a vida aqui mesmo. A situação é a seguinte, Gouvernail: se Sir Marhaus me derrotar, e eu me render a ele como vencido, então meu tio deverá pagar tributo ao Rei da Irlanda pela terra da Cornualha; mas se eu morrer sem me render ao inimigo, ele terá que lutar com outro campeão em outra ocasião, se meu tio, o Rei, porventura conseguir encontrar alguém mais que lute por ele. Portanto estou determinado a ganhar a batalha ou morrer lutando.

Ao ouvir essas palavras Gouvernail caiu em prantos, e exclamou:

– Senhor, não deixe que a luta termine assim!

E Sir Tristão respondeu, muito firme:

– Não fales mais nada, Gouvernail, só faz o que te peço e parte.

E com isso Gouvernail virou-se e foi embora, conforme lhe fora ordenado, chorando amargamente pelo caminho.

Pois bem, a essa altura Sir Marhaus já tinha notado Sir Tristão parado naquele campo, e então dali a pouco foi até lá ter com Sir Tristão. Quando se aproximou, Sir Marhaus disse:

– Quem é o senhor, Cavaleiro?

Sir Tristão replicou:

Sir Tristão declara seu grau

– Senhor, sou Sir Tristão de Lyonesse, filho do Rei Meliadus daquele reino, e sobrinho do Rei Mark da Cornualha. Vim lutar em nome do Rei da Cornualha para liberá-lo dos tributos exigidos pelo Rei da Irlanda.

Sir Marhaus disse:

– Meu Senhor, é cavaleiro graduado e com experiência em batalhas?

– Não – disse Sir Tristão –, fui sagrado cavaleiro somente há três dias.

– Oh! – disse Sir Marhaus. – Lamento muito por si e pela coragem admirável que o trouxe até aqui. Não está preparado para se bater comigo, pois já lutei em mais de quarenta batalhas e todas eram, creio eu, mais arriscadas do que esta provavelmente será. Além disso, já me medi com os melhores cavaleiros do mundo e jamais fui derrotado. Portanto aconselho-o, sendo tão jovem, a voltar ao Rei Mark e pedir-lhe que envie um outro campeão no seu lugar, que seja mais experiente.

– Senhor – disse Sir Tristão –, agradeço o conselho, mas devo dizer-lhe que fui sagrado cavaleiro com o único propósito de vir aqui lutar. Não retornarei sem ter me lançado em desafio. Além do mais, o seu grande renome, a sua coragem e a sua mestria fazem-me ainda mais empenhado nessa luta. Pois, se morro por suas mãos, não será uma vergonha, e se venço a batalha ganharei enorme renome pelas cortes de cavalaria.

– Bem – disse Sir Marhaus –, não creio que morrerá pelas minhas mãos, pois como é muito jovem, não deixarei que a luta chegue a este ponto.

– Não diga isso – disse Sir Tristão –, pois ou bem morro por suas mãos ou o derroto em luta, já que jurei a Deus que não me renderia ao senhor enquanto o sangue me pulsasse nas veias.

– Oh! – disse Sir Marhaus. – Mas é realmente uma lástima. Contudo, se assim decidiu, assim será.

Então Sir Marhaus saudou Sir Tristão, puxou as rédeas de seu cavalo, conduzindo-o a certa distância, onde logo se preparou para a luta. Mas Sir Tristão não ficou atrás em preparações, embora estivesse cheio de dúvidas sobre qual desfecho o aguardava.

Assim, quando estavam prontos, cada um soltou um grito e esporeou seu cavalo, voando na direção do outro com tal fúria que era coisa terrível de se ver. E cada um golpeou o outro com sua lança no meio do escudo, e naquele embate Sir Marhaus atravessou o escudo de Sir Tristão, ferindo-o gravemente no ventre. Sir Tristão começou a sentir o sangue jorrando da ferida, que era tanto que enchia suas botas. Por isso achou que era uma ferida mortal. Apesar daquele duro golpe, manteve-se no cavalo e não se deixou derrubar. Então, assim que se recuperou um pouco, saltou do cavalo, puxou sua espada e empunhou o escudo. Sir Marhaus, vendo tais preparativos, também saltou do cavalo e preparou-se para lutar homem a homem. Então logo se chocaram com terrível fúria, investindo um contra o outro com força e ímpeto destrutivo tão assustadores que dava medo de ver. Cada um agredia o outro com várias investidas, tão devastadoras que arrancavam pedaços inteiros de armadura. E ambos sofreram cortes tão profundos que o pouco que restava de armadura ficou como que tingido de vermelho. Também o chão em volta ficou todo salpicado de vermelho, mas ainda assim nenhum dos dois parecia considerar abandonar aquela luta em que estavam empenhados.

Sir Tristão fica ferido

Pois bem, por algum tempo Sir Tristão temeu que a ferida recebida no início da batalha o matasse, mas aos poucos foi se dando conta de que era mais forte e ágil que Sir Marhaus. Isso encheu-o de esperanças e deu-lhe renovadas forças. Naquele instante Sir Marhaus retrocedeu um pouco e, assim que Sir Tristão percebeu aquilo, correu em sua direção e golpeou-o várias vezes, dando-lhe estocadas tão duras que Sir Marhaus não conseguia se proteger com o escudo. Então Sir Tristão percebeu que Sir Marhaus não conseguia mais empunhar o escudo e desceu-lhe um terrível golpe de espada no elmo. Foi um golpe tão pesado que a espada de Sir Tristão cravou-se no

Sir Tristão inflige ferida mortal a Sir Marhaus

elmo de Sir Marhaus e em seu crânio. E a espada de Sir Tristão ficou presa no elmo e no crânio de Sir Marhaus, de modo que ele não conseguia mais arrancá-la. Então Sir Marhaus, meio desfalecido, caiu de joelhos, e parte da ponta da lâmina caiu da espada de Sir Tristão e permaneceu presa na ferida que infligira em Sir Marhaus.

Então Sir Marhaus percebeu que estava ferido de morte, e com isso recobrou um pouco das forças e levantou-se trôpego feito um bêbado. De início começou a andar em círculos, agonizando de dor. Então, à medida que se deu conta do que acontecera, lançou longe espada e escudo e saiu, tropeçando e tateando pelo caminho como se tivesse ficado cego; estava aturdido com aquele golpe fatal, e não sabia bem o que fazer nem aonde ir. Sir Tristão ainda tentou segui-lo, para impedir que partisse, mas não foi capaz, estando ele próprio ferido e fraco demais com a perda de sangue. Ainda assim chamou Sir Marhaus:

– Fique, fique, Senhor Cavaleiro! Terminemos a luta enquanto aqui estamos!

Mas Sir Marhaus nem respondeu, e seguiu até seus navios, cambaleando e tropeçando como um cego, pois a terrível ferida que recebera ainda lhe dava uma falsa energia que lhe permitia seguir adiante.

Sir Marhaus abandona o campo

Então, aqueles que estavam nos navios, quando o viram chegando assim cambaleante, desembarcaram, foram ao seu encontro e carregaram-no até o seu navio. Depois, assim que puderam, levantaram âncora e içaram as velas, partindo dali.

Dali a pouco Gouvernail e muitos outros do grupo de Sir Tristão vieram até onde ele estava e encontraram-no debruçado sobre a espada e gemendo muito por causa da enorme ferida no ventre. Então perceberam que não conseguia andar e colocaram-no sobre o escudo e levaram-no até o navio que o trouxera ali.

Quando subiram no navio, deitaram-no num divã e retiraram sua armadura para examinar suas feridas. Então viram a enorme ferida no ventre que recebera de Sir Marhaus, e começaram a lamentar-se bem alto, pois estavam certos de que morreria.

Sir Tristão retorna à Cornualha

Em seguida embarcaram e em dois dias levaram-no de volta ao Rei Mark, em sua corte em Tintagel, na Cornualha. E quando o Rei Mark viu como Sir Tristão estava pálido e fraco, chorou e lamentou profundamente o que via, pois acreditava que com certeza Sir Tristão estava à beira da morte.

Mas Sir Tristão sorriu para o Rei Mark e disse:

– Senhor, defendi-o bem?

E o Rei Mark disse:

– Sim – e começou novamente a chorar.

– Então – disse Tristão –, é hora de contar-lhe quem sou e quem salvou seu reino da vergonha de ter que pagar tributo à Irlanda: sou filho de sua irmã. Meu pai é o Rei Meliadus de Lyonesse, e minha mãe era Lady Elizabeth, que era sua irmã até que Deus levou sua alma para viver entre os anjos do Paraíso.

Sir Tristão revela-se ao Rei Mark

Mas ao ouvir estas palavras o Rei Mark saiu e foi para seus aposentos e, chegando lá, deixou-se cair de joelhos e lamentou bem alto:

– Ai, ai, como pode ser! Preferia, ó Deus, que todo o meu reino se perdesse a que o filho de minha irmã morresse assim!

Falta ainda dizer que os que acompanhavam Sir Marhaus levaram-no de volta à Irlanda e dali a pouco ele faleceu da ferida na cabeça que Sir Tristão lhe causara. Mas antes de morrer, e enquanto cuidavam de sua ferida, a Rainha da Irlanda, que era sua irmã, encontrou o pedaço partido da lâmina ainda naquela ferida terrível. Retirou-o e escondeu-o com muito cuidado, dizendo a si mesma: "O dia em que porventura venha a encontrar o cavaleiro em cuja espada este pedaço se encaixe, será um dia negro para ele."

Assim contei-lhes todas as circunstâncias da luta entre Sir Tristão de Lyonesse e Sir Marhaus da Irlanda. E agora vocês saberão o que aconteceu a Sir Tristão depois disso, portanto prestem atenção ao que se segue.

Capítulo Terceiro

Como Sir Tristão foi à Irlanda para que a filha do Rei da Irlanda
o curasse de sua ferida e como se apaixonou por Lady Isolda,
a Bela. E também sobre Sir Palamedes e Lady Isolda, a Bela

Pois bem, como o grave ferimento que Sir Tristão recebera pelas mãos de Sir Marhaus não sarava, e sim ficava cada vez mais inflamado e doloroso, muitos acharam que houvera ali alguma traição e que a ponta da lança só podia ter sido envenenada, fazendo com que aquela ferida continuasse a consumir o pobre homem. Dali a algum tempo a ferida foi deixando Sir Tristão em tão grande perigo de vida que todos os que o viam tinham certeza de que morreria.

Então o Rei Mark mandou que se buscassem por toda parte os esculápios e cirurgiões mais eminentes e sábios para que examinassem a ferida de Sir Tristão, mas nenhum deles foi capaz de trazer qualquer alívio.

Pois bem, certo dia chegou à corte do Rei Mark uma dama muito sábia, que tinha viajado pelo mundo afora e tinha vasto conhecimento de feridas de todo tipo. A pedido do Rei, foi ter com Sir Tristão e examinou sua ferida, como tantos já haviam feito. Quando terminou, saiu dos aposentos de Sir Tristão e foi ter com o Rei Mark, que a esperava. Então o Rei Mark disse:

De como Sir Tristão surgiu doente na Cornualha

– E agora, o que acontecerá àquele cavaleiro?

– Senhor – disse ela –, o caso é o seguinte: nada posso fazer para salvar sua vida, tampouco conheço alguém que o possa salvar exceto a filha do Rei da Irlanda, que é conhecida como Isolda, a Bela, por causa da sua incrível beleza. Ela é a curandeira mais hábil de todo o mundo,[49] e somente ela pode almejar trazer vida e saúde de volta a Sir Tristão, pois creio que, se ela falhar, ninguém mais o poderá fazer.

Quando a dama partiu, o Rei Mark foi até o leito onde estava Sir Tristão e disse-lhe tudo o que ela lhe havia dito sobre o seu estado. E o Rei Mark disse:

---

49. Filha do Rei Angus da Irlanda, Isolda, a Bela, além de seus superiores atributos físicos, largamente cantados em prosa e verso, é também detentora de conhecimentos de medicina, que lhe foram transmitidos por sua mãe. Foram eles que lhe permitiram salvar uma vez a vida de Tristão, estreitando mais ainda os laços entre ambos.

– Tristão, irias ter com a filha do Rei da Irlanda e deixarias que ela examinasse tua ferida?

Então Sir Tristão gemeu só de pensar no cansaço e dor da viagem, e disse:

– Senhor, essa seria uma enorme empreitada para alguém tão doente. Além do mais, é também um grande risco para mim pois, se for à Irlanda e descobrirem que fui eu quem matou Sir Marhaus, então é quase certo que jamais escaparia vivo daquele reino. Contudo, sofro tanto com a ferida que preferiria morrer a continuar a viver desta maneira. Portanto irei à Irlanda para ficar curado, se isso for possível.

Assim, pouco tempo depois, o Rei Mark preparou um navio para levar Sir Tristão para a Irlanda. Equipou o navio com velas de seda de várias cores e fez com que o adornassem com tecidos de finos bordados, e panos feitos de fios de prata e ouro. Parecia mesmo um navio digno de um rei. Então, quando tudo estava pronto, o Rei Mark ordenou que alguns de seus criados carregassem Sir Tristão até o navio numa liteira. Depositaram-no num leito macio forrado de cetim escarlate que havia sido colocado no convés, sob um dossel de seda escarlate bordado com fios de prata e adornado com uma franja prateada. Sir Tristão ficou lá descansando, recebendo no rosto, nas têmporas, nos cabelos e nas mãos a refrescante brisa marinha. E Gouvernail permanecia sempre ao seu lado.

Sir Tristão embarca para a Irlanda para que examinem sua ferida

Foi assim que zarparam para a Irlanda, com tempo bom e agradável, e no terceiro dia, mais ou menos quando o sol se punha, chegaram a uma parte da costa da Irlanda onde havia um castelo construído num rochedo debruçado sobre o mar.

Havia muitos pescadores pescando em volta do castelo e o piloto do navio de Sir Tristão indagou-lhes de quem era o castelo. O pescador respondeu-lhe:

– Aquele é o castelo do Rei Angus da Irlanda.

E o pescador disse:

– E é justamente lá que estão, neste exato momento, o Rei, a Rainha e sua filha, chamada Lady Isolda, a Bela, além de toda a corte.

Isto chegou aos ouvidos de Sir Tristão, que disse:

– É uma notícia boa, pois estou realmente mal e fico satisfeito que a viagem tenha chegado ao fim.

Então deu ordens para que o piloto navegasse próximo às muralhas do castelo e lá baixasse âncora. E o piloto fez o que Sir Tristão lhe ordenara.

Pois bem, como já foi dito, aquele era um navio de aparência extraordinária, parecia mesmo o navio de um rei ou de um importante príncipe, portanto muita gente foi até as muralhas do castelo e ficou lá admirando a embarcação

Sir Tristão chega à Irlanda

enquanto atracava. E àquela altura o sol já havia se posto, e o ar estava todo iluminado de uma encantadora luz dourada. Nesse céu dourado flutuava a lua como um escudo prateado, muito brilhante e imóvel sobre os telhados e torres do castelo. Vinha da terra firme um aroma delicioso de flores, pois era plena primavera e todas as árvores que davam fruta estavam carregadas de flores que perfumavam o ar doce da noite.

Aquilo encheu o coração de Sir Tristão de satisfação, e ele disse a Gouvernail:

– Gouvernail, ou bem me curo logo dessa ferida ou bem morro e entro no Paraíso sem sentir dor alguma, pois me sinto muito satisfeito e em paz com todos os homens.

E então disse:

– Traz minha harpa para que eu toque um pouco, pois me vem um desejo de cantar nesta noite tão agradável.

Sir Tristão canta

Então Gouvernail trouxe-lhe sua harpa dourada[50] e Sir Tristão tomou-a nas mãos e, depois de afiná-la, começou a tocar e cantar. Como a noite estava tão quieta, a voz de Sir Tristão ressoava de um modo tão claro e doce pelas águas calmas que os que estavam nas muralhas do castelo, ouvindo, pensaram que havia um anjo cantando no convés do navio.

Naquele momento Lady Isolda, a Bela, estava à janela de seu aposento desfrutando daquela noite agradável. Ela também ouviu Sir Tristão cantando e disse às donzelas que lhe faziam companhia:

– Ora, que som é este que me chega aos ouvidos?

E ficou escutando um pouco mais, até que disse:

– Acho que só pode ser um anjo cantando.

Elas disseram:

– Não, senhora, é um cavaleiro ferido que está cantando, e ele atracou há pouco na enseada num navio maravilhoso.

Então Lady Isolda, a Bela, disse a um pajem que lhe atendia:

– Pede ao Rei e à Rainha que venham até aqui para também ouvir este canto, pois jamais imaginei ouvir um canto assim fora dos muros do Paraíso.

---

50. Além de guerreiro insuperável, Tristão é também harpista e poeta. A harpa é, por excelência, um instrumento de uso tradicional desde a Antiguidade, por oposição aos de sopro e aos de percussão. De vários tipos, dois são mais conhecidos: a pequena, espécie de cítara facilmente transportável, e a grande, para manuseio em cerimônias. É através da harpa que, em alguns países do Norte europeu, os deuses ou seus mensageiros induzem o sono de quem os ouve, com risco inclusive de promover a passagem do ouvinte ao Outro Mundo. No célebre "Canto do harpista" egípcio, a harpa simboliza a busca de uma felicidade qualquer, em oposição às agruras do dia a dia.

Então o pajem correu a toda pressa e dali a pouco o Rei e a Rainha chegaram ao quarto de Lady Isolda, a Bela. E todos três debruçaram-se no umbral da janela e escutaram Sir Tristão cantando no doce crepúsculo. Passado algum tempo, o Rei Angus disse:

– Quero que tragam aquele menestrel ao castelo para nos entreter, pois deve ser o melhor menestrel do mundo todo, cantando desse modo.

E Lady Isolda, a Bela, disse:

– Peço-lhe, Senhor, que o faça, pois alegraria a todos ter alguém cantando assim aqui no castelo.

Então o Rei Angus enviou uma barcaça até o navio e pediu que o homem que cantava fosse levado até o castelo. Sir Tristão folgou muito em ouvi-lo, pois disse:

– Agora serei levado a Lady Isolda, a Bela, e talvez ela me cure.

Assim fez com que o colocassem na barcaça do Rei da Irlanda, e levaram-no até o castelo do Rei Angus, onde o colocaram sobre um leito num belo aposento do castelo.

Então o Rei Angus foi até o leito onde Sir Tristão estava e disse: *O Rei Angus*

– Senhor, o que posso fazer para deixá-lo mais à vontade? *vai ter com*

– Senhor – disse Sir Tristão –, peço-lhe que permita que Lady *Tristão*
Isolda, a Bela, examine a enorme ferida que tenho no ventre, recebida numa batalha. Ouvi falar que ela é a curandeira mais hábil do mundo todo, e portanto vim de muito longe, e venho sofrendo tanto de dor e aflição com este terrível ferimento, que logo morrerei se não o curarem.

– Senhor – disse o Rei Angus –, vejo que não é um cavaleiro ordinário mas alguém de alta posição e estirpe, portanto o que pede será feito.

Então o Rei Angus disse:

– Peço apenas que me diga seu nome e de onde vem.

Ao ouvir aquilo, Sir Tristão pensou consigo mesmo: "Se digo que meu nome é Tristão, é certo que alguém aqui conhecerá e saberá que fui eu que causei a morte do irmão da Rainha." Então disse:

– Senhor, meu nome é Sir Tramtris, e vim de uma terra chamada Lyonesse, que fica muito distante daqui.

O Rei Angus disse:

– Bem, Sir Tramtris, alegra-me que tenha vindo. Agora o que pediu será feito, pois amanhã Lady Isolda, a Bela, examinará sua ferida para curá-la, se for possível. *Lady Isolda, a*

Então deu-se conforme o Rei Angus dissera, pois no dia seguinte *Bela, examina*
Lady Isolda, a Bela, veio com seus ajudantes até o quarto onde es- *a ferida*

tava Sir Tristão, e um dos ajudantes trazia uma bacia de prata, e outro trazia uma jarra de prata e outros traziam compressas de linho puro. Então Lady Isolda, a Bela, aproximou-se de Sir Tristão, ajoelhou-se ao lado do leito e disse:

– Deixe-me ver a ferida.

Então Sir Tristão expôs o peito e o ventre, e ela olhou. Então sentiu grande pena de Sir Tristão por causa daquele ferimento tão doloroso, e disse:

– Oh, pobre cavaleiro tão jovem, belo e nobre, sofrendo de um ferimento terrível como este!

Em seguida, ainda ajoelhada ao lado de Sir Tristão, examinou a ferida apalpando-a muito delicadamente (pois seus dedos eram como pétalas de rosas, de tão delicados) e, ora vejam só!, bem lá no fundo da ferida de Sir Tristão ela encontrou enterrada parte da ponta de uma lança.

Sir Tristão é curado

Retirou-a muito habilmente (embora Sir Tristão gemesse de tanta dor) e em seguida o sangue começou a esguichar como uma fonte vermelha, e Sir Tristão desmaiou como se estivesse morto. Mas não morreu, pois logo estancaram o sangramento, e deram-lhe ervas aromáticas para aspirar, e dali a pouco despertou sentindo-se muito aliviado (embora parecesse no começo o alívio da morte).

Foi assim que Lady Isolda, a Bela, salvou a vida de Sir Tristão, pois em pouco tempo ele já conseguia caminhar e não demorou muito para que recuperasse quase completamente as forças.

Agora contarei como Sir Tristão apaixonou-se por Lady Isolda, a Bela, e como ela também se apaixonou por ele. Além disso, como um famoso cavaleiro, de nome Sir Palamedes, o Sarraceno,[51] apaixonou-se por Lady Isolda, a Bela, e como ela não retribuiu esse amor.

Como já foi dito, aconteceu que dali a pouco Sir Tristão ficou curado daquela ferida terrível, tanto que já conseguia ir sozinho aonde bem quisesse. Mas permanecia sempre junto de Lady Isolda, a Bela, pois Sir Tristão

Sir Tristão apaixona-se por Lady Isolda, a Bela

nutria por ela um amor cheio de paixão. E Lady Isolda o amava do mesmo modo. Enquanto ele a amava porque tinha salvado sua vida, ela o amava pelo mesmo motivo, pois jamais esquecia

---

51. Ou Palamades, o Sarraceno, é também conhecido como o "Cavaleiro da Besta Ladrador" (monstro por ele perseguido na *Demanda do Santo Graal*, razão de tê-lo pintado em seu escudo). Despende grande parte de sua vida aspirando, sem sucesso, ao amor de Isolda, a Bela, chegando inclusive a bater-se com Tristão, sendo derrotado. Em retribuição a favores de Lancelot e para ajudar o Rei Arthur nas campanhas de Mark contra Camelot, torna-se cristão, quando passa, então, a fazer parte da seleta Távola Redonda. Sua condição de "converso", tão cara ao cristianismo, habilita-o à pretensão de "ver" o Graal.

Lady Isolda, a Bela

como tinha extraído aquela ponta de lança da ferida em seu ventre, e como ele gemera quando ela a retirou, e como o sangue jorrara da ferida. Ela assim o amava tanto por causa da dor e do sofrimento que lhe causara.

Por isso aquelas duas criaturas belas e nobres estavam sempre juntas, fosse no quarto ou no salão, e ninguém tinha ideia de que aquele Sir Tramtris era Sir Tristão e que tinha sido ele quem matara Sir Marhaus da Irlanda.

Assim Sir Tristão permaneceu na Irlanda por um ano, e durante aquele ano ficou totalmente bom e recobrou as forças.

Foi naquela época que chegou por lá Sir Palamedes, o cavaleiro sarraceno, tido como um dos maiores cavaleiros do mundo. Assim, houve muitos festejos com a sua vinda, e prestaram-lhe grandes honrarias.

Sir Palamedes chega à Irlanda

Mas quando Sir Palamedes contemplou Lady Isolda, a Bela, e viu como era linda, logo se apaixonou por ela quase tanto quanto Sir Tristão, e também passou a buscar a sua companhia sempre que havia uma chance.

Mas Isolda, a Bela, não tinha olhos para Sir Palamedes, apenas medo, pois tinha voltado todo o seu amor para Sir Tristão. Porém, como Sir Palamedes era um cavaleiro tão forte e poderoso, ela não ousava ofendê-lo, e continuava sorrindo-lhe e tratando-o com toda cortesia e gentileza, embora não o amasse e só fingisse que o estimava.

Sir Tristão fica contrariado

Tudo isso Sir Tristão via e desagradava-lhe muito ver como Sir Palamedes estava sempre junto da dama. Mas Isolda, a Bela, percebeu como Sir Tristão estava contrariado, então achou a oportunidade de dizer-lhe:

– Tramtris, não fiques assim contrariado, pois o que posso fazer? Sabes muito bem que não amo esse cavaleiro, mas tenho-lhe medo por ser tão forte e poderoso.

Ao que Sir Tristão retrucou:

– Senhora, seria uma pena enorme se eu, estando por perto, permitisse que qualquer cavaleiro se interpusesse entre nós e ganhasse a sua estima por medo.

Ela disse:

– Tramtris, o que farás? Desafiarás esse cavaleiro? Cuidado! Pois não estás inteiramente curado da ferida, e Sir Palamedes tem o corpo completamente são. É por ti que temo mais, caso tu e Sir Palamedes venham a lutar e ele venha a machucar-te antes que estejas completamente curado.

– Senhora – disse Sir Tristão –, agradeço a Deus por não ter medo algum desse cavaleiro ou de qualquer outro, e devo à senhora a graça de estar totalmente recuperado e sentindo-me mais forte do que nunca. É por isso que agora decidi bater-me contra esse cavaleiro por sua causa. Portanto, se puder

Sir Tristão deseja lutar

me arranjar uma armadura, lutarei com ele para que ele não a incomode mais, e hei de fazê-lo do seguinte modo: diga a seu pai, o Rei Angus, que anuncie uma grande justa. Nessa justa desafiarei Sir Palamedes e o enfrentarei, e espero, com a ajuda de Deus, derrotá-lo, para que fique livre dele.

Isolda, a Bela, disse:

– Tramtris, estás preparado para isto?

Ele disse:

– Sim, nunca estive mais preparado em toda a minha vida.

Ao que Isolda disse:

– Será como queres.

Então Sir Tristão pediu a Isolda, a Bela, que guardasse segredo de tudo o que conversaram. E pediu-lhe que guardasse segredo sobretudo de que ele participaria do torneio conforme planejaram. E disse a ela:

– Senhora, vivo aqui com grande risco de vida, embora não possa contar que risco é esse. Mas posso dizer-lhe que, se meus inimigos souberem que estou aqui, será muito difícil que me deixem viver. Portanto, se eu participar disso que combinamos, deve permanecer um segredo entre nós.

Então se despediram e Lady Isolda foi até seu pai e pediu-lhe que anunciasse um dia de justas em honra de Sir Palamedes, e o Rei disse que assim faria. Assim o Rei fez circular uma proclamação em todas as cortes do reino que um grande torneio se daria e que o melhor cavaleiro receberia enormes recompensas e honrarias. E falou-se muito do torneio em todas as cortes de cavalaria onde havia cavaleiros desejosos de acumular glórias em feitos de armas.

E AGORA FICARÃO SABENDO o que aconteceu a Sir Tristão e a Sir Palamedes naquele torneio.

Capítulo Quarto

Como Sir Tristão se bateu com Sir Palamedes no torneio e o que se passou. Também como Sir Tristão foi forçado a partir do reino da Irlanda

Assim chegou o dia do torneio que o Rei da Irlanda convocara. Foi realmente um embate de armas excepcional, pois raramente se vira uma reunião de cavaleiros como os que se encontraram na corte do Rei da Irlanda para aquela ocasião.

Talvez vocês saibam como era excelente o grupo de cavaleiros que ali se reuniu quando ouvirem que foram participar daquele torneio o Rei dos Cem Cavaleiros e o Rei dos Escoceses, e que vieram vários cavaleiros da Távola Redonda:[52] Sir Gawaine, e Sir Gaheris, e Sir Agravaine, e Sir Bandemagus, e Sir Kay, e Sir Dodinas, e Sir Sagramore, o Desejoso, e Sir Gumret, o Jovem, e Sir Griflet. E que além destes vieram muitos outros cavaleiros de grande renome.

Sobre a corte de cavalaria na Irlanda

Estes e muitos outros se reuniram na corte do Rei Angus da Irlanda, tornando os prados e campos em volta do local do torneio alegres como canteiros de flores, cobertos como estavam de uma infinidade de tendas e baldaquins multicoloridos.

E, no dia do torneio, multidões de pessoas ocuparam as arquibancadas, agitando tudo com aquele movimento, pois era como se um mar de gente tivesse vindo inundar os assentos e baias.

Pois bem, o torneio devia durar três dias, e no terceiro dia haveria um grande embate no qual todos esses cavaleiros deveriam participar, em dois grupos.

---

52. Como muitos dos temas da "matéria de Bretanha", também o da Távola Redonda evolui e ganha diversas significações, dependendo do autor que o manipula e do contexto em que se insere. Inclusive é muito variada a referência ao número de seus ocupantes: 12, 50, 150, 250 etc. No geral, a Mesa é a imagem mais representativa da corte do Rei Arthur e de seus cavaleiros, sempre "os melhores do mundo". Segundo diferentes fontes, foi mandada construir pelo próprio Arthur, ao encerrar suas conquistas, com a finalidade de não privilegiar nenhum de seus guerreiros; ou por Merlin (que também teria escolhido os seus membros), a pedido de Uther-Pendragon, pai de Arthur. Em qualquer dos casos, a Mesa continua vinculada ao reinado arturiano, já que o rei a recebeu como presente de casamento (ou como parte do dote de Guinevere). Foi destruída pelo Rei Mark da Cornualha, quando, morto Arthur, ele arrasa Camelot.

Nos primeiros dois dos três dias, porém, Sir Tristão permaneceu na baia do Rei e assistiu às justas, pois, tendo convalescido de seus males, decidira poupar seu corpo até a hora certa, quando daria o melhor de si.

E naqueles dois dias, Sir Tristão assistiu a Sir Palamedes fazendo nos combates coisas incríveis que jamais imaginara um cavaleiro ser capaz de fazer. Como Sir Palamedes sabia que Lady Isolda, a Bela, tinha os olhos postos nele, encheuse de ímpeto nas lutas como se tivesse a força de dez homens. Portanto varava o campo de batalha como um leão, escolhendo aquele que tencionava derrotar e destruir. E no primeiro dia desafiou Sir Gawaine para uma justa, e então desafiou Sir Gaheris, e o Rei dos Cem Cavaleiros, e Sir Griflet, e Sir Sagramore, o Desejoso, e quatorze outros cavaleiros, e a todos enfrentava e muitos derrubava, sem contudo sofrer qualquer revés. E no segundo dia bateu-se com grande sucesso contra Sir Agravaine, Sir Griflet, Sir Kay, Sir Dodinas e doze outros cavaleiros. Por isso, aqueles que lhe assistiam faziam grande alarido, com gritos, aplausos e vivas, dizendo:

Sir Palamedes realiza feitos incríveis

– Com certeza jamais houve um cavaleiro tão grande como ele em todo o mundo. Sim, nem mesmo o próprio Sir Lancelot conseguiria realizar mais do que esse cavaleiro já fez.

Mas Isolda, a Bela, estava preocupada e dizia:

– Tramtris, esse cavaleiro aí é realmente muito violento e perigoso. Começo a achar que talvez não sejas capaz de derrotá-lo.

Então Sir Tristão sorriu, inflexível, e disse:

– Senhora, certa vez num combate derrotei um cavaleiro mais forte do que Sir Palamedes jamais foi ou será.

Mas Lady Isolda não sabia que o cavaleiro de quem Sir Tristão falava era Sir Marhaus da Irlanda.

Na noite do segundo dia do torneio, Sir Palamedes foi ter com Lady Isolda, a Bela, e disse:

Sir Palamedes fala com Lady Isolda, a Bela

– Senhora, tudo o que fiz foi por si. Pois não fosse o amor que lhe tenho, não teria sido capaz de realizar a terça parte do que realizei. Então creio que agora mereço sua misericórdia e afeição, sendo alguém que a ama tanto assim. Portanto peço-lhe que me dê uma mostra dos seus sentimentos.

– Senhor – disse Lady Isolda –, não deve esquecer que ainda há um dia de lutas, e pode ser que nele não tenha tão boa fortuna quanto teve até agora. Então aguardarei até que tenha vencido essa próxima luta antes de dar minha resposta.

– Bem – disse Sir Palamedes –, verá que me sairei ainda melhor amanhã por sua causa do que me saí hoje.

Mas Lady Isolda, a Bela, não ficou nada satisfeita com aquelas palavras, pois começou novamente a temer que talvez o ímpeto de Sir Palamedes fosse tão forte que Sir Tristão nada pudesse contra ele.

Veio então o terceiro dia daquela famosa competição de armas e, chegando a manhã daquele dia, começaram a se reunir os dois grupos que iriam lutar entre si. Sir Palamedes era o cavaleiro principal de um dos lados, no qual também estavam Sir Gawaine e vários cavaleiros que o acompanhavam. Estes então diziam:

– Com certeza alcançaremos mais glórias lutando ao lado de Sir Palamedes do que contra ele – e com isso juntaram-se ao seu grupo.

Os maiores cavaleiros no outro grupo eram o Rei dos Cem Cavaleiros e o Rei dos Escoceses, que eram ambos campeões muito famosos e comprovados, e que contavam com muita coragem e grandes feitos.

Pois bem, quando se aproximava a hora do torneio, Sir Tristão foi colocar a armadura que Lady Isolda, a Bela, lhe tinha providenciado, e uma vez armado, montou cuidadosamente no cavalo que ela lhe tinha dado. E a armadura de Sir Tristão era branca, reluzente como prata, e o cavalo era todo branco, e os arreios e apetrechos eram todos brancos, de modo que Sir Tristão brilhava com extraordinário resplendor.[53]

Isolda, a Bela, arma Sir Tristão

Então, quando estava todo pronto, Lady Isolda veio ter com ele e disse:

– Tramtris, estás pronto?

E ele respondeu:

– Sim.

Em seguida, ela tomou o cavalo de Sir Tristão pela rédea e conduziu-o até o portão lateral do castelo, e deixou-o sair por ali para uma bela campina que ficava mais além. E Sir Tristão aguardou naquela campina por algum tempo até que o torneio se iniciasse.

Enquanto isso Lady Isolda, a Bela, foi ao torneio com seu pai, o Rei, e sua mãe, a Rainha, e se posicionou no local que lhe cabia e de onde pudesse avistar o campo.

Então, dali a pouco, aquela luta amistosa começou. E mais uma vez Sir Palamedes inflamou-se todo com a competição, portanto varava o campo espalhando

---

53. Observe-se que a armadura de Sir Tristão – toda branca – destaca-se pelo brilho, pela luminosidade. Para o imaginário medieval, a noção de "luz" era muito mais importante do que a de "cor": principalmente na teologia, concebia-se a luz como a única parte do mundo sensível simultaneamente visível e imaterial. Como referência do inefável, era, de certa forma, emanação do próprio Deus. Para a austeridade monacal, dever-se-ia preferir o negro ao branco, pois este era a cor da festa, da glória e da Ressurreição – imprópria, portanto, à humildade esperada de um monge.

terror aonde ia. Primeiro lançou-se contra o Rei dos Cem Cavaleiros, e desferiu-lhe um golpe tão duro que cavalo e cavaleiro tombaram no chão com a força dele. Então golpeou da mesma maneira o Rei dos Escoceses com sua espada e derrubou-o de sua sela de um só golpe. E foi derrubando um atrás do outro, sete cavaleiros ou mais, todos com força e mestria comprovadas, o que fez com que todos os que observavam exclamassem:

Como Sir Palamedes lutou no torneio

– Será que é um homem ou um demônio?

E assim, por causa do terror espalhado por Sir Palamedes, todos na competição se desviavam dele o melhor que podiam, como se fosse um leão raivoso.

Naquele instante Sir Tristão chegou, cavalgando a passos largos, reluzindo como uma figura de prata. Então muitos avistaram-no, olharam-no bem e disseram uns aos outros:

– Quem é aquele cavaleiro, e a que lado se juntará na luta?

Não precisaram aguardar muito para saber, pois imediatamente Sir Tristão se posicionou com os que estavam ao lado do Rei dos Cem Cavaleiros e do Rei dos Escoceses, alegrando um grupo e entristecendo o outro, pois acreditavam que Sir Tristão era com certeza um grande campeão.

Então, imediatamente, vieram quatro cavaleiros do outro grupo contra Sir Tristão, e um deles era Sir Gaheris, outro era Sir Griflet, outro era Sir Bandemagus, e outro era Sir Kay. Mas Sir Tristão estava cheio de alegria de estar lutando, e não custou muito para que derrubasse ou derrotasse todos aqueles cavaleiros, começando por Sir Gaheris e terminando com Sir Kay, o Senescal.

Sir Tristão entra no torneio

Então Sir Gawaine olhou e disse assim a Sir Sagramore:

– Aquele cavaleiro com certeza tem uma força enorme. Agora vamos lá e vejamos de que fibra é feito.

Em seguida Sir Gawaine atacou Sir Tristão de um lado e Sir Sagramore atacou-o do outro, e assim ambos lançaram-se contra ele ao mesmo tempo. Então Sir Gawaine desferiu um golpe tão pesado em Sir Tristão, que o cavalo de Sir Tristão deu duas voltas com a força do golpe. E como então Sir Sagramore desceu-lhe um golpe pelo outro lado, Sir Tristão não sabia por que lado deveria defender-se.

Só que aqueles ataques deixaram Sir Tristão tomado de tamanha fúria que era como se uma faísca de ira tivesse acendido nele um incêndio de raiva. Então ergueu-se nos estribos e desferiu uma bofetada tão poderosa sobre Sir Gawaine, que acredito que nada poderia ter impedido a força daquela bofetada. Partiu o escudo de Sir Gawaine e atingiu o topo do seu elmo, arrancando parte do seu elmo e parte do espaldar que lhe protegia o ombro. E com a força daquele golpe poderoso e terrível, Sir Gawaine caiu no chão e lá ficou feito morto.

Então Sir Tristão voltou-se contra Sir Sagramore (que estava ainda perplexo com o golpe a que assistira) e em seguida golpeou-o também, deixando-o caído no chão num desmaio do qual só despertou mais de duas horas depois.

Pois bem, Sir Palamedes também vira aqueles dois golpes que Sir Tristão dera, então disse:

– Ora! Eis aí um excelente cavaleiro. Se eu não confrontá-lo imediatamente para derrotá-lo ele acabará mais famoso do que eu neste torneio.

Com isso Sir Palamedes foi imediatamente enfrentar Sir Tristão, e quando Sir Tristão percebeu, alegrou-se muito, pois pensou: "Agora ou bem este dia será de Sir Palamedes ou bem será meu." Então ele próprio lançou-se contra Sir Palamedes, decidido a lutar com ele, e os dois chocaram-se no meio da campina.

Sir Palamedes lança-se contra Sir Tristão

Imediatamente Sir Palamedes desferiu um golpe tão duro em Sir Tristão que lhe parecia como se um raio o tivesse atingido, e por algum tempo ficou completamente atordoado e sem dar conta de si. Mas quando se recompôs, ficou tomado de uma fúria tão grande que parecia que seu coração estava a ponto de estourar.

No mesmo instante avançou para cima de Sir Palamedes e golpeou-o uma, duas, três vezes, com tanta fúria e força que Sir Palamedes ficou completamente atordoado dos golpes recebidos e já começava a ceder. Neste momento Sir Tristão percebeu que Sir Palamedes deixava seu escudo pender com a violência daquele ataque, então ergueu-se nos estribos e atin-giu Sir Palamedes bem no topo do elmo, desferindo-lhe um golpe tão

Sir Tristão golpeia Sir Palamedes

terrível que Sir Palamedes, quase perdendo os sentidos, precisou segurar-se na patilha de sua sela para não cair. Então Sir Tristão desceu-lhe uma outra bofe-tada, e com isso Sir Palamedes já não conseguia enxergar mais nada e rolou de seu cavalo, indo ao chão.

Diante da queda, todos os que assistiam à luta deram grandes vivas, pois aquele tinha sido o melhor e mais notável embate armado de toda a batalha. Mas a maioria dos que assistiam gritava "O Cavaleiro Prateado!", pois até então ninguém, exceto Lady Isolda, a Bela, sabia quem era aquele cavaleiro prateado. Ela sabia bem quem ele era, e a glória de suas proezas a fazia chorar de alegria.

Então o Rei da Irlanda disse:

– Quem é aquele cavaleiro que derrotou Sir Palamedes de uma forma tão incrível? Não imaginava que houvesse um cavaleiro no mundo todo tão forte quanto ele. Deve ser um campeão que nenhum de nós conhece.

Nisso Lady Isolda, a Bela, ainda chorando de alegria, não mais se conteve e exclamou:

– Senhor, é Tramtris, que nos chegou à beira da morte e que agora trouxe essa tremenda honra à nossa casa! Eu bem sabia que ele não era um cavaleiro comum, mas um poderoso campeão desde que o vi pela primeira vez.

Isolda, a Bela, revela Sir Tristão

Aquilo deixou o Rei da Irlanda muito admirado e feliz, então disse:

– Se assim é realmente, trata-se de uma enorme honra para todos nós.

Acontece que depois daquele ataque Sir Tristão não participou mais da batalha, mas recolheu-se a um canto. Contudo, de onde estava pôde ver os escudeiros que ajudavam Sir Palamedes virem erguê-lo e levá-lo embora. Então, dali a pouco, viu que Sir Palamedes montava novamente em seu cavalo, desta vez com a intenção de partir da campina onde havia sido a batalha. Em seguida viu Sir Palamedes partir a galope, a cabeça baixa e o coração partido.

Tudo isso Sir Tristão viu, mas não tentou impedir Sir Palamedes de partir. Todavia, algum tempo depois que Sir Palamedes partira dali, Sir Tristão também foi-se embora, indo na mesma direção que Sir Palamedes tomara. Então, quando já se distanciara bastante do campo de batalha, Sir Tristão esporeou seu cavalo e galopou a toda velocidade pelo mesmo caminho que Sir Palamedes seguira.

Foi assim cavalgando num passo veloz por uma longa distância até que acabou avistando Sir Palamedes na estrada à sua frente. Sir Palamedes tinha alcançado a entrada de uma floresta onde havia vários moinhos de pedra girando bem lentos com o vento forte que soprava.

Pois bem, aquele era um local ermo e muito adequado para uma luta, portanto Sir Tristão gritou para Sir Palamedes, com voz bem alta:

– Sir Palamedes! Sir Palamedes! Dê meia-volta! Eis a chance de recuperar a honra que perdeu comigo.

Ouvindo aquele vozeirão, Sir Palamedes virou-se. Quando viu que o cavaleiro que o chamava era o mesmo que lhe tinha causado tanta vergonha, rangeu os dentes de raiva e avançou a galope até Sir Tristão, puxando a espada que reluziu feito um relâmpago na brilhante luz do sol. E quando chegou perto de Sir Tristão, elevou-se nos estribos e desferiu-lhe um golpe com toda força, pois dizia a si mesmo: "Talvez agora recupere de um só golpe a honra perdida para esse cavaleiro agora há pouco."

Sir Tristão novamente derruba Sir Palamedes

Sir Tristão, porém, conseguiu evitar o golpe de Sir Palamedes usando seu escudo com grande habilidade e destreza e, assim que se recompôs, atacou Sir Palamedes de volta. No primeiro golpe desferido, Sir Tristão derrubou o escudo de Sir Palamedes, dando-lhe uma bofetada tão forte na cabeça que Sir Palamedes caiu do cavalo. Então Sir Tristão rapidamente saltou do cavalo e, correndo até onde Sir Palamedes jazia, arrancou-lhe o elmo com grande violência. Então gritou de forma bem agressiva:

– Senhor Cavaleiro, renda-se a mim ou mato-o.

E então ergueu sua espada como se fosse decepar a cabeça de Sir Palamedes.

Quando Sir Palamedes viu que Sir Tristão erguia a espada daquele modo, ficou apavorado, então disse:

– Senhor Cavaleiro, rendo-me para o senhor fazer o que quiser de mim, se com isso poupar minha vida.

Ao que Sir Tristão disse:

– Levante – e então Sir Palamedes ergueu-se com dificuldade, até ficar de joelhos, e assim permaneceu ajoelhado em frente a Sir Tristão.

– Bem – disse Sir Tristão –, creio que salvou sua própria vida rendendo-se assim a mim.[54] Agora ouça bem o que lhe ordeno. Antes de mais nada, ordeno que desista de Lady Isolda, a Bela, e não se aproxime dela durante um ano inteiro. E minha segunda ordem é que, a partir de hoje, não ostente as armas da cavalaria por um ano todo e mais um dia.

– Ai de mim! – disse Sir Palamedes. – Por que não me mata em vez de humilhar-me tanto assim? Preferia ter morrido a ter me rendido desta maneira.

E começou a chorar de vergonha e despeito.

– Bem – disse Sir Tristão –, não adianta arrepender-se do que já passou. Agora já se rendeu a mim, e estas são minhas ordens.

E com isso Sir Tristão recolheu sua espada na bainha, montou em seu cavalo e partiu, deixando Sir Palamedes ali.

Depois que Sir Tristão partiu, Sir Palamedes levantou-se, chorando alto. E disse:

– Essa é a maior humilhação que eu poderia sofrer.

Sir Palamedes desarma-se

Em seguida puxou sua adaga, cortou as correias dos arreios e arrancou de seu corpo as partes da armadura, lançando-as furiosa-

---

54. Conforme se vem observando, no âmbito da cavalaria é preferível render-se a morrer, quando o vencedor é alguém da estirpe e da nobreza de caráter de Tristão: mesmo derrotado, o vencido ainda leva "honra" por ter participado de semelhante combate.

mente para longe, para um lado e para outro. E depois de ter assim se livrado de toda a armadura, montou em seu cavalo e sumiu na floresta, chorando como se o seu coração se tivesse partido.

Foi assim que Sir Tristão afastou Sir Palamedes de Lady Isolda, a Bela, conforme prometera.

Pois bem, quando Sir Tristão retornou ao castelo do Rei da Irlanda, tencionava entrar discretamente pelo portão lateral da mesma forma como saíra. Mas, ora vejam!, em vez disso deparou com um grupo grande que o esperava em frente ao castelo e o aclamava, gritando:

– Bem-vindo, Sir Tramtris! Bem-vindo, Sir Tramtris!

E o Rei Angus avançou e tomou Sir Tristão pela mão e ele também dizia:

– Bem-vindo, Sir Tramtris, pois hoje trouxe-nos grande honra!

Sir Tristão olhou Lady Isolda com grande reprovação e logo mais, quando estavam juntos, disse-lhe:

– Senhora, por que revelou quem eu era quando tinha me prometido não fazê-lo?

– Senhor – disse ela –, não pretendia traí-lo, mas em meio ao júbilo por sua vitória nem me dei conta do que dizia.

– Bem – disse Sir Tristão –, Deus queira que isso não cause nenhum mal.

Sir Tristão se queixa com Isolda, a Bela

Ela disse:

– Que mal pode haver, meu senhor?

Sir Tristão disse:

– Não posso contar-lhe, Senhora, mas temo que algum mal resultará disso.

Logo depois a Rainha da Irlanda veio e disse:

– Tramtris, para alguém que esteve tão perto de morrer não deverias ter ido lutar como lutaste. Vou mandar preparar já um banho para que te cuides, pois não estás ainda curado e forte.

– Senhora – disse Tristão –, não necessito de banho, pois creio que agora estou inteiramente forte e bem.

– Não – disse a Rainha –, deves tomar esse banho para que nenhum mal te sobrevenha por causa da batalha em que lutaste.

Então mandou preparar um banho de água morna com sais potentes e ervas poderosas de vários tipos. Quando o banho estava pronto, Sir Tristão despiu-se e entrou na banheira, e a Rainha e Isolda ficaram no aposento ao lado, que era o quarto de dormir de Tristão.

Enquanto Sir Tristão estava no banho, a Rainha e Isolda olharam por todo o quarto. E viram a espada de Sir Tristão, pois ele a tinha deixado sobre o leito quando retirou o cinturão para preparar-se para o banho. Então a Rainha disse a Isolda, a Bela:

– Olha como esta espada é enorme – e então ergueu-a e desembainhou-a, e viu como a espada era bela, brilhante e reluzente.

Então notou que, no canto da lâmina, perto da ponta, havia um pedaço partido no formato de meia-lua. Permaneceu então um longo tempo observando aquilo. De repente levou um susto, pois lembrou como encontrara um pedaço exatamente igual àquele cravado na ferida que matara Sir Marhaus. Então ela continuou algum tempo segurando a espada de Sir Tristão nas mãos com o olhar fixo, como se tivesse se tornado pedra. Vendo aquilo, Lady Isolda, a Bela, encheu-se de medo e disse:

A Rainha vê a espada de Sir Tristão

– Senhora, qual é o problema?

A Rainha disse:

– Nada de importante.

E deixou de lado a espada de Sir Tristão e foi logo para seu próprio quarto. Lá abriu um baú e retirou o pedaço da lâmina que ela arrancara da ferida de Sir Marhaus e que desde então mantivera guardado. De posse dele, correu de volta ao aposento de Sir Tristão aproximou o pedaço da lâmina, e, ora vejam!, encaixou-se perfeitamente, sem nenhuma folga.

A Rainha foi tomada de um súbito furor e gritava bem alto, repetindo três vezes:

– Traidor! Traidor! Traidor!

Em seguida agarrou a espada de Sir Tristão e correu furiosa aonde ele estava e encarou-o despido na banheira. Então correu até lá e deu-lhe uma estocada com sua espada. Mas Sir Tristão lançou-se para o lado, frustrando aquele golpe. A Rainha ainda tentou investir contra ele novamente para atravessá-lo com a espada, porém Gouvernail e Sir Helles correram, agarraram-na e seguraram-na enquanto ela se debatia e gritava desesperadamente. E retiraram a espada de suas mãos enquanto ela ainda gritava como louca.

A Rainha agride Sir Tristão

Assim que Gouvernail e Sir Helles soltaram-na, ela saiu correndo com enorme alarido e foi até o Rei Angus, lançando-se de joelhos à sua frente e exclamando:

A Rainha da Irlanda tenta matar Sir Tristão.

– Justiça! Justiça! Descobri quem matou meu irmão! Demando que lhe faça justiça![55]

Então o Rei Angus levantou-se e disse:

– Onde está ele? Leve-me até lá.

---

55. Note-se que a rainha se dirige preferencialmente ao rei em busca de justiça. À parte a complexa legislação medieval, com suas minuciosas particularidades temporais e regionais, na época feudal, ao monarca – pessoa "sagrada", segundo a tradição herdada da Alta Idade Média – competiam múltiplas funções (religiosas e guerreiras, inclusive), como por exemplo a de "fazer justiça" no mais amplo sentido, mesmo o de resolver pequenas questões trazidas pelos mais pobres (ver também nota 29).

E a Rainha disse:

– É Tramtris, que veio até aqui disfarçado.

O Rei Angus disse:

– Senhora, o que é que me diz? Não posso crer que o que diz seja verdade.

Ao que a Rainha então exclamou:

– Vá ver por si mesmo, Senhor, pergunte e descubra se não é verdade.

Então o Rei Angus levantou-se e saiu, e foi até o aposento onde Sir Tristão se encontrava. E lá descobriu que Sir Tristão vestira-se às pressas e se armara o melhor que pôde. Então o Rei Angus aproximou-se e disse:

– Como pode ser que te encontro todo armado? Por acaso és inimigo desta casa?

E Tristão caiu em prantos e disse:

– Não, Senhor, não sou seu inimigo, mas seu amigo, pois tenho uma afeição tão grande por si e por tudo o que é seu que estaria pronto para lutar pelo senhor até a morte, se assim fosse preciso.

Então o Rei Angus disse:

– Se assim é, como pode ser que te encontro todo armado como se fosse para uma batalha, com tua espada na mão?

– Senhor – disse Tristão –, embora seja amigo seu e dos seus, não sei se são meus amigos ou inimigos, portanto preparei-me para saber o que desejam de mim, pois não deixarei que me matem sem que eu possa defender-me.

Então o Rei Angus disse:

– Dizes uma enorme tolice, pois como poderia um cavaleiro sozinho defender-se contra todos do meu castelo? Agora peço que me digas quem és, e qual é o teu nome, e porque vieste aqui sabendo que mataste meu cunhado.

Então Sir Tristão disse:

Sir Tristão confessa ao Rei Angus

– Senhor, contarei toda a verdade.

E então confessou tudo ao Rei Angus, ou seja: quem eram seu pai e sua mãe, e como nasceu e foi criado; como lutou contra Sir Marhaus e por quê; como fora até lá para ser curado de sua ferida, que, caso contrário, o teria matado de tanta dor. E disse:

– Esta é toda a verdade, Senhor, e é verdade que eu não desejava o mal a Sir Marhaus. Só enfrentei-o por causa de meu tio, o Rei Mark da Cornualha, e para aumentar minha honra. E arrisquei-me com ele, tanto quanto ele arriscou-se comigo. Além disso, lutei com Sir Marhaus no mesmo dia em que fui sagrado cavaleiro, e aquela foi minha primeira batalha, e dela saí tão gravemente ferido que estive prestes a morrer, como bem sabe. Quanto a ele, era um cavaleiro experiente e de bravura comprovada em muitas batalhas, e não sofreu nenhuma traição, mas somente o infortúnio da luta.

Então o Rei Angus escutou tudo o que Sir Tristão dizia, e quando este terminou, disse:

– Deus é minha testemunha, Tristão: não posso negar que te comportaste com Sir Marhaus como um verdadeiro cavaleiro. Pois era mesmo o que devias fazer se decidiste tomar para ti o pleito de teu tio, e foi algo realmente cavaleiresco que tu, sendo tão jovem, fosses buscar honra pelas mãos de um cavaleiro como Sir Marhaus. Creio mesmo que até que cruzaste o caminho dele, não havia cavaleiro no mundo maior que ele, exceto Sir Lancelot do Lago. Por tudo isso e pelo que vi no torneio há pouco, creio que és um dos cavaleiros mais fortes do mundo, e à altura de Sir Lancelot e mais ninguém. Todavia, embora tudo isso seja verdade, não posso manter-te aqui neste reino, pois se assim fizer, desagradarei não somente à Rainha e sua família, mas muitos dos nobres e cavaleiros que são parentes de Sir Marhaus, ou que trocaram com ele juramentos de amizade. Portanto deves partir imediatamente para salvar tua vida, pois não posso ajudar-te ou dar-te qualquer apoio.

Então Sir Tristão disse:

– Senhor, agradeço-lhe a imensa gentileza comigo, e não sei como posso retribuir toda a bondade com que Milady, Isolda, a Bela, me tratou. Juro-lhe por minha espada, que agora empunho, que empenharia minha vida por ela. Sim, e minha honra também! Pois é dela todo o amor que tenho no coração, de tal forma que de bom grado morreria por ela, ou por ela renunciaria a tudo o que tenho no mundo. Agora, quanto à minha condição de cavaleiro, creio que no futuro serei um cavaleiro admirado, pois sinto no fundo do meu coração que assim será. Portanto, poupar-me a vida há de ser-lhe mais vantajoso do que tirá-la aqui neste exílio, pois há de ter-me como amigo e servo leal. Dou-lhe minha palavra de cavaleiro que, aonde quer que eu vá, servirei à sua filha, e serei o seu cavaleiro leal para o bem ou para o mal, e jamais a decepcionarei se for chamado a servi-la.[56]

---

56. Nesse belo discurso, o imbatível Tristão sucumbe à amada e coloca-se a seu "serviço", transpondo para o plano amoroso as regras sociojurídicas de fidelidade, lealdade e cortesia do regime feudo-vassálico. A lírica trovadoresca medieval, que teve seu apogeu nos sécs.XII e XIII, trouxe para a ordem do dia essa forma simbólica de relação entre os amantes – a dama inacessível por quem o trovador amarga uma "coita" (i.e., sofrimento) sem fim – de que nasceu a célebre figura da *belle dame sans merci* (a bela dama sem complacência), aquela cujo maior prazer é ver o amado render-se a seus caprichos. A prática ensejou "aventuras" memoráveis nas novelas de cavalaria quinhentistas.

Então o Rei Angus ficou refletindo sobre isso por algum tempo e disse:

– Tristão, tuas palavras são sensatas, mas como conseguirei fazer com que partas daqui em segurança?

Sir Tristão disse:

– Senhor, há somente uma maneira de partir que não o prejudique. Agora, peço a Sua Majestade que me deixe despedir-me de sua filha, e que depois eu possa despedir-me de todos os seus cavaleiros e parentes como um verdadeiro cavaleiro deve fazer. E se algum deles quiser me impedir de partir ou desafiar-me, aí então eu o enfrentarei por minha própria conta e risco, por maior que seja.

– Bem – disse o Rei Angus –, porta-te como um cavaleiro digno do título; que então seja como queres.

Assim Sir Tristão desceu as escadas a um aposento onde estava Isolda, a Bela. E foi direto até ela, tomou-lhe a mão e disse:

– Senhora, devo partir daqui, se assim puder fazê-lo mantendo minha honra. Mas antes de ir devo dizer-lhe que serei para sempre seu leal cavaleiro, servindo-lhe de todas as maneiras que um cavaleiro possa servir a uma dama. Pois nenhuma outra dama, exceto a senhora, jamais terá meu coração, e assim serei eternamente o seu leal cavaleiro. Ainda que aconteça de eu jamais vê-la novamente, sempre levarei seu rosto comigo no meu coração, e pensarei na senhora aonde quer que vá.[57]

Ouvindo isso Lady Isolda, a Bela, caiu em prantos, chorando muito. Ao ver aquilo o rosto de Sir Tristão se contorceu de sofrimento, e ele disse:

– Senhora, não chore assim!

Ela disse:

– Ai de mim! Não posso evitá-lo!

Então ele disse:

– A senhora me restituiu a vida quando achei que a tinha perdido, restituiu-me o bem-estar quando antes só havia dor, e alegria quando só havia tristeza. Quem dera eu estivesse sofrendo tudo aquilo novamente para que não houvesse mais lágrimas no seu rosto.

Sir Tristão deixa Isolda, a Bela

Então, com o Rei Angus ali perto, ele tomou o rosto dela em suas mãos e beijou-a na testa, nos olhos e nos lábios. Em seguida virou-se e partiu, tão atordoado de tristeza que precisou tatear até encontrar o trinco da porta e sair dali.

---

57. Eis o que muitas vezes explica que vários cavaleiros tragam pintada no seu escudo a efígie da amada, como forma de identificação.

Depois, Sir Tristão foi direto para o salão do castelo e lá encontrou muitos dos nobres castelões e cavaleiros que acompanhavam o Rei. As notícias de tudo aquilo já tinham se espalhado e muitos estavam zangados ou incrédulos. Mas Tristão entrou no salão com muita coragem, vestido com sua armadura, e quando estava no meio deles falou bem alto e com enorme valentia, dizendo:

– Se houver qualquer um aqui a quem ofendi de algum modo, que fale agora, e lhe darei toda a satisfação que puder. Mas que fale agora ou cale-se para sempre, pois eis-me aqui presente para fazer valer minha honra de cavaleiro contra qualquer homem, seja ele quem for.

Ao ouvirem isso, todos os cavaleiros que lá estavam ficaram imóveis e calados, e ninguém disse nada contra Sir Tristão (embora lá estivessem vários cavaleiros e nobres que eram parentes da Rainha), pois a valentia de Sir Tristão inspirou-lhes tanto respeito que ninguém teve a coragem de responder a ele.

Portanto, dali a pouco quando partiu, Sir Tristão nem se virou para trás para ver se alguém o seguia.

Foi assim que partiu daquele castelo junto com Gouvernail sem que ninguém o impedisse. Depois disso, ele e Gouvernail chegaram à costa e tomaram um barco até o navio de Sir Tristão, e nele embarcaram, partindo da Irlanda. Mas o coração de Sir Tristão estava tão prenhe de tristeza que preferia mil vezes estar morto.

Sir Tristão parte da Irlanda

Assim Sir Tristão, apesar de ter o corpo completamente são, vinha com o espírito atormentado, pois embora estivesse recuperado e livre de qualquer dor, parecia-lhe que deixara toda a alegria da vida para trás, e que jamais poderia encontrar qualquer prazer no mundo, tão longe do Paraíso.[58]

---

58. A analogia entre a *joie d'amour* (alegria da paixão amorosa) provençal e o Paraíso, ou o oposto dela, a *coita* (sofrimento) galego-portuguesa provocada pela ausência da amada, é de longa duração: tem não só grandes exemplos bíblicos (o do *Cântico dos Cânticos*), como chega à modernidade (ver a primeira estrofe do poema "Hora absurda", de Fernando Pessoa). Daí as tantas associações entre amor e morte significando a "perda do Paraíso". Ampliando para os paralelismos míticos, lembre-se de como o cristianismo concebe a expulsão de Adão e Eva do Éden e suas consequências para a humanidade.

Capítulo Quinto

Como Sir Tristão foi enviado à Irlanda, por ordem do
Rei Mark, para buscar Lady Isolda, a Bela, e trazê-la
para a Cornualha, *e o que se passou com ele*

Então Sir Tristão retornou novamente à Cornualha, e o Rei Mark e todos os cavaleiros e nobres da corte do Rei deram-lhe muitas boas-vindas, alegrando-se sobremaneira que retornara são e salvo.

Porém Sir Tristão não conseguia compartilhar de sua alegria, pois estava tomado de uma melancolia tão profunda que era como se, para ele, até o azul do céu se tornasse cinzento, e nada no mundo parecesse luminoso.

Embora não sentisse qualquer prazer na vida, Sir Tristão ainda assim compunha muitas belas canções sobre Isolda, a Bela: sobre sua beleza e graça,

Sir Tristão conta sobre Lady Isolda

sobre como ele era seu cavaleiro amoroso e triste, sobre como tinha lhe jurado fidelidade por toda a vida, embora tivesse poucas esperanças de jamais revê-la.[59]

Cantava palavras assim ao som da sua harpa dourada reluzente, e o Rei Mark adorava ouvi-lo. Às vezes o Rei Mark suspirava profundamente e chegava a dizer:

– Meu caro, tua dama deve ser realmente uma mulher assaz maravilhosa, bela e graciosa.

E Sir Tristão dizia:

– Sim, ela é tudo isso.

Nessa época, o Rei Mark nutria enorme afeição por Sir Tristão; contudo, não tardaria para que tudo isso mudasse e sua afeição se transformasse em ódio amargo, como logo ficarão sabendo.

Acontece que, naquele tempo, os cavaleiros da Cornualha eram considerados os menos valorosos da região, pois tinham tão pouca mestria e cora-

---

59. No âmbito do amor cortês, o princípio da fidelidade entre os amantes era quase um dogma. No *De Amore* (c.1186), André Capelão diz que o ensinamento natural e universal do Amor não permite a ninguém sentir amor verdadeiro por dois seres ao mesmo tempo. Se uma dama continua a aceitar um amante mesmo sabendo que ele tem outros laços, poderá estar atentando contra a própria virtude.

gem nas armas que haviam se tornado motivo de troça em muitas cortes de cavalaria. Dizia-se que um cavaleiro-campeão da Cornualha poderia até ser um cavaleiro, mas de jeito nenhum era um campeão. E essa era uma enorme humilhação para todos na Cornualha, especialmente porque o boato era em grande parte verdadeiro.

Certo dia chegou à corte da Cornualha um cavaleiro muito nobre e altivo, de nome Sir Blioberis de Gaunes, que era irmão de Sir Blanor de Gaunes e primo-irmão de Sir Lancelot do Lago. O dito cavaleiro era membro da Távola Redonda do Rei Arthur, e portanto foi recebido com grandes honrarias na Cornualha, e todos folgaram muito em recebê-lo, pois não era comum que cavaleiros daquela monta fossem até lá. Naquela época Sir Tristão não se encontrava na corte, pois fora caçar na floresta, mas enviaram-lhe um mensageiro com a notícia de que Sir Blioberis chegara à corte do Rei, e que o Rei Mark desejava que Sir Tristão lá estivesse também.

Pois bem, enquanto Sir Tristão retornava à corte obedecendo à ordem, fez-se um banquete no castelo do Rei em honra de Sir Blioberis. Bebeu-se bastante vinho forte,[60] o que fez com que Sir Blioberis e todos os outros ali presentes ficassem inebriados. Então, o vinho forte e a balbúrdia do banquete deixaram Sir Blioberis exaltado e fanfarrão. Encontrando-se nesse estado e sem atentar muito ao que dizia, começou a gabar-se da mestria dos cavaleiros da corte do Rei Arthur, comparando-os com os da Cornualha. E em tom desdenhoso disse:

Sir Blioberis chega à Cornualha

– É a mais pura verdade que um só cavaleiro da Távola Redonda equivale a vinte cavaleiros da Cornualha, pois é o que se diz, e eu afirmo que assim o é.

Fez-se um enorme silêncio no salão do banquete, pois todos os cavaleiros e nobres que lá estavam ouviram o que Sir Blioberis dissera, mas ninguém sabia como retrucar. Quanto ao Rei Mark, olhava Sir Blioberis com um sorriso amargo, como se desgostasse profundamente das suas palavras. E disse assim:

– Senhor, embora seja convidado nosso e esteja banqueteando conosco, não podemos levar suas palavras a sério, senão para provar que são mentirosas.

Aquelas palavras fizeram com que Sir Blioberis ficasse com o rosto todo rubro e desse uma sonora gargalhada. Então disse:

---

60. O vinho era uma das bebidas bastante consumidas na Idade Média, principalmente nas regiões onde se produzia uva. Desde a Antiguidade e visando a uma dieta saudável, os gêneros alimentícios eram classificados em uma escala do frio ao quente e do úmido ao seco, de acordo com a teoria dos "quatro humores" (quente, frio, úmido, seco) proposta por Galeno, médico grego morto no ano 200. Um dos modos de se conseguir o "vinho quente" (ou "forte") era misturá-lo, em infusão, à fragância de certas especiarias como gengibre, noz-moscada, cravo, pimenta, açúcar, produzindo uma bebida aromatizada que podia ser aquecida.

– Bem, Senhor, não preciso demorar-me aqui por muito tempo como seu convidado. E quanto ao que eu disse, pode facilmente verificar se é verdade ou não.

Em seguida, Sir Blioberis levantou-se, olhou em volta, e viu que havia ali perto uma taça de ouro ricamente ornada e com finos relevos. Tomou-a nas mãos, cheia até a metade de vinho tinto. Então levantou-se perante todos ali e vociferou:

– Meus senhores e todos os cavaleiros da Cornualha, bebo aqui em nome de sua fantástica coragem e mestria, e desejo que daqui por diante tenham mais sucesso nas armas do que têm demonstrado até agora.

E em seguida bebeu todo o vinho que restava na taça. Então acrescentou:

– Agora parto e levo esta taça comigo. E se algum cavaleiro da Cornualha conseguir tirá-la de mim e devolvê-la ao Rei, então concordarei de bom grado que neste reino há cavaleiros melhores do que eu supunha.

Sir Blioberis desafia os cavaleiros da Cornualha

Em seguida, virou-se e partiu dali de modo muito altivo e desdenhoso, levando a taça consigo, e nenhum dos cavaleiros ali presentes fez qualquer menção de impedi-lo, ou de repreendê-lo por aquelas palavras descorteses.

Pois bem, assim que saiu do salão e sentiu o ar fresco no rosto, o calor do vinho abandonou-o, e ele começou a lamentar o que fizera. E pensou: "Ai de mim! Creio que não fui muito cortês com o Rei Mark, que era meu anfitrião."[61]

E pensou em levar a taça de volta e desculpar-se pelo que dissera, mas acabou não o fazendo por orgulho. Então foi ao aposento que lhe fora dado, colocou a armadura e partiu da corte do Rei Mark levando a taça consigo.

Pois bem, algum tempo depois de sua partida, Sir Tristão entrou no salão onde todos estavam, e lá encontrou-os todos em volta da mesa cabisbaixos, sem que ninguém ousasse, por vergonha, olhar o outro no olho. Então Sir Tristão foi até o Rei Mark e disse:

– Onde está Sir Blioberis?

E o Rei Mark disse:

– Partiu.

Sir Tristão disse:

– Por que partiu?

---

61. A palavra latina *hospitalitas, atis* significa não só hospitalidade, como também a condição de estrangeiro – portanto, aquele que vem de fora e deve ser abrigado. Refere a necessidade que comerciantes e viajantes de várias partes do mundo tinham de repouso e segurança nos intervalos das andanças, desde a antiguidade greco-romana.

Ao que o Rei Mark narrou a Tristão o que se passara, e como Sir Blioberis levara consigo a taça, para enorme vergonha e desprezo de todos os que ali estavam. Ouvindo aquilo Sir Tristão corou violentamente e disse:

– Não havia aqui qualquer cavaleiro com fibra suficiente para repreender Sir Blioberis, ou impedir que partisse?

Sir Tristão fica zangado

E olhou à sua volta no salão, como se fosse um leão ali no meio, e ninguém ousou olhá-lo nos olhos ou responder-lhe. Então ele disse:

– Bem, se não há qualquer cavaleiro na Cornualha que deseje defender seu Rei, então há um cavaleiro em Lyonesse que há de fazê-lo porque foi sagrado cavaleiro pelas mãos do Rei da Cornualha.

E em seguida virou-se e saiu com um jeito altivo, deixando-os ainda mais envergonhados do que antes.

Então Sir Tristão foi até seus aposentos e armou-se de todas as maneiras, em seguida tomou seu cavalo, montou nele e partiu, seguindo o caminho que Sir Blioberis seguira, e Gouvernail acompanhou-o.

Assim Sir Tristão e Gouvernail cavalgaram num passo firme por bastante tempo, perguntando a quem encontravam pelo caminho se Sir Blioberis passara por ali. Finalmente entraram pela floresta e por ela cavalgaram por muito tempo, sem encontrar vivalma, até o final da tarde.

Sir Tristão segue Sir Blioberis

Dali a algum tempo avistaram à sua frente dois cavaleiros muito corpulentos e grandalhões, vestidos de armaduras claras e brilhantes, cada um montado num corcel flamengo.

– Gouvernail – disse Sir Tristão –, vai adiante e vê quem são aqueles cavaleiros.

E assim Gouvernail galopou adiante e dali a pouco aproximou-se o suficiente dos dois cavaleiros para ver as insígnias nos seus escudos. Então voltou até Sir Tristão e disse:

Sir Tristão encontra dois cavaleiros

– Meu Senhor, aqueles são dois cavaleiros muito nobres e famosos da corte do Rei Arthur, e o senhor conhece um deles, mas o outro lhe é desconhecido. Pois um deles é Sir Sagramore, o Desejoso, que estava no torneio na Irlanda, e o outro é Sir Dodinas, o Selvagem.

– Bem – disse Sir Tristão –, são de fato dois cavaleiros muito bons e valorosos. Agora, se sentares aqui um pouco, vou até lá falar com eles.

– Senhor – disse Gouvernail –, desaconselharia meter-se com aqueles cavaleiros, pois são dos cavaleiros mais famosos em armas que há, por isso dificilmente os venceria se os desafiasse.

Mas Sir Tristão respondeu:

– Basta, Gouvernail! Fica quieto e espera enquanto vou lá.

Acontece que, quando os cavaleiros perceberam a presença de Sir Tristão e Gouvernail, resolveram deter-se numa clareira da floresta para aguardar o que viria. Sir Tristão foi até eles, cavalgando com muita distinção e altivez, e quando se aproximou o suficiente, puxou as rédeas de seu cavalo e falou com grande soberba, dizendo:

– Senhores, demando que me digam de onde vêm, para onde vão e o que fazem cavalgando aqui nestes confins.

A isso respondeu Sir Sagramore, com grande desdém:

– Bom Cavaleiro, por acaso é um dos cavaleiros da Cornualha?

E Sir Tristão respondeu:

– Por que me pergunta?

– Ora, Senhor – disse Sir Sagramore –, pergunto porque jamais se ouviu que um cavaleiro da Cornualha tivesse coragem de interpelar dois cavaleiros com perguntas como as que acabou de fazer-nos.

– Bem – disse Sir Tristão –, quanto a isso, sou no momento um cavaleiro da Cornualha, e portanto fiquem sabendo que não partirão daqui sem que antes me respondam por palavras ou por armas.

Então Sir Dodinas falou rispidamente, dizendo:

– Oh Cavaleiro da Cornualha, terá agora mesmo toda a resposta armada que deseja e muito mais ainda.

Em seguida, apanhou uma lança bem robusta e cavalgou a um canto, e Sir Tristão, percebendo que tencionava partir para a luta, também cavalgou a um outro canto e se postou onde melhor lhe pareceu. Então, quando estavam completamente prontos, lançaram-se um contra o outro com um ímpeto espantoso, que fez a terra sacudir sob os cascos de seus cavalos.

E assim se chocaram no meio do caminho com o enorme estardalhaço de ferros e paus. Naquele embate a lança de Sir Dodinas despedaçou-se; a lança

Sir Tristão luta contra Sir Dodinas

de Sir Tristão, porém, permaneceu inteira, de modo que quando se chocaram ele ergueu Sir Dodinas da sua sela, lançando-o para além da garupa do seu cavalo. E arremessou Sir Dodinas com tanta força que seu pescoço por pouco não se partiu, e ele permaneceu caído por algum tempo, desacordado feito morto.

Então Sir Sagramore disse:

– Bem, Senhor Cavaleiro, com certeza o golpe que desferiu em meu companheiro foi assaz violento, mas agora é minha vez de enfrentá-lo.

Em seguida, também ele apanhou sua lança e escolheu onde se posicionar para o ataque, como Sir Dodinas fizera, e Sir Tristão posicionou-se da mesma maneira que antes. Então imediatamente os dois avançaram com a mesma força terrível com que Sir Tristão e Sir Dodinas tinham se enfrentado, e no choque Sir Tristão desferiu um golpe de lança tão pesado que Sir Sagramore acabou derrubado junto com seu cavalo. E o cavalo, ao cair sobre Sir Sagramore, feriu-o de tal forma na perna que por algum tempo ele não conseguiu mais levantar-se.

Sir Tristão luta contra Sir Sagramore

Em seguida Sir Tristão retornou até onde os dois cavaleiros jaziam no chão, e disse:

– Bons Cavaleiros, ainda desejam lutar?

Eles disseram:

– Não, já lutamos o suficiente.

Então Sir Tristão disse:

– Então, por gentileza, digam-me, por acaso há cavaleiros melhores do que os senhores na corte do Rei Arthur? Se não, então creio que sofrerão enorme humilhação por terem sido derrubados, um atrás do outro, por um único desafiante. Porque hoje foi o dia em que, sem dúvida, um cavaleiro da Cornualha derrotou-os aos dois, causando-lhes grande vexame.

Então Sir Sagramore disse:

– Senhor, peço-lhe pela sua honra de cavaleiro, que nos diga quem é, pois com certeza é um dos maiores cavaleiros do mundo.

Ao que Sir Tristão riu:

– Não – disse ele –, sou ainda um jovem cavaleiro com pouca experiência em batalhas. Quanto ao meu nome, já que me pergunta, pela minha honra de cavaleiro não tenho vergonha de dizer que sou chamado Sir Tristão, e que sou filho do Rei Meliadus de Lyonesse.

Sir Tristão revela seu grau

– Ah! – disse Sir Sagramore. – Sendo assim, não é um vexame termos sido assim derrotados, pois não só me lembro bem de como, na corte do Rei da Irlanda, o Senhor derrubou seis cavaleiros da Távola Redonda e facilmente derrubou Sir Palamedes, o Sarraceno. Também todos sabem como lutou contra Sir Marhaus e como o derrotou. Já que Sir Marhaus e Sir Palamedes eram dois dos melhores cavaleiros do mundo, não é incrível que tenha feito o que fez conosco. Porém, já que nos derrubou, o que deseja que façamos?

– Senhores – disse Sir Tristão –, tenho somente duas coisas a pedir: uma é que me deem sua palavra que irão à Cornualha e confessarão ao Rei Mark que foram derrubados por um cavaleiro da Cornualha;[62] a segunda é que me digam se viram Sir Blioberis de Gaunes passar por aqui.

Eles disseram:

– Senhor, quanto ao seu pedido de irmos até o Rei Mark e confessarmos nossa derrota, faremos como deseja. Quanto a Sir Blioberis, encontramo-lo há pouco tempo, portanto não deve estar muito distante.

– Bem – disse Sir Tristão –, desejo-lhes boa viagem e obrigado pela informação. Tenho certas coisas a dizer a Sir Blioberis antes que parta destes confins.

Então chamou Gouvernail e os dois cavalgaram por dentro da floresta avançando o mais rápido que podiam. Quanto a Sir Dodinas e Sir Sagramore, tomaram o caminho da corte do Rei Mark, conforme tinham prometido.

Pois bem, tendo percorrido uma distância considerável por aquela estrada, Sir Tristão e Gouvernail acabaram por avistar Sir Blioberis, que seguia adiante por uma trilha na floresta, cavalgando de modo altivo e despreocupado. O sol já ia se pondo, iluminando as copas das árvores com uma luz bem vermelha, embora embaixo delas a floresta continuasse fresca e sombreada. Pois bem, quando Sir Tristão, e Gouvernail com ele, chegaram bem perto de Sir Blioberis, Sir Tristão interpelou-o numa voz bem alta, e disse-lhe que parasse e se virasse. Com isso Sir Blioberis voltou-se e aguardou Sir Tristão alcançá-lo. E quando Sir Tristão estava bem próximo, disse a Sir Blioberis:

Sir Tristão alcança Sir Blioberis

– Senhor, ouvi falar que traz consigo uma taça muito nobre que retirou de modo assaz ignóbil da mesa do Rei Mark da Cornualha. Agora demando que me entregue a taça para que eu a devolva ao Rei.

– Bem – disse Sir Blioberis –, pode levar a taça se conseguir retirá-la de mim, e se olhar com atenção, verá que ela está bem aqui, pendurada na alça da minha sela. Mas devo dizer que não creio que haja nenhum cavaleiro da Cornualha que possa tomar esta taça de mim contra a minha vontade.

– Quanto a isso – disse Sir Tristão –, veremos já já.

Em seguida, os dois cavaleiros empunharam suas lanças e cavalgaram até um local próximo, e prepararam-se para o ataque. E quando estavam ambos prontos, arremessaram-se um contra o outro, chocando-se com tal violência que saíram faíscas das suas lanças. E naquele ataque os dois cavalos caíram no chão, mas os cavaleiros saltaram de suas selas com agilidade, evitando cair. Então, cada um puxou a espada e empunhou o escudo, e em seguida bateram-se, estocando

---

62. Ver nota 29.

e investindo com toda força que podiam. Cada um desferiu quantas estocadas terríveis pôde, até que as armaduras ficaram amassadas em várias partes e, em outras, manchadas de vermelho. Até que, por fim, Sir Tristão viu-se tomado de raiva e avançou contra Sir Blioberis, golpeando-o com tal ferocidade que Sir Blioberis retrocedeu e deixou o escudo pender. Ao percebê-lo, Sir Tristão logo correu até Sir Blioberis e desceu-lhe uma bofetada tão poderosa na cabeça que Sir Blioberis caiu de joelhos,[63] já sem forças para suster-se em pé. Então Sir Tristão arrancou o elmo de Sir Blioberis, e disse:

Sir Tristão derrota Sir Blioberis

– Senhor Cavaleiro, renda-se ou mato-o.

– Meu Senhor – disse Sir Blioberis –, rendo-me ao senhor que é sem dúvida o melhor cavaleiro com quem jamais me bati em minha vida.

Então Sir Tristão tomou a mão de Sir Blioberis e ajudou-o a levantar-se, e então disse:

– Senhor, lamento muito ter tido que tratá-lo deste modo, e quase preferia que me tivesse derrotado, em vez de tê-lo derrotado. Pois jamais esquecerei que é primo de Sir Lancelot do Lago, e respeito Sir Lancelot acima de todos os homens no mundo e valorizo sua amizade mais do que qualquer outra. Por isso não fui movido por nenhuma raiva sua nesta batalha, apenas a travei porque era meu dever ao Rei da Cornualha, que é meu tio.

Então Sir Blioberis disse:

– Senhor, pode, por gentileza, dizer-me quem é?

– Senhor – disse Sir Tristão –, sou um cavaleiro muito jovem chamado Tristão, e sou filho do Rei Meliadus de Lyonesse e de Lady Elizabeth, irmã do Rei Mark da Cornualha.

– Ah! – disse Sir Blioberis. – Ouvi grandes coisas a seu respeito, Sir Tristão, e agora sei por mim mesmo que é um dos melhores cavaleiros do mundo. Isso mesmo: não duvido que em algum momento chegará ao nível do próprio Sir Lancelot do Lago, ou de Sir Lamorak de Gales, e eles são por certo os melhores cavaleiros do mundo. Portanto creio que, caso soubesse quem era, teria entregado a taça ao senhor sem que tivesse que lutar por ela. Assim entrego-a de minha própria vontade.

Sir Blioberis entrega a taça a Sir Tristão

Então Sir Blioberis desamarrou a taça da alça de sua sela, onde tinha ficado atada, e Sir Tristão tomou-a e agradeceu-lhe por isto. Em seguida, foram até seus cavalos, montaram e cada qual seguiu o seu caminho.

---

63. Não se estranhe que uma simples bofetada tenha derrubado o valente Sir Blioberis: fazia parte da armadura do cavaleiro a manopla, que era uma espécie de luva de ferro, peça originalmente utilizada pelos gladiadores romanos e, mais tarde, também como arma de guerra, poderosa na defesa corpo a corpo.

Assim, pouco depois do cair da noite, Sir Tristão achou-se na presença do Rei da Cornualha e de sua corte, e disse ao Rei Mark:

– Eis aqui a taça, que trago de volta. Quem dera algum dos seus cavaleiros, que são bem mais velhos do que eu, tivesse tido a coragem de fazer o que fiz em nome do Rei.

E em seguida partiu e deixou-os todos ali envergonhados.

Pois bem, aconteceu que, pouco depois de tais acontecimentos, o Rei Mark deitou-se em seu leito após a refeição do meio-dia para dormir um pouco durante a hora mais quente do dia. E aconteceu também que a janela perto de onde ficava seu leito estava aberta para que o ar entrasse no quarto. Bem, naquele exato momento três cavaleiros da corte estavam no jardim bem embaixo da janela. Esses cavaleiros conversavam sobre Sir Tristão e como tinha conseguido recuperar a taça que estava em poder de Sir Blioberis de Gaunes, e que honra era ter um campeão daqueles na Cornualha para representar a honra daquela corte. Durante a conversa diziam uns aos outros que, se ao menos o Rei da Cornualha fosse um cavaleiro do porte de Sir Tristão, muitos grandes cavaleiros viriam até aquela corte, e a Cornualha não se envergonharia mais de sua cavalaria como agora. Então disseram:

– Quem dera nosso Rei fosse um cavaleiro como Sir Tristão!

O Rei Mark escutou tudo aquilo, e as palavras que diziam foram como um veneno amargo para seu coração, pois entraram em sua alma e ali se alojaram, e no mesmo instante todo o seu amor por Tristão volveu-se em ódio. Assim foi que, depois daquele dia, o Rei Mark passou a pensar sem descanso sobre o que escutara, e quanto mais pensava, mais amarga sua vida lhe parecia, e mais odiava Sir Tristão. Assim aconteceu que, sempre que estava com Sir Tristão e olhava para ele, dizia em seu coração: "Então dizem que és um cavaleiro melhor que eu? Quem dera estivesses morto ou fora daqui, pois creio que algum dia serás minha ruína!"

O Rei Mark fica com ódio de Sir Tristão

De fato: houve vezes em que olhava para Sir Tristão deste modo e murmurava para si mesmo:

– Quem dera Deus te lançasse uma praga que te consumisse!

Mas o Rei sempre disfarçava seu ódio por Sir Tristão, de modo que ninguém suspeitava disso, e menos ainda Sir Tristão imaginava o quanto o coração do Rei havia mudado em relação a ele.

Pois bem, certo dia Sir Tristão estava tocando sua harpa e cantando para o Rei Mark, e o Rei remoía aqueles pensamentos enquanto observava Tristão.

Sir Tristão toca a harpa para o Rei Mark.

E Sir Tristão, como costumava fazer naquela época, cantava sobre Lady Isolda, a Bela, e como seu rosto era feito uma rosa de tão belo, e como sua alma era feito um rouxinol pelo modo como elevava o espírito de quem lhe estava próximo, ainda que a escuridão da tristeza, como a noite, parecesse envolvê-lo. E enquanto Sir Tristão ia cantando assim, o Rei Mark escutava-o, e enquanto ia escutando, uma ideia acabou por entrar-lhe no coração, fazendo-o sorrir. Assim, quando Sir Tristão terminou sua canção sobre Isolda, a Bela, o Rei Mark disse:

– Caro sobrinho, gostaria que partisses numa demanda em meu nome.

Sir Tristão disse:

– E que demanda é esta, senhor?

– Não – disse o Rei Mark –, não te direi que demanda é, a menos que me dês tua palavra de cavaleiro que a farás em meu nome.

Como Sir Tristão não suspeitou nada de mau, sorriu e disse:

– Prezado Senhor, se a demanda estiver a meu alcance, basta pedir; juro-o por minha honra de cavaleiro.

O Rei Mark disse:

O Rei Mark trapaceia Sir Tristão e o levando a fazer uma promessa

– É uma demanda que podes realizar.

Sir Tristão disse:

– Então hei de cumpri-la, se me disser o que é.

O Rei Mark disse:

– Há tempos que te ouço cantar sobre Lady Isolda, a Bela. Então a demanda que te confio é a seguinte: que vás à Irlanda e tragas de lá Lady Isolda para ser minha Rainha. Pois por causa de tuas canções e baladas fiquei tão enamorado dela que não poderei ser feliz nesta vida até que a tenha por Rainha.[64] Portanto agora, já que me deste tua palavra de cavaleiro que cumprirás meu pedido, essa é a demanda na qual te envio.

E em seguida sorriu para Sir Tristão de um modo muito estranho.

Então Sir Tristão percebeu como tinha sido enganado. Deixou a harpa de lado e levantou-se. Em seguida encarou o Rei Mark por um longo tempo com o rosto incrivelmente pálido, como o de um morto. Depois disse:

– Senhor, não entendo por que me impõe tal coisa, tampouco entendo por que me enganou. Sempre o servi de forma verdadeira, como deve fazer um cavaleiro honrado e um parente. Portanto não entendo por que me trata assim, tampouco

De como Sir Tristão caiu em desespero

por que trama minha morte. Pois sabe muito bem que, se retorno à Irlanda, é quase certo que me matam, ou a própria Rainha ou algum parente seu, pois por sua causa matei em batalha Sir Marhaus, que era irmão da Rainha da Irlanda. Contudo, em relação a isso, preferia perder a vida a ser bem-sucedido nessa demanda, pois se não perco a vida, devo cumprir algo a que preferia a morte. Sim, creio que jamais houve cavaleiro que amasse uma dama mais do que amo Lady Isolda, a Bela. Pois amo-a não somente por sua beleza e graça, mas porque me curou de minhas feridas, aplacou meu grande sofrimento e trouxe-me de volta à vida. Por isso o que me pede me é mais duro do que a própria morte.

---

64. O Rei Mark apaixona-se por Isolda, a Bela (ver nota 49), "à distância", apenas de ouvi-la cantada nas envolventes "baladas e canções" dedilhadas por Tristão. Esse culto do "amor à distância" ficou célebre na lírica trovadoresca, e grandemente responsável por isto foi o célebre trovador provençal Jaufré Rudel, com o poema *Lanqand li jorn son lonc en mai* ("Em maio, quando os dias são longos").

– Bem – disse o Rei Mark –, não sei de nada disso. Só o que sei é que me deste tua palavra de cavaleiro de que cumprirás a demanda.

– Muito bem – disse Sir Tristão –, se Deus conceder-me Sua preciosa ajuda, cumprirei aquilo em que empenhei minha palavra de cavaleiro.

E com isso virou-se e partiu em tal desespero que era como se seu coração tivesse se reduzido a cinzas. Mas o Rei Mark encheu-se de alegria de ter causado toda aquela dor em Sir Tristão, e pensou, no fundo de seu coração: "Isso aplaca um pouco o ódio que sinto por esse cavaleiro. Aos poucos talvez consiga ainda maior satisfação do que essa."

Desde aquele dia Sir Tristão nunca mais se aproximou do Rei Mark, mas partiu imediatamente da corte do Rei para um pequeno castelo que o Rei Mark lhe dera algum tempo antes. Lá passou vários dias sofrendo de grande desespero, pois era como se Deus o tivesse abandonado completamente. Por algum tempo somente Gouvernail fez-lhe companhia e mais ninguém; mas, passado algum tempo, vários cavaleiros vieram vê-lo e prestar-lhe solidariedade, e ofereceram acompanhá-lo. Havia dezoito desses cavaleiros de companhia, e Sir Tristão confortou-se muito com sua camaradagem.

Eles lhe diziam:

– Senhor, não se deixe angustiar tanto, mas, como bom cavaleiro que é, aceite o fardo que Deus escolheu lhe dar.

Assim diziam, e aos poucos Sir Tristão saiu daquele desespero e disse a si mesmo: "Bem, o que dizem é verdade, e Deus por certo deu-me esse fardo pesado para carregar, de modo que devo assumi-lo, em nome Dele."[65]

ENTÃO SIR TRISTÃO E OS CAVALEIROS que estavam com ele permaneceram ali por mais um, dois ou três dias, e então, certa manhã, Sir Tristão armou-se e eles também, e todos partiram daquele castelo e seguiram até a beira-mar. Então embarcaram para a Irlanda, na demanda que Sir Tristão havia prometido ao Rei Mark, e logo içaram velas e partiram da Cornualha.

Sir Tristão parte da Cornualha

Mas a sorte não quis que avançassem naquela demanda tão velozes como esperavam, pois, no segundo dia de viagem, veio o pior vendaval que os mari-

---

65. A passagem ecoa as famosas palavras bíblicas, muito condizentes com o espírito geral da obra de Howard Pyle: "Vinde a mim, vós todos que estais aflitos sob o fardo, e eu vos aliviarei. Tomai meu jugo sobre vós e recebei minha doutrina, porque sou manso e humilde de coração, e achareis o repouso para as vossas almas. Porque meu jugo é suave e meu peso é leve." (Mateus, 11:28-30)

nheiros do navio jamais haviam visto em suas vidas. As ondas erguiam-se feito montanhas para logo em seguida desabarem em vales profundos, e nos dois lados subiam paredões de água turva coberta de espuma branca como a neve. E, se num instante o navio se elevava como se o mar revolto o lançasse nas nuvens, no instante seguinte despencava num abismo tão profundo que era como se as águas verdes fossem-no engolir. O ar rugia como se estivesse repleto de demônios e espíritos maus saídos direto do inferno, e o vento vinha encharcado de salmoura. Assim ia o navio avançando pela tempestade, enquanto todos a bordo traziam o coração apertado, apavorados com aquela poderosa tormenta de vento e com a fúria das altas ondas.

Então, quando veio a noite, os que estavam de vigia avistaram terra firme e um porto, e viram que perto do porto havia um imponente castelo e uma bela cidade, rodeada de altas muralhas de pedra. Quando contaram aos outros o que viram, todos rejubilaram-se ao saber que se achavam tão próximos da terra firme. Portanto navegaram até o porto, e depois de o adentrarem em segurança, lançaram âncora logo abaixo das muralhas do castelo e da cidade, alegrando-se muito que Deus os havia salvado do perigo terrível daquela tormenta.

Então Sir Tristão disse a Gouvernail:

– Sabes, Gouvernail, que lugar é este no qual viemos dar?

– Meu Senhor – disse Gouvernail –, creio que seja Camelot.

Sir Tristão chega a Camelot

E os cavaleiros da Cornualha que lá estavam disseram:

– Sim, é verdade, é Camelot.

E um deles disse:

– Senhor, é possível que o Rei Arthur esteja aqui neste exato momento, pois soube que estaria e creio ser verdade.

– Ah! – falou Tristão. – Trata-se de uma ótima notícia, pois creio que encontrar o Rei Arthur e os nobres cavaleiros da sua corte seria a maior alegria que eu poderia ter antes de morrer. Acima de tudo, gostaria de poder conhecer o grande e nobre campeão, Sir Lancelot do Lago. Desembarquemos então e, quem sabe, porventura verei o grande Rei e Sir Lancelot e porventura poderei conversar com um e outro.

As palavras de Sir Tristão agradaram aos cavaleiros que o acompanhavam, pois estavam cansados do mar e desejavam descansar um pouco em terra firme.

Sir Tristão ergue sua tenda

Então todos desembarcaram e ordenaram a seus atendentes que erguessem suas tendas numa bela planície que ficava a cerca de uma légua de distância do castelo e da cidade. E ergueram a tenda de Sir Tristão na planície no meio das outras tendas. Era de fino tecido carmesim com listras prateadas e no topo da haste central vinha entalhada a figura de um grifo. A lança de Sir Tristão foi fincada no chão em frente à tenda, e nela estava pendurado seu escudo, de modo que quem passava conseguia facilmente discernir a insígnia nele.

E AGORA SABERÃO como Sir Tristão fez laços de amizade com a confraria de bons cavaleiros da corte do Rei Arthur.

Capítulo Sexto

Como Sir Tristão precisou travar batalha contra três cavaleiros da Távola Redonda. E também como teve audiência com o Rei Arthur

Veio então a manhã seguinte, e o sol nasceu em todo o resplendor da sua glória, espalhando seus raios para todos os lados com uma resplandecência rara e deslumbrante. A noite dispersara as nuvens da tormenta, e o ar agora estava claro e azulado, enquanto os raios de luz atravessavam em direção aos campos, cintilando nas inúmeras gotas d'água sobre as folhas e a grama, como se fossem uma infinidade incrível de pedras brilhantes espalhadas pelo chão. Então os que dormiam foram despertados pelos infinitos sons dos passarinhos, pois naquela hora eles chilreavam tão alegres que a manhã toda se enchia do seu doce canto.

Naquela hora da madrugada dois cavaleiros chegaram a cavalo às tendas de Sir Tristão e de seus companheiros. Eram dois integrantes muito famosos da corte do Rei Arthur e da Távola Redonda: um era Sir Ector de Maris e o outro Sir Morganor de Lisle.

Quando avistaram as tendas de Sir Tristão e de seus companheiros, os dois cavaleiros se detiveram e Sir Ector de Maris disse:

– Quem são aqueles cavaleiros recém-chegados?

Então Sir Morganor olhou e logo disse:

– Senhor, vejo pelos seus escudos que são cavaleiros da Cornualha, e aquele que está na tenda central deve ser o campeão do grupo.

Dois cavaleiros vão até a tenda de Sir Tristão

– Bem – disse Sir Ector –, já que não espero muito de qualquer cavaleiro cornualhês, vá lá e golpeie o escudo daquele cavaleiro e chame-o aqui fora para vermos de que fibra é feito.

– Assim farei – disse Sir Morganor, e saiu galopando até o escudo de Sir Tristão, que estava pendurado na lança. Golpeou o escudo com a ponta de sua alabarda, emitindo um ruído muito alto.

Ao ouvi-lo, Sir Tristão imediatamente chegou à entrada da sua tenda, e disse:

– Senhores, por que golpeiam meu escudo?

– Porque – disse Sir Ector – decidimos testar que tipo de cavaleiro é.

Disse Sir Tristão:

– Deus me livre não satisfazê-los. Portanto, se esperarem enquanto coloco minha armadura, terão seu desejo satisfeito agora mesmo.

Logo voltou para dentro da sua tenda, armou-se, saiu, montou em seu cavalo, levando consigo uma lança de teixo, grande e resistente.[66]

Então, todos os cavaleiros da Cornualha que acompanhavam Sir Tristão vieram assistir ao que seu campeão faria, junto com seus escudeiros, pajens e atendentes, que também vieram pelo mesmo motivo, sendo uma hora agradável do dia para uma justa.

Sir Morganor foi o primeiro a desafiar Sir Tristão, e naquele ataque Sir Tristão desferiu-lhe um golpe tão terrível e certeiro que arremessou-o do seu cavalo à distância de quase uma lança. Foi um golpe tão violento que o sangue jorrava pelo nariz, pela boca e pelos ouvidos de Sir Morganor, fazendo-o gemer de dor, sem conseguir erguer-se de onde estava.

Sir Tristão derruba Sir Morganor

– Ah! – disse Sir Ector. – Foi de fato um murro incrível! Mas agora é a minha vez de enfrentá-lo, e espero que Deus me dê melhor sorte.

Então posicionou-se para a batalha, bem como fez Sir Tristão, e quando estavam completamente prontos, avançaram de forma muito violenta para o ataque. Naquele embate a sorte de Ector não foi muito diversa da de Sir Morganor, pois sua lança partiu-se em mil pedaços ao chocar-se com Sir Tristão, enquanto a lança de Sir Tristão permaneceu inteira, o que o fez derrubar tanto o cavalo quanto o cavaleiro contra o qual investia.

Sir Tristão derruba Sir Ector

Com isso todos os cavaleiros da Cornualha deram grandes vivas ao seu cavaleiro que tinha se portado tão bem naquelas batalhas. Mas Sir Tristão voltou até onde estavam os dois cavaleiros ainda caídos no chão, e disse:

– Bem, Senhores, como veem não tiveram muito boa sorte comigo.

Ao ouvir aquilo, Sir Ector se levantou do chão e disse:

– Senhor Cavaleiro, peço por sua honra de cavaleiro que me diga quem é e qual é o seu grau, pois, devo dizer, parece-me ser um dos maiores cavaleiros-campeões deste mundo.

– Senhor – disse Sir Tristão –, de bom grado digo-lhe meu nome e minha condição: sou Sir Tristão, filho do Rei Meliadus de Lyonesse.

– Ah! – disse Sir Ector. – Quem dera a Deus eu o soubesse antes de enfrentá-lo, pois sua fama já chegou até estas paragens, e têm-se ouvido tantas notícias de

---

66. O teixo (*Taxus baccata*) é planta de folhas venenosas, natural, bastante difundida na Europa, partes da África e da Ásia. Seu tronco oferece madeira ao mesmo tempo flexível e dura, sendo por isso muito utilizada, na Idade Média, para o fabrico de arcos e flechas, bem como de outros armamentos.

sua coragem que poetas e menestréis fazem muitas cantigas a seu respeito.[67] Eu, que aqui lhe falo, chamo-me Sir Ector, de sobrenome "de Maris", e meu companheiro é Sir Morganor de Lisle.

– Ora! – exclamou Sir Tristão. – Quem dera eu também soubesse quem eram antes de lutar contra os dois, pois prezo os cavaleiros da Távola Redonda mais do que quaisquer outros no mundo, e acima de todos, Sir Ector, admiro seu nobre irmão, Sir Lancelot do Lago. Portanto me envergonho sobremaneira se hoje lhe causei algum mal.

Ao ouvir aquilo Sir Ector riu:

– Bem – disse ele –, não se preocupe, pois fomos nós que o desafiamos sem perguntar quem era, e só o que fez foi defender-se. Estávamos a caminho de Camelot, lá adiante, quando tivemos essa desfortuna, pois o Rei Arthur está lá neste instante com sua corte reunida. Portanto agora, se nos permitir seguir caminho, iremos até o Rei e lhe contaremos que está aqui, pois sabemos que isso o deixará muito feliz.

Assim Sir Tristão deu-lhes permissão para partir, e fizeram-no com muitas palavras de amizade e apreço. Depois que partiram, Sir Tristão voltou para sua tenda e comeu e bebeu do que lhe trouxeram.

Pois bem, algum tempo depois da partida de Sir Ector e Sir Morganor, enquanto Sir Tristão ainda descansava em sua tenda, chegou ali um cavaleiro desacompanhado, e esse cavaleiro vinha com uma armadura toda branca, e seu escudo era todo revestido de couro branco, de modo que não era possível discernir que insígnia trazia.

Chega um cavaleiro de armadura branca

Quando esse cavaleiro branco chegou até o local onde Sir Tristão e seus companheiros haviam erguido suas tendas, deteve-se, como Sir Ector e Sir Morganor fizeram antes, pois desejava saber que cavaleiros eram aqueles. Naquele momento Gouvernail estava sozinho em frente à tenda de Sir Tristão, e o cavaleiro branco indagou-lhe:

– Senhor, por gentileza, poderia dizer-me a que cavaleiro pertence a tenda?

Gouvernail então pensou consigo mesmo: "Eis mais um cavaleiro que vem desafiar meu amo. Talvez venha a trazer ainda mais glória a Sir Tristão." Então respondeu ao cavaleiro branco:

---

67. Era assim, por via oral e pela voz dos menestréis, como diz Pyle (ou "bardos", mais bem contextualizados), que circulavam as chamadas canções de gesta. Trata-se de poemas épicos, a maioria deles em francês arcaico e geralmente anônimos, versando as façanhas guerreiras dos grandes barões merovíngios e carolíngios. Os mais conhecidos giram em torno das lendas sobre Carlos Magno e companheiros (por exemplo, a *Canção de Rolando*, séc.XI), em suas lutas contra o Islã; outros "ciclos" destacam figuras ilustres como Girard de Roussillon, Ogier Le Danois, Raoul de Cambrai etc.

– Senhor, não posso dizer-lhe o nome do cavaleiro pois é meu amo, e se ele desejar dizer-lhe o seu nome, ele mesmo o fará.

– Muito bem – disse o cavaleiro branco –, então irei agora mesmo perguntar a ele.

Em seguida cavalgou até onde o escudo de Sir Tristão estava pendurado e desceu-lhe um golpe tão violento, que emitiu um ruído muito alto e inequívoco.

Então imediatamente Sir Tristão e vários de seus companheiros saíram da tenda, e Sir Tristão disse:

– Senhor Cavaleiro, por que golpeia meu escudo?

– Senhor – disse o cavaleiro branco –, golpeio seu escudo para chamá-lo até aqui, para que me diga seu nome, pois indaguei-o a seu escudeiro e ele não me quis dizê-lo.

– Nobre Cavaleiro – falou Sir Tristão –, tampouco direi meu nome enquanto eu não retirar a afronta que deixou no meu escudo com o golpe que lhe deu. Pois ninguém pode encostar em meu escudo sem que tenha que lutar comigo pela afronta que me causou.

– Bem – disse o cavaleiro branco –, como queira.

Então Sir Tristão foi logo em seguida até a sua tenda acompanhado por vários outros, que nele colocaram o elmo e armaram-no com todo o necessário para a luta. Depois disso, Sir Tristão saiu e montou em seu cavalo, tomou sua lança na mão e preparou-se todo para a batalha, enquanto o cavaleiro branco aguardava-o muito calmo e resoluto. Então Sir Tristão posicionou-se, e o cavaleiro branco fez o mesmo. Quando estavam totalmente preparados, lançaram-se um contra o outro com tal violência que o estrondo da investida aterrorizou aqueles que a ela assistiam.

Sir Tristão trava batalha contra o cavaleiro branco

Os dois cavaleiros logo se chocaram no meio do caminho, e cada um golpeou o outro bem no centro do escudo. Naquele embate as lanças dos cavaleiros romperam-se em mil pedaços, sobrando somente os cabos pelos quais as empunhavam. E os golpes que lançavam um no outro eram tão terríveis que os dois cavalos acabaram tombando para trás, e foi somente graças à exímia habilidade de cada cavaleiro que os corcéis puderam pôr-se novamente em pé. Quanto a Sir Tristão, aquele tinha sido o pior murro que jamais recebera em toda a sua vida.

Mas Sir Tristão logo saltou de sua sela, puxou a espada e empunhou seu escudo. Então gritou:

– Ei, Senhor Cavaleiro! Exijo que desça do seu cavalo e lute comigo homem a homem.

– Muito bem – disse o cavaleiro branco –, será como deseja.

E em seguida também saltou de sua sela, puxou a espada e empunhou o escudo, colocando-se em prontidão para a batalha, como Sir Tristão fizera.

Em seguida os dois enfrentaram-se, e começaram a lutar com tal fervor que de cada golpe voavam faíscas. E quanto mais Sir Tristão arremetia e golpeava, mais o cavaleiro branco arremetia e golpeava, de modo que todos os cavaleiros da Cornualha que a tudo assistiam admiravam-se com a ferocidade e força dos combatentes. Cada cavaleiro atingiu o outro com tantas investidas e duras estocadas de espada que as armaduras foram ficando todas amassadas e partidas, e o sangue que escorria ia tingindo seu brilho de vermelho. Assim ficaram lutando por mais de uma hora, e nenhum dos dois cavaleiros parecia ceder ou ganhar vantagem sobre o outro.

Só que, passado algum tempo, Sir Tristão começou a sentir-se mais cansado de lutar do que jamais sentira em toda a sua vida, e foi se dando conta de que aquele era o maior cavaleiro que jamais enfrentara. Mas ainda assim não lhe cedia terreno, e de sua parte seguia lutando, e lutando com grande destreza e habilidade até que, de repente, escorregou num pouco de seu próprio sangue e, estando tão cansado, caiu de joelhos e não conseguia mais levantar-se.

Sir Tristão cai na batalha

Naquele momento o cavaleiro branco poderia tê-lo facilmente derrubado se assim quisesse. Mas, em vez disso, deteve-se e estendeu a mão a Sir Tristão, dizendo:

– Senhor Cavaleiro, levante-se e fique de pé para que recomecemos a luta, se assim desejar, pois não desejo aproveitar-me de seu tombo.

Sir Tristão ficou muito admirado com a extraordinária cortesia do seu adversário, do mesmo modo como já se admirara com sua coragem. E por causa daquela cortesia, decidiu não mais lutar, mas permaneceu apoiado na sua espada, ofegante. Então disse:

– Senhor Cavaleiro, peço pela sua honra de cavaleiro que me diga seu nome e quem é.

– Meu Senhor – disse o cavaleiro branco –, já que me pede pela minha honra de cavaleiro, não poderei recusá-lo. E assim o farei contanto que o senhor, de sua parte, faça-me igual cortesia e me diga primeiro seu nome e grau.

Sir Tristão falou:

– Isto farei. Meu nome é Sir Tristão de Lyonesse, e sou filho do Rei Meliadus daquele reino que me deu meu sobrenome.

– Ah, Sir Tristão – disse o cavaleiro branco –, muitas vezes ouvi falar de si e de sua mestria em armas, e hoje pude confirmar que sua fama e todas as coisas que dizem a seu respeito são verdadeiras. Devo dizer-lhe que, até hoje, jamais encontrara alguém que se igualasse a mim. Pois não sei como teria terminado esta batalha caso o senhor não escorregasse e caísse por acaso, como aconteceu. Meu nome é Sir Lancelot, de sobrenome "do Lago", e sou filho do Rei Ban de Benwick.

Sir Lancelot se revela

Ao ouvir aquilo, Sir Tristão exclamou bem alto:

– Sir Lancelot! Sir Lancelot! Era então contra o senhor que eu lutava? Preferia que qualquer coisa tivesse me acontecido menos isto, pois é a pessoa no mundo cuja amizade e o afeto mais desejo.

Então, quando terminou de falar, Sir Tristão imediatamente se ajoelhou e disse:

– Senhor, aqui me rendo, tendo sido vencido tanto por sua coragem como por sua cortesia.[68] Portanto, declaro de coração que o senhor é o maior cavaleiro do mundo, o qual nenhum outro cavaleiro pode sonhar derrotar, pois quando eu já não podia mais lutar o senhor poderia me ter facilmente matado, depois que fui ao chão.

Sir Tristão rende-se a Sir Lancelot

– Não, Sir Tristão – disse Sir Lancelot –, levante-se, e não se ajoelhe diante de mim pois não desejo aceitar sua submissão, já que não foi possível provar qual de nós dois é o melhor cavaleiro. Portanto, que nenhum de nós se renda ao outro, mas sigamos amigos como irmãos em armas.

Então Sir Tristão levantou-se novamente.

– Bem, Sir Lancelot – disse –, o que quer que ordene será feito. Mas há algo que preciso fazer por causa desta batalha.

Então encarou sua espada, que trazia desembainhada e ensanguentada na mão, e disse:

– Boa espada, foste minha amiga e me serviste em tantas batalhas, mas hoje foi a última vez que me serviste.

Em seguida, segurou a lâmina com ambas as mãos – uma na ponta e a outra no cabo – e quebrou a lâmina sobre seu joelho. Depois arremessou os pedaços para longe.

Sir Tristão quebra sua espada

Vendo aquilo, Sir Lancelot exclamou bem alto:

– Ora, Senhor! Por que fez isto? Quebrar a própria espada, tão boa?

– Senhor – disse Sir Tristão –, hoje foi o dia em que esta espada recebeu a maior honra que uma espada poderia receber, pois foi batizada com o seu

---

68. Confirmando a nota 31, note-se que coragem e cortesia são valores que andam juntos, que se completam – e não excludentes, como se poderia pensar.

Sir Tristão ceia com Sir Lancelot.

sangue.[69] Portanto, para que nada mais lhe aconteça que diminua tamanha honra, quebrei-a, e assim sua honra jamais será menor do que é agora.

Ao ouvir aquilo, Sir Lancelot correu até Sir Tristão e apertou-o entre seus braços, exclamando:

– Tristão, creio que és o cavaleiro mais nobre que jamais encontrei!

---

69. Lembrando sempre que toda simbologia deve ser contextualizada, o sangue, em sentido geral, simboliza os valores do fogo, do calor e da vida, características que emanam do sol, veículo de vida. Aqui se associa, ainda, a tudo o que é belo, nobre, elevado, generoso – participando, por extensão, do simbolismo da cor vermelha. O sangue corresponde também ao calor vital e corporal, no oposto da luz (ver nota 53), que lembra antes o sopro do espírito. Na passagem em questão, o sangue remete inclusive aos costumes feudais e aos laços de linhagem (ver nota 44), próprios da Ordem cavaleiresca. Por isso Tristão quebra a espada: "assim sua honra jamais será menor do que é agora".

E Sir Tristão respondeu:

– E a ti, Lancelot, amo mais que a um pai ou a um parente.

E assim beijaram-se no rosto[70] e todos aqueles que assistiam emocionaram-se tanto com aquela cena, que muitos choravam de pura alegria.

Em seguida, foram até a tenda de Sir Tristão e lá se desarmaram. Vieram então vários atendentes que eram excelentes curandeiros e examinaram suas feridas, limpando-as e aplicando-lhes curativos. E vários outros atendentes vieram trazendo vestes macias, com as quais vestiram os cavaleiros para que seus corpos ficassem confortáveis. E ainda vieram outros atendentes trazendo bom vinho e bisnagas de pão,[71] e assim sentaram-se juntos à mesa e cearam alegremente, sentindo-se muito recuperados.

Sir Tristão e Sir Lancelot ceiam juntos

Essa foi a história do famoso embate armado entre Sir Lancelot e Sir Tristão, e peço a Deus que vocês tenham gostado de lê-la tanto quanto eu gostei de escrevê-la.

Pois bem, enquanto Sir Lancelot e Sir Tristão conversavam agradavelmente na tenda de Sir Tristão, de repente entrou um escudeiro e foi até onde estavam. O escudeiro anunciou:

– Senhores, aí vem o Rei Arthur, e já vem chegando.

Nisso, antes mesmo que o escudeiro terminasse, ouviu-se do lado de fora o sonoro tumulto de cavalos chegando e o agradável som metálico das armaduras, e logo em seguida o alto rumor de muitas vozes que se erguiam numa aclamação.

---

70. Esse beijo no rosto (gesto visto em outros episódios deste livro), além de assinalar cavaleiros pertencentes à mesma Ordem, insere-se no ambiente mais amplo da feudalidade e, nela, do ritual de vassalagem (ver nota 16) ou de "contratação", que tornou comum o beijo simbólico. Começava pela "homenagem", como ensina Marc Bloch (*A sociedade feudal*): dois homens estão frente a frente; um quer "servir" e o outro aceita "ser chefe"; o primeiro junta as mãos e, ajoelhado, coloca-as entre as deste, em sinal de submissão, com algumas palavras breves; em seguida, beijam-se na boca, pelo acordo e por amizade.

71. O pão era o alimento-base da sociedade medieval, sendo que cada pessoa consumia pelo menos meio quilo por dia, principalmente a população camponesa. Os ricos usavam-no em quantidade moderada, como suporte da carne. A força desse hábito, um indicativo civilizacional, está registrada na oração do Pai-Nosso: "o pão nosso de cada dia nos dai hoje", ou em expressões como "ganhar seu pão". Recorde-se, ainda, que um dos gestos mais significativos da caridade cristã ensinava a "repartir o pão".

O Rei Arthur
vai até a tenda
de Sir Tristão

Logo Sir Lancelot e Sir Tristão ergueram-se de onde estavam e, justo quando o faziam, as cortinas da entrada da tenda abriram-se, e surgiu o Rei Arthur em pessoa, envolto em toda a glória da sua realeza.[72]

Sir Tristão correu até ele e teria se lançado ao chão de joelhos, mas o Rei Arthur impediu-o de fazê-lo. O grande rei segurou-lhe a mão e ergueu-o, dizendo:

– Senhor, por acaso é Sir Tristão de Lyonesse?

– Sim – disse Sir Tristão –, sou ele mesmo.

– Ah! – disse o Rei Arthur. – É a pessoa no mundo que eu mais desejava ver neste momento.

E beijou Sir Tristão no rosto, e disse:

– Bem-vindo, Senhor, a esta terra! Bem-vindo! E três vezes bem-vindo!

Então Sir Tristão pediu ao Rei Arthur que ficasse e comesse algo, e o Rei disse que o faria. Sir Tristão então conduziu-o e fê-lo sentar-se na cabeceira da mesa. E Sir Tristão teria ele próprio lhe servido vinho e pão, mas o Rei Arthur não lhe permitiu, pedindo a Sir Tristão que se sentasse à sua direita,[73] e Sir Tristão obedeceu. Em seguida, o Rei Arthur conversou de muitas coisas com Sir Tristão, e principalmente sobre o Rei Meliadus, pai de Sir Tristão, e sobre a corte de Lyonesse.

Então, passado algum tempo, o Rei Arthur disse assim:

– Senhor, ouvi falar que toca a harpa maravilhosamente.

E Sir Tristão disse:

– É o que dizem, Milorde.

O Rei Arthur disse:

– Muito me agradaria ouvi-lo tocar e cantar.

Ao que Sir Tristão respondeu:

– Milorde, farei com alegria o que lhe der prazer.

Em seguida, Sir Tristão deu ordens a Gouvernail, e Gouvernail lhe trouxe sua harpa de ouro brilhante, e a harpa reluzia com enorme resplendor sob a fraca luz da tenda.

---

72. É desse ângulo que o Rei Arthur passou à história, imagem lendária de um grande soberano, acrescida dos estereótipos criados pela moderna indústria cinematográfica...

73. De acordo com o simbolismo pelo qual a Idade Média compreendia a vida – a realidade concreta como simulacro ou representação do Além – também a noção de "direita" e "esquerda" tem significado mais amplo do que o puramente espacial. Pertence a longa tradição, não só à cristã, a ideia de que o lado direito é o do Bem, em oposição ao esquerdo, o do Mal; o pensamento misógino medieval apropriou-se dessa polaridade inclusive para situar à esquerda as mulheres e suas tentações demoníacas, sendo a direita o posto do macho. A cisão direito/esquerdo tem reforço bíblico: na caverna, quando Davi se sente abandonado, é para a direita que ele olha em busca do auxílio da divindade (Salmo 141:5); no *Apocalipse*, João recebe o famoso "livro selado" da "mão direita do que se assentava no trono" (5:7).

Sir Tristão tomou a harpa nas mãos, afinou-a e começou a to-car. E tocava e cantava de maneira tão cativante que aqueles que lá estavam escutavam em silêncio, com a respiração presa. Nenhum deles jamais escutara nada parecido com a melodia que Sir Tristão cantava, pois era como se algum anjo estivesse cantando para aqueles que lá estavam.[74]

Sir Tristão canta para o Rei Arthur

Assim, quando Sir Tristão terminou, todos que ali estavam aclamaram e elogiaram vivamente seu canto.

– Ah, Senhor! – falou o Rei Arthur. – Muitas vezes em minha vida escutei ótimas canções, mas jamais havia escutado um canto como esse. Gostaria que pudéssemos tê-lo sempre aqui na corte e que jamais partisse.

E Sir Tristão disse:

– Milorde, também eu gostaria de permanecer sempre ao seu lado, junto com os nobres cavaleiros de sua corte, pois jamais conheci gente que estimasse tanto como os estimo.

Assim passaram o tempo, partilhando grande amizade e alegria, e por aquele momento Sir Tristão até se esqueceu de sua missão e sentiu o coração feliz e satisfeito de ter ido parar ali por conta daquela terrível tempestade.

Agora então lerão como terminam todas estas aventuras, e o que aconteceu a Sir Tristão.

---

74. Esse canto suave condiz com a luz diáfana que emana de Tristão, conforme descrita na nota 53.

Capítulo Sétimo

Como Sir Tristão conversou com o Rei Angus da Irlanda; como assumiu defender a causa do Rei Angus e o que aconteceu depois

Pois bem, enquanto Sir Tristão, o Rei Arthur e Sir Lancelot conversavam de coisas agradáveis e amistosas na tenda de Sir Tristão, como já foi contado, súbito Gouvernail entrou. Foi direto até Sir Tristão, curvou-se sobre seu ombro e sussurrou no seu ouvido:

Sir Tristão tem notícias do Rei Angus

– Senhor, acabo de saber que o Rei Angus da Irlanda está agora mesmo em Camelot na corte do Rei.

A isso Sir Tristão voltou-se para o Rei Arthur e disse:

– Milorde, meu escudeiro avisa-me que o Rei Angus da Irlanda encontra-se aqui em Camelot. Então pergunto-lhe: é verdade isto?

– Sim – disse o Rei Arthur –, é verdade. Mas qual é o problema?

– Bem – disse Sir Tristão –, estava a caminho da Irlanda para ir ter com o Rei Angus, quando eu e meus companheiros viemos dar aqui por conta de uma terrível tempestade. Contudo, quando encontrá-lo, não estou seguro se o Rei Angus me tratará como amigo ou inimigo.

– Ah! – disse o Rei Arthur. – Não precisas te preocupar com o modo como o Rei Angus te tratará, pois encontra-se neste momento tão angustiado que precisará de todos aqueles que quiserem ser seus amigos, e de todos os inimigos que quiserem fazer as pazes com ele. Neste exato momento sua reputação comigo ou em minha corte não é das melhores, pois o caso é o seguinte: há algum tempo, depois que partiste da corte da Irlanda, lá chegou Sir Blanor de Gaunes (que vem a ser primo-irmão de Sir Lancelot do Lago) e junto com Sir Blanor vinha um companheiro chamado Sir Bertrand do Rio Rubro. Esses dois cavaleiros foram até a Irlanda para acumular honras naquela corte. Enquanto estavam naquele reino, realizaram-se muitas justas e torneios, e em todos Sir Blanor e Sir Bertrand saíram vitoriosos, e todos os cavaleiros da Irlanda que os desafiavam sofriam humilha-

Como Sir Bertrand foi morto na Irlanda

ção em suas mãos. Aquilo deixou muitos dos cavaleiros irlandeses, bem como o Rei da Irlanda, muito zangados. Pois bem, aconteceu que certo dia Sir Bertrand foi encontrado morto, assassinado numa encruzilhada da floresta do Rei, e quando Sir Blanor ficou sabendo, ficou furioso que seu companheiro tivesse sido morto de modo assim tão traiçoeiro. Então partiu imediatamente da Irlanda e retornou para cá, e assim que chegou veio ter comigo e acusou o Rei Angus de traição por causa desse assassinato. Portanto, agora o Rei Angus aqui está, por ordem minha, para que responda à acusação e se defenda, pois Sir Blanor diz que defenderá a verdade da acusação com o próprio corpo. Quanto ao Rei da Irlanda, este não consegue achar nenhum cavaleiro que aceite participar do desafio, pois, como todos sabem, não só Sir Blanor é um dos maiores cavaleiros do mundo como, além disso, quase todos duvidam da inocência do Rei Angus nesse caso. Portanto, podes ver que o Rei Angus neste momento precisa muito mais de amigos do que de inimigos.

– Milorde – disse Sir Tristão –, essa é uma notícia excelente, pois agora sei como poderei conversar com o Rei Angus sem correr perigo, e que ele certamente me receberá como amigo.

Assim, depois que o Rei Arthur e sua corte partiram – quando a tarde já começava a cair – Sir Tristão chamou Gouvernail e pediu-lhe que preparasse seus cavalos. Quando Gouvernail terminou de fazê-lo, montaram e partiram sozinhos até onde o Rei Angus estava hospedado. Quando lá chegaram, Sir Tristão exigiu falar com o Rei, e em seguida os atendentes que lá estavam levaram-no até a presença do Rei Angus.

Porém, quando o Rei Angus reconheceu Sir Tristão e viu um rosto que era ao mesmo tempo familiar e gentil, soltou uma exclamação de alegria e correu até Sir Tristão, abraçando-o e beijando-o no rosto. Não cabia em si de felicidade de encontrar um amigo naquele antro de inimigos.

O Rei Angus dá boas-vindas a Sir Tristão

Então Sir Tristão disse:

– Milorde, como vai passando?

Ao que o Rei Angus respondeu:

– Tristão, nada bem, pois me encontro sozinho no meio de inimigos sem ninguém que queira ser meu amigo e, se não encontrar logo algum cavaleiro para ser meu campeão amanhã ou depois de amanhã, com certeza pagarei com a vida pelo assassinato de Sir Bertrand do Rio Rubro. Mas onde poderei encontrar alguém que aceite ser meu campeão e defender minha inocência aqui, onde só encontro inimigos? Ai de mim, Tristão! Não há ninguém no mundo que possa ajudar-me exceto tu, pois tu somente, de todos os cavaleiros do mundo que não fazem parte dos cavaleiros da Távola Redonda,[75] poderias enfrentar um herói tão excelente e forte!

---

75. De origem incerta, fragmentariamente transmitida, a vasta "matéria tristaniana" teve que esperar a prosificação efetiva do gênero novelesco, ocorrida no séc.XIII, para ser incluída nas chamadas grandes séries cíclicas da "matéria arturiana" (*Vulgata* e *Pós-Vulgata*). É quando

– Milorde – disse Sir Tristão –, sei muito bem das enormes dificuldades que lhe sobrevêm agora, e é por causa disto que vim até aqui visitá-lo. Não esqueci que lhe disse, quando salvou minha vida na Irlanda, que talvez viesse o dia em que eu poderia ajudá-lo como amigo quando o senhor estivesse em apuros. Portanto, se aceitar duas condições, então ofereço-me neste momento para ser seu campeão.

– Ah, Tristão – falou o Rei Angus –, o que me dizes é de fato muito bom, pois creio que não há outro cavaleiro no mundo (exceto Sir Lancelot do Lago) tão forte e valoroso como tu. Então diz quais são as duas condições necessárias, e, se me for possível, elas serão satisfeitas.

– Senhor – disse Sir Tristão –, a primeira é a seguinte: que me convença de que é completamente inocente da morte de Sir Bertrand. A segunda é que me conceda qualquer favor que eu lhe peça.

Então o Rei Angus levantou-se e puxou sua espada, dizendo:

– Tristão, olha bem: eis aqui minha espada: seu cabo e sua lâmina formam o sinal da cruz perante o qual todos os cristãos prostram-se para rezar. Olha! Vê! Beijo aqui este sinal sagrado e faço um juramento solene por este símbolo santificado,[76] e assim juro pela minha honra de cavaleiro que sou completamente inocente da morte do cavaleiro nobre e honroso em questão.[77] Tampouco sei como foi que encontrou a morte, pois desconheço qualquer informação dessa vilania. Então, caro cavaleiro, estás agora convencido da minha inocência?

O Rei Angus jura inocência para Sir Tristão

E Sir Tristão disse:

– Estou.

Então o Rei Angus disse:

– Quanto ao favor que queres que eu te faça, eu o faria de todo modo pelo amor que te tenho. Portanto deixa-me ouvir o que queres me pedir.

Tristão passa a fazer parte da Távola Redonda, participa da busca do Santo Graal e torna-se amigo de Lancelot e Galvan.

76. A espada é a arma mais representativa do cavaleiro, porque é com ela que é investido no ritual de sagração e é sobre ela que faz os juramentos. O leitor não deve perder de vista que a simbologia da espada é ampla e que Howard Pyle adota a perspectiva da "matéria de Bretanha" cristianizada. Ela foi muito bem sintetizada por Raimundo Lúlio: de seu ponto de vista, a espada tem a semelhança da cruz, com a finalidade de significar que assim como nosso Senhor Jesus Cristo venceu na cruz a morte, herança que recebemos pelo pecado de Adão, também o cavaleiro deve vencer e destruir os inimigos da cruz.

77. Note-se que, para convencer-se da inocência do Rei Angus, basta a Tristão a "palavra dada", conforme se mostra na sequência do episódio, porque ela é feita – reitere-se – sob juramento entre cavaleiros.

– Milorde – exclamou Sir Tristão –, trata-se de um favor que eu preferiria morrer a pedir, e é o seguinte: que me dê sua filha, Lady Isolda, a Bela, para desposar meu tio, o Rei Mark da Cornualha.

Sir Tristão faz seu pedido

Aquelas palavras deixaram o Rei Angus em silêncio por um longo tempo, olhando Sir Tristão de modo muito estranho. Até que finalmente disse:

– Caro senhor, é um pedido muito singular que me fazes, pois pelo que me disseste no passado e pelo que disseste à minha filha, eu pensava que desejavas ter Lady Isolda para ti. Portanto não consigo entender por que não a pedes em teu nome, em vez de pedi-la em nome do Rei Mark.

Então Sir Tristão exclamou, desesperado:

– Meu Senhor, amo aquela dama tão gentil muito mais do que amo minha própria vida, mas neste caso estou cumprindo uma promessa feita pela minha honra de cavaleiro, e feita ao Rei da Cornualha, que foi quem me sagrou cavaleiro. Fiz a promessa sem sabê-lo, e agora estou pagando pela minha impulsividade.[78] No entanto, por Deus, preferia que tomasse a espada que traz em sua mão e com ela atravessasse meu coração, pois me seria melhor morrer do que cumprir a obrigação com a qual me comprometi.

– Bem – disse o Rei Angus –, sabes muito bem que não te matarei, mas que farei o favor que me pediste conforme prometi. Quanto ao que farás neste caso, somente perante Deus e tua própria honra de cavaleiro é que poderás decidir se é melhor cumprir a promessa que fizeste ao Rei da Cornualha ou quebrá-la.

Então Sir Tristão exclamou novamente, com a alma torturada:

– Milorde, não sabe o que diz, tampouco os tormentos que me afligem neste momento.

E em seguida levantou-se e partiu, pois envergonhava-se que alguém visse a emoção que lhe sobrevinha.

E AGORA SERÁ NARRADA a famosa batalha entre Sir Tristão e Sir Blanor de Gaunes,[79] sobre a qual tanto já se escreveu em todas as histórias de cavalaria que se dedicam a estes assuntos.

---

78. A "promessa feita sob impulsividade" rende dramáticos episódios na "matéria de Bretanha", pelo fato de não se poder quebrar a palavra empenhada. Por exemplo, na *Demanda do Santo Graal*: o cavaleiro Erec promete a uma "donzela aleivosa" conceder-lhe "o dom" que ela quiser; e o que ela pede é nada menos do que a cabeça da irmã de Erec. Prensado por uma escolha dolorosa, Erec degola a irmã, fiel ao juramento feito, mas amarga um remorso sem fim, pelo resto de seus dias.

79. É filho de Nestor e irmão de Blioberis; portanto, da linhagem do Rei Ban e aparentado a Lancelot, Heitor e Boorz.

Pois bem, quando veio a manhã seguinte – clara e bela, com o sol brilhando muito aceso –, uma multidão de gente começou a dirigir-se até o local onde se tinham erguido arquibancadas especialmente para aquela batalha decisória. O local ficava numa planície verde coberta de relva muito formosa, pontilhada de flores, e não ficava muito distante das muralhas da vila ou da estrada que levava aos portões da mesma.

Aquele era, de fato, um belo local para a batalha, pois de um lado ficavam os campos abertos, todos alegres com brotos primaveris e flores, e do outro ficavam as muralhas da vila. No topo das muralhas havia muitas torres altíssimas – algumas feitas de pedra e outras de tijolo – que se erguiam até o céu claro e luminoso, cheio de nuvens passageiras vagando feito grandes cisnes numa imensidão azul. E para além das muralhas da vila podiam-se ver muitas belas casas com janelas envidraçadas que brilhavam, refletindo o céu. Assim pode-se ter uma ideia de como era belo o local onde aquela violenta batalha estava prestes a acontecer.

Sobre a planície da batalha

Enquanto isso, grandes multidões aglomeravam-se na planície da batalha, enquanto outros penduravam-se feito moscas nas muralhas da vila[80] para observar dali aquela planície tão bela, com seu tapete de flores estendido. Um lado do campo de batalha estava ladeado de assentos suspensos, todos forrados de belos tecidos de várias texturas e cores. Bem no centro deles havia dois assentos cobertos com toldos de panos escarlates, e um desses lugares era para o Rei Arthur e o outro era para o Rei Angus da Irlanda.

No meio da planície Sir Blanor trotava bem orgulhoso de um lado para outro. Ostentava uma armadura vermelha, e os apetrechos e arreios de seu cavalo eram todos vermelhos, de modo que desfilava no campo como uma tocha vermelha.[81]

– Senhor – disse o Rei Arthur ao Rei Angus –, lá está um cavaleiro muito forte, poderoso e nobre. Onde é que encontrará alguém que ousaria enfrentá-lo na batalha que se aproxima?

---

80. Óbidos, em Portugal; Ávila, na Espanha; Carcassonne, no Languedoc francês; Dubrovnik, na Croácia, são apenas alguns exemplos de "cidades muradas" europeias que resistem ao tempo. Feitas rigorosamente com intenção defensiva, hoje dividem a "cidade antiga" (ou "centro velho") da "cidade nova", geralmente construída fora dos muros. Na Idade Média, esses muros altíssimos resguardavam de ataques inimigos.

81. Note-se que a coloração da armadura e seus apetrechos foi intencionalmente escolhida: o vermelho é a cor do fogo e do sangue. Em muitas culturas, simboliza o princípio da vida e não raras vezes, o da morte, principalmente em campo de batalha. Além disso, é a cor da libido e da paixão. Para a Igreja dos sécs.XII-XIII, o vermelho é, ao lado do branco e do negro, uma das "cores de base", lembrando o sangue derramado por e para Cristo, como se comemora nas festas dos Apóstolos e dos Mártires.

– Senhor – disse o Rei Angus –, creio que Deus me elegeu um defensor neste momento de provação, pois Sir Tristão de Lyonesse veio ter comigo ontem e ofereceu-se para representar-me nesta disputa. Como não creio que haja cavaleiro melhor em toda a cristandade, vejo-me aqui hoje cheio de esperanças de que minha inocência será provada àquele que me acusa.

O Rei Angus apresenta Sir Tristão como seu campeão

– Ora – disse o Rei Arthur –, se Sir Tristão será seu campeão neste duelo, então realmente creio que encontrou um excelente defensor.

Então logo veio Sir Tristão em seu cavalo, acompanhado somente por Gouvernail. E vinha ostentando uma armadura brilhante e polida, reluzindo como uma estrela de enorme resplendor ao adentrar o campo de batalha. Foi direto até o Rei Arthur e saudou-o. O Rei Arthur disse:

– Senhor, que tipo de cavaleiro é?

– Milorde – ele retrucou –, sou Sir Tristão de Lyonesse, e vim defender o Rei Angus que está aqui ao seu lado, pois creio-o inocente do crime do qual o acusam, e estou pronto a empenhar meu corpo para provar que isso é verdade.

– Bem – falou o Rei Arthur –, o Rei acusado com certeza tem aí um excelente campeão. Portanto vá e cumpra o seu dever, e que Deus defenda a verdade.[82]

Em seguida, cada cavaleiro tomou uma lança bem robusta na mão e escolheu o local para o ataque, e cada um empunhou o escudo e elevou a lança. Então, quando estavam os dois prontos, o marechal soou sua trombeta bem alto e, logo em seguida, cada cavaleiro lançou-se contra o outro como um raio. Chocaram-se bem no meio do caminho com tanta violência que a lança de cada um estilhaçou-se da ponta até o cabo. Os cavalos cambalearam para trás e teriam certamente tombado, não fossem os cavaleiros terem conseguido dominar seus corcéis com enorme habilidade e competência.

Sir Tristão luta contra Sir Blanor

Então os dois cavaleiros saltaram de suas selas e puxaram as espadas, enquanto empunhavam os escudos. Em seguida, começaram a lutar homem a homem feito dois javalis[83] – de modo tão feroz e selvagem que era terrível de

---

82. Observe-se a hierarquia nessa decisão, sugestiva de uma rígida organização social: os campeões combatem por uma causa de justiça; fazem-no por ordem do Rei Arthur, máximo soberano terreno; mas a "verdade" só pode ser estabelecida por Deus, a autoridade suprema que decide sobre o Bem e o Mal.

83. A ferocidade da luta, lembrando o choque de dois javalis, talvez se deva ao fato de que, no mundo cristão, o javali é muitas vezes comparado ao demônio, seja por sua impetuosidade, seja por suas devastadoras passagens por florestas e campos. No entanto, o simbolismo desse animal é extremamente antigo e remonta a grande parte das culturas indo-europeias, onde representa a autoridade espiritual, em oposição ao urso, emblema da autoridade terrena. Em alguns relatos, o javali simboliza o reino de Arthur.

ver, pois moviam-se para cá e para lá e estocavam-se um ao outro, arrancando pedaços inteiros de armadura do corpo do adversário.

Durante a batalha, porém, Sir Tristão começou a sair-se melhor e, aos poucos, depois de lutarem por mais de uma hora, Sir Blanor de Gaunes começou a recuar e ceder terreno, deixando seu escudo pender de cansaço. Ao percebê-lo, Sir Tristão subitamente avançou até Sir Blanor e desceu-lhe um golpe tão terrível no ombro direito que o braço de Sir Blanor ficou completamente entorpecido, de modo que ele não mais conseguia segurar a espada.

Sir Tristão derrota Sir Blanor

Então a espada de Sir Blanor caiu na grama e Sir Tristão, ao percebê-lo, correu e pisou nela. Com isso Sir Blanor não pôde mais suster-se, e caiu de joelhos de exaustão e da fraqueza que o dominavam, como se fossem o cansaço e a fraqueza da morte quando vêm chegando.

Então Sir Tristão disse:

– Senhor Cavaleiro, não lhe é mais possível continuar lutando. Agora peço que se renda a mim, já que foi derrotado nesta luta.

Sir Blanor então retrucou, numa voz rouca que soava do fundo de seu elmo:

– Senhor Cavaleiro, derrotou-me pela sua força e coragem, mas não me renderei nem agora, nem nunca, pois isto significaria uma humilhação tão grande que preferiria morrer. Sou um cavaleiro da Távola Redonda, e jamais havia sido derrotado assim por ninguém. Então pode matar-me, mas não me rendo.

Então Sir Tristão exclamou:

– Senhor Cavaleiro, peço-lhe que se renda, pois não está mais em condições de continuar lutando hoje.

Sir Blanor disse:

– Não me rendo, portanto dê logo o golpe e termine com isso.

Sir Tristão ficou sem saber o que fazer, mas ficou ali hesitante, olhando para Sir Blanor. Então Sir Blanor disse novamente:

– Dê o golpe, Senhor Cavaleiro, e termine com isso.

Ao que Sir Tristão disse:

– Não posso golpeá-lo para matá-lo, Sir Blanor de Gaunes, pois seu sangue é o mesmo sangue de Sir Lancelot do Lago, e jurei a ele fraternidade em armas. Portanto peço-lhe agora que se renda.

Sir Blanor disse:

– Não, não me rendo.

– Bem – disse Sir Tristão –, então terei que fazer o mesmo que fiz ontem.

Assim falando, Sir Tristão tomou sua espada com ambas as mãos e girou-a várias vezes em volta da cabeça, e depois lançou-a para bem longe. Estava agora completamente desarmado, exceto somente por sua adaga. Em seguida, estendeu a mão e ergueu Sir Blanor do chão. E abaixou-se e apanhou a espada de Sir Blanor do chão e colocou-a nas mãos de Sir Blanor, dizendo:

Sir Tristão devolve a Sir Blanor sua espada

– Senhor Cavaleiro, agora está armado e eu estou inteiramente desarmado, portanto tem-me em suas mãos. Agora deve ou render-se ou matar-me, já que estou aqui sem arma alguma, pois não posso defender-me, e, embora o tenha derrotado de forma justa, tem agora o poder de matar-me. Portanto faça agora o que quiser de mim.

Sir Blanor ficou estupefato com a magnanimidade de Sir Tristão, e disse:

– Senhor Cavaleiro, qual é seu nome?

E Sir Tristão disse:

– É Tristão, e meu sobrenome é "de Lyonesse".

Ao ouvir aquilo, Sir Blanor foi até Sir Tristão, abraçou-o e disse:

– Tristão, rendo-me a ti, mas por amor e não por ódio. Rendo-me não por causa de tua pujança em armas (embora não creia que haja cavaleiro no mundo, exceto meu primo Sir Lancelot do Lago, que se iguale a ti), mas rendo-me por causa de tua imensa nobreza. Ainda assim gostaria de convencer-me de que o Rei da Irlanda não é um traidor.

– Senhor – disse Sir Tristão –, disso me assegurei completamente antes de entrar nesta contenda, portanto posso garantir, dando minha própria palavra de cavaleiro, que ele é inocente.

– Então – disse Sir Blanor –, também estou convencido, e com isso retiro todas as minhas acusações.

Sir Tristão e Sir Blanor fazem as pazes

Assim, aqueles dois cavaleiros nobres e excelentes deram-se as mãos e foram juntos até o Rei Arthur, e todos os que a sua disputa assistiram deram grandes vivas diante de sua reconciliação. E quando o Rei Arthur os viu se aproximando assim, levantou-se de onde estava, foi até eles e abraçou-os, dizendo:

– Creio que não há mais glória para um rei do que esta, de ter junto dele cavaleiros assim.

E assim terminou essa famosa batalha, com enorme glória para Sir Tristão e sem qualquer demérito para o famoso cavaleiro contra quem lutou.

Depois disso, os dois, junto com o Rei Arthur, o Rei Angus da Irlanda e toda a corte, foram até o castelo de Camelot. Lá, banharam os dois combatentes em água tépida, examinaram e cuidaram de suas feridas e fizeram de tudo para que ficassem o mais à vontade possível.

E foi naquele mesmo dia, enquanto estavam todos festejando no castelo de Camelot, que chegou a notícia de que o nome de Sir Tristão surgira de repente em um dos assentos ao redor da Távola Redonda. Portanto, tão logo terminou o banquete, foram todos ver do que se tratava. Ao chegarem à tenda onde ficava a Távola Redonda, bem ali, ora!, eis que o seu nome estava realmente escrito no assento que antes fora do Rei Pellinore.[84] Era assim que o nome aparecia:

SIR TRISTÃO DE LYONESSE

Assim, no dia seguinte, Sir Tristão foi devidamente saudado como cavaleiro da Távola Redonda com grande pompa e circunstância, e um ou dois dias mais tarde zarpou para a Irlanda junto com o Rei Angus, levando consigo Gouvernail e os cavaleiros da Cornualha que o acompanhavam. Desse modo chegaram à Irlanda sãos e salvos. E como Sir Tristão auxiliara o Rei da Irlanda num momento tão difícil, a Rainha perdoou-o de todo o rancor que guardava contra ele, e assim foi recebido na corte do Rei com grande amizade e altas honrarias.

Sir Tristão torna-se um cavaleiro da Távola Redonda

Por algum tempo Sir Tristão permaneceu na Irlanda sem nada dizer sobre o que o levara lá. Então, certo dia, disse ao Rei Angus:

A estada de Sir Tristão na Irlanda

– Senhor, não se esqueça de cumprir a promessa que me fez em relação a Lady Isolda, a Bela.

O Rei Angus respondeu:

– Tinha esperanças de que, agora que chegamos à Irlanda, terias mudado de ideia. Ainda pensas do mesmo modo que antes, quando falaste comigo?

– Sim – falou Sir Tristão –, pois não pode ser de outra maneira.

– Muito bem, então – disse o Rei Angus –, irei agora ter com minha filha e prepará-la para esse infortúnio que lhe está para acontecer, embora fazê-lo contrarie meu coração. Depois que eu tiver conversado com ela, o resto fica contigo pois, para dizer a verdade, não tenho coragem para mais do que isso.

Então o Rei Angus saiu e demorou muito tempo para retornar. Quando voltou, disse:

– Senhor, vá até lá pois Lady Isolda, a Bela, quer vê-lo.

---

84. Esse é o momento em que Sir Tristão, "de repente" (por magia, na sequência do "merecimento"), passa a fazer parte da mítica Távola Redonda (ver nota 75). Nobilita-o o fato de ocupar o assento que fora de Pellinore, Rei de Listenois e, em alguns relatos, pai de Percival.

Assim Sir Tristão foi até onde o Rei Angus indicara e um pajem conduziu-o. Dali a pouco chegou até onde estava Lady Isolda, e era um grande aposento no alto de uma torre do castelo, logo abaixo do telhado.

Lady Isolda, a Bela, estava no fundo do aposento, e a luz das janelas iluminava o seu rosto. Sir Tristão viu como ela tinha uma beleza extraordinária, e mais parecia um espírito luminoso do que uma dama de carne e osso. Estava toda vestida de branco e seu rosto estava como cera, e ela usava no pescoço e nos braços adornos feitos de ouro com pedras brilhantes de várias cores que resplandeciam com um brilho maravilhoso. Seus olhos cintilavam muito brilhantes e vivos como num estado febril, e Sir Tristão percebeu que lágrimas escorriam e pendiam como pingentes luminosos do seu alvo rosto.

A aparência de Lady Isolda, ao receber Sir Tristão

Assim, por algum tempo Sir Tristão ficou quieto, observando-a de longe. Então, depois de algum tempo, ela disse:

– Senhor, o que fez?

– Senhora – ele disse –, fiz o que Deus quis que eu fizesse, embora preferisse morrer a fazê-lo.

Ela disse:

– Tristão, me traíste.

Ao ouvir aquilo ele exclamou numa voz alta e aguda:

– Não digas isso!

Ela disse:

– Tristão, diz-me agora, é melhor cumprir a promessa que fizeste, sabendo que assim sacrificas tanto minha felicidade quanto a tua para satisfazer teu orgulho e honra, ou é melhor que sacrifiques teu orgulho e quebres tua promessa para que possamos ser os dois felizes? Tristão, peço-te que quebres a promessa que fizeste e que sejamos felizes juntos.

Então Sir Tristão exclamou bem alto:

– Se colocasses a mão no meu peito e arrancasses fora meu coração não me causarias tanta dor quanto a que sinto agora. Não é possível fazer como queres pois me acontece o seguinte: se só coubesse a mim, sacrificaria de bom grado tanto minha vida quanto minha honra por ti. Mas isso não pode ser, dama, pois sou considerado um dos mais nobres cavaleiros da Ordem a que pertenço, portanto não posso pensar somente em mim mesmo, mas também nisto: se desobedeço a uma promessa feita pela minha honra de cavaleiro, não desonro somente a mim mesmo, mas a toda a Ordem a que pertenço. Se assim fizesse, o mundo todo diria: que valor há na Ordem de Cavalaria quando um dos seus principais membros pode quebrar sua promessa quando bem quiser? Portanto, dama, tendo assumido a enorme distinção da Cavalaria, devo cumprir suas obrigações com todo o rigor. Isso mesmo, ainda que, ao cumprir minha promessa, sacrifique a mim mesmo e a ti.

Então Isolda, a Bela, encarou Sir Tristão por algum tempo, depois sorriu-lhe com muita pena e disse:

– Ah, Tristão, creio que tenho mais pena de ti do que de mim mesma.

– Quem dera estivesse aqui morto diante de ti. Mas não morrerei, pois estou inteiramente são e forte, só com o coração dilacerado de tristeza.

Em seguida virou-se e saiu. Somente quando se achou completamente só, sem mais ninguém exceto Deus, escondeu o rosto nas mãos e chorou como se o seu coração se tivesse partido.[85] E assim foi que Sir Tristão cumpriu sua promessa.

Depois disso, o Rei Angus equipou um navio muito imponente e vistoso com velas de cetim bordadas com várias estampas, e preparou o navio para que, em todos os detalhes, estivesse à altura de transportar a filha de um rei e esposa de outro. E era esse o navio que levaria Lady Isolda, a Bela, e Sir Tristão para a Corte da Cornualha.

Foi decidido que certa dama muito valorosa do séquito da Rainha, que havia cuidado de Lady Isolda em criança e continuava a fazer-lhe companhia, deveria acompanhá-la até a Corte da Cornualha. E o nome de tal dama era Lady Bragwaine.[86]

Pois bem, um dia antes que Lady Isolda partisse, a Rainha da Irlanda foi ter com Lady Bragwaine levando um frasco de ouro finamente trabalhado. E a Rainha disse:

– Bragwaine, eis aqui um frasco contendo um elixir muito especial e precioso: é uma bebida tal que, se um homem e uma mulher dela beberem juntos, jamais deixarão de se amar enquanto viverem. Leva este frasco e, quando chegares à Cornualha, depois que Lady Isolda, a Bela, e o Rei Mark tiverem se casado, dá-lhes de beber a ambos deste elixir. Depois que o tiverem bebido, esquecerão todo o resto para somente devotarem-se um ao outro. Dou-te isto para que Lady Isolda consiga esquecer-se de Sir Tristão e ser feliz com o amor do Rei Mark, com quem se casará.

A Rainha da Irlanda envia uma poção do amor para o Rei Mark e Isolda

---

85. Após supostamente perder Isolda, a Bela, Tristão isola-se, chora e mostra apenas a Deus o seu amor frustrado, o que, no mundo guerreiro da Cavalaria, poderia ser sinal de fraqueza (ver também nota 54).

86. Fiel criada e confidente de Isolda, a Bela, é personagem importante na história desta com Tristão, inclusive porque, num dos episódios mais conhecidos de algumas versões, é quem vai para o leito conjugal do Rei Mark, em lugar de sua esposa infiel.

Logo depois Lady Isolda, a Bela, despediu-se do Rei e da Rainha e subiu a bordo do navio que fora preparado para ela. Assim, acompanhada de Sir Tristão e de Lady Bragwaine, embarcou para a Cornualha.

Isolda, a Bela, e Sir Tristão partem para a Cornualha

No entanto, aconteceu que, durante a viagem, Lady Bragwaine entrou de repente na cabine do navio e encontrou Lady Isolda chorando deitada no leito. Lady Bragwaine disse:

– Senhora, por que chora?

Ao que Lady Isolda, a Bela, respondeu:

– Ai de mim, Bragwaine, como posso deixar de chorar sabendo que devo separar-me do homem que amo para casar-me com um outro que não amo?

Lady Bragwaine riu e disse:

– É por isso que chora? Veja! Eis aqui um frasco maravilhoso que parece conter vinho fino. Quando se casar com o Rei da Cornualha, deve provar dele, e o Rei também, e em seguida esquecerão de todo o resto para devotarem-se somente um ao outro.[87] Trata-se de uma extraordinária poção do amor e foi-me dada para ser usada assim. Portanto, seque suas lágrimas, pois a felicidade te aguarda.

Ao ouvir aquilo, Lady Isolda, a Bela, parou de chorar, mas tinha um sorriso estranho nos lábios. Dali a pouco levantou-se e foi ter com Sir Tristão.

Quando se aproximou dele, disse assim:

– Tristão, aceitas tomar uma beberagem junto comigo?

– Sim, dama, ainda que a beberagem me levasse à morte.

Ela disse:

– Não leva à morte, mas a algo bem diferente.

E logo em seguida saiu e foi até a cabine onde o tal frasco estava escondido. E Lady Bragwaine naquele momento não estava lá.

Então Lady Isolda apanhou o frasco do esconderijo, derramou o elixir num cálice de ouro e cristal, e levou-o até onde estava Sir Tristão. Quando chegou, disse:

– Tristão, bebo à tua saúde.

E bebeu metade do elixir que havia no cálice. Então disse:

– Agora bebe o resto à minha saúde.

---

87. Questão que fez correr rios de tinta entre os arturianistas: Tristão e Isolda amam-se mesmo ou o sentimento que os une decorre apenas da ingestão do "elixir muito especial e precioso"? A longevidade desse Amor, que, superados os efeitos do filtro, ainda enfrenta todos os inúmeros obstáculos, sempre com ameaças de morte, responde favoravelmente à primeira hipótese.

Isolda, a Bela, e Sir Tristão bebem da poção do amor.

Sir Tristão e Isolda, a Bela, bebem da poção do amor

Então Sir Tristão tomou o cálice, ergueu-o até os lábios e bebeu todo o resto que lá estava.

Pois bem, assim que Sir Tristão terminou de beber o elixir, sentiu-o correr como fogo por todas as veias de seu corpo. E então exclamou:

– Senhora, o que é que me foi dado para beber?

Ela disse:

– Tristão, era a poderosa poção do amor feita para o Rei Mark e para mim, mas agora nós dois bebemos dela e nunca mais poderemos amar outra pessoa no mundo exceto um ao outro.

Então Sir Tristão agarrou-a em seus braços e exclamou:

– Isolda! Isolda! O que fizeste conosco? Não bastava que eu fosse infeliz, mas escolheste tu mesma seres também infeliz?

Ao que Lady Isolda, a Bela, chorava e ria ao mesmo tempo, encarando Sir Tristão e dizendo:

– Não, Tristão: prefiro sofrer ao teu lado a ser feliz com outro homem.

Ele disse:

– Isolda, isso há de trazer-nos enorme sofrimento.

Ela disse:

– Não me importo, contanto que o compartilhe contigo.

Então Sir Tristão beijou-a três vezes no rosto e logo em seguida afastou-a de si e saiu sozinho, muito angustiado.

Mais tarde chegaram a salvo ao reino da Cornualha, onde Lady Isolda, a Bela, e o Rei Mark casaram-se com grandes pompas e cerimônias, seguidas de banquetes com toda a aparência de celebração.

PARTE II

A História de Sir Tristão e Sir Lamorack

E AGORA será contada a história de Sir Tristão e Sir Lamorack de Gales, como se tornaram irmãos em armas; como Sir Lamorack se ofendeu com Sir Tristão e como se reconciliaram.

Antes de mais nada, contudo, é preciso que saibam que Sir Lamorack de Gales era considerado um dos maiores cavaleiros daqueles tempos. Dizia-se que eram três os maiores cavaleiros do mundo todo, e que os três eram: Sir Lancelot do Lago, Sir Tristão de Lyonesse e Sir Lamorack de Gales.

Sir Lamorack era filho do Rei Pellinore, que, conforme foi contado no Livro do Rei Arthur, tinha sido o maior cavaleiro da sua época. E era irmão de Sir Percival, que se igualava mesmo a Sir Lancelot do Lago, como ainda será contado. Portanto, com três cavaleiros tão grandes e renomados, a família do Rei Pellinore sempre teve lugar de destaque nas histórias de cavalaria. De fato não havia outra família tão famosa, exceto a família do Rei Ban de Benwick, cujos filhos eram dois cavaleiros sem-par: Sir Lancelot do Lago e Sir Galahad, que logrou a busca do Santo Graal.

Com isso espero que apreciem a história de como Sir Tristão e Sir Lamorack conheceram-se, e como se tornaram irmãos em armas.

Capítulo Primeiro

Como Sir Lamorack de Gales chegou a Tintagel e como
ele e Sir Tristão juraram eterna amizade na floresta

DEPOIS DOS ÚLTIMOS ACONTECIMENTOS, Sir Tristão permaneceu vivendo algum tempo na corte da Cornualha, pois o Rei Mark assim ordenara. E buscava de todo modo distrair-se de seus sofrimentos com feitos de coragem. Portanto, naquela época, realizou várias aventuras sobre as quais no momento não poderei contar pois não caberiam aqui. Mas tais aventuras renderam-lhe tantas glórias cavaleirescas que o mundo inteiro comentava sobre o seu valor.

E quanto mais famoso ficava, mais o Rei Mark o odiava, pois não tolerava ver Sir Tristão manter-se tão nobre enquanto sofria de amor por Lady Isolda.

Além disso, Sir Tristão passava bastante tempo caçando com cães e falcões, pois com esses esportes também buscava esquecer, ao menos um pouco, a dor da perda de Isolda, a Bela.

Pois bem, a época do ano deste capítulo era o outono daquele ano, quando a terra estava deslumbrante com os bosques coloridos de ocre e dourado. Pois, assim que o vento soprava, as folhas caíam das árvores feito cascatas douradas, e acumulavam-se por toda parte como lascas de ouro sobre a relva castanha, farfalhando secas e quentes sob os pés e revestindo o mundo todo de esplendor. E, no alto, o céu de um profundo azul ficava coalhado de nuvens brancas que vagavam lentas, enquanto o ar morno perfumava tudo com a fragrância da floresta, e qualquer brisa mais forte derrubava as nozes, que caíam tamborilando no chão como uma chuva de granizo.[88]

Como o mundo estava tão belo e viçoso, Sir Tristão sentia enorme prazer de viver, apesar dos problemas que enfrentava.

Sir Tristão sai a cavalo para caçar

Portanto, saiu muito alegremente a cavalo com seu séquito: iam passando entre as árvores e através dos bosques, alegrando os bosques com a música das

---

88. Sempre dedicado às artes, principalmente à pintura, Howard Pyle celebrizou-se como ilustrador de livros infantojuvenis. Coerentemente com esse traço biográfico, observe-se o cromatismo pictórico deste parágrafo descritivo, onde se apela a todos os sentidos para a reconstituição da Natureza.

trombetas e vozes e com o latido dos cães de caça, tudo soando nos recantos mais remotos da floresta como o doce dobrar de sinos.

Assim Sir Tristão passou toda aquela manhã de outono distraindo-se, e quando veio o meio-dia percebeu que sentia fome. Então deu ordens para aqueles que o auxiliavam que arrumassem a comida numa clareira da floresta. Seguindo as ordens, os atendentes imediatamente abriram várias cestas de vime e delas tiraram uma bela torta de veado, bisnagas de pão, nozes, maçãs e vários frascos e garrafas de bom vinho das terras de França e do Reno. Arrumaram essa abundância de coisas saborosas sobre uma toalha branca como a neve que estenderam sobre o chão.

Pois bem, justo quando Sir Tristão se preparava para sentar-se e saborear desse faustoso banquete, avistou por entre as tênues folhas amareladas um cavaleiro de aspecto muito imponente que cavalgava pela trilha da floresta, não muito longe dali. Vinha com uma armadura toda brilhante e com apetrechos e arreios escarlates que o faziam reluzir como uma chama no meio da folhagem.

Então Sir Tristão disse àqueles que estavam com ele:

– Por acaso conhecem aquele cavaleiro que passa sozinho a cavalo?

Eles responderam:

– Não, Senhor, não o conhecemos.

Sir Tristão disse:

– Vão e peçam ao cavaleiro a gentileza de vir até aqui cear comigo.

Então três ou quatro escudeiros correram até lá e dali a pouco vieram acompanhando-o até Sir Tristão, e Sir Tristão foi recebê-lo.

Então Sir Tristão disse:

– Senhor Cavaleiro, peço-lhe que me diga seu nome e grau, pois parece-me ser alguém muito importante na Ordem de Cavalaria.

– Meu Senhor – falou o outro –, dir-lhe-ei meu nome com prazer se me fizer a mesma gentileza. Sou Sir Lamorack de Gales, e sou filho do finado Rei Pellinore, que foi em seu tempo o maior cavaleiro deste reino. Venho aqui procurando Sir Tristão de Lyonesse, de cuja fama ouço em todas as cortes de cavalaria por onde passo, pois jamais o encontrei e desejaria muito fazê-lo.

Sir Lamorack conhece Sir Tristão   – Bem – falou Sir Tristão –, creio que devo sentir-me muito honrado que tenha tido tanto trabalho por tão pouco, pois eis-me aqui: sou o próprio Sir Tristão de Lyonesse a quem busca.

Então Sir Lamorack imediatamente saltou de seu corcel e, retirando o elmo, foi até Sir Tristão, apertou-lhe a mão e beijou-o no rosto. E Sir Tristão beijou Sir Lamorack também e folgaram bastante juntos.

Em seguida, com a ajuda de alguns dos escudeiros que acompanhavam Sir Tristão, Sir Lamorack retirou a armadura e lavou o rosto, o pescoço e as mãos num riacho da floresta onde corria água fresca e cristalina vinda das matas. Após ter se refrescado, ele e Sir Tristão sentaram-se juntos para saborear aquele rico banquete, e comeram e beberam muito alegres e contentes. E enquanto comiam, cada um perguntava ao outro o que já havia feito, e assim partilharam as grandes aventuras que haviam realizado.

E quando acabaram de comer e beber, Sir Tristão tomou da harpa e cantou lindas baladas e rondéis[89] que fizera em homenagem a Isolda, a Bela, e, a cada canção que Sir Tristão cantava, Sir Lamorack escutava e aplaudia. Assim, quanto mais durava aquele encontro, mais crescia a afeição de um cavaleiro pelo outro.

Sir Tristão canta para Sir Lamorack

Portanto, depois de algum tempo, Sir Tristão disse:

– Caro amigo, juremos lealdade fraterna um ao outro, pois sinto em meu coração um carinho muito forte por ti.

– Ah, Tristão – disse Sir Lamorack –, desejo tua lealdade fraterna mais do que a de qualquer outra pessoa, pois sinto que, quanto mais estamos juntos, mais cresce minha afeição.

Então Sir Tristão retirou do dedo um anel muito esplêndido (pois continha uma esmeralda trabalhada no formato do rosto de uma linda mulher, e a esmeralda vinha incrustada no ouro do anel) e Sir Tristão disse:

– Dá-me o anel que trazes no dedo, oh, Lamorack! E toma este anel em troca. Assim firmamos nossa lealdade fraterna um ao outro.

Então Sir Lamorack fez de muito bom grado o que Sir Tristão lhe pediu, e tomou o anel que Sir Tristão lhe entregou, beijou-o e colocou-o no dedo. E Sir Tristão beijou o anel que Sir Lamorack lhe dera e colocou-o no dedo.[90]

Assim firmaram lealdade fraterna um ao outro naquele dia, enquanto banqueteavam juntos na floresta e as folhas douradas caíam à sua volta. Conti-

---

89. A balada (do latim tardio *ballare*, dançar) é um poema de origem provençal, muito cultivado pelos trovadores, do tipo das *cantigas de amigo* e composto geralmente de estrofes paralelísticas (que se repetem com poucas variações): a "cantadeira" interpretaria as principais estrofes e as demais moças, o refrão. Já o rondel (do francês arcaico *rond*), que se presta aos conceitos galantes, às gentilezas amorosas, aos sentimentos delicados, não obedece a esquema fixo, nem de rimas nem de metros, embora utilize de preferência o septissílabo e o octossílabo, via de regra em duas quadras seguidas de uma quintilha.

90. A troca de anéis, para "firmar lealdade um ao outro" no âmbito da Ordem de Cavalaria, é tão legítima quanto o ritual do beijo (ver nota 70). A prática está ligada ao dom ou galardão com que as donzelas premiavam seu cavaleiro, em retribuição a algum feito de bravura em seu nome ou como promessa de benesses futuras.

nuaram juntos toda aquela tarde até que o sol começou a se pôr no horizonte. Depois, levantaram-se e montaram em seus cavalos, e seguiram juntos para Tintagel na grande alegria daquela camaradagem.

Pois bem, toda a corte em Tintagel rejubilou-se muito em receber um cavaleiro tão famoso quanto Sir Lamorack de Gales, portanto houve muitas festas e todos estavam empenhados em agradar Sir Lamorack. Assim, durante o tempo que Sir Lamorack passou em Tintagel houve várias justas em sua homenagem. E o próprio Sir Lamorack participou de todas essas provas de armas, derrubando todos os seus adversários e provando ser um campeão tão fantástico que todos os que assistiam a seus feitos exclamavam de admiração ante a sua coragem.

Sir Lamorack é homenageado em Tintagel

Mas Sir Tristão mantinha-se à parte de tudo isso, sem querer participar, pois alegrava-se tanto com os feitos de Sir Lamorack que não queria arriscar fazer algo que pudesse comprometer a glória que seu amigo ia acumulando com sua valentia. Embora Sir Tristão adorasse tais provas de armas, dizia a si mesmo: "Se eu participar das competições lutando contra meu amigo pode acontecer de derrubá-lo e assim roubaria sua glória."

Pois bem, a certa altura, deu-se um dia inteiro de justas em homenagem a Sir Lamorack, e naquelas provas de armas vinte dos melhores cavaleiros, tanto da Cornualha quanto das terras vizinhas, saíram em campo para enfrentar todos os desafiantes. Desses cavaleiros muitos eram campeões muito conhecidos, portanto conseguiam manter-se lutando por muito tempo, angariando grande renome para si e para a Cornualha. Mas, passando o final da manhã, Sir Lamorack adentrou o campo e, como o dia estava fresco e agradável, vinha com uma energia extraordinária e um fantástico espírito combativo. Foi assim que desafiou o primeiro campeão da Cornualha, e logo outro, e em todos esses desafios saiu vencedor, de modo que foi derrubando todos esses cavaleiros, um depois do outro, quinze ao todo, alguns dos quais saíram muito feridos da luta. Desse modo, os cinco campeões restantes, vendo a coragem, força e habilidade de Sir Lamorack, disseram-se uns aos outros:

Sir Lamorack trava uma famosa batalha

– Por que deveríamos lutar contra este homem? Na verdade, esse cavaleiro não é um homem qualquer, mas um demônio de força e habilidade. Portanto ninguém pode querer desafiá-lo num embate armado pois, vejam!, basta que ele encoste em alguém com sua lança para que o outro caia imediatamente do cavalo.

Assim retiraram-se do desafio e não quiseram mais lutar contra Sir Lamorack.

Naquele momento Sir Tristão estava sentado junto com o séquito do Rei, não muito distante de Lady Isolda, a Bela, observando o campo de batalha.

Sir Lamorack de Gales

O Rei Mark virou-se para ele e disse:

– Ora, senhor, por que não luta contra esse cavaleiro? Será porque o teme?

Ao que Sir Tristão respondeu muito calmamente:

– Não, não o temo, assim como não temo a ninguém neste mundo, e disso o senhor sabe melhor do que qualquer pessoa.

– Alegro-me em saber de tua coragem e destemor – disse o Rei Mark –, pois parece-me uma enorme lástima para todos nós que esse cavalheiro, que é um estrangeiro entre nós, receba tantas glórias à custa de todos os cavaleiros da Cornualha. Portanto, já que dizes que não o temes, peço que vás até o campo de batalha agora e lutes contra ele em nosso nome.

Assim falou o Rei Mark, pois pensava consigo mesmo: "Pode ser que Sir Lamorack derrube Sir Tristão e assim estrague sua reputação entre aqueles que lhe fazem tantos elogios."

Mas Sir Tristão disse:

– Não, não lutaria contra Sir Lamorack hoje, ainda que pudesse fazê-lo um outro dia, pois jurei lealdade a este campeão nobre e gentil, e parece-me errado atacá-lo agora que está cansado e alquebrado da admirável batalha que travou hoje contra tantos desafiantes. Se o derrubasse agora, eu o envergonharia. Talvez o fizesse num outro dia e num outro lugar, de forma amistosa e com honra e glória para nós dois.

– Bem – disse o Rei Mark –, acontece que não desejo esperar e tampouco me agrada que fiques por aí e deixes que este cavaleiro carregue consigo da Cornualha todo o seu renome em armas, a despeito dos nossos cavaleiros.

O Rei Mark ordena que Sir Tristão lute Isto seria não somente uma grande vergonha para os cavaleiros da Cornualha (dos quais és o reconhecido campeão), como seria também uma vergonha para esta dama que trouxeste da Irlanda para ser a Rainha da Cornualha. Portanto, dou-te esta ordem, não só porque sou teu Rei, mas também porque sou aquele que te sagrou cavaleiro:[91] irás imediatamente até aquele prado e lutarás com esse cavaleiro que se porta de modo tão altivo entre nós.

Então Sir Tristão olhou para o Rei Mark com imensa raiva e rancor, e disse:

– É enorme a vergonha e despeito que procura lançar sobre mim dando-me tal ordem. Realmente parece que o senhor busca todas as maneiras de causar-me vergonha e tristeza. E no entanto, sempre fui seu devotado cavaleiro e salvei seu reino da ameaça da Irlanda e servi-o de todas as maneiras sempre com lealdade. Quem dera eu tivesse sido sagrado cavaleiro por qualquer outro homem no mundo que não o senhor.

Ao que o Rei Mark sorriu asperamente para Tristão:

– Ora camarada – disse ele –, parece que falas de modo muito insolente comigo que sou teu Rei. Agora ordeno-te que vás imediatamente até aquele campo, sem mais palavras, e faças o que te ordeno contra aquele cavaleiro que lá está.

Então Sir Tristão gemeu por dentro e disse:

– Irei.

Assim Sir Tristão levantou-se e saiu, cheio de amargura e raiva do Rei e de sua corte, pois embora alguns na corte sentissem pena dele pela afronta que o Rei

---

91. Em sua má-fé, o Rei Mark, para se fazer obedecido, lança mão de dois argumentos incontornáveis em se tratando das relações feudo-cavaleirescas: ele é o rei e foi quem "sagrou" Tristão. Isto significa que o cavaleiro passou por todo um treinamento, físico e moral; fez uma série de juramentos; isolou-se em vigília; participou de torneios – percurso coroado pela espadeirada final que o Rei Mark lhe deu no ombro, tornando-o seu vassalo. São laços indestrutíveis e só resta a Tristão curvar-se, sob pena de macular-se como "traidor" (ver nota 36).

Mark lhe fizera em público na frente de todos, outros sorriram e alegraram-se com sua humilhação. Pois mesmo um homem tão verdadeiro e nobre quanto Sir Tristão, quando se torna importante e famoso, acaba tendo tantos inimigos quanto amigos. Sempre haverá aqueles que invejam a verdade e a nobreza de um homem, do mesmo modo como outros odiarão a mesquinhez e a falsidade, portanto Sir Tristão fazia muitos inimigos aonde quer que fosse. E o mesmo acontecia a Sir Lancelot e Sir Lamorack, bem como a outros nobres cavaleiros daqueles tempos.

Mas embora Sir Tristão estivesse tão cheio de indignação, sem dizer nada a ninguém foi até seu alojamento e chamou Gouvernail, e pediu-lhe que o ajudasse a preparar sua armadura e seu cavalo.

Gouvernail disse:

– Senhor, por que precisa armar-se e montar a esta hora?

Sir Tristão respondeu:

Sir Tristão arma-se

– O Rei ordenou que eu lutasse contra Sir Lamorack, ainda que Sir Lamorack seja um amigo tão querido meu e a quem jurei ser irmão em armas. Ele se encontra já cansado da batalha e com certeza, neste momento, posso acabar derrubando-o numa investida armada.

Gouvernail disse:

– Senhor, esta seria uma enorme lástima para ambos.

E Sir Tristão disse:

– Sim, é uma enorme lástima.

Então Gouvernail olhou para o rosto de Sir Tristão e viu como estava sofrendo de vergonha e indignação, e então adivinhou o que se passara, e nada mais disse.

Portanto, uma vez armado e montado, Sir Tristão cavalgou até o prado da batalha, onde Sir Lamorack passava, recebendo o aplauso de todos os que assistiam.

Mas quando Sir Lamorack viu que era Sir Tristão que vinha desafiá-lo, ficou estarrecido e exclamou:

Sir Lamorack fala com Sir Tristão

– Ora, Tristão, o que é isso? És tu que vens me desafiar? Então esqueceste que sou teu irmão em armas e um companheiro da Távola Redonda?

Ao que Sir Tristão disse:

– Meu amigo, não venho de minha própria vontade, mas somente porque preciso obedecer à ordem que recebi do Rei da Cornualha.

– Muito bem – disse Sir Lamorack –, seja como queres, embora fique muito surpreso que lutes comigo depois de tudo o que passamos juntos. E ainda mais agora, pois, como sabes muito bem, estou cansado e ofegante de tanto lutar.

Em seguida, e sem mais conversa, cada cavaleiro se posicionou para o embate no local que lhe cabia. Então, quando estavam prontos, o marechal do campo soou sua trombeta, dando o sinal para a investida.

Os dois avançaram feito pedras lançadas de uma catapulta e em seguida chocaram-se no meio do caminho como um trovão.

Naquele choque a lança de Sir Lamorack quebrou-se em vinte ou trinta pedaços, mas a lança de Sir Tristão ficou inteira, de modo que o cavalo de Sir Lamorack, que vinha cansado de tantas investidas, tombou, levantando uma grande nuvem de poeira.

Sir Tristão derruba Sir Lamorack

Mas Sir Lamorack não caiu junto com seu corcel, pois saltou de sua sela com uma agilidade e destreza incríveis, e ficou de pé, embora seu cavalo tivesse tombado, como foi dito. Então foi tomado de uma enorme raiva e vergonha de ter sido derrubado às vistas de todos que assistiam. Com isso, puxou imediatamente a espada e gritou:

– Vem aqui, Senhor Cavaleiro, e lute comigo homem a homem, pois embora meu cavalo tenha me falhado por causa de cansaço, verá que meu corpo não me falhará.

Mas Sir Tristão permaneceu onde estava com um jeito pesaroso, e disse:

– Não, não me baterei mais contigo hoje, pois foi contra a minha vontade que vim aqui desafiá-lo, e isso só me traz vergonha. Portanto não lutarei mais contigo. Mas espera até amanhã quando estiveres descansado, e então te darei a chance de lutar novamente.

Ao que Sir Lamorack respondeu de um modo muito amargo:

– Senhor, creio que fala assim para me divertir, pois primeiro me humilha em combate e depois me pede para esperar até amanhã para que eu me livre dessa humilhação. Agora exijo que lute comigo agora mesmo e não amanhã.

Sir Tristão disse:

– Não lutarei contigo, Lamorack, pois já errei e não quero errar mais ainda.

Aquilo deixou Sir Lamorack tão cheio de ódio que ele mal sabia o que dizer ou fazer. Assim, virou-se para vários que tinham vindo até o prado da batalha e disse:

Sir Lamorack repreende Sir Tristão

– Ouçam todos, prestem atenção ao que digo: este cavaleiro veio desafiar-me neste campo depois que eu havia lutado contra quinze outros cavaleiros. Neste embate ele derrubou-me por causa do cansaço do meu cavalo. Após ter agido de forma indigna para um cavaleiro, ele agora me recusa a chance de qualquer outra batalha, mas deixa-me submetido à humilhação que me impôs. Peço-lhes que digam a Sir Lancelot que Sir Tristão de Lyonesse, após ter me jurado fraternidade em armas e na condição de companheiro da Távola Redonda, veio desafiar-me quando eu me encontrava exausto de lutar, e ele estava descansado. Digam a Sir Lancelot que então Sir Tristão me derrubou, trazendo vergonha a si mesmo e descrédito a mim, e que depois me recusou uma revanche, como todo verdadeiro cavaleiro deve fazer.

Então Sir Tristão gritou bem alto:

– Peço-lhe, deixe-me falar, senhor!

Mas Sir Lamorack respondeu:

– Não quero ouvi-lo!

E em seguida virou-se e partiu, deixando Sir Tristão ali. E Sir Tristão ficou parado, imóvel, como uma estátua de pedra.

Depois disso Sir Lamorack não se demorou mais em Tintagel, partindo imediatamente da corte do Rei sem falar com ninguém. E em seguida foi à praia e embarcou para Camelot, onde o Rei Arthur reunia sua corte. Seu coração ainda estava tão ressentido com Sir Tristão que pretendia queixar-se dele na corte de cavalaria em Camelot.[92]

Sir Lamorack parte de Tintagel

Mas Sir Lamorack não alcançou Camelot naquela viagem, pois no meio da viagem, de repente veio uma terrível tempestade e, apesar de todas as manobras dos marinheiros, o pequeno barco onde viajavam foi arremessado contra um cruel rochedo e espatifou-se em mil pedaços.

Mas Sir Lamorack tinha previsto que a pequena embarcação naufragaria. Portanto, antes que isso acontecesse, despiu-se completamente, saltou na água e nadou para salvar-se.

Nadou por muito tempo, até que estava quase exausto e prestes a se afogar. Contudo, naquele instante, teve a sorte de alcançar uma pequena baía de águas calmas. Para lá nadou e assim conseguiu chegar a terra firme – mas estava fraco e desfalecido, e sentia-se tão mal que temeu estar à morte. Então Sir Lamorack viu que havia urzes crescendo

Sir Lamorack náufrago numa terra estranha

---

92. Na Idade Média Central, "as cortes" eram uma espécie de reuniões parlamentares, presididas pelo rei – que tinha ali sua autoridade legitimada – com vistas a abordar questões político-administrativas relativas à condução do reino. Aqui no caso, a corte está em Camelot, porque é ali que reside o Rei Arthur, de quem todos os demais são vassalos. Por analogia a essas cortes é que supostamente se criou a lendária Corte de Amor, onde se julgavam os amantes sob alguma suspeita de prevaricação como a infidelidade.

nos penhascos rochosos, portanto arrastou-se entre as urzes e lá deitou-se num local abrigado e imediatamente caiu num sono tão profundo de exaustão que era mais como um sono de morte do que de repouso.

Pois bem, o senhor daquela terra aonde Sir Lamorack chegara era um cavaleiro muito mau, corpulento, muito cruel e com um coração de pedra. O nome desse cavaleiro era Sir Nabon, de sobrenome "o Negro", pois tinha a pele bem morena e sempre usava uma armadura inteiramente negra. Esse cavaleiro havia assassinado o senhor daquela terra muitos anos antes e tomado toda a ilha para si. Ninguém ousava enfrentá-lo para recuperá-la, pois sua coragem era tão incrível e seu físico tão imenso que todos lhe tinham medo. Portanto vivia sem ser importunado num castelo de pedra todo fortificado construído sobre um rochedo à beira-mar, de onde podia avistar todos os navios que passavam por ali. Então, quando avistava um navio passando, zarpava nos seus próprios navios e apresava a outra embarcação, e então cobrava tributo[93] ou afundava-a com tudo e todos que trouxesse a bordo. E se porventura encontrasse algum passageiro de alta estirpe a bordo de um desses navios, aprisionava-o em troca de resgate. Foi assim que Sir Nabon acabou se tornando o terror daquela região e todos evitavam as costas de uma terra tão inóspita. Foi nesta terra que Sir Lamorack naufragou por causa da tempestade.

Sobre Sir Nabon, o Negro

Pois bem, enquanto Sir Lamorack dormia entre as urzes, como já foi contado, passaram por lá vários pescadores. Quando o viram ali dormindo, primeiro acharam que estava morto. Mas enquanto discutiam o que fariam, Sir Lamorack despertou com as suas vozes, sentou-se e ficou olhando para eles.

Os pescadores surpreendem Sir Lamorack

Então o líder dos pescadores falou e disse assim:

– Quem és e como chegaste aqui?

Sir Lamorack respondeu:

– Ai de mim! Sou uma pobre alma que foi lançada na praia por conta de um naufrágio, assim nu como podem ver. Agora lhes peço, por favor, deem-me algumas roupas para cobrir minha nudez e algo para comer e ajudem-me como se deve ajudar alguém em apuros.

---

93. Prática muito comum nas novelas de cavalaria medievais e, principalmente, nas renascentistas: cobrar tributo era o mesmo que "reivindicar direitos", legítimos ou não, sobre alguém ou alguma coisa. Em caso de negativa do tributado, restava a luta armada e/ou a morte (por isso Sir Nabon espalhava o terror). No quinhentismo, a *dame sans merci* (ver nota 56), não poucas vezes, exigia de seu "amigo" (i.e., namorado) que cobrasse tributo de quantos passassem por uma determinada ponte, sob pena de não vir a merecer seu amor.

O líder dos pescadores notou então no dedo de Sir Lamorack o anel que Sir Tristão lhe dera, e disse:

– Onde foi que arrumaste esse anel que trazes no dedo?

Sir Lamorack disse:

– Foi-me dado por alguém que era meu amigo.

– Bem – disse o pescador –, vou dar-te algo para vestir e comer, mas somente se me deres o anel que vejo no teu dedo. Quanto a ajudar-te, devo avisar-te que o senhor desta ilha ordenou, ameaçando de morte a quem quer que desobedecesse, que qualquer um que aqui chegue seja logo levado até ele para que faça dele o que bem entender. Portanto, depois que te der de comer e vestir, devo imediatamente levar-te até ele.

"Ai de mim!", Sir Lamorack pensou. "Esta terra onde vim parar é por certo inóspita! Mesmo assim, como estou nu e faminto, vejo que não tenho escolha a não ser fazer o que me dizem."

Então entregou o anel que Sir Tristão lhe dera ao líder dos pescadores, e em troca os pescadores reuniram as vestes que puderam e as entregaram a ele para cobrir sua nudez; e deram-lhe pão preto e queijo, e cerveja preta para beber de um odre que traziam consigo.[94] Depois amarraram as mãos de Sir Lamorack e levaram-no prisioneiro para o castelo de Sir Nabon, para ter com ele, que lá se achava naquele momento. *Os pescadores dão roupa e comida a Sir Lamorack*

Aconteceu que o guardador de porcos do castelo de Sir Nabon havia sido morto por um de seus companheiros numa briga, portanto quando Sir Nabon viu como Sir Lamorack era corpulento e forte, disse:

– Vou poupar a vida desse homem, mas farei dele meu guardador de porcos. Portanto levem-no daqui, e que ele tome conta da minha vara de porcos. *Sir Lamorack torna-se guardador de porcos*

Assim, Sir Lamorack foi levado embora e tornou-se o guardador de porcos de Sir Nabon, de alcunha "o Negro", e em pouco tempo ficou tão sujo e maltrapilho que sua própria mãe não o teria reconhecido se o visse.

Assim termina esta aventura de Sir Lamorack. E agora vocês vão saber o que aconteceu a Sir Tristão depois que Sir Lamorack partiu de Tintagel, como já foi contado.

---

94. Veja-se a diferença de alimentos entre a mesa dos ricos (ver nota 60) e a dos pobres, guardadores de porcos.

Capítulo Segundo

Como Sir Tristão partiu para Camelot e como parou pelo
caminho para lutar contra Sir Nabon, o Negro

Pois bem, depois que Sir Lamorack deixou a corte do Rei Mark da Cornualha, como já foi contado, Sir Tristão ficou muito tempo profundamente triste. Contudo, buscava consolar-se, pensando: "Bem, não foi por minha vontade que lutei contra meu amigo e irmão em armas, pois não tinha escolha e fui forçado a fazê-lo." Assim dizia de si para si, consolando-se como podia com tais pensamentos, e o consolo não era muito.

Até que um dia chegou uma carta de Sir Lancelot do Lago em que Sir Lancelot dizia que ouvira falar que Sir Tristão atacara Sir Lamorack quando este estava cansado da batalha. E na carta Sir Lancelot ainda dizia: "Parece-me muito estranho, Meu Senhor, ouvir tais coisas a seu respeito, e de tantas bocas. Portanto, peço-lhe que faça algo a respeito, pois não me agrada que se diga por aí que o senhor esperou até que um cavaleiro estivesse cansado da batalha para lutar contra ele. Além disso, Sir Lamorack é seu irmão em armas sob juramento, e um companheiro da Távola Redonda, e também um dos cavaleiros mais nobres e gentis de toda a cristandade. Portanto, tome uma atitude para desmentir aqueles que o acusam de agir de modo pouco cavaleiresco."

Sir Lancelot envia uma carta a Sir Tristão

Assim escreveu Sir Lancelot, e suas palavras encheram o espírito de Sir Tristão de uma imensa dose de dor e angústia, pois não sabia como responder àquela carta de Sir Lancelot para esclarecer o assunto. Portanto disse:

– Irei imediatamente a Camelot encontrar com Sir Lancelot e falar com ele em pessoa, para fazê-lo entender por que fiz o que tive que fazer.

Assim, quando chegou o dia seguinte, Sir Tristão levantou-se, montou em seu cavalo e partiu de Tintagel para ir a Camelot, onde o Rei Arthur reunia sua corte, e onde esperava encontrar Sir Lancelot. E Sir Tristão não levou consigo nenhum companheiro, nem mesmo Gouvernail.

Sir Tristão parte a cavalo para Camelot

E agora contarei a vocês como Sir Tristão viajou: o caminho que tomou levava à beira-mar e, mais adiante, atravessava uma densa floresta que, naquela época, estava quase inteiramente desfolhada. Portanto os galhos sob os quais passava às vezes pareciam redes entremeadas sob o céu. O jovem cavaleiro cavalgava sobre um tapete de folhas tão fundo que amortecia e silenciava os passos do seu corcel, exceto pelo contínuo farfalhar das folhas secas e amareladas sob os cascos. E, enquanto seguia, Sir Tristão cantava várias canções enaltecendo Lady Isolda, a Bela, cantando numa voz ao mesmo tempo clara, alta e muito doce, que se podia ouvir bem longe através das aleias longas e silentes da floresta.

Assim viajava, ora cantando desse modo, ora perdido em pensamentos, e viajou até que o dia terminava e o lusco-fusco da noite começava a se anunciar. Então ele se pôs a pensar sobre como passaria a noite, e achou que teria de dormir ao relento na floresta. Mas justo quando o lusco-fusco começava a tornar-se escuridão, alcançou uma clareira onde viu, à sua frente, um imponente castelo, meio de pedra e meio de tijolos, que se erguia sobre um penhasco rochoso. E de um lado do castelo ficava a floresta, enquanto que do outro, a vastidão lisa do mar.

Sir Tristão viu que luzes brilhavam através das várias janelas do castelo, das quais emanava rubro resplendor, como se houvesse uma enorme lareira acesa no salão. Ao perceber tais sinais hospitaleiros, seu coração encheu-se de felicidade, porque afinal não precisaria passar a noite na escuridão e no frio outonal das serranias.

Então Sir Tristão esporeou seu bom alazão e cavalgou até o castelo, onde pediu licença para descansar e passar a noite. Em seguida, depois de uma breve conversa, abaixaram a ponte levadiça, ergueram o portão, e ele cavalgou com grande estardalhaço até o pátio do castelo.

Logo vieram vários atendentes do castelo, tomaram seu cavalo e ajudaram-no a apear, e então outros atendentes vieram e o conduziram ao castelo, até um aposento onde havia um banho de água morna, e toalhas macias e panos de linho para que se secasse após o banho. E depois de banhar-se e descansar, vieram mais atendentes trazendo vestes macias e quentes para que ele usasse depois da viagem. Então Sir Tristão vestiu-se e sentiu-se muito à vontade, e ficou contente de ter vindo dar ali.

Sir Tristão chega a um castelo amistoso

Era assim que cavaleiros valorosos como Sir Tristão viajavam pelo mundo naquela época, há tanto tempo. E era assim que eram recebidos com enorme prazer e hospitalidade nos castelos e salões, pois toda a gente sabia o valor daqueles nobres cavaleiros e folgavam muito em recebê-los aonde quer que chegassem. Por isso lhes contei como foi a viagem de Sir Tristão, para que se deleitassem em imaginá-la.

Sir Tristão conhece a castelã

Pois bem, depois que Sir Tristão descansou e vestiu-se, como já foi contado, veio o senescal e convidou-o a conhecer a senhora do castelo, que o aguardava para dar-lhe boas-vindas. E Sir Tristão seguiu o senescal, e o senescal levou-o aonde estava, sentada a uma mesa posta para o jantar. E Sir Tristão viu que era muito bela, mas que estava coberta de luto.

Quando a dama viu Sir Tristão, levantou-se e foi até ele e deu-lhe boas-vindas, falando numa voz baixa e muito doce:

– Meu senhor – falou ela –, sinto muito que não haja aqui um homem que lhe possa dar boas-vindas como deve ser. Mas, ai de mim!, como pode ver pelo meu traje, sou sozinha no mundo e sem castelão para fazer as cortesias necessárias. Contudo, mesmo assim, dou-lhe boas-vindas de todo o coração.

– Senhora – falou Sir Tristão –, agradeço-lhe a gentileza. E lamento muito vê-la em tamanha tristeza, como indicam seus trajes. Portanto, se houver qualquer mercê que eu possa lhe fazer, peço que me diga e lhe oferecerei qualquer ajuda que possa lhe dar.

– Não – falou ela –, não há nada que possa fazer para ajudar-me.

Sir Tristão janta com a castelã

E em seguida a dama, que se chamava Louise, tomou Sir Tristão pela mão e levou-o até a mesa e o fez sentar-se ao seu lado. Logo em seguida vieram vários atendentes e serviram-lhes um maravilhoso banquete, com vinhos excelentes, brancos e tintos; e os dois comeram e beberam juntos com grande apetite e gosto.

Quando o banquete terminou, Sir Tristão disse:

– Senhora, poderia por gentileza contar por que está trajando luto? Pergunto-lhe não por diversão, mas porque, como disse antes, talvez eu possa ajudá-la em alguma dificuldade que lhe aflige.

– Ai de mim, Senhor Cavaleiro! – falou ela. – Minhas dificuldades são maiores do que o poder que tem de resolvê-las ou consertá-las. Pois poderia por acaso derrotar a morte? Ou conseguiria trazer os mortos de volta à vida? Contudo, vou contar-lhe sobre o que me faz triste, e como isto me aconteceu. Deve saber que a alguma distância daqui, através do mar que vê daquela janela, há uma ilha. O senhor atual daquela ilha é um cavaleiro muito mau e cruel, corpulento e grandalhão, chamado Sir Nabon, cuja alcunha é "o Negro". Antigamente, um cavaleiro nobre e gentil, que era meu marido, era o senhor daquela ilha e do castelo que lá fica, e de vários outros castelos e terras e propriedades no continente

A castelã fala a Sir Tristão de Sir Nabon, o Negro

também. Mas, num dia maldito, quando eu e meu marido estávamos juntos naquela ilha, o dito Sir Nabon chegou à noite, e, junto com alguns ilhéus mal-intencionados, derrotou meu marido e

226

matou-o de forma traiçoeira. Desejava matar-me também, ou então sujeitar-me a um abjeto cativeiro, mas, quando ouvi o rumor daquele ataque em que meu marido foi morto, consegui por sorte escapar e, assim, quando veio a noite, fugi da ilha com vários atendentes que me eram leais, e alcancei o castelo onde agora estamos. Desde então Sir Nabon tem mantido aquele castelo como seu, e é um castelão muito malvado: o castelo fica bem alto nos penhascos à beira-mar, e quando passa uma embarcação por ali, Sir Nabon zarpa até ela e ou cobra um pedágio ou afunda-a depois de assassinar toda a tripulação e os marinheiros que porventura achar a bordo. E se um infeliz acaba, por desventura, lançado às praias daquela ilha, ele ou bem o mata ou o mantém prisioneiro em troca de resgate, ou então faz dele escravo para servi-lo. Por causa disso, quase nenhum navio passa por lá, pois todos evitam a costa de uma terra assim. Foi assim que Sir Nabon tomou-me aquela terra e agora não tenho nenhum parente que lute por meus direitos, portanto só me resta aceitar minha perda da melhor forma possível.

– Ora! – falou Sir Tristão. – Então não há nenhum cavaleiro-campeão nesta terra que livrará o mundo de um ser tão nefasto quanto esse Sir Nabon, de quem fala?

– Não – disse a castelã –, ninguém se dá ao trabalho de desafiar esse cavaleiro, pois ele é tão forte e destemido quanto corpulento, além de ser tão feroz e cruel quanto é forte e ardiloso, portanto todos fogem dele, apavorados.

– Bem – disse Sir Tristão –, parece-me que seria o dever de qualquer cavaleiro livrar o mundo de um monstro assim, independente do perigo que corresse. Portanto, já que não há nenhum cavaleiro por aqui com coragem de lançar-se em tal aventura, eu próprio o farei logo amanhã cedo.

– Senhor – disse a castelã –, peço-lhe que pense duas vezes antes de meter-se nisso. Ou então obedeça-me e não se lance em tal empreitada de todo, pois duvido que alguém possa derrotar esse enorme e poderoso campeão, mesmo que seja um cavaleiro como Sir Lancelot do Lago ou Sir Tristão de Lyonesse.

Ao ouvir aquilo Sir Tristão riu-se bastante e disse:

– Senhora, então não sabe quem eu sou?

– Não – disse ela –, não o conheço.

– Bem – disse Sir Tristão –, então devo dizer-lhe que sou o próprio Sir Tristão de Lyonesse de quem acabou de falar. E também digo-lhe que hei de lançar-me nessa aventura amanhã de manhã.

Pois bem, quando a dama descobriu que o estranho que havia recebido em seu castelo era Sir Tristão de Lyonesse, soltou grande excla-

Sir Tristão
revela seu
grau à
castelã

mação de surpresa e satisfação em tê-lo ali, pois por toda parte se falava dos feitos de Sir Tristão. Portanto ficara muito orgulhosa e feliz de tê-lo abrigado em seu castelo. Fez várias perguntas sobre suas aventuras, e Sir Tristão contou-lhe sobre tudo o que perguntava.

Então a castelã disse:

– Meu Senhor, ouvi falar que canta de forma encantadora, e toca a harpa maravilhosamente. Poderia então cantar para mim uma canção, ou mesmo duas ou três?

E Sir Tristão disse:

– Senhora, farei o que quer que peça que seja do seu agrado.

Sir Tristão canta para a castelã Ela então pediu que trouxessem uma harpa, e assim foi feito. E Sir Tristão tomou da harpa, empunhou-a, afinou-a e começou a tocar, cantando tão docemente que o povo do castelo dizia:

– Com certeza esse não é um cavaleiro errante[95] que sabe cantar, mas um anjo do Paraíso que chegou aqui, pois só mesmo um anjo do Paraíso poderia cantar de modo tão lindo.

Assim passaram aquela noite de forma agradável até que foi ficando tarde. Então Sir Tristão se retirou para um aposento muito imponente onde lhe haviam preparado um leito com lençóis vermelhos, e onde dormiu um sono tranquilo, sem que nada o importunasse.

Assim, quando veio a manhã seguinte, Sir Tristão armou-se e montou em seu corcel, cavalgando até um local à beira-mar. Lá encontrou alguns marinhei-ros ancorados com um barco grande e pagou-lhes dez moedas de prata para que o levassem até a ilha onde vivia Sir Nabon, o Negro. De início, os marinheiros disseram que não iriam até aquela costa de perigos e morte. Mas depois disseram que iriam e assim o fizeram, embora não aceitassem desembarcar Sir Tristão muito perto do castelo, mas somente num local mais distante, onde se sentiam mais protegidos do cruel senhor daquelas terras.

Sir Tristão parte para a ilha de Sir Nabon

Quanto a Sir Tristão, divertiu-se com o medo dos homens, dizendo:

– Não admira que nós, cavaleiros errantes, tenhamos mais coragem do que vocês que são marinheiros, senão nunca se poderia dar cabo de monstros como esse Sir Nabon.

Ouvindo aquilo, o capitão dos marinheiros respondeu:

---

95. O mesmo que cavaleiro andante: referência ao hábito de os cavaleiros saírem em busca de aventuras, já que elas eram o meio de eles praticarem feitos ilustres, que lhes trariam honra e glória.

Sir Tristão chega ao castelo de Sir Nabon.

— Bem, Senhor, quanto a isso, é verdade que marinheiros como nós não tenham muita coragem, pois somos os primeiros que ousaram aproximar-se dessa ilha. Mas também é verdade que o senhor é o primeiro cavaleiro errante que jamais teve a coragem de aproximar-se desta ilha. O que diz, então, da coragem dos cavaleiros?

E, ao ouvir aquilo, Sir Tristão riu-se bastante e seguiu caminho.

Seguiu cavalgando pela praia por muitas léguas, com o rumor do mar nos ouvidos e o piado agudo das aves marinhas voando ao seu redor. Finalmente acabou chegando a um lugar onde havia alguns morros altos, e de lá avistou à sua frente um pouco mais longe um castelo imponente e assustador num alto penhasco à beira-mar. Era um castelo de pedra, tão parecido com o rochedo onde estava que, à primeira vista, não se

Tristão chega ao castelo de Sir Nabon

conseguia saber se era parte do penhasco ou moradia de gente. Mas quando Sir Tristão se aproximou um pouco, pôde ver que as janelas do castelo brilhavam contra o céu, e avistou a sua entrada, e os telhados e chaminés, então viu que era um castelo bem grande e fortificado, e não um penhasco rochoso como de início supôs. E concluiu que aquele devia ser o castelo do tal cavaleiro maldito e maligno, Sir Nabon, a quem buscava.

Pois bem, enquanto Sir Tristão se encaminhava ao castelo por uma trilha tortuosa e meditava como se apresentaria a Sir Nabon para desafiá-lo para a luta, acabou notando um sujeito vestido de branco e preto que caminhava na mesma direção que ele pela mesma trilha. Num primeiro momento o sujeito não se deu conta da presença de Sir Tristão, porém, tão logo o notou, virou-se para encontrar com um cavaleiro estranho que se aproximava rapidamente dele a cavalo.

De início o sujeito ficou petrificado, como que perplexo, mas logo depois soltou um grito apavorado e imediatamente se virou e fugiu, gritando como um louco.

Sir Tristão saiu a galope atrás dele e dali a pouco alcançou-o, agarrou-o pelo colarinho do gibão e deteve-o. Então Sir Tristão indagou:

– Camarada, quem és?

– Senhor – falou o sujeito –, sou um dos atendentes do cavaleiro daquele castelo ali, o qual se chama Sir Nabon, de sobrenome "o Negro".

Então Sir Tristão disse:

– Camarada, por que correste de mim quando me viste?

E o homem respondeu:

– Ora, o senhor é o primeiro forasteiro que ousa vir até aqui, portanto, ao vê-lo, e vendo-o a cavalo, e sem saber como veio dar aqui nesta região, não sabia se era mesmo homem de carne e osso ou um espírito que aqui veio nos castigar por nossos pecados. Por isso fugi.

– Bem – disse Sir Tristão –, como podes ver não sou nenhum espírito, mas um homem de carne e osso. Contudo, espero realmente que tenha vindo até aqui para punir os maus, pois vim aqui à procura do cavaleiro daquele castelo para lutar com ele em nome da dama cujo marido ele matou de forma tão traiçoeira, conforme ouvi falar. E espero tomar dele esta ilha e devolvê-la a Lady Louise, a quem pertence.

Tristão conversa com um criado da região

– Ai, ai, Senhor – falou o sujeito –, a empreitada em que se lançou é decerto muito infeliz, pois esse Sir Nabon a quem procura é considerado o cavaleiro mais forte do mundo todo. Isso mesmo: ele é considerado ainda maior do que Sir Lancelot do Lago ou Sir Tristão de Lyonesse ou Sir Lamorack de Gales. Por isso, imploro-lhe que dê meia-volta e retorne para o lugar de onde veio enquanto ainda pode escapar.

– Muito obrigado por tua misericórdia, bom camarada – falou Sir Tristão –, e que Deus queira que não seja merecida. Ainda assim, apesar do perigo da empreitada, continuo tão resoluto como quando parti para cá. Portanto, por favor, vai agora ao teu senhor e diz-lhe que mandei avisar que chegou um cavaleiro para lutar com ele em nome da dama a quem esta terra pertence por direito.

Sir Tristão envia a Sir Nabon uma mensagem desafiando-o

Com estas palavras Sir Tristão deixou o sujeito partir, e ele correu bem rápido direto para o portão do castelo, entrando e fechando-o atrás de si.

Naquele momento, Sir Nabon caminhava ao longo da muralha do castelo, e seu filho, que era um rapazote de dezessete anos, acompanhava-o. Foi ali que o mensageiro de Sir Tristão o encontrou e entregou-lhe o recado.

Então Sir Nabon olhou do alto do parapeito e viu que, de fato, havia um cavaleiro alto e nobre esperando em seu cavalo numa vasta planície que se estendia desde o pé do penhasco onde ficava o castelo.

Mas quando Sir Nabon percebeu que um cavaleiro forasteiro tinha ousado vir aos seus domínios, ficou estarrecido com a ousadia e não sabia o que pensar. Então foi tomado de enorme raiva e rangeu os dentes, enquanto as veias do seu pescoço saltavam feito nós num tronco de árvore. Ficou algum tempo como se não tivesse palavras, mas depois vociferou numa voz de touro, gritando para aqueles que estavam por lá:

– Vão! Depressa! Preparem imediatamente meu cavalo e armadura que vou agora mesmo lá enfrentar esse tal campeão de damas, de tal modo que ele jamais se dará a esse trabalho novamente.

Aquelas palavras aterrorizaram os atendentes de Sir Nabon, que em seguida correram o mais rápido que puderam para fazer o que ordenava, e logo buscaram sua armadura e colocaram-na nele. E trouxeram seu cavalo para o pátio do castelo e o ajudaram a montá-lo. E – vejam só! – a armadura de Sir Nabon era negra como nanquim, e o corcel em que montava era negro, e todos os arreios e apetrechos da sua armadura e do seu cavalo eram negros, de modo que, da cabeça aos pés, estava tão negro e assustador quanto a própria morte.[96]

---

96. Coerentemente a descrições anteriores (armaduras brancas, armaduras vermelhas) e ao cromatismo heráldico, a armadura do cruel Sir Nabon é negra. A cor representa a tristeza e era muito usada por cavaleiros que queriam passar incógnitos. Mas quando a Igreja resolve entrar em guerra contra a policromia das vestes clericais, o negro ascende como a cor da humildade e do recolhimento, por sua neutralidade.

Sir Nabon sai para enfrentar Sir Tristão

Portanto, quando Sir Nabon estava completamente pronto para a batalha, ergueram o portão do castelo, e ele saiu a galope ao encontro de Sir Tristão, e seu jovem filho acompanhava-o como escudeiro. Então toda a gente do castelo aglomerou-se nas muralhas para assistir à batalha que estava para acontecer, e nem uma só daquelas tantas pessoas duvidou que Sir Tristão seria certamente derrotado naquele embate.

Sir Nabon cavalgou direto até Sir Tristão e disse de forma bem agressiva:

– Oh camarada, o que o traz aqui a esta terra?

– Quanto a isto – disse Sir Tristão –, creio que o mensageiro que lhe enviei disse por que vim, e é para confiscar esta ilha e devolvê-la a Lady Louise, a quem pertence. Venho também puni-lo por todo o mal que tem feito.

– E por acaso isto lhe diz respeito? – perguntou Sir Nabon, furioso.

– Meu Senhor – falou Sir Tristão –, e por acaso não sabe que diz respeito a todo verdadeiro cavaleiro livrar o mundo de monstros malvados como o senhor?

– Ahá! – falou Sir Nabon. – Bem dito, pois qualquer misericórdia que eu porventura ainda tivesse agora se desfez, e por isso não terei qualquer piedade. Irei, sim, matá-lo.

– Bem – falou Sir Tristão –, quanto a isso, creio que terá bastante tempo de me mostrar misericórdia depois de me derrotar na batalha.

Em seguida, cada cavaleiro se posicionou para o ataque, e quando estavam completamente prontos, cada um esporeou seu cavalo e voou na direção do outro, com um ímpeto terrível e furioso. Cada um golpeou o outro no meio do escudo, e com esses golpes as lanças dos dois se despedaçaram até o cabo. Mas os dois cavaleiros, evitando que seus cavalos caíssem, saltaram para o chão e

Sir Tristão luta contra Sir Nabon

desembainharam as espadas. Então avançaram um contra o outro com tal fúria que era como se faíscas voassem da viseira dos elmos. Logo se engalfinharam, e cada um investia e estocava o outro de tal forma que se podia ouvir o estrondo a muita distância dali. Aconteceu que, no início daquela batalha, Sir Tristão acreditou que estava em apuros pois aquele lhe parecia ser o cavaleiro mais corpulento com quem jamais lutara em toda a sua vida, exceto Sir Lancelot do Lago, com quem já havia lutado, como já foi contado nesta história. Portanto, de início, recuou um pouco dos poderosos golpes de Sir Nabon. Sir Nabon era tão corpulento, e os golpes que desferia tão pesados, que Sir Tristão recuava contra a vontade.

Então, Sir Tristão começou a pensar consigo mesmo: "Tristão, se acabares perdendo a batalha, então não haverá ninguém para defender tua honra perante Sir Lancelot, que duvidou dela." E logo em seguida foi como se novas forças e vitalidade lhe tivessem sido restituídas, e de repente acelerou a luta, e golpeava com fúria triplicada, descendo golpe atrás de golpe com tal violência e ferocidade que Sir Nabon ficou espantado e acabou por ceder às investidas. Quando Sir Tristão percebeu como Sir Nabon deixava o escudo pender, lançou-se sobre ele e golpeou-o muitas e muitas vezes. E tanto golpeou que Sir Nabon caiu de joelhos. Então avançou contra ele, agarrou seu elmo e arrancou-o de sua cabeça. E então segurou Sir Nabon pelos cabelos e puxou sua cabeça para a frente. E Sir Tristão ergueu sua espada bem alto e decepou a cabeça de Sir Nabon, que saiu rolando na poeira.

Sir Tristão mata Sir Nabon

Mas quando o filho de Sir Nabon viu seu pai assim morto, começou a gritar como uma mulher. Caiu de joelhos, arrastou-se assim até Sir Tristão e, agarrando-o pelas pernas, implorou-lhe:

– Poupe-me e não me mate!

Mas Sir Tristão o repeliu e disse:

– Quem és?

– Senhor – disse o jovem –, sou filho daquele que acabou de matar.

Então Sir Tristão olhou bem para o seu rosto e viu que era mau, traiçoeiro e cruel como o rosto de Sir Nabon. Então Sir Tristão disse:

– Que bem faria ao mundo se alguém mata o lobo mas poupa o filhote do lobo?[97]

Em seguida, agarrou o filho de Sir Nabon pelos cabelos, arrastou-o e decapitou-o como decapitara o pai, deixando a cabeça cair no chão ao lado da de Sir Nabon.

Sir Tristão mata o filho de Sir Nabon

E AGORA SERÁ CONTADO como Sir Tristão encontrou Sir Lamorack na ilha e como fez as pazes com ele, e como voltaram a ser amigos e irmãos em armas como eram antes.

---

97. A cena, cruel, põe em campo a ideia da hereditariedade do Mal. No geral, o lobo é sinônimo de selvageria e de ferocidade (embora não se possa esquecer sua faceta muitas vezes positiva, como na lenda da loba que alimentou Rômulo e Remo, irmãos gêmeos, o primeiro dos quais é considerado o fundador mítico de Roma). Assim ele passou ao folclore infantil (é um lobo que ameaça Chapeuzinho Vermelho) e assim ele alimentou a alegoria guerreira de muitas culturas (o "lobo solitário"), por causa de sua força nos combates. No imaginário da Idade Média europeia, o lobo está associado às bruxas, que tomam a forma do animal para se apresentar no *sabbat*.

Capítulo Terceiro

Como Sir Tristão fez justiça na ilha e assim libertou
Sir Lamorack do cativeiro. Também como Sir Tristão e Sir Lamorack
renovaram o grande apreço que sentiam um pelo outro

Pois bem, depois que Sir Tristão derrotou Sir Nabon, o Negro, e matou o filho de Sir Nabon, como acabou de ser contado, foi direto até o castelo que pertencera a Sir Nabon e ordenou que trouxessem o senescal e os empregados à sua presença. Enquanto isso, como ficara um pouco ferido naquela batalha, sentou-se num banco de lenho[98] que ficava no salão do castelo e ali reuniu todos.

Assim, dali a pouco veio o senescal e vieram vários empregados apresentarem-se a Sir Tristão, e quando o senescal estava diante de Sir Tristão caiu de joelhos e implorou-lhe perdão e misericórdia.

Então, Sir Tristão disse:

– Vou agora mesmo julgar-te, e se tiver certeza de que tu e esses outros estão realmente arrependidos, e se me garantirem que, de agora em diante, serão leais e devotados à senhora que voltou a ser dona deste castelo e desta terra, então serei misericordioso. Mas se porventura se mostrarem infiéis e traiçoeiros, como era esse Sir Nabon que morreu, então podem estar certos de que retornarei e irei puni-los do mesmo modo como me viram punir aquele cavaleiro mau e seu jovem filho.

Sir Tristão conversa com os empregados do castelo

Então Sir Tristão disse:

– Quem é o guarda deste castelo?

E o guarda levantou a mão e disse:

– Senhor, sou eu.

Sir Tristão disse:

– Que prisioneiros são mantidos aqui?

O guarda disse:

---

98. O castelo e seus prisioneiros, que acabam de ser libertados, ainda estão sem castelão, sem senhor, uma vez que o marido de Lady Louise foi morto e era a ele que competia o papel de juiz em seus domínios. Enquanto a ordem não se restabelece, Tristão, a serviço da Lady e como ganhador da causa, supre essa função.

– Senhor, há quatro cavaleiros e três damas que estão aqui prisioneiros em troca de resgate.

Então Sir Tristão disse:

– Tragam-nos aqui.

Então o guarda e vários outros empregados do castelo saíram correndo e logo voltaram trazendo os pobres prisioneiros que tinham libertado das masmorras do castelo. Levaram-nos até a presença de Sir Tristão, que fazia as vezes de juiz sentado no banco de lenho. E Sir Tristão olhou-os com muita pena e viu que estavam num deplorável estado de abandono e tão miseráveis por causa do seu cativeiro que alguns choravam de puro desconsolo. Então Sir Tristão disse:

– Fiquem tranquilos e não se entristeçam mais, pois agora terminou seu sofrimento de uma vez por todas, e a felicidade os aguarda. Sir Nabon está morto, bem como seu filho, e ninguém mais os atormentará. Além disso, devo dizer que Sir Nabon acumulou muitos *Sir Tristão consola os prisioneiros* tesouros aqui e todo esse tesouro será dividido entre vocês, para compensá-los. Portanto, quando partirem daqui, sairão muito mais ricos do que quando chegaram.

Assim falou Sir Tristão, prometendo-lhes muito para lhes dar um pouco de consolo.

Quanto ao tesouro de que falara, saberão num instante o que era.

Quando Sir Tristão mandou trazerem o tesoureiro do castelo, este conduziu Sir Tristão aos cofres do castelo, e lá havia sete baús trancados e aferrolhados. Sir Tristão então mandou vir o ferreiro do castelo, e o ferreiro veio e arrombou os baús. E – ora vejam só! – ficaram todos assombrados e deslumbrados com o tesouro que se revelou aos seus olhos: os baús estavam cheios de um incalculável tesouro de ouro e prata e pedras preciosas de vários tipos.

E além desse tesouro, saibam que encontraram nos cofres muitos fardos de tecidos – alguns de seda e veludo, outros de tecidos de fios de ouro e prata.[99] E encontraram muitos objetos valiosos, e muitas finas armaduras, entre muitas outras coisas de valor, pois durante vários anos Sir Nabon acumulara todo aquele tesouro cobrando tributos dos navios que passaram pela ilha.

---

99. O desenvolvimento da indústria têxtil, cujos centros principais foram Flandres, o norte da Itália e, um pouco mais tarde, a Inglaterra, trouxe consigo a fabricação de numerosas qualidades de panos, dezenas e dezenas de tecidos diversos, documentados nos sécs.XIII, XIV e XV. Cada cidade possuía o seu tipo de pano especial e o segredo de seu fabrico era ciosamente guardado. Ou seja, os tecidos eram material precioso, por isso estavam entre os tesouros do castelo recém-libertado.

Sir Tristão mandou que carregassem todo aquele tesouro para fora e dividiu-o em sete partes iguais. Então disse assim para os pobres prisioneiros:

– Olhem! Vejam! Deixo-lhes tudo isso para compensá-los! Que cada um de vocês tome uma quota e parta satisfeito!

Aquilo deixou todos muito impressionados com a generosidade de Sir Tristão, e disseram:

– Senhor, como pode ser? Não guardará nenhuma parte deste tesouro para si?

Sir Tristão lhes respondeu:

Sir Tristão divide o tesouro entre os prisioneiros

– Não, por que o faria? Não estou triste, nem doente, nem estou sofrendo como vocês, pobres prisioneiros. Tudo confisquei para consolá-los e não para satisfazer minha própria cobiça. Portanto, que cada um tome a sua parte e use-a em paz e conforto, e para o bem de outros que estejam em dificuldades, como vocês estavam. Pois, já que até agora este tesouro foi usado para fins cruéis, que de agora em diante seja usado para o bem.

Assim se fez grande alegria entre todas aquelas pobres almas que antes se achavam tão tristes e miseráveis.

Depois que isso foi resolvido, Sir Tristão começou a ver como aquela terra poderia ser bem governada em nome de Lady Louise. Portanto escolheu entre os prisioneiros que libertara certo cavaleiro da Cornualha, muito honrado e valoroso, chamado Sir Segwarides. Sir Tristão nomeou-o governador da ilha, e deu-lhe liberdade para governá-la como quisesse, contanto que prestasse vassalagem a Lady Louise como suserana.[100] E Sir Tristão ordenou a Sir Segwarides

Tristão nomeia Sir Segwarides governador do castelo

que pagasse tributo a ela todo ano, conforme o valor justo que ficasse acordado entre eles. Com isso Sir Tristão desejava que um cavaleiro forte e valoroso governasse a ilha, pois temia que, dada a sua localização, caísse novamente nas mãos de um senhor malvado e cruel como Sir Nabon.

Então foi feito conforme ordenara Sir Tristão. E deve-se dizer também que Sir Segwarides governou aquela terra de forma muito justa e que ele e Lady Louise vieram a ser tão bons amigos que, três anos depois, tornaram-se marido e mulher.

---

100. As viúvas eram abundantes na sociedade cavaleiresca, quando os homens morriam dizimados em guerras violentas. Criados os filhos, a elas aconselhava-se a solução da entrada no convento; mas se eram jovens, atraentes e tinham a prole de menores, geralmente sua própria linhagem e a do defunto sugeriam novo casamento, o que acontecia sem dificuldades. Ou, ficando sozinhas, elas instalavam-se tranquilamente no chamado "patrimônio dotal", que era sua porção de bens e direitos cedidos pelo marido no pacto matrimonial. Portanto, embora a ilha de Lady Louise ganhasse um "governador", era ela a suserana, a quem ele devia vassalagem.

Sir Lamorack cuida dos porcos de Sir Nabon.

Sir Tristão ficou na ilha ainda vários dias para ajudar a estabelecer o governo de Sir Segwarides. E fez com que toda a gente da terra se apresentasse a Sir Segwarides para jurar-lhe obediência.

No meio de toda a gente veio Sir Lamorack, vestido de guardador de porcos. E Sir Tristão não o reconheceu, pois estava todo coberto de andrajos e peles de animais, e sua barba e cabelo estavam longos e desalinhados, caindo desgrenhados sobre o peito. Mas Sir Lamorack reconheceu Sir Tristão, contudo ainda assim não se apresentou a ele pois se sentia envergonhado que Sir Tristão o visse daquela maneira, tão maltrapilho e miserável. Por isso evitava olhar para Sir Tristão, e Sir Tristão passou por ele e não o reconheceu.

Sir Tristão vê o anel de Sir Lamorack

Mas entre as outras pessoas do castelo que desfilaram diante de Sir Tristão veio uma mulher, muito formosa, que tinha sido uma escrava doméstica de Sir Nabon. E quando essa mulher passou por Sir Tristão, ele percebeu que ela usava no polegar um anel muito belo e brilhante, com uma pedra verde incrustada no ouro trabalhado. E quando olhou novamente, Sir Tristão viu que era o anel de esmeralda lapidada que ele tinha dado a Sir Lamorack, como já foi contado.

Aquilo deixou Sir Tristão perplexo, portanto ordenou que a mulher fosse ter com ele. Ela assim o fez, e ficou diante dele, trêmula. Então Sir Tristão disse:

– Não te assustes, mas agora diz: onde conseguiste esse anel que vejo em teu dedo?

E a mulher disse:

– Senhor, direi a verdade. Meu marido é o chefe dos pescadores da região, e um dia, algum tempo atrás, ele me deu este anel quando quis me fazer um agrado.

Sir Tristão disse:

– Onde está teu marido?

E a escrava disse:

– Está ali adiante.

Então Sir Tristão disse:

– Vem aqui, camarada!

E em seguida o pescador veio e prostrou-se diante de Sir Tristão como sua esposa tinha feito, e ele também tremia de medo, como ela.

Sir Tristão interroga o pescador

Sir Tristão virou-se para ele e disse:

– Por que tremes assim?

E o pescador disse:

– Senhor, tenho medo!

Sir Tristão disse:

– Não temas, a não ser que tenhas feito algo de errado. Agora diz a verdade: onde conseguiste o anel que tua mulher usa?

– Milorde – disse o pescador –, contarei a mais pura verdade. Um dia eu e vários de meus companheiros encontramos um homem deitado nu num canteiro de urzes perto do mar. Primeiro achamos que estivesse morto, mas ele acordou e levantou-se ao ouvir nossas vozes. Estava nu e faminto, e pediu-nos comida e roupas para cobrir a nudez. Então lhes demos o que pudemos, pedindo o anel em troca. Então ele entregou o anel a mim, que sou o líder dos pescadores, e eu o dei à minha mulher. E é essa, Milorde, toda a verdade.

Então Sir Tristão ficou muito preocupado, pois temia que o pior tivesse acontecido a Sir Lamorack. Então disse:

– E agora onde está o homem de quem falas?

E o pescador respondeu:

– Milorde, mandaram-no cuidar dos porcos, e ele até hoje é o guardador de porcos do castelo.

Sir Tristão ficou muito feliz de ouvir aquilo, e saber que nada de pior acontecera a Sir Lamorack e que ele ainda estava vivo.

Assim, depois que o pescador foi embora, Sir Tristão ficou ainda algum tempo perdido em pensamentos. E pensava consigo mesmo: "Ai! Que um cavaleiro tão nobre tenha sido levado a isso! Como meu amigo deve estar se sentindo humilhado para não se revelar a mim nem pedir minha ajuda, de tanta vergonha que tem de sua aparência! Creio que não é certo que eu peça que venha do jeito que agora está, pois seria descortês da minha parte fazê-lo apresentar-se nesses trajes. Por isso primeiro farei com que o vistam de acordo com sua condição elevada, e depois ele há de querer apresentar-se a mim. Depois disso, talvez recupere sua afeição por mim, e ela voltará a ser como era antes."

Portanto, Sir Tristão convocou várias pessoas do castelo e deu-lhes algumas ordens, e imediatamente partiram e fizeram conforme ele ordenara.

Agora retornemos a Sir Lamorack: enquanto cuidava de seus porcos chegaram quatro homens vindos do castelo. Estes lhe disseram:

– Deves vir imediatamente conosco.

Sir Lamorack disse:

– Aonde querem me levar?

Eles disseram:

– Não temos permissão para contar. Somente dizemos que deves vir conosco.

Então Sir Lamorack ergueu-se e partiu com os quatro, imaginando o que poderia lhe acontecer e se o que lhe iria acontecer seria bom ou ruim.

Os quatro homens levaram-no até o castelo e lá entraram, então conduziram Sir Lamorack pelas escadarias, ainda muito receoso, até um imponente aposento, cujas paredes eram recobertas de tapeçarias e finos tecidos bordados. Sir Lamorack viu que lá havia uma grande banheira cheia de água morna, toda rodeada de cortinas de linho. Havia lá muitos atendentes, que foram até Sir Lamorack, despiram-no e conduziram-no até a banheira, e banharam-no e secaram-no com linho macio e toalhas delicadas. Então veio o barbeiro, barbeou Sir Lamorack e aparou seus cabelos. E uma vez limpo e barbeado, Sir Lamorack voltou a irradiar sua nobreza, como

Sir Lamorack é levado até o castelo

o sol volta a brilhar depois que densas nuvens, que às vezes encobrem seu esplendor, afastam-se, fazendo com que a gloriosa estrela da manhã possa mais uma vez reluzir com redobrado brilho.

Em seguida vieram vários outros atendentes e vestiram Sir Lamorack com vestes ricas e elegantes, as mais dignas de um cavaleiro real. Depois disso, vieram vários escudeiros e trouxeram uma esplêndida armadura e colocaram-na em Sir Lamorack. A armadura brilhava feito a luz do sol, de tão polida e limpa, além de ser trabalhada com figuras de prata e arabescos.

Sir Lamorack coloca a armadura

Então Sir Lamorack disse:

– Por que fazem tudo isso comigo?

E eles responderam:

– Espere, Senhor, e verá.

Assim, depois que tudo isso foi feito, cinco outros escudeiros vieram e levaram Sir Lamorack embora. Conduziram-no por vários corredores e passagens até que finalmente chegaram a um enorme salão onde havia um homem sozinho, e aquele homem era Sir Tristão.

Quando Sir Tristão olhou para Sir Lamorack, seu coração encheu-se de carinho e apreço. Mas não queria revelar sua afeição àqueles que trouxeram Sir Lamorack, portanto conteve-se ainda um pouco e disse aos atendentes:

– Podem ir.

E eles logo saíram.

Então Sir Lamorack ergueu os olhos e caminhou até Sir Tristão e disse:

– Foste tu, Tristão, quem me fizeste todas estas benesses?

E disse:

– Isto seria o esperado de uma alma tão nobre quanto a tua.

Então Sir Tristão começou a chorar de alegria e disse:

– Lamorack, foi muito pouco o que fiz para agradar-te e muito o que fiz para ofender-te.

Então Sir Lamorack disse:

– Nada disso; é muito o que fizeste para consolar-me e pouco o que fizeste para incomodar-me. Vê só! Substituíste meu sofrimento pela felicidade, a nudez e a penúria pela prosperidade e pelo conforto, o que mais pode um homem fazer por outro?

Sir Tristão e Sir Lamorack reconciliam-se

– Lamorack – disse Sir Tristão –, há muito mais que um homem pode fazer por outro. Pois se um homem ofendeu a um outro, pode reconciliar-se com aquele a quem ofendeu, e assim a sua alma pode cobrir-se de paz e alegria, do mesmo modo como teu corpo foi coberto com vestes de seda e puro linho.

Então Sir Tristão tomou Sir Lamorack pela mão e disse:

– Caro amigo, estás agora forte e recuperado?

E Sir Lamorack, ainda muito surpreso, disse:

– Estou.

– Então – disse Sir Tristão –, posso agora tentar reparar a desfeita que, a contragosto, te causei antes. Vê só: mandei que te colocassem a melhor armadura que existe, e agora que estás recuperado, forte e saudável, estou pronto para lutar contigo quando bem quiseres. Pois antes poderias ser derrubado por estares cansado de tanto lutar, mas agora poderás mostrar tua coragem, já que estás forte e sadio de corpo e alma.

Mas naquele instante Sir Lamorack correu até Sir Tristão, apertou-o entre os braços e beijou-o no rosto. E disse assim:

– Tristão, és de fato uma alma muito nobre. Não lutarei contigo; em vez disso te guardarei no coração para sempre com toda a afeição.

Sir Tristão disse:

– Estás satisfeito com isso?

– Sim.

E então Sir Tristão começou a chorar de pura alegria.

Então Sir Tristão disse:

– Vamos até Sir Lancelot do Lago para que eu possa fazer as pazes com ele também. Afinal, escreveu-me uma carta repreendendo-me por ter lutado contigo quando estavas cansado e alquebrado da luta. Eu estava justamente a caminho, para vê-lo e defender-me, quando vim parar aqui por acaso, e pude resgatar-te do teu aperto.

Sir Lamorack então respondeu:

– Irei contigo até Sir Lancelot quando quiseres e darei meu testemunho completo da forma cavaleiresca e cortês como te portaste.

Assim, quando veio a manhã seguinte, embarcaram e partiram da ilha. E naquela noite dormiram no castelo de Lady Louise, que agradeceu encarecida a Sir Tristão por livrar o mundo de um ser tão mau e cruel como Sir Nabon, e por devolver-lhe as terras que havia herdado. E na manhã do dia seguinte os dois bons cavaleiros partiram para Camelot, onde encontraram Sir Lancelot. Lá Sir Lamorack eximiu Sir Tristão de qualquer culpa, e Sir Lancelot imediatamente retirou sua queixa sobre a batalha que Sir Tristão travara contra Sir Lamorack.

Sir Tristão e Sir Lamorack partem da ilha

Depois daquilo, Sir Tristão e Sir Lamorack permaneceram na corte do Rei Arthur por quase um ano, e durante aquele tempo participaram de muitas demandas e aventuras de vários tipos – às vezes sós, às vezes juntos. Todas elas foram registradas nos livros antigos que narram as aventuras de Sir Tristão e de Sir Lamorack. Gostaria muito de contar algumas delas a vocês, mas se o fizesse, essas histórias acabariam por encher vários livros do tamanho deste aqui. Contudo, posso dizer-lhes que realizaram juntos muitos feitos cavaleirescos, cuja fama tem passado de geração em geração nas várias histórias de cavalaria. Assim poderão ler sobre isso se tiverem vontade.

Em vez disso, agora contarei a vocês como Sir Tristão retornou à Cornualha. E também vou lhes contar mais uma famosa aventura em que ele então se lançou.

SIR TRISTÃO JÁ ESTAVA há cerca de um ano na corte do Rei Arthur quando, certo dia, chegou um mensageiro a Camelot com novas de que Sir Palamedes, o cavaleiro sarraceno cuja história já foi contada, havia usado de um truque astuto para raptar Lady Isolda, a Bela, e levá-la para uma torre isolada nas florestas da Cornualha.[101] O mensageiro trazia uma carta do Rei Mark pedindo que Sir Tristão retornasse o mais rápido possível à Cornualha para resgatar a dama do cativeiro em que se achava. A carta ainda dizia que dois cavaleiros da Cornualha já tinham tentado resgatar Lady Isolda, mas que haviam falhado, tendo sido derrotados e gravemente feridos ao lutar contra Sir Palamedes. E a carta dizia que todos acreditavam que Sir Tristão era o único cavaleiro da Cornualha capaz de resgatar Isolda, a Bela, de um cavaleiro tão poderoso e intratável quanto Sir Palamedes.

Sir Tristão recebe notícias da Cornualha e de Sir Palamedes

Então, em resposta à carta, Sir Tristão imediatamente deixou a corte do Rei Arthur e retornou com toda pressa à Cornualha, e lá encontrou todos muito preocupados que Lady Isolda fora raptada daquele modo.

Mas Sir Tristão não permaneceu na corte por muito tempo. Depois de conseguir as informações que desejava, partiu imediatamente de Tintagel e penetrou

---

101. Dois aspectos ressaltam desse episódio: 1) o rapto de Isolda, a Bela, por um Palamedes apaixonado e sempre rejeitado: antes de qualquer coisa, é preciso lembrar que esse assunto do rapto não pode ser entendido sem sua contextualização e, principalmente, sem levar em conta as fontes (se religiosas, políticas, econômicas, jurídicas etc.), dependendo das quais a versão de um mesmo fato é modificada. Em sentido amplo e generalizado, o rapto define-se como uma violência, pois o raptor entra na casa e arranca a mulher do convívio dos seus, com o objetivo de desposá-la (ou não) – por amor, por vingança, por interesse etc. E ainda há os casos de fuga voluntária, da mulher com algum sedutor; 2) a "torre isolada nas florestas da Cornualha", apelando ao *maravilhoso* na concepção do espaço em novelas de cavalaria, parece o lugar propício para esconder a amada: solitário, ermo, inacessível, contando com a densidade das árvores e os temores lendários que cercam sua penetração.

na floresta junto com Gouvernail em busca da torre solitária onde se dizia que Isolda, a Bela, era mantida prisioneira.

Depois de passar por várias aventuras menores, finalmente conseguiu penetrar no coração da floresta onde havia uma clareira. E no meio da clareira viu uma torre solitária rodeada por um fosso. Achou então que aquele deveria ser o local onde Lady Isolda, a Bela, era mantida prisioneira.

Mas quando Sir Tristão se aproximou da torre, notou um cavaleiro solitário sentado ao pé da torre com a cabeça pendida sobre o peito como se estivesse com o coração partido. E quando se aproximou mais ainda, Sir Tristão ficou perplexo de ver que aquele cavaleiro pesaroso era Sir Palamedes, o Sarraceno, e ficou imaginando por que Sir Palamedes estaria tão desconsolado.

Tristão encontra Sir Palamedes na floresta

Agora é preciso contar como Sir Palamedes acabou naquele triste estado. A verdade era que ficara trancado do lado de fora da torre, enquanto Lady Isolda, a Bela, tinha se trancado lá dentro.

Pois bem, já foi contado como a carta do Rei Mark contava para Sir Tristão que dois cavaleiros da Cornualha foram juntos enfrentar Sir Palamedes para desafiá-lo e resgatar Lady Isolda.

O segundo desses cavaleiros era Sir Adthorp, e ele tinha seguido Sir Palamedes tão de perto pela floresta que alcançara a torre da floresta não mais do que uma hora depois que Sir Palamedes levara Lady Isolda, a Bela, para lá.

Logo que lá chegou, Sir Adthorp lançou em altos brados um desafio para que Sir Palamedes saísse e lutasse com ele. Então Sir Palamedes imediatamente saiu para atacá-lo, cheio de raiva que Sir Adthorp tinha vindo meter-se no assunto.

Mas assim que Sir Palamedes saiu para lutar com Sir Adthorp, Lady Isolda, a Bela, desceu correndo pelas escadas da torre e imediatamente fechou a porta da entrada, e trancou-a, atravessando-lhe um enorme ferrolho de lenho.

Portanto, quando Sir Palamedes derrotou o cavaleiro da Cornualha e resolveu retornar para a torre, não conseguiu, pois, imaginem só!, a porta estava trancada. Portanto permanecera três dias sentado ali, ao pé da torre e ao lado do fosso, afundado em tristeza como alguém que tivesse perdido a razão.

De como Sir Palamedes ficou do lado de fora da torre

Foi assim que Sir Tristão o encontrou, e vendo que era de fato Sir Palamedes que estava ali sentado, disse a Gouvernail:

– Vai lá e pede àquele cavaleiro que venha e lute comigo.

Então Gouvernail foi até Sir Palamedes e disse:

– Senhor, levante-se pois ali está um cavaleiro que quer lhe falar!

Mas Sir Palamedes não se movia. Então Gouvernail tocou-o com sua lança, e disse:

– Sir Palamedes, levante-se e avie-se, pois eis aí Sir Tristão que veio lutar consigo.

Aquelas palavras fizeram com que Sir Palamedes despertasse de seu estupor e se erguesse de modo muito lento e teso. E recolheu seu elmo que estava caído ao seu lado e colocou-o na cabeça. Então apanhou seu escudo que estava pendurado no muro e montou em seu cavalo, e tudo fazia como se estivesse num transe.

Mas, assim que montou em seu cavalo, foi como se tivesse despertado, pois recobrou seu espírito feroz novamente. Então rangeu os dentes e gritou bem alto:

– Tristão, desta vez um de nós há de morrer.

Em seguida, avançou contra Sir Tristão e golpeou-o de forma tão violenta que Sir Tristão teve muita dificuldade em se defender. E Sir Palamedes continuava golpeando-o sem parar, enquanto Sir Tristão revidava. Mas se os golpes desferidos por Sir Palamedes eram terríveis, também o eram os golpes desfe-

Sir Tristão derrota Sir Palamedes

ridos por Sir Tristão. Enfim, Sir Tristão acabou por atingir Sir Palamedes com uma tal bofetada que o cavaleiro sarraceno caiu do seu cavalo e não conseguiu mais se levantar. Então Sir Tristão correu até ele, arrancou seu elmo e agarrou-o pelos cabelos para degolá-lo.

Mas nisso Lady Isolda, a Bela, veio correndo da torre e gritou:

– Tristão, és tu? Poupa esse cavaleiro equivocado e tem misericórdia dele, do mesmo modo como tu mesmo gostarias que tivessem contigo.

– Dama – disse Sir Tristão –, por tua causa e a teu pedido irei poupá-lo.

Então disse a Sir Palamedes:

– Levanta.

E Sir Palamedes levantou-se com muita dificuldade, e Sir Tristão disse:

– Vai embora e segue até a corte do Rei Arthur. Lá confessarás tudo ao Rei e pedirás que ele te perdoe, e se ele te perdoar, então eu também o farei.

Em seguida Sir Palamedes montou em seu cavalo e partiu sem dizer mais nada, a cabeça caída sobre o peito de tristeza, vergonha e desespero.

Então Sir Tristão colocou Lady Isolda, a Bela, na garupa de seu cavalo, e os dois partiram dali junto com Gouvernail.

Sir Tristão leva Lady Isolda de volta para a Cornualha

Foi assim que Sir Tristão trouxe Lady Isolda de volta para a Cornualha e lá foi recebido com grandes vivas e alegria, pois todos estavam contentes de ver que Lady Isolda, a Bela, tinha sido trazida de volta sã e salva.

E agora saberão que recompensa Sir Tristão recebeu por esse feito em armas.

Embora de início o Rei Mark ficasse muito grato a Sir Tristão por ter resgatado Lady Isolda, a Bela, aos poucos voltou a odiar o nobre cavaleiro ainda mais do que antes, pois ouvia que todos comentavam entre si:

– Veja só, Sir Tristão é com certeza o maior campeão da Cornualha, pois quem estaria à sua altura nestas terras?

O Rei Mark, ao ouvir estas coisas, pensava consigo mesmo: "Quanto mais nobre é Tristão, mais ignóbil os homens hão de achar-me se eu ficar a dever favores a um inimigo desses." Então seu coração dizia: "É isso mesmo, Tristão: odeio-te mais do que à morte."

PARTE III

A Loucura de Sir Tristão

Aqui se segue a história de como Sir Tristão foi expulso da Cornualha e como enlouqueceu por causa de seus dissabores. Também será contado como realizou várias aventuras assaz incríveis enquanto assim estava e como voltou a ser são.

Capítulo Primeiro

Como Sir Tristão foi surpreendido com Lady Isolda, a Bela;
como atacou o Rei Mark e como fugiu de Tintagel para a floresta

D EPOIS DE RESGATAR Lady Isolda, a Bela, das mãos de Sir Palamedes, Sir
Tristão ficou vivendo em paz na corte da Cornualha por todo aquele
inverno até a primavera seguinte, e durante aquele tempo recebia todos os
tipos de elogios e honrarias. Mas embora o Rei Mark e sua corte elogiassem
Sir Tristão com palavras, ele e muitos dos seus no fundo odiavam Sir Tristão,
e havia vários velhacos prontos para atiçar as brasas da ira do rei e transformá-
las em labaredas.

O principal desses velhacos era Sir Andred, que era sobrinho do Rei Mark e
primo-irmão de Sir Tristão. Sir Andred era um cavaleiro feroz e forte, além de
muito destro em armas. Mas era mesquinho e traiçoeiro na mesma medida em
que Sir Tristão era generoso e nobre; e ele odiava Sir Tristão de tanto ressen-
timento (embora disfarçasse esse ódio) e buscava qualquer oportunidade para
prejudicar Sir Tristão, colocando-o contra o Rei.

Então Sir Andred pôs espiões para seguir Sir Tristão, e ele
mesmo passou a espionar o primo, embora nem ele nem os espiões conseguissem descobrir nada que incriminasse Sir Tristão.
Até que um dia Sir Andred foi até Sir Tristão e disse:

*Sir Andred da
Cornualha põe
espiões para
seguir Sir Tristão*

– Senhor, Lady Isolda, a Bela, quer vê-lo e falar-lhe.

Sir Tristão disse:

– E onde está ela?

E Sir Andred disse:

– Ela está em seu quarto.

Então Sir Tristão disse:

– Muito bem, então lá irei vê-la.

Então Sir Tristão levantou-se e saiu para encontrar-se com ela. Em seguida
Sir Andred correu até o Rei Mark e disse:

– Senhor, levante-se, pois Sir Tristão e Lady Isolda estão juntos conversando.

O Rei Mark disse:

– Onde estão?

E Sir Andred disse:

– Estão no quarto da Rainha.

Aquelas palavras incendiaram a ira e o ciúme que o Rei Mark já trazia em si, e deixaram-no num súbito frenesi. Tomado assim de uma raiva enlouquecida, olhou em volta buscando alguma arma para dar cabo de Sir Tristão e avistou uma enorme espada pendurada na parede. Logo correu até a espada, tirou-a de seu lugar e correu com toda pressa, guiado por Sir Andred, até onde Sir Tristão e Lady Isolda estavam.

Ao chegar ao quarto de Lady Isolda, o Rei Mark escancarou a porta de um lance e encontrou Sir Tristão e Lady Isolda sentados juntos, à janela. E viu que Lady Isolda chorava e que Sir Tristão tinha uma expressão muito melancólica no rosto por causa da tristeza que ela sentia. Então o Rei Mark contorceu-se todo como se fosse tomado de uma dor aguda, e gritou numa voz muito rouca e sonora:

O Rei Mark ataca Sir Tristão

– Traidor! Traidor! Traidor!

Disse a palavra três vezes. Em seguida, correu até Sir Tristão e investiu furiosamente contra ele com a espada que trazia, tencionando matá-lo.

Acontece que naquele momento Sir Tristão estava sem armadura e vestido com roupas de seda escarlate. Aquilo permitiu-lhe mover-se com agilidade e prontidão. Assim, quando viu que o Rei Mark vinha avançando para matá-lo, saltou para o lado e desviou da estocada. Em seguida correu até o Rei Mark e segurou-o pelo pulso, arrancando a espada de sua mão.

Naquele momento, contudo, Sir Tristão ficou cego de ódio e quase matou seu tio, não fosse Lady Isolda, percebendo a fúria em seu rosto, gritar numa voz muito aguda:

– Não o faça! Não o faça!

E logo lhe lembrou que o Rei Mark era irmão de sua mãe e que fora por suas mãos que ele tinha sido sagrado cavaleiro.

Então Sir Tristão girou a espada na mão e, com a lâmina deitada, golpeou o Rei Mark repetidas vezes, deixando-o tão apavorado que gemia feito um bicho encurralado. O Rei Mark então saiu correndo para tentar escapar, mas Sir Tristão saiu em seu encalço, rangendo os dentes feito um javali enfurecido e investindo sem parar contra o Rei, até que o castelo foi tomado pelo estardalhaço e o tumulto dessa briga.

Sir Tristão golpeia o Rei Mark

Então muitos cavaleiros da Cornualha vieram correndo para defender o Rei, e junto com eles veio Sir Andred. Mas quando Sir Tristão os viu, sua ira de repente voltou-se contra eles, de modo que, mesmo sem armadura, correu

Sir Tristão agride o Rei Mark.

até eles e golpeou-os com tal ferocidade que eles se encheram de pavor daquela fúria e fugiram dele. Mas Sir Tristão continuou perseguindo-os através do castelo, desferindo poderosas estocadas à direita e à esquerda até que, exaurido, havia derrubado vários deles, dentre os quais Sir Andred, que jazia seriamente ferido. Então, passado algum tempo, Sir Tristão cansou-se de lutar e exclamou:

– Com certeza esses aí não são cavaleiros, mas porcos!

E parou de golpear, e com isso aqueles que ainda conseguiam, fugiram.

Em seguida, foi até seus aposentos e armou-se todo sem chamar Gouvernail, e então montou em seu cavalo e partiu. Não ia acompanhado nem mesmo de Gouvernail, mas somente de seu cão favorito, chamado Houdaine, que o seguiu pela floresta enquanto ele cavalgava. E enquanto ia,

Sir Tristão parte de Tintagel

Sir Tristão não desviava o olhar, mas olhava somente para a frente de um modo altivo e orgulhoso, e ninguém ousava impedir sua passagem.

Contudo, embora parecesse tão resoluto, na verdade levava o coração partido, pois sabia que, ao deixar o castelo, estava deixando para trás tudo o que lhe era mais caro no mundo; era como alguém que partia de um jardim agradável para um ermo desolado, onde só havia dor e sofrimento.

Então, pouco depois que Sir Tristão partira, Gouvernail também montou em seu cavalo e seguiu para a floresta, onde passou muito tempo procurando seu amo, sem encontrá-lo. Mas, depois de algum tempo, deparou com Sir Tristão sentado sob uma árvore com a cabeça caída sobre o peito. E Houdaine estava deitado ao seu lado e lambia a sua mão, mas Sir Tristão não lhe dava atenção, tão absorto que estava em seu sofrimento que nem percebia que Houdaine lambia sua mão daquele jeito.

Gouvernail encontra Sir Tristão na floresta

Então Gouvernail desmontou de seu cavalo e foi até Sir Tristão, e Gouvernail começou a chorar ao ver o sofrimento de Sir Tristão. E Gouvernail disse:

– Senhor, levante a cabeça e anime-se pois o mundo ainda há de lhe trazer alegrias.

Então Sir Tristão ergueu os olhos muito devagar (pois pesavam-lhe como chumbo) e ficou algum tempo olhando Gouvernail como se não o enxergasse. Então, dali a pouco disse assim:

– Gouvernail, que mal fiz eu para viver assim tão amaldiçoado?

Gouvernail disse, ainda chorando:

– Senhor, não fez nenhum mal, ao contrário: é um cavalheiro em todos os aspectos, muito nobre e valoroso.

– Ai de mim! – falou Sir Tristão. – Devo ter feito, sem querer, algum mal aos olhos de Deus, pois com certeza a mão de Deus me oprime.

Gouvernail disse:

– Senhor, não se desespere; diga-me apenas aonde vamos agora?

E Sir Tristão disse:

– Não sei.

Então Gouvernail disse:

– Senhor, partamos, não importa para onde, pois não me importa tempestade, neve ou gelo desde que eu o acompanhe.

Então, Sir Tristão olhou para Gouvernail e sorriu, e disse:

Sir Tristão pede que Gouvernail retorne a Tintagel

– Gouvernail, muito me alegra que me tenhas uma afeição tão grande. Porém desta vez não poderás vir comigo, pois Lady Isolda, a Bela, tem poucos amigos na corte da Cornualha e muitos inimigos. Portanto, gostaria que retornasses até ela por mim, para que sejas seu amigo e cuides dela em minha ausência, pois não poderei ajudá-la em alguma necessidade. E leva contigo este cão, Houdaine, e pede a Lady Isolda que o mantenha consigo para lembrar-lhe da lealdade que tenho por ela: pois serei leal a ela, na felicidade e na tristeza, nos momentos bons e nos ruins, do mesmo modo que este animal me é leal sob qualquer circunstância. Portanto, volta a Tintagel como te pedi, e serve àquela dama do mesmo modo como me serviste, pois ela me é mais querida que tudo: se o coração é o que dá vida ao corpo, a felicidade dela é o que me mantém vivo.

Então Gouvernail chorou ainda mais, e disse:

– Senhor, obedecerei.

Em seguida montou em seu cavalo, ainda chorando de tanta tristeza, e partiu dali, seguido por Houdaine e deixando Sir Tristão sozinho, ali sentado no meio da floresta.

Depois disso, Sir Tristão vagou por muitos dias na floresta, sem saber para onde ia, pois tinha enlouquecido com tudo o que acontecera. Ficou sem comer ou descansar todo aquele tempo. Assim, com a privação que foi passando, aos poucos começou a perder o juízo: passado algum tempo, esqueceu quem era, e qual era a sua posição, e de onde vinha ou aonde ia. E como sua armadura começasse a lhe pesar, arrancou-a e jogou-a fora, passando a vagar semidespido pelos matos.

Sir Tristão vagueia louco pela floresta

Lá pelo sexto dia de errância, chegou à beira da floresta e perto do mar num lugar que não era muito distante do castelo de Lady Louise, onde se hospedara quando se lançou na aventura contra Sir Nabon, como já foi contado. Ali, esgotado de fome e cansaço, deitou-se sob o sol nas cercanias da floresta e imediatamente caiu num sono profundo, que era como um desmaio.

Aconteceu que, naquele momento, veio passando por ali uma dama de companhia de Lady Louise. Ao avistar um homem deitado na relva nas cercanias da floresta, seu primeiro pensamento foi o de fugir dali. Mas, ao ver que o homem se achava estranhamente imóvel, como se estivesse morto, aproximou-se devagarinho e olhou para ele.

Acontece que a donzela tinha visto Sir Tristão muitas vezes quando ele esteve no castelo de Lady Louise. Então, naquele instante, embora ele estivesse tão abatido e magro, tão maltrapilho e barbado, ela recordou-se do rosto e reconheceu Sir Tristão.

Então a donzela voltou correndo até Lady Louise (a dama não se achava muito distante dali) e disse:

– Senhora, lá adiante há um homem caído perto da floresta e creio que seja Sir Tristão de Lyonesse. Mas, como está coberto em andrajos e muito alquebrado, não tenho certeza de que se trata realmente de Sir Tristão ou não. Peço então que venha agora comigo e olhe para ele para ver se o reconhece.

Então Lady Louise seguiu com a donzela até onde Sir Tristão se achava e olhou para o seu rosto, e reconheceu Sir Tristão apesar de seu terrível aspecto.

Então Lady Louise tocou Sir Tristão no ombro e o sacudiu, fazendo-o despertar e sentar-se. Então Lady Louise disse:

– Sir Tristão, é mesmo o senhor que está aí deitado?

Lady Louise encontra Sir Tristão

E Sir Tristão disse:

– Não sei quem sou.

E Lady Louise disse:

– Senhor, como veio parar aqui neste estado lamentável?

E Sir Tristão disse:

– Não sei de onde vim, nem como cheguei aqui, nem quem sou, nem por que sofro, pois minha mente me escapa e não consigo lembrar-me de nada.

Então a dama suspirou de pena de Sir Tristão e disse:

– Ai que triste, Sir Tristão, encontrá-lo assim! Agora peço, senhor, que venha comigo até meu castelo, que fica aqui perto. Lá cuidaremos do senhor e talvez consigamos curá-lo.

Mas Sir Tristão retrucou:

– Senhora, não posso acompanhá-la. Embora não lembre de onde venho, nem quem sou, sei disto: sei que estou louco, e que a floresta é o único lugar que me cabe.

A dama respondeu:

– Ora, Sir Tristão, morrerá se ficar aqui sozinho na floresta.

E Sir Tristão disse:

– Senhora, não entendo o que diz quando diz que morrerei. O que é morrer?

Ao ouvir aquelas palavras, Lady Louise entendeu o estado de Sir Tristão: sua mente turvara-se por completo. E ela concluiu que por certo lhe acontecera algum terrível infortúnio para torná-lo assim. Então ela se lembrou de como ele amava o som da harpa e pensou consigo mesma: "Talvez a música ajude-o a recobrar o juízo."[102] Então disse à donzela que a tinha trazido ali:

---

102. Howard Pyle pode ter-se baseado na obra *Folie Tristan* (meados do séc.XIII) – uma das numerosas versões da lenda – para compor, à sua maneira, o presente episódio. A loucura de Tristão é falsa e temporária, mero disfarce para que ele possa aproximar-se de Isolda, a Bela, sem ser reconhecido pelo Rei Mark e por outros inimigos no castelo. Note-se que a música – exercício mnemônico por excelência – é o recurso buscado para fazê-lo "recobrar o juízo".

– Vai e traz minha pequena harpa dourada, e vamos ver se a música o ajuda a recobrar a memória.

Então a donzela correu até o castelo e trouxe a harpa, e Lady Louise tomou a harpa e tocou. E a dama cantou muito docemente uma balada que sabia que Sir Tristão amava.

Lady Louise toca harpa para Sir Tristão

Assim, quando Sir Tristão escutou o som daquela música e aquele canto, levantou-se. Primeiro ouviu com grande prazer, e depois disse:

– Dê-a para mim! Me dê! – e esticava as mãos para tomar a harpa da dama.

Mas Lady Louise ria e se recusava, ao mesmo tempo em que se afastava de Sir Tristão em direção ao castelo, enquanto tocava a pequena harpa e cantava. E Sir Tristão a ia seguindo, repetindo:

– Dê-a para mim! Me dê! – e esticava as mãos para agarrar a harpa.

Foi assim que Lady Louise conduziu-o para longe dali e através dos campos, até chegar ao castelo, e entrar por ele, enquanto Sir Tristão a seguia, pedindo-lhe que lhe entregasse a harpa. E a dama foi conduzindo Sir Tristão daquele modo até levá-lo a um belo aposento, e lá lhe entregou a harpa, e Sir Tristão tomou-a avidamente nas mãos e começou a tocar nela, e tocou e cantou lindamente e com muita alegria e prazer.

Sir Tristão vai até o castelo da dama

Mais tarde, sentindo-se muito apaziguado, comeu e bebeu com muito apetite, e então caiu num sono tranquilo e profundo.

Todavia, o sono restaurador não foi capaz de restaurar o juízo de Sir Tristão, pois quando despertou, ainda não se lembrava de quem era ou de onde viera, tampouco reconhecia o rosto de ninguém à sua volta. Contudo, embora estivesse louco, continuava sendo gentil e amável na loucura, e cortês e educado com todos os que se aproximavam.

Assim Sir Tristão seguiu sendo um dócil prisioneiro no castelo de Lady Louise por quase um mês, e às vezes ela cantava para ele ao som da harpa, e outras vezes ele mesmo tocava e cantava. Mas, sempre que podia, assim que via a oportunidade, escapava de seu cativeiro no castelo e ia para a floresta, pois sabia de sua loucura e buscava sempre esconder essa loucura nos matos profundos e escuros onde só os bichos selvagens poderiam vê-lo.

Mas sempre que ele fugia, Lady Louise levava sua pequena harpa dourada até as cercanias da floresta e tocava, e quando o som alcançava os ouvidos de Sir Tristão, ele retornava ao castelo, atraído pela música.[103]

---

103. Vestígio muito claro do *Flautista de Hamelin*, conto folclórico reescrito pela primeira vez pelos Irmãos Grimm e surgido por volta de 1284. Celebrizado por diversas montagens teatrais e cinematográficas modernas, narra a história de um flautista que consegue afastar todos os

Sir Tristão deixa o castelo de Lady Louise

Só que, certo dia, ele vagou para tão longe que o som da harpa já não podia alcançar seus ouvidos, e então foi vagando para ainda mais longe, até que acabou por perder-se. Aquilo deixou Lady Louise inconsolável, pois tinha muita estima por Sir Tristão. Então ela enviou muitos dos seus criados para procurá-lo pela floresta, mas ninguém foi capaz de encontrá-lo, e ele nunca mais retornou ao castelo.

Foi assim que Sir Tristão escapou do castelo e ficou vagando pela floresta da mesma maneira que antes. Durante aquele tempo ele não comia e pouco descansava. E os espinheiros foram rasgando suas roupas até que em pouco tempo ficou quase nu.

E às vezes, naquele período de errância, era tomado por uma fúria de batalha e, nesses momentos, gritava bem alto, como se desafiasse um inimigo. E na fúria do seu devaneio partia e arrancava grandes galhos das árvores. Outras vezes apenas vagava pelas trilhas recônditas da floresta, num estado mais calmo, cantando tão docemente que, se o pudessem ouvir, achariam que era algum espírito da floresta cantando naqueles ermos.

Assim ele seguiu vagando até desfalecer de fraqueza e afundar na folhagem. E creio que teria mesmo morrido, não fosse alguns guardadores de porcos estarem passando por aquele canto da floresta, alimentando seus porcos com as nozes dos carvalhos espalhadas pelo chão. Os guardadores deram

Sir Tristão passa a viver com os guardadores de porcos

com Sir Tristão ali feito morto, e deram-lhe de comer e beber para revivê-lo. Depois disso, levaram-no consigo, e ele passou a viver com eles naqueles bosques. Aquela gente rústica brincava e divertia-se com ele, e ele tornou-se seu grande passatempo. Como ele era sempre gentil e manso e tinha a inocência de uma criança pequena, não fazia nunca mal a ninguém, mas falava de um modo que divertia muito os guardadores de porcos.

Pois bem, Sir Andred da Cornualha tinha grande cobiça pelo que Sir Tristão possuía. Portanto, passados muitos meses sem que Sir Tristão retornasse a Tintagel, ele pensou consigo mesmo: "Com certeza Tristão deve ter morrido na floresta. E, como não tem outro parente mais próximo, sou eu quem herdará seus bens."

---

ratos que infestavam a cidade, graças ao poder da música de sua flauta, que os atraiu ao rio, onde morreram afogados.

Mas, como Sir Andred não podia herdar sem prova de que Sir Tristão estava morto, subornou uma dama muito bela e má que vivia na floresta para que ela desse falso testemunho da morte de Sir Tristão. Assim, certo dia, levou a tal dama à presença do Rei Mark, e ela declarou que Sir Tristão morrera na floresta, e que ela estava com ele quando ele morreu. E ela mostrou-lhes uma cova recém-feita na floresta, e disse:

– Esta é a cova de Sir Tristão, pois eu o vi morrer e o vi ser enterrado aqui com meus próprios olhos.

Todos então acreditaram nesse testemunho e concluíram que Sir Tristão estava deveras morto, e assim Sir Andred apropriou-se de todos os bens de Sir Tristão. E houve muitos que lamentaram a morte de Sir Tristão enquanto outros tantos alegraram-se com ela. Mas quando levaram a Isolda, a Bela, a notícia de que Sir Tristão estava morto, ela soltou um gemido bem alto e desmaiou. E permaneceu assim desmaiada por tanto tempo que acharam que ela jamais se recuperaria. Mas foi aos poucos despertando, e exclamou:

Sir Andred apropria-se dos bens de Sir Tristão

– Quisera estar morta junto com Tristão e jamais ter despertado!

E dali em diante passou a carpir por Sir Tristão sem que nada a consolasse; era como se tivesse enviuvado do amor da sua juventude.

E AGORA SERÁ CONTADO o que se passou com Sir Tristão na floresta onde vivia com os guardadores de porcos, e como acabou se envolvendo numa aventura muito notável.

Capítulo Segundo

Como Sir Tristão tomou a espada de Sir Kay e com ela
matou um imenso cavaleiro na floresta, e como salvou uma
dama em graves apuros. Também como Sir Lancelot
encontrou Sir Tristão na floresta e levou-o de volta a Tintagel

Pois bem, aconteceu que, certo dia, Sir Kay, o Senescal, passou cavalgando pela parte da floresta onde Sir Tristão estava vivendo com os guardadores de porcos, e vinha acompanhado de um grande séquito de escudeiros. Além disso, viajava com ele Sir Dragonet, o bobo do Rei Arthur.[104]

Antes de tudo vocês devem ficar sabendo que, embora Sir Dragonet fosse o bobo do Rei, e embora tivesse o juízo fraco, era também um cavaleiro de bas-

Sir Kay e Sir Dragonet chegam à floresta

tante coragem. Tinha já realizado feitos admiráveis e era respeitado em todas as cortes de cavalaria. Por isso Sir Dragonet sempre andava armado, embora a insígnia que ostentava em seu escudo como símbolo da sua vocação fosse a cabeça de um galo.

A época do ano em que Sir Kay saíra na dita viagem com seu séquito era o verão. Aquele dia estava tão quente que Sir Kay decidiu descansar ao meio-dia para aguardar o frescor da tarde. Então todos apearam e acomodaram-se à sombra das árvores, onde estava fresco e agradável e a brisa lhes soprava no rosto.

Mas enquanto Sir Kay e seu séquito descansavam, Sir Dragonet, naturalmente inquieto e intrometido, saiu vagando por ali. Assim, trajando somente metade da armadura, saiu vagando pela floresta, indo aonde lhe dava na telha. E às vezes assobiava, às vezes bocejava e às vezes saltitava. Desse jeito acabou

Sir Dragonet vagueia pela floresta

indo dar, por acaso, na clareira onde os guardadores de porcos estavam reunidos, e naquela hora estavam almoçando uma refeição de pão preto e queijo e bebiam cerveja. Alguns conversavam e riam e

---

104. O bobo do rei, ou bobo da corte, é quase o mesmo que truão, bufão, jogral, saltimbanco e até Arlequim. Ou seja: personagem que atuava nas cortes senhoriais ou junto ao Rei, sempre com a finalidade de divertir e de fazer rir o ouvinte espectador com seu canto, sua música, suas acrobacias e seu deboche. Vestia-se com roupas espalhafatosas e a ele eram dadas certas liberdades críticas acerca de seus "patrões", porque não era levado a sério – como acontece com as categorias do cômico desde tempos remotos.

outros permaneciam calados enquanto comiam. Nisto apareceu-lhes Sir Dragonet, surgindo da floresta. E, como vinha naquela indumentária toda colorida e com a meia armadura brilhando, parecia mais um vistoso pássaro da floresta.

Quando Sir Dragonet avistou aquele grupo de rudes campônios almoçando, aproximou-se deles e disse:

– Camaradas, quem são vocês?

Ao que eles responderam:

– Somos guardadores de porcos. E o senhor?

Sir Dragonet disse:

– Sou o bobo do Rei Arthur. E embora muitos no mundo tenham tanto juízo quanto eu, poucos são honestos o suficiente para confessarem que são bobos.

Ao ouvir aquilo os guardadores de porcos caíram na gargalhada.

– Bem – disse um deles –, não é só o Rei Arthur que tem um bobo; nós também temos, e lá está ele. – E apontou para Sir Tristão na sombra das árvores um pouco mais adiante na floresta, deitado ao lado de um poço d'água.

Sir Dragonet não aguentou de curiosidade e foi até onde Sir Tristão estava, assim quase nu no chão. E quando lá chegou, disse:

– Levanta-te, bobo.

Ao que Sir Tristão respondeu:

– Por que me levantaria? Não está vendo? Estou cansado.

Então Sir Dragonet disse:

– Não faz sentido que tu, que és o bobo dos guardadores de porcos, fiques deitado na grama enquanto eu, que sou o bobo de um rei, saia por aí gastando as minhas pernas. Por isso, bobo, mexe-te daí e levanta.

Mas Sir Tristão disse:

– Não vou me levantar.

Com isso Sir Dragonet tomou sua espada e cutucou a coxa de Sir Tristão com a ponta dela para fazer com que se mexesse.

Quando Sir Tristão sentiu a espada de Sir Dragonet espetando-o, recuperou uma nesga de memória da cavalaria e foi tomado de uma súbita raiva por Sir Dragonet. Então levantou-se e saiu correndo até Sir Dragonet, agarrou-o com toda força, ergueu-o no ar e afundou-o no poço umas quatro ou cinco vezes, até ele quase se afogar.

Sir Tristão afunda Sir Dragonet no poço

Os guardadores de porcos, quando viram o que seu bobo fazia ao outro, riram-se tanto que alguns rolaram pelo chão e permaneceram lá contorcendo-se de tanto rir. Outros, contudo, gritaram para Sir Tristão:

– Para com isso ou vais afogá-lo.

Até que por fim Sir Tristão soltou Sir Dragonet e Sir Dragonet saiu correndo.

E não parou de correr até que alcançou seu grupo à sombra das árvores. Mas quando Sir Kay percebeu o estado em que Sir Dragonet estava, disse:

– O que te aconteceu?

Ao que Sir Dragonet retrucou:

– Meu senhor, eu, que sou um bobo, fui à floresta e encontrei outro bobo. Eu, bobo que sou, quis brincar com o outro bobo, mas o outro bobo agarrou-me e afundou-me num poço de água fria. No final das contas embora eu, bobo, tivesse puxado a brincadeira, foi ele, bobo, que se divertiu com ela.

Sir Kay, compreendendo mais ou menos o que acontecera, ficou muito zangado com o modo como Sir Dragonet fora tratado. Portanto disse assim:

– Onde foi que isso aconteceu?

E Sir Dragonet disse:

– Para lá daquela trilha.

E Sir Kay disse:

– Vou vingar-te pela afronta que te causaram, pois nenhum campônio pode tratar um cavaleiro da corte do Rei Arthur dessa maneira!

Sir Kay resolve vingar Sir Dragonet

E em seguida Sir Kay levantou-se, colocou sua armadura, montou em seu cavalo e partiu. E depois de algum tempo chegou ao local onde estavam os guardadores de porcos.

Então Sir Kay falou, com ar muito severo:

– Qual de vocês é o campônio que causou uma afronta tão grave a um membro da minha comitiva?

Os guardadores de porcos disseram:

– Foi aquele lá que está deitado ao lado do poço. Mas ele não é bom do juízo, por isso pedimos que não lhe faça mal.

Então Sir Kay foi até onde Sir Tristão estava e disse:

– Camarada, por que afundaste Sir Dragonet na água?

Sir Tristão, porém, nada respondeu, apenas olhou para Sir Kay e riu, pois divertia-o muito ver um cavaleiro assim, trajando uma armadura reluzente. Mas quando Sir Kay viu Sir Tristão rindo daquele jeito, ficou muito zangado. Então logo puxou sua espada e avançou a cavalo para golpear Sir Tristão. Contudo, ao ver a espada de Sir Kay brilhando como um raio sob a luz do sol, algo no espírito cavaleiresco de Sir Tristão despertou e tomou asas, como um

Sir Tristão afunda Sir Kay na água

pássaro que levanta voo de um pântano em direção ao ar puro: ao ver a espada resplandecente, lançou um grito, levantou-se e seguiu resoluto na direção de Sir Kay, enquanto Sir Kay avançava a cavalo.

Sir Kay e o louco da floresta

Quando Sir Kay estava próximo o suficiente para golpeá-lo, ergueu-se nos estribos e levantou a espada para abater Sir Tristão com ela. Mas, naquele momento, Sir Tristão rapidamente desviou-se da investida, e Sir Kay não o atingiu. Então Sir Tristão saltou, agarrou Sir Kay pela cintura, arrancou-o do cavalo e lançou-o ao chão com toda força, o que fez a espada de Sir Kay escapulir de sua mão e cair na grama. Em seguida, Sir Tristão ergueu Sir Kay com facilidade e correu com ele até o poço d'água, e afundou-o nele várias vezes, até que Sir Kay gritou:

– Camarada, para senão me afogo!

Então Sir Tristão soltou Sir Kay e Sir Kay correu para seu cavalo, montou nele e partiu dali bem rápido, todo encharcado.

Entrementes, os guardadores de porcos rolavam de tanto rir, e dez vezes mais do que riram quando Sir Tristão afundara Sir Dragonet no poço.

Então Sir Tristão avistou a espada de Sir Kay caída na grama e correu para apanhá-la. E quando a teve nas mãos sentiu um amor profundo por ela, tanto que a apertou contra o peito e beijou seu cabo.

Mas quando os guardadores de porcos viram Sir Tristão segurando a espada nas mãos, disseram:

– Este é um brinquedo perigoso demais nas mãos de um louco!

E quiseram tirá-la dele, mas Sir Tristão não o permitiu, não lhes entregou a espada e ninguém ousou tirá-la dele.

Sir Tristão fica com a espada de Sir Kay para si Então, dali por diante ele manteve a espada sempre junto de si, dia e noite, e adorava-a, a beijava e acariciava. Como já foi dito, ela detinha o poder de despertar nele seu espírito cavaleiresco, portanto adorava-a.

Foi contado como Sir Tristão conseguiu uma espada, agora será contado o bom uso que lhe deu.

POIS BEM, naquela época, nas florestas daquela parte da Cornualha, vivia um cavaleiro gigantesco chamado Sir Tauleas, que era o terror de toda a região. Ele era pelo menos uma cabeça mais alto que os homens mais altos da Cornualha, e além disso sua força e sua ferocidade eram do tamanho da sua estatura. Muitos cavaleiros haviam tentado livrar o mundo deste tal Sir Tauleas, mas ninguém que o tinha enfrentado conseguiu escapar ileso.

(Muito embora tenha que ser dito que, até então, nenhum cavaleiro do nível de Sir Lancelot ou Sir Lamorack tinha enfrentado Sir Tauleas, mas somente os cavaleiros da Cornualha e de Gales, cujas fronteiras margeavam a região onde Sir Tauleas atacava.)

Certo dia, contudo, veio cavalgando pela floresta um jovem cavaleiro muito nobre e galante chamado Sir Daynant, e com ele vinha sua dama, uma linda jovem que ele recentemente desposara com grande amor. Em meio à sua jornada, os viajantes vieram dar na parte da floresta onde viviam os *Sir Daynant e sua dama passam pela floresta* guardadores de porcos, e onde havia uma clareira coberta de relva e o bonito poço d'água de que já se falou.

Quando lá chegaram, os dois viajantes apearam de seus cavalos e pediram algo de comer e beber aos guardadores de porcos que lá estavam, já que o dia estava muito quente. E os bons camaradas, na sua simplicidade, deram-lhes prontamente do melhor que tinham.

Enquanto comiam, Sir Tristão veio e sentou-se perto de Sir Daynant e de sua dama e sorriu para eles, pois sentia por eles grande simpatia por serem nobres e belos. Então Sir Daynant olhou para Sir Tristão e viu como tinha o físico forte e belo e o rosto nobre, e notou a linda espada reluzente que Sir Tristão trazia o tempo todo consigo. Sir Daynant então perguntou:

Sir Daynant observa Sir Tristão

– Bom amigo, quem és e como foi que conseguiste essa espada?

– Não sei quem sou – disse Sir Tristão –, tampouco de onde vim ou para onde vou. Quanto à espada, consegui-a de um fidalgo que aqui veio há não muito tempo.

Então o líder dos guardadores de porcos disse:

– Senhor, este é um pobre louco que encontramos nu e faminto na floresta. Quanto à espada, devo dizer que ele a tomou de um cavaleiro que aqui veio ameaçando matá-lo, mas que ele então afundou no poço até quase afogá-lo.

– Essa história é bastante estranha, que um louco nu tome a espada das mãos de um cavaleiro armado e o ameace, como me contas. Talvez este seja um famoso herói ou cavaleiro que perdeu o juízo por alguma grande tristeza ou por algum outro motivo e acabou neste estado lastimável.

(Foi o que falou Sir Daynant, e pode-se aqui dizer que dali por diante os rudes guardadores de porcos começaram a olhar para Sir Tristão com novos olhos, dizendo-se uns aos outros: "Talvez o que diz o cavaleiro seja verdade, e este não seja um louco qualquer.")

Contudo, enquanto Sir Daynant estava ali com sua dama conversando com os guardadores de porcos sobre Sir Tristão daquele modo, ouviu-se um rumor bem alto na floresta e dela saiu cavalgando muito veloz o tal cavaleiro imenso e selvagem chamado Sir Tauleas, de quem já se falou. Então Sir Daynant gritou:

– Ai meu Deus, aí vem algum infortúnio!

E logo apressou-se a colocar o elmo na cabeça.

Mas antes que pudesse armar-se o suficiente, Sir Tauleas avançou violentamente sobre ele. E Sir Tauleas ergueu-se nos estribos e desceu um tal golpe sobre Sir Daynant que atravessou o elmo de Sir Daynant e atingiu seu crânio, levando Sir Daynant a imediatamente cair no chão feito morto.

Sir Tauleas derruba Sir Daynant

Em seguida, Sir Tauleas cavalgou até a dama de Sir Daynant e disse:

– A senhora é uma presa que bem vale lutar para conseguir! E, veja só, agora é minha.

Então agarrou-a e colocou-a, gritando e debatendo-se, na parte da frente da sua sela e segurou-a firme, apesar do tanto que ela lu-

Sir Tauleas leva a dama embora

tava para livrar-se. E logo em seguida partiu a cavalo pela floresta, carregando-a consigo. E durante tudo aquilo Sir Tristão ficou ali, como que em transe, observando com uma espécie de horror tudo o que acontecia, sem saber exatamente o que significava. Afinal lá estava Sir Daynant caído no chão feito morto enquanto ainda podiam-se ouvir os gritos da dama vindos da floresta para onde Sir Tauleas a havia carregado.

O líder dos guardadores de porcos foi até Sir Tristão e disse:

– Camarada, agora que tens uma espada, vejamos se consegues usá-la. Se és mesmo um herói como aquele cavaleiro disse antes, e não simplesmente um louco, então segue aquele cavaleiro e traz a dama de volta.

Então Sir Tristão despertou do transe e disse:

– É o que farei.

E em seguida correu veloz para dentro da floresta, seguindo o caminho que Sir Tauleas tomara. E correu bastante até que, depois de muito tempo, avistou Sir Tauleas no seu cavalo à sua frente. Àquela altura, a dama caíra num profundo desmaio e jazia como se estivesse morta, atravessada na sela de Sir Tauleas. Então Sir Tristão gritou bem alto:

Tristão segue Sir Tauleas

– Pare, Senhor Cavaleiro, e vire-se, pois vim resgatar essa dama de suas mãos e levá-la de volta a seu amigo!

Quando Sir Tauleas voltou-se e viu que um homem nu seguia-o com uma espada na mão, encheu-se de muita raiva, e então colocou a dama no chão. Em seguida puxou a espada e avançou para Sir Tristão de forma violenta para matá-lo. Ao aproximar-se de Sir Tristão, ergueu-se nos estribos e desceu-lhe um golpe tão terrível que, se o tivesse atingido, o teria partido em dois. Mas Sir Tristão saltou para o lado e desviou da investida com muita habilidade. Nesse momento lembrou-se de sua coragem de cavaleiro e, dessa vez, foi ele que desferiu um golpe em Sir Tauleas, golpe este que ele não esperava. E como o golpe atingiu Sir Tauleas em cheio na cabeça, ele

Tristão mata Sir Tauleas

começou a perder os sentidos, e ficou oscilando de um lado para outro até cair do cavalo. Em seguida, Sir Tristão correu até ele e arrancou seu elmo da cabeça. E quando viu a cabeça exposta de Sir Tauleas, agarrou-o pelos cabelos e esticou seu pescoço. Então Sir Tauleas gritou:

– Poupe-me, camarada!

Mas Sir Tristão disse:

– Não o poupo pois é um homem muito mau!

E ergueu a espada bem alto e decepou a cabeça de Sir Tauleas, que caiu rolando pelo chão.

Em seguida Sir Tristão aproximou-se da dama e esfregou suas mãos e seu rosto, despertando-a do desmaio. E quando ela despertou, ele disse:

– Senhora, alegre-se: espie lá adiante e verá que seu inimigo está morto, e por essa razão posso levá-la de volta a seu companheiro.

Ao ouvir aquilo a dama sorriu para Sir Tristão, apertou-lhe a mão com a sua e beijou-a.

Então Sir Tristão colocou a dama no cavalo de Sir Tauleas e logo retornou até onde deixara Sir Daynant e os guardadores de porcos. Trazia o cavalo de Sir Tauleas pelas rédeas, com a dama montada na sela, enquanto na outra mão carregava a cabeça de Sir Tauleas pelos cabelos.

Quando os guardadores de porcos viram Sir Tristão, que saía da floresta trazendo a dama e carregando a cabeça de Sir Tauleas, ficaram assaz espantados, e diziam-se uns aos outros:

– Certamente o que o jovem cavaleiro acabou de dizer é verdade, e esse louco é de fato um grande campeão que sofreu alguma desventura. Mas ninguém há de saber quem é, já que nem ele mesmo o sabe.

Quando Sir Daynant se recuperou do golpe que Sir Tauleas lhe desferira, também elogiou muito Sir Tristão pelo que fizera. E Sir Tristão retraiu-se com todos os elogios que recebia.

Então Sir Daynant e sua dama convidaram Sir Tristão a acompanhá-los ao seu castelo para que pudessem cuidar dele, mas Sir Tristão se recusou, dizendo:

– Sei muito bem que estou louco, e por isso a floresta é o melhor lugar para mim, e estes camaradas rudes e gentis são os melhores companheiros que posso ter enquanto estiver assim fraco do juízo.

Foi assim que se deu essa aventura. E agora ficarão sabendo como Sir Lancelot acabou encontrando Sir Tristão na floresta e como levou-o embora de lá, e também o que depois aconteceu.

Logo no dia seguinte a tudo isso, Sir Lancelot vinha cavalgando por aquela parte da floresta, procurando Sir Tauleas para lutar com ele por conta de suas muitas maldades. E Sir Lancelot tinha a intenção de matá-lo ou então levá-lo como prisioneiro para o Rei Arthur.

Sir Lancelot adentra a floresta

Foi assim que aconteceu de Sir Lancelot chegar ao mesmo lugar onde Sir Tristão vivia com os guardadores de porcos.

E foi justo ali que Sir Lancelot parou para descansar. Enquanto estava ali, sentado com seu elmo pousado ao seu lado para receber no rosto a brisa refrescante, todos os rudes guardadores de porcos rodearam-no e ficaram olhando-o. Sir Lancelot sorriu-lhes e disse:

– Bons camaradas, poderiam dizer-me onde, por estas paragens, poderei encontrar um cavaleiro conhecido pelo nome de Sir Tauleas?

O líder dos guardadores de porcos então respondeu, dizendo assim:

– Milorde, se vem até aqui procurando Sir Tauleas, está perdendo seu tempo, pois ontem mesmo ele foi morto. E se olhar para lá poderá ver, na entrada da clareira, sua cabeça pendurada no galho de uma árvore.

Sir Lancelot soltou então uma exclamação de espanto:

– Como foi que isso aconteceu? – disse, levantando-se de onde estava e indo até a árvore de onde pendia a cabeça. Olhou bem para aquele rosto e confirmou que era mesmo a cabeça de Sir Tauleas. Então Sir Lancelot disse:

– Isso é incrível. Mas por favor, digam-me quem foi o cavaleiro que deu cabo do maldito miserável, e como sua cabeça foi acabar pendurada aqui neste galho?

Ao que o líder dos guardadores de porcos respondeu:

– Senhor, quem matou Sir Tauleas não foi nenhum cavaleiro, mas um pobre louco que encontramos na floresta e que vive conosco há um ano. Há de encontrá-lo lá adiante, deitado seminu, dormindo ao lado daquele poço d'água.

Sir Lancelot disse:

– Foi realmente aquele sujeito ali quem matou Sir Tauleas?

E o guardador de porcos respondeu:

– Sim, Milorde, foi ele mesmo.

Sir Lancelot disse:

– Sabem quem ele é?

O guardador de porcos respondeu:

– Não, Milorde, só sabemos que um dia o encontramos caído na floresta, nu e quase morto de fome, e que então o alimentamos e vestimos, e dali em diante passou a viver conosco, mostrando-nos sempre grande estima.

Então Sir Lancelot aproximou-se de Sir Tristão e observou-o enquanto dormia, mas não o reconheceu, pois a barba e os cabelos de Sir Tristão a essa altura cobriam seu peito e ombros e sua aparência era maltrapilha e maltratada pelas

Sir Lancelot observa Sir Tristão

intempéries. Mas embora Sir Lancelot não o reconhecesse, percebeu como o corpo de Sir Tristão era belo e forte, vendo como seus músculos e tendões pareciam quase esculpidos. Portanto Sir Lancelot ficou um bom tempo admirando aquela aparência.

Então Sir Lancelot percebeu como o homem adormecido segurava uma espada entre os braços de modo amoroso, como se estivesse enamorado dela, e ficou muito surpreso de encontrar uma espada daquelas nas mãos de um louco da floresta. Por isso perguntou aos guardadores de porcos:

– Onde foi que este homem conseguiu esta espada?

– Meu senhor – disse o mesmo guardador de porcos que falara antes –, há algum tempo chegou aqui um cavaleiro que o provocou. Então esse pobre homem perseguiu o cavaleiro e derrubou-o, roubando-lhe a espada. Em seguida afundou o cavaleiro repetidas vezes no poço. E desde então não larga dessa espada nem a entrega a nenhum de nós.

– Ah! – disse Sir Lancelot. – Que história incrível, que um homem nu consiga derrubar um cavaleiro armado e tomar-lhe sua espada. Creio que não é um louco qualquer, mas algum nobre cavaleiro que sofreu alguma desventura.

Em seguida, aproximou-se e tocou levemente o ombro de Sir Tristão, fazendo-o despertar, abrir os olhos e sentar-se. E Sir Tristão olhou para Sir Lancelot sem reconhecê-lo, embora um breve lampejo de memória se acendesse bem lá no fundo de sua mente. Acontece que, embora não o reconhecesse, sentia contudo uma enorme afeição por aquele nobre cavaleiro armado e sorriu-lhe afetuosamente. E naquele momento Sir Lancelot também sentiu por Sir Tristão grande simpatia, mas não sabia bem o porquê, embora lhe parecesse que conhecia o rosto de Sir Tristão e que não lhe era totalmente estranho.

Sir Lancelot desperta Sir Tristão

Então Sir Lancelot disse:

– Bom amigo, foste tu que mataste Sir Tauleas?

E Sir Tristão disse:

– Sim.

Sir Lancelot disse:

– Quem és?

Ao que Sir Tristão retrucou:

– Não sei quem sou, nem de onde venho, nem como vim parar aqui.

Aquilo encheu Sir Lancelot de grande piedade e carinho por Sir Tristão. Então disse:

– Amigo, não gostarias de ir embora comigo e viver numa casa de verdade? Creio que lá tua mente se restabelecerá e voltará a ser como era antes. E, para falar a verdade, creio que, quando isso acontecer, o mundo encontrará em ti algum grande cavaleiro perdido.

Sir Tristão disse:

– Senhor cavaleiro, não sei quem sou, mas sei que perdi o juízo, por isso envergonho-me de sair pelo mundo e viver entre os homens e prefiro esconder-me na floresta. Todavia, afeiçoei-me tanto ao senhor que, se me pedisse para acompanhá-lo, creio que iria consigo até o fim do mundo.

Então Sir Lancelot sorriu muito gentilmente para Sir Tristão e disse:

– Peço que venha embora comigo.

E Sir Tristão disse:

– Irei.

Então Sir Lancelot pediu que os guardadores de porcos vestissem Sir Tristão de tal modo que cobrissem sua nudez, e pediu-lhes que dessem a Sir Tristão calças e calçados. E quando Sir Tristão estava decentemente vestido, Sir Lancelot preparou-se para partir dali.

Mas antes que partissem, todos aqueles bons sujeitos rodearam Sir Tristão e abraçaram-no e beijaram seu rosto, pois vieram a querer-lhe muito bem. Então os dois partiram por dentro da floresta, Sir Lancelot cavalgando altivamente seu grande corcel e Sir Tristão correndo ao seu lado.

Sir Tristão parte da floresta com Sir Lancelot

Mas Sir Lancelot ainda tinha outras tarefas além de encontrar Sir Tauleas, como já foi dito. Naquela época havia três cavaleiros de muito má fama que viviam aterrorizando toda aquela costa que dava para o mar da Irlanda, e Sir Lancelot pretendia encontrá-los uma vez que tivesse se livrado de Sir Tauleas. Portanto, antes de retornar à corte do Rei Arthur, precisava ir até lá.

Saibam, contudo, que o castelo de Tintagel ficava no caminho que ele precisava tomar naquela aventura, e foi assim que ele acabou levando Sir Tristão para o castelo de Tintagel, onde o Rei Mark da Cornualha estava com sua corte reunida. Sir Lancelot tencionava deixar Sir Tristão lá durante o tempo em que estivesse na dita aventura.

Sir Tristão chega a Tintagel

E Sir Lancelot foi recebido em Tintagel com grandes honrarias e aclamação, pois era a primeira vez que lá ia. E o Rei Mark convidou Sir Lancelot a ficar hospedado em Tintagel por mais tempo, mas Sir Lancelot recusou a hospitalidade, dizendo:

– Tenho uma aventura a realizar em nome de meu senhor, o Rei Arthur, e não posso me demorar agora. Mas peço somente um favor, que é o seguinte: que cuidem bem deste pobre louco que encontrei na floresta, e mantenham-no aqui, tratando-o gentilmente até que eu retorne da demanda em que sigo. Pois sinto grande afeição por este pobre camarada e não quero que nenhum mal lhe aconteça.

Então o Rei Mark disse:

– Lamento que não possa permanecer conosco, mas quanto a isto, será feito como deseja, pois cumularemos este homem de cuidados e atenções enquanto o senhor estiver fora.

Assim falou o Rei Mark, de modo muito alegre e cortês, pois nem ele nem ninguém da sua corte sabia que aquele era Sir Tristão.

Assim Sir Lancelot partiu em sua jornada, e o Rei Mark ordenou que Sir Tristão fosse bem vestido e alimentado, e tudo foi feito conforme ordenou.

FOI ASSIM QUE Sir Tristão foi levado de volta ao castelo de Tintagel. E agora saberão o que lhe aconteceu lá.

Capítulo Terceiro

Como Sir Tristão foi reconhecido em Tintagel
e o que aconteceu então

Pois bem, durante o tempo em que Sir Tristão ficou hospedado em Tinta-gel, era-lhe permitido vagar por onde quisesse, e ninguém impedia suas andanças, já que ninguém ali suspeitava quem fosse. Todos achavam que era somente um pobre louco manso da floresta e portanto deixavam-no à vontade para ir aonde bem quisesse.

De como Sir Tristão esteve em Tintagel

E Sir Tristão não recuperou a memória, mas embora não a recuperasse, ela dava sinais de vida dentro dele. Ainda que não lembrasse que lugar era aquele para onde tinha vindo, mesmo assim lhe parecia estranhamente familiar e, aonde quer que fosse, sentia que não lhe era completamente desconhecido. E em alguns daqueles lugares sentia grande prazer e em outros um tipo de dor, embora não soubesse por que sentia uma coisa nem a outra.

Acontece que, de todos os lugares aonde Sir Tristão ia, aquele que mais lhe agradava era um belo pomar que ficava pegado ao castelo, pois era lá que ele e Lady Isolda costumavam caminhar juntos antes que ele adoecesse, e ele se lembrava desse lugar mais do que de qualquer outro e adorava-o. Pois bem, um dia Sir Tristão foi passear por ali e, como era um dia quente, sentou-se à sombra de uma macieira junto a uma fonte de pedra. A macieira estava toda carregada de frutas vermelhas e douradas. Sir Tristão permaneceu ali sentado, buscando lembrar onde poderia ter visto aquela fonte, aquele pomar e aquelas macieiras.

Estava assim perdido nesses pensamentos, quando Lady Isolda, a Bela, sur-giu no pomar. Sua dama de companhia, Lady Bragwaine, vinha com ela, e o cão chamado Houdaine que Sir Tristão havia pedido que Gouvernail levasse até ela, caminhava ao seu lado. Então Lady Isolda percebeu que havia um homem sentado sob a macieira, e disse à dama:

– Que homem é aquele que ousou entrar no nosso pomar?

Ao que Lady Bragwaine respondeu:

– Aquele, senhora, é o louco manso da floresta que Sir Lancelot trouxe aqui há dois dias.

Então Lady Isolda, a Bela, disse:

– Aproximemo-nos e vejamos que tipo de homem ele é.

E assim foram aonde Sir Tristão estava, acompanhadas de Houdaine, o cão.

Então Sir Tristão percebeu que alguém se aproximava e, virando o rosto, avistou Lady Isolda pela primeira vez desde que enlouquecera na floresta. E a dama olhava para ele sem reconhecê-lo.

Então, naquele instante, de tanto amar Isolda, a Bela, de repente se lembrou de tudo novamente, e naquele momento se lembrou de quem era e do que lhe acontecera, e como fora levado louco da floresta até ali. Todavia, embora a reconhecesse assim, ela, como já foi dito, não o reconhecera.

Então, Sir Tristão ficou tomado de vergonha de ser visto daquele modo pela sua dama tão amada, portanto virou o rosto e abaixou a cabeça para que ela não o reconhecesse, pois percebia que ela ainda não o havia feito.

Só que, naquele instante, Houdaine, o cão, sentiu o cheiro de Sir Tristão e logo saltou dos braços de Lady Isolda e correu até ele e pôs-se a farejá-lo de alto a baixo. E foi assim que logo reconheceu seu dono.

Houdaine reconhece seu dono

As duas damas viram quando Houdaine se lançou aos pés de Sir Tristão, rolando no chão de alegria. E viram também, com enorme espanto, como ele lambia os pés e as mãos de Sir Tristão e como saltava sobre ele, lambendo seu rosto e pescoço.

De repente um pensamento passou pela mente de Lady Bragwaine, e ela agarrou o braço de Lady Isolda e disse:

– Senhora, não sabe então quem é o louco?

Mas Lady Isolda disse:

– Não, não sei quem é. Quem é, Bragwaine?

E Bragwaine disse:

– É claro que só pode ser Sir Tristão, e mais ninguém neste mundo.

Ao ouvir aquelas palavras, imediatamente a verdade revelou-se aos olhos de Lady Isolda, a Bela, e ela o reconheceu. Em seguida, por um breve momento, ela ficou petrificada, até que soltou um grito de alegria e correu até Sir Tristão, lançando-se no chão aos seus pés e abraçando seus joelhos. E exclamava de tanta emoção:

– Tristão! Tristão! És tu? Disseram-me que estavas morto, mas veja só! Estás vivo novamente!

Isolda reconhece Sir Tristão

E logo começou a chorar de tanta emoção, que era como se sua alma lutasse para libertar-se de seu corpo.

Então Sir Tristão logo se pôs de pé e, nervosamente, disse:

– Senhora! Senhora! Deixe disso! Levante-se e controle-se, caso contrário nos levará à ruína. Veja bem: estou aqui neste castelo sozinho e desarmado, e há muitos aqui que me querem ver morto. Por isso, se descobrirem quem sou, estamos ambos perdidos.

Em seguida, percebendo como Isolda, a Bela, se achava desesperada e fora de si de alegria, tristeza e amor,[105] virou-se para Bragwaine e disse-lhe:

– Leva tua senhora daqui, e logo logo encontrarei um modo de falar-lhe a sós. Enquanto isso, se ela permanece aqui, acaba revelando-me à gente do castelo, e isso é morte certa para nós dois.

Então Bragwaine e Sir Tristão levantaram Lady Isolda, e Bragwaine levou-a embora dali. Creio mesmo que Isolda, a Bela, nem sabia por onde ia, pois caminhava como num transe.

ACONTECEU QUE, naquele momento, Sir Andred estava numa varanda que dava para o pomar e, escutando uma gritaria, e a tentativa de abafá-la, buscou ver o que estava ocorrendo e acabou assistindo a tudo o que aconteceu. Com isso ele também ficou sabendo quem era aquele louco que Sir Lancelot trouxera da floresta até ali, e viu que era Sir Tristão.

Sir Andred conhece a identidade de Sir Tristão

Aquilo encheu-o de imenso ódio e fúria, mas também de receio de que Sir Tristão conseguisse escapar vivo dali e reivindicar as propriedades que por direito lhe pertenciam e que ele, Sir Andred, tomara para si.

Portanto, saiu pé ante pé daquela varanda e entrou em seu aposento. Sentou-se ali por algum tempo sem saber bem o que fazer. Mas, depois de algum tempo, levantou-se e foi até o Rei Mark, e o Rei Mark virou-se quando o viu e disse:

– Que novas me traz, senhor?

Ao que Sir Andred respondeu:

– Milorde, sabe quem é aquele louco que Sir Lancelot trouxe até aqui?

O Rei Mark disse:

---

105. Amor é feito de sentimentos opostos – "alegria e tristeza" – e desde sempre o paradoxo, a antítese são o cerne de sua natureza mais íntima: "Sois meu bem e meu mal", dizem os trovadores; "... é fogo que arde sem se ver", diz Camões. Na mitologia grega, Eros assegura não só a continuação das espécies, como a coesão interna do Cosmo. No *Banquete*, Platão conta o mito do nascimento de Eros, assim explicando sua cisão entre contrários: seria filho de Poros, a Riqueza, e de Pênia, a Pobreza, metades buscando mutuamente completar-se.

– Não, não sei.

Mas nisso seu corpo todo começou a tremer, pois começou a suspeitar quem seria aquele louco.

– Milorde – disse Sir Andred –, é Sir Tristão, e creio que Sir Lancelot sabia quem era e estava planejando alguma traição quando o trouxe até aqui.

Sir Andred revela Sir Tristão para o Rei Mark

Ao ouvir aquilo o Rei Mark espalmou uma mão na outra e exclamou, numa voz terrível:

– Agora sei! Agora sei! – e então acrescentou: – Cego! Cego! Como pude não ser capaz de reconhecê-lo?

E dali a pouco começou a rir e disse a Sir Andred:

– Veja só! O certo é que Deus entregou esse traidor, Sir Tristão, nas minhas mãos para que eu possa puni-lo por suas traições. Afinal, olhe só! Ele veio parar completamente desarmado bem aqui no meio de nós. Vá rápido, senhor, e reúna todo o reforço necessário, agarre-o e prenda-o para que não possa mais fazer mal a ninguém. E depois disso, que a justiça seja feita o mais rápido possível.

E Sir Andred disse:

– Milorde, o que ordena será executado agora mesmo.

Então Sir Andred deixou o Rei e armou-se todo. Em seguida, reuniu muitos cavaleiros e escudeiros e conduziu-os até onde sabia que Sir Tristão estaria. Lá encontraram Sir Tristão perdido em pensamentos. E quando Sir Tristão viu aqueles homens armados avançando contra ele, levantou-se para se defender. Mas então Sir Andred gritou bem alto:

– Prendam-no antes que ele possa reagir e o amarrem bem pois está desarmado e não pode lhes causar mal.

Em seguida, pelo menos uma dúzia dos companheiros de Sir Andred lançaram-se sobre Sir Tristão, gritando e rugindo como feras selvagens. E, seguindo ordens, seguraram-no no chão até que conseguiram, após algum tempo e muito esforço, imobilizá-lo e amarrar suas

Homens do castelo aprisionam Sir Tristão

mãos. Então colocaram Sir Tristão de pé – dava pena de ver! –, seu peito arfava de tanto lutar, seus olhos estavam injetados e seus lábios espumavam da violência da luta; suas roupas rasgaram-se todas naquela refrega, deixando seu corpo quase nu. Ali o mantiveram cativo: um cavaleiro armado de espada em riste montava guarda à sua esquerda e outro cavaleiro armado de espada em riste montava guarda à sua direita.

Então Sir Andred se aproximou, parou em frente a Sir Tristão e, para provocá-lo, disse:

– Ah, Tristão, e agora, hein? Olha só: vieste aqui como um espião e agora foste pego em flagrante traição. Por isso morrerás uma morte indigna de um cavaleiro: daqui a pouco serás enforcado como um ladrão.[106]

Então aproximou-se de Sir Tristão e, rindo, disse:

– Tristão, onde está a tua gloriosa força, que antigamente derrotava todos os teus inimigos? Olha só: não consegues dar um só golpe em defesa da tua honra.

E em seguida Sir Andred ergueu a mão e desferiu um tapa no rosto de Sir Tristão.

Aquele tapa atiçou a raiva de Sir Tristão de tal forma que seus olhos verdes ardiam como se fossem labaredas esverdeadas. E, de um lance, sem que ninguém visse de tão súbito, ele voltou-se com incrível rapidez para o cavaleiro que estava à sua esquerda e, erguendo as duas mãos que estavam atadas, desferiu-lhe no rosto um golpe tão pesado que o cavaleiro caiu no chão deixando escapulir a espada. Então Sir Tristão agarrou a espada e, voltando-se com incrível rapidez, desferiu um golpe tão violento no cavaleiro que estava à sua direita que ele caiu imediatamente de joelhos e tombou, desmaiado, no chão. Por último Sir Tristão voltou-se para Sir Andred, e erguendo a espada no alto com as duas mãos atadas, desferiu-lhe um golpe tão terrível que a lâmina atravessou sua armadura na altura do ombro e enterrou-se até o meio do peito. Recebido o golpe fatal, Sir Andred soltou um último suspiro com um gemido profundo, e caiu no chão, morto.

Sir Tristão mata Sir Andred

Tudo isso aconteceu tão de repente que todos ali ficaram completamente perplexos e imóveis, como se tivessem sido enfeitiçados. Quando viram que Sir Tristão agora se voltava a eles, investindo para lá e para cá com aquela espada erguida, ficaram tão apavorados com aquela fúria que saíram correndo, fugindo e gritando, sentindo o medo da morte que lhes mordia as entranhas. E Sir Tristão perseguiu-os até o pátio do castelo, e alguns ele derrubou, enquanto outros conseguiram escapar. E os que conseguiam escapar iam desviando-se à sua frente como poeira ao vento.

Por fim, quando não restava mais ninguém, Sir Tristão parou, arfante, olhando à sua volta como um leão à espreita. Então, firmou a ponta da espada no chão do pátio e, apoiando o punho da espada contra seu peito, conseguiu arrebentar as correntes que prendiam seus pulsos e libertar-se.

---

106. Os crimes de espionagem e traição, de que Tristão é injustamente acusado, são piores que os de um ladrão; daí a forca, aviltante, como pena. Conforme se vem repetindo, a única morte "digna" para um cavaleiro é em combate honrado, dentro das normas, com adversário equivalente, que lhe confira honra e glória em seu último momento.

Mas Sir Tristão sabia que dali a pouco toda a gente do castelo se ergue- **Sir Tristão**
ria contra ele, e que certamente seria derrotado por ser um contra muitos, **defende**
por isso olhou em volta em busca de algum refúgio. Assim, percebeu que a **a capela**
porta da capela que dava para o pátio estava aberta. Entrou correndo pela capela e
fechou a porta, e mais outra, trancando as duas, e cerrou-as com uma pesada barra
de lenho. Desse modo estaria a salvo por algum tempo.

Mas só permaneceria assim a salvo por pouco tempo, pois ao cair da noite, que
veio logo depois, um grupo enorme composto de dezenas de homens do Rei Mark
alcançou a capela onde ele estava. Quando viram que as portas estavam trancadas
e barricadas, trouxeram marretas para arrombar a porta principal da capela.

Foi quando Sir Tristão se deu conta de como era grave a sua situação, e que
morreria dali a pouco se não fizesse algo para salvar-se. Por isso, correu até uma
das janelas da capela, abriu-a e olhou para fora. E, ora vejam só!, lá embaixo
ficava o mar, e o rochedo sobre o qual se erguia o castelo. E a altura para o mar
e o rochedo era de uns vinte e cinco metros.

Mas Sir Tristão pensou: "Antes morrer lá do que aqui" e, logo em **Sir Tristão**
seguida, percebendo que agora já quase arrombavam a porta, saltou para **lança-se**
o peitoril da janela, e de lá mergulhou no mar. E ninguém viu o terrível **ao mar**
salto que deu. E foi assim afundando no mar, mas como não bateu em pedra
alguma logo conseguiu emergir são e salvo. Então, olhando em volta, avistou no
lusco-fusco uma caverna nos rochedos, e para lá nadou para abrigar-se um pouco.

Quando aqueles que o perseguiam conseguiram finalmente arrombar a
porta da capela, irromperam todos juntos, pois esperavam surpreender Sir Tristão e lançar-se sobre ele. Mas, ora vejam!, Sir Tristão não estava lá e tudo o que
encontraram foi o recinto vazio. De início ficaram completamente perplexos,
sem saber o que pensar. E alguns gritaram:

– Será que o homem era então um espírito que conseguiu evaporar no ar?

Dali a pouco, porém, um deles percebeu a janela da capela aberta, e logo
vários deles correram até lá e olharam para fora, concluindo que Sir Tristão
saltara dali no mar. Então disseram-se uns aos outros:

– Ou bem esse cavaleiro está morto ou então morrerá quando a maré subir e
cobrir as pedras. Portanto deixemos estar por hoje; amanhã iremos buscar seu
corpo nas pedras à beira-mar.

Com isso fecharam a janela e foram embora.

Acontece que Gouvernail não se achava naquele momento em Tintagel, e só
retornou quando tudo já havia acontecido. Mas quando lá chegou, muitos lhe
contaram o que acontecera, e a todos escutou sem nada dizer.

275

Mas logo depois Gouvernail foi procurar um certo cavaleiro chamado Sir Santraille de Lushon, que, junto com ele, era um dos amigos mais leais que Sir Tristão tinha em Tintagel. Gouvernail disse-lhe assim:

– Senhor, não creio que Sir Tristão esteja morto, pois sempre foi exímio mergulhador e nadador. Mas, se estiver vivo e não formos em seu auxílio, certamente morrerá quando a maré subir e cobrir as pedras onde deve ter se escondido.

Assim Gouvernail e Sir Santraille foram até a capela sem que ninguém visse, e chegaram até a janela de onde Sir Tristão saltara. Abriram a janela, debruçaram-se para fora e chamaram Sir Tristão em voz baixa:

– Sir Tristão, se estiver vivo, apareça e responda, pois somos seus amigos!

Então, depois de algum tempo, Sir Tristão reconheceu a voz de Gouvernail e respondeu:

– Estou vivo. Mas salvem-me, ou daqui a pouco morrerei.

Então Gouvernail disse:

– Milorde, está ferido?

Sir Tristão respondeu:

– Não estou ferido, mas a maré está subindo rápido.

Gouvernail disse:

– Senhor, pode esperar um pouco?

Sir Tristão disse:

Gouvernail e Sir Santraille resgatam Sir Tristão

– Sim, um pouquinho, mas não muito.

Então Gouvernail e Sir Santraille saíram dali e reuniram, o mais rápido que puderam, vários lençóis e lenços, e amarraram-nos todos para fazer uma corda, e lançaram a corda pelas pedras até onde Sir Tristão estava. Então Sir Tristão galgou a corda feita de panos e chegou são e salvo à capela. Já era quase meia-noite e estava muito escuro.

Mas quando os alcançou na capela, mal os cumprimentou, dizendo logo:

– Senhores, como está Lady Isolda, a Bela? – pois era nela que pensava antes de qualquer outra coisa.

Ao que Sir Santraille respondeu:

– Senhor, puseram a senhora na torre, trancaram a porta e a mantêm prisioneira.

Então Sir Tristão disse:

– Quantos cavaleiros há aqui que são meus aliados e que iriam comigo arrombar a torre?

Ao que Gouvernail disse:

Sir Tristão salta no mar.

– Milorde, além de nós há mais doze, e assim somos quatorze que estão ao seu lado nessa luta de vida ou morte.

Sir Tristão disse:

– Providenciem o quanto antes armas e armaduras e tragam esses doze homens até aqui armados dos pés à cabeça. Mas antes vejam que selem cavalos para todos nós e também para Lady Isolda, a Bela, e sua dama de companhia, Lady Bragwaine. Quando tudo estiver pronto, partiremos daqui para algum local seguro e não creio que ninguém do castelo ousará nos impedir quando estivermos armados.

Foi feito então conforme Sir Tristão ordenara, e quando estavam todos reunidos, e seus cavalos prontos, Sir Tristão, acompanhado de

Sir Tristão se arma

vários dos cavaleiros do seu grupo, partiu em direção à torre onde Lady Isolda estava presa. E arrombaram as portas, entrando com tochas, e encontraram Isolda, a Bela, e sua dama de companhia na parte mais alta do castelo.

Mas quando Isolda, a Bela, viu o rosto de Sir Tristão, disse:

– És tu, meu amor? Ainda estás vivo e vieste ver-me?

Sir Tristão disse:

– Sim, ainda estou vivo e, se Deus quiser, não morrerei antes de libertar-te deste castelo maldito para levar-te a algum lugar seguro. E nunca mais te deixo nas mãos do Rei Mark, pois tenho muito medo de que, tendo-te ao seu alcance, vingue-se sobre ti para atingir-me. Portanto, meu amor querido, vim para levar-te embora daqui. E nunca mais – não importa o quê – ficarás sem a proteção dos meus braços.

Então Lady Isolda olhou para Sir Tristão com um sorriso tão encantador que seu rosto parecia reluzir com o brilho intenso do amor. E disse:

– Tristão, irei contigo aonde quiseres. Sim, iria contigo até a sepultura, pois creio que mesmo lá seria feliz, sabendo que estás ao meu lado.

Então Sir Tristão sentiu a alma gemer, e disse:

– Isolda, que foi que eu fiz para sempre te trazer tanta infelicidade?

Mas Lady Isolda falou de um modo muito firme, dizendo:

– Infelicidade nunca, Tristão, só felicidade, pois tenho todo o teu amor e tu tens todo o meu, e nisso está a felicidade, mesmo com lágrimas e sofrimento, nunca a infelicidade.

Então Sir Tristão beijou Isolda, a Bela, na testa, ergueu-a, desceu as escadas da torre com ela em seus braços e colocou-a sobre seu cavalo. E Lady Bragwaine seguiu-os, e Gouvernail colocou-a sobre seu cavalo.

Àquela altura, toda a gente do castelo estava completamente surpresa de encontrar, de repente, todos aqueles cavaleiros armados prontos para a batalha. Acima de tudo, ficaram aterrorizados de ver Sir Tristão à frente dos cavaleiros. Então Sir Tristão exigiu que abrissem os portões do castelo e abaixassem a ponte levadiça, e os guardas não ousaram contrariá-lo, e assim fizeram.

Então Sir Tristão e seus cavaleiros partiram com Lady Isolda e Bragwaine sem que ninguém os impedisse. Cavalgaram até a floresta, indo em direção a um castelo que pertencia a Sir Tristão, que alcançaram quando já surgia a aurora.

Sir Tristão leva Isolda, a Bela, embora de Tintagel

Foi assim que Sir Tristão levou Lady Isolda, a Bela, embora de Tintagel para um local seguro.

Capítulo Quarto

Como Sir Tristão e Lady Isolda, a Bela, retornaram à
Cornualha e como viveram juntos até o fim dos seus dias

E AGORA falta contar o resto das aventuras de Sir Tristão da forma mais breve possível.

Quando comecei a escrever esta história, não pretendia contar tanto sobre Sir Tristão quanto acabei fazendo. Mas, quanto mais me embrenhava nesta história, mais percebia quanta nobreza e lealdade cavaleiresca havia em Sir Tristão. Por isso não pude deixar de contar a vocês sobre tantas coisas que não tinha, de início, pretendido dizer.

Contudo, como já disse antes, há inúmeras outras aventuras suas que não mencionei neste livro, pois limitei-me a contar apenas o necessário para que entendessem como foi a sua vida.

Agora será contado o que por fim lhe aconteceu.

Pois BEM, dois dias depois daqueles últimos acontecimentos, Sir Lancelot retornou a Tintagel da demanda em que partira e, tão logo chegou, perguntou ao Rei Mark como estava passando o louco da floresta que deixara aos seus cuidados. Porém, quando soube que o louco era Sir Tristão, ficou completamente estarrecido. Mas quando soube como Sir Tristão fora tratado pelo Rei Mark e pela gente do castelo, a mando de Sir Andred, encheu-se de profunda e violenta indignação. Levantou-se, encarando o Rei Mark, e disse:

– Senhor Rei, ouvi falar muito mal do senhor em várias cortes de cavalaria por onde passei,[107] e de coisas vergonhosas e indignas de um cavaleiro. Agora sei que todas eram verdadeiras, pois muitos aqui me contaram como enganou Sir Tristão para que trouxesse Lady Isolda, a Bela, para ser sua esposa, e contaram-me como sempre usou de maldades contra ele, tentando privá-lo de sua honra e de sua vida. E mesmo assim Sir Tristão permaneceu sempre seu leal e verdadeiro cavaleiro, e serviu-o de todas as maneiras

Sir Lancelot repreende o Rei Mark

---

107. Ver nota 92.

devidas. Sei que seu coração tem inveja de Sir Tristão e que sempre tentou imputar-lhe maldade e pecado. Mas o mundo inteiro sabe que Sir Tristão é um verdadeiro cavaleiro e totalmente sem maldade. Toda a maldade que o senhor tentou imputar-lhe existe somente em seu próprio coração. Agora fique sabendo, e todos aqui também, que se qualquer mal tivesse recaído sobre Sir Tristão por suas mãos, eu o teria responsabilizado e punido de tal modo que levaria muito tempo a esquecer. Mas isso não será necessário, pois o próprio Sir Tristão já o puniu exemplarmente, sem a minha ajuda. Portanto partirei agora e jamais retornarei. Tampouco hei de cumprimentá-lo se vier a encontrá-lo numa corte ou campo de batalha.[108]

E assim dizendo, Sir Lancelot virou-se e partiu de modo muito orgulhoso e altivo, deixando-os todos envergonhados de sua reprimenda.

ASSIM, Sir Lancelot viajou pela floresta durante aquele dia até que alcançou o castelo para onde Sir Tristão levara Lady Isolda e lá foi recebido por Sir Tristão com grande alegria e honrarias. E Sir Lancelot hospedou-se ali por dois dias, o que muito alegrou a ele, Sir Tristão, e a Isolda, a Bela.

Sir Lancelot encontra Sir Tristão e Isolda na floresta

Ao final desse tempo, Sir Lancelot disse a Sir Tristão:

– Meu senhor, não está certo que viva aqui com sua nobre dama tão perto de Tintagel. Certamente o Rei Mark em algum momento tentará causar-lhes algum grave mal. Portanto peço que venham comigo até meu castelo de Vista Alegre. Lá essa dama será rainha suprema, enquanto todos seremos seus mui leais criados, servindo-a de todas as maneiras. O castelo fica num local muito bonito e lá ela viverá em paz, segurança e tranquilidade por toda a vida, se quiser.

Partem em direção ao castelo de Vista Alegre

As palavras de Sir Lancelot soaram bem a Sir Tristão e a Isolda, a Bela. Portanto, dali a três dias eles e seus séquitos estavam prontos para partir. E partiram daquele castelo pela floresta até Vista Alegre, onde foram recebidos com grandes honrarias e festas.

Assim, Lady Isolda permaneceu no castelo de Vista Alegre por três anos, vivendo como rainha suprema e verdadeira e em total inocência da vida. E Sir Lancelot e Sir Tristão eram seus campeões enquanto seus séquitos se dedicavam a servi-la. E durante aqueles três anos houve muitas justas famosas em Vista

---

108. Rompem-se os laços de vassalidade, fidelidade, fraternidade – esteios da Cavalaria, sem os quais o Rei Mark perde o respeito dos seus Pares e de sua gente.

Alegre, e várias belas proezas foram realizadas por Sir Lancelot e Sir Tristão em homenagem a ela.

De fato creio que aquela foi a época mais feliz de toda a vida de Lady Isolda, a Bela, pois viveu ali em paz, amor e tranquilidade, sem sofrer tristezas ou infortúnios durante todo aquele tempo.

Certo dia o Rei Arthur chegou a Vista Alegre e foi recebido com tanta alegria e festejos como jamais se tinha visto ali. Organizou-se um grande banquete em sua homenagem, e depois do banquete o Rei Arthur, Sir Tristão e Isolda, a Bela, retiraram-se a um canto para conversar.

O Rei Arthur chega a Vista Alegre

Depois de algum tempo, o Rei Arthur disse:

– Senhora, posso fazer uma pergunta?

Em resposta, Lady Isolda ergueu os olhos e fitou o Rei de um modo muito estranho, e depois de algum tempo disse:

– Faça sua pergunta, Senhor Rei, e responderei o melhor que puder.

– Senhora – disse o Rei Arthur –, responda-me o seguinte: é melhor viver honradamente, mas infeliz, ou sem honra, mas feliz?

Então Isolda, a Bela, ficou muito agitada e aflita, e depois de algum tempo disse:

– Senhor, por que me faz essa pergunta?

O Rei Arthur disse:

– Porque, Dama, creio que seu próprio coração já lhe fez a mesma pergunta.

Então Lady Isolda torceu as mãos e exclamou:

– Sim, sim, meu coração muitas vezes me fez esta pergunta, mas eu não respondi.

O Rei Arthur disse:

– Tampouco precisa responder-me, pois sou uma pessoa fraca e falha tanto quanto a senhora.[109] Mas responda a Deus, cara Senhora, e assim responderá a verdade.

Em seguida o Rei Arthur começou a falar de outras coisas com Sir Tristão, mas a dama não mais conseguia acompanhá-los, e permaneceu quieta. Sentia dificuldade de respirar de tanto que as lágrimas em seu peito a oprimiam.

E Isolda, a Bela, nada mais disse em relação à pergunta que o Rei Arthur lhe fizera. Mas, três dias depois, foi até Sir Tristão e disse:

---

109. Embora fosse quase impossível, por parte do Rei Arthur, esse reconhecimento de seus erros perante uma mulher – mesmo sendo ela Lady Isolda –, convém lembrar que, como monarca incestuoso, ele não esteve autorizado a ver o Graal e, por punição, teve seu reino de Logres destruído pelo sobrinho Mordred. Segundo a *Demanda do Santo Graal*, cristã, é dado a cada um o galardão que merece.

– Querido Senhor, pensei muito sobre o que disse o Rei Arthur, e cheguei à conclusão de que devo retornar à Cornualha.

Então Sir Tristão virou o rosto para o outro lado para que ela não o visse, e disse:

– Pressenti que isso iria acontecer.

E dali a pouco saiu, deixando-a ali parada.

Foi assim que se fizeram as pazes entre Sir Tristão e o Rei Mark, e entre Isolda, a Bela, e o Rei Mark, e o Rei Arthur foi o responsável.

Feito isto, Sir Tristão, seu séquito e Lady Isolda, a Bela, retornaram à Cornualha e lá permaneceram por algum tempo em aparente paz. Durante esse tempo, Lady Isolda jamais olhava para o Rei Mark ou trocava com ele qualquer palavra, vivia sua vida completamente separada dele, numa ala do castelo. Aquilo fez o Rei Mark amargar um desespero tão profundo que parecia um demônio atormentado, pois era como se avistasse um tesouro muito próximo e no entanto distante, do qual jamais conseguia se aproximar. E quanto mais sofria desse tormento, mais odiava Sir Tristão, pois em seu sofrimento lhe parecia que Sir Tristão era a causa daquele mal.

Isolda, a Bela, despreza o Rei Mark

Foi assim que o Rei Mark contratou espiões para seguir Sir Tristão, pois em seu coração malvado suspeitava de alguma traição de Sir Tristão e torcia para que os espiões surpreendessem Sir Tristão em algum ato criminoso. Portanto os espiões passaram a seguir Sir Tristão dia e noite, mas não conseguiam surpreendê-lo fazendo nada de errado.

Acontece que, certo dia, Isolda, a Bela, começou a sentir tantas saudades de Sir Tristão que não conseguiu mais resistir e enviou-lhe um bilhete, pedindo que fosse vê-la mais uma vez. E embora Sir Tristão hesitasse, mesmo assim fez o que ela pediu, ainda que estivesse se arriscando à morte.

Então os espiões foram até o Rei Mark e avisaram-no que Sir Tristão tinha ido aos aposentos de Lady Isolda, e que ela lhe tinha pedido para ir até lá.

Aquilo fez com que o Rei Mark se contorcesse de ódio e desespero e exclamasse:

– Ai! Ai! Como estou atormentado!

Em seguida levantou-se e foi depressa até a ala do castelo onde vivia Lady Isolda, a Bela. E passou silenciosamente por uma passagem secreta até chegar a uma porta escondida atrás de um cortinado. Quando lá chegou, entreabriu o cortinado e espiou para dentro. Foi assim que viu Lady Isolda e Sir Tristão, que pareciam jogar xadrez, mas percebeu que, em vez de concentrar-se no jogo, conversavam muito tristemente. E viu

O Rei Mark espiona Sir Tristão e Isolda

O Rei Mark trama maldades.

Lady Bragwaine sentada à beira de uma janela num canto – pois Isolda, a Bela, não queria que se dissesse que ela e Sir Tristão estariam se encontrando a sós.

A tudo aquilo o Rei Mark assistiu tremendo, atormentado de ciúme. Pouco depois saiu dali e voltou pé ante pé até a passagem por onde viera. Quando lá chegou, notou uma lança de duas varas de comprimento presa a um ferro. Tomou-a na mão e retornou para o local onde o cortinado encobria a entrada.

Estando todo preparado, puxou o cortinado silenciosamente e entrou rápido e sem ruído no quarto. Tinha as costas de Sir Tristão voltadas para ele.

Então o Rei Mark ergueu a lança bem alto e estocou Sir Tristão com ela, e Sir Tristão caiu sem emitir qualquer ruído.

Isso mesmo, creio que aquele bom cavaleiro nem soube o que lhe acontecera até acordar no Paraíso, achando-se naquele reino de felicidade e paz.

A morte de Tristão e Isolda

Então Isolda, a Bela, levantou-se, derrubando o tabuleiro de xadrez, mas não gritou nem emitiu qualquer ruído. Apenas ficou imóvel, olhando Sir Tristão por um breve momento, e então ajoelhou-se ao lado de seu corpo e tocou seu rosto, como que para se certificar de que estava morto. Em seguida, como se tivesse se assegurado disso, caiu sobre o corpo dele. E o Rei Mark ficou ali, observando os dois.

Tudo isso aconteceu tão rápido que Lady Bragwaine mal compreendia o que se passara. Mas, nesse instante, ela começou a gritar tão alto que seus gritos ecoaram por todo o castelo.

No quarto adjacente havia vários dos cavaleiros do séquito de Sir Tristão que o tinham acompanhado como testemunhas de que ele não traíra o Rei. Quando Lady Bragwaine começou a gritar daquela maneira, eles entraram correndo no quarto e viram o que acontecera. E ficaram todos horrorizados com o que viram.

Mas havia no séquito de Sir Tristão um cavaleiro bem jovem e galante chamado Sir Alexander. Esse cavaleiro foi até o Rei Mark, que estava parado olhando o que tinha feito, como que enfeitiçado. Então Sir Alexander disse ao Rei Mark:

– Foi o senhor que fez isso?

E o Rei Mark ergueu os olhos lentamente, olhou para Sir Alexander e respondeu:

– Fui eu!

Então Sir Alexander exclamou:

– Viveste tempo demais!

Sir Alexander mata o Rei Mark

E puxou sua adaga, agarrou o Rei Mark pelo pulso esquerdo e ergueu seu braço. E Sir Alexander enfiou a adaga na ilharga do Rei Mark. O Rei Mark soltou um gemido e caiu no chão, e dali a pouco morreu ali mesmo.

Então os cavaleiros foram até onde Lady Isolda, a Bela, estava caída e ergueram-na, mas, imaginem só!, sua alma tinha partido, ela estava morta. Creio que não era possível que a alma de um daqueles dois amantes abandonasse o corpo sem que a outra também o fizesse, para que pudessem ficar juntos no Paraíso.[110] Pois jamais houve em toda a história da cavalaria duas almas tão unidas pelo amor quanto as de Tristão e Isolda.

---

110. A união depois da morte – lembrando inclusive a persistência da mútua procura de Eros e Psiquê – é um dos clichês da literatura romântica oitocentista, a que Howard Pyle estava habituado. Ver também nota 58.

ASSIM TERMINA A HISTÓRIA de Sir Tristão, e só resta dizer isto: que foram enterrados lado a lado, e muitos que escreveram sobre eles dizem que nasceu uma roseira na sepultura de Sir Tristão que se derramou pela sepultura de Isolda, a Bela. E diz-se que essa roseira era um milagre, pois sobre a sepultura de Sir Tristão ela dava rosas vermelhas, e sobre a sepultura de Isolda, a Bela, dava rosas todas brancas, pois a alma dela era imaculada como linho puro, enquanto a alma dele era rubra de toda a coragem ou honra de cavaleiro.[111]

E rezo para que Deus dê paz às suas almas, assim como rezo para que dê paz às almas daqueles de nós que, algum dia, partirão para o mesmo lugar para onde foram aqueles dois, seguindo os passos de tantos outros que já partiram. Amém.

---

111. O belo e amplo simbolismo histórico da roseira (plantada no túmulo de Isolda) e da videira (plantada no túmulo de Tristão) foi aqui simplificado por Howard Pyle: nos dois túmulos, como por "milagre", nasceram roseiras – rosas brancas, para ela, cuja "alma era imaculada", e rosas vermelhas para ele, cuja bravura e coragem eram indesmentíveis.

Sir Percival de Gales

Sumário

Prólogo *293*

Capítulo Primeiro
Como Percival saiu pelo mundo e como encontrou uma formosa
donzela numa tenda; e também como se apresentou à Rainha
Guinevere e como partiu em sua primeira aventura *301*

Capítulo Segundo
Como Sir Percival foi sagrado cavaleiro pelo Rei Arthur; como
partiu com Sir Lamorack e como deixou Sir Lamorack para sair
em busca de aventura por conta própria; e também como um
grande cavaleiro lhe ensinou o manejo das armas *314*

Capítulo Terceiro
Como Sir Percival encontrou duas pessoas estranhas na floresta e como
socorreu um cavaleiro que se achava em profundo sofrimento e dor *323*

Capítulo Quarto
Como Sir Percival se lançou na aventura do castelo de Beaurepaire e o
que lhe aconteceu lá depois de várias extraordinárias aventuras *335*

Capítulo Quinto
Como Sir Percival revidou a bofetada que Sir Kay dera
em Yelande, a Donzela Muda, e como, depois disso,
partiu em busca de sua própria dama amada *348*

AQUI COMEÇA A HISTÓRIA DE SIR PERCIVAL DE GALES, que naquela época era considerado um dos três grandes cavaleiros da Távola Redonda. Pois, ainda que Sir Lancelot fosse o principal cavaleiro de todos os que jamais chegaram à corte do Rei Arthur, é difícil dizer quem era o segundo mais famoso, Sir Tristão de Lyonesse ou Sir Percival de Gales.

Por isso rezo para que todos vocês possam viver uma vida tão pura, honrada e corajosa como a dele. E que vocês também no mundo de hoje, com atos de nobreza iguais aos dele, façam jus à mesma glória e ao mesmo respeito.[112]

---

112. Observe-se, como se vem apontando, que o intuito de Howard Pyle com sua publicação é também didático-pedagógico: assim como na Idade Média se fazia uso do *exemplum* para a educação da nobreza, aqui o autor se dirige, mais uma vez, a "vocês" – ouvintes/leitores que devem "viver uma vida tão pura, honrada e corajosa" como a dos cavaleiros distinguidos.

Prólogo

O PAI DE SIR PERCIVAL era o rei chamado Pellinore,[113] que, como foi contado no Livro do Rei Arthur, travou uma batalha muito terrível contra o Rei Arthur. Foi depois daquela batalha que o Rei Arthur conseguiu obter sua famosa espada, Excalibur, como já foi contado.

Pois bem, o Rei Pellinore era um dos onze reis que, quando o Rei Arthur tornou-se rei, rebelaram-se contra ele, como foi contado no dito livro, e foi um dos últimos a render-se após ser derrotado. O Rei Arthur perseguiu-o de uma cidade a outra, de um lugar a outro, até que ele foi finalmente expulso do convívio dos homens e passou a viver na floresta como um animal selvagem.

Pois bem, o Rei Pellinore levou consigo para a floresta sua esposa e seus quatro filhos: Lamorack, Aglaval, Dornar e Percival. Destes, Percival tinha somente

---

113. Como o autor voltará à ascendência de Percival em outras situações desta narrativa, considerem-se alguns aspectos importantes: é com toda a liberdade que Pyle trata as diversas fontes que tem em mãos e que oferecem diferentes versões da genealogia de Percival, razão de a crítica especializada ver a filiação deste cavaleiro como uma das mais obscuras da "matéria de Bretanha", complicando possíveis consensos. Por outro lado, é no *Livre d'Artus* que Pellinore será chamado "Rei Pescador", passando a formar parte da lista de outros reis que, em certos momentos, ostentaram o mesmo título. Ele é rei de Listenois e aparece como pai de uma numerosa prole, entre cujos filhos se encontram os irmãos mortos, citados por Pyle, e o caçula, Percival. Antes de ser alcunhado "Rei Pescador", era conhecido como "Rei da Floresta Solitária" e marido daquela que será chamada "Dona Viúva", mãe de Percival. Morre em batalha com os filhos de Lot, comandados por Galvan.

O Rei Pellinore três anos de idade, e os outros, exceto Dornar, já eram quase homens.
foge para a
floresta

Aquela nobre família passou a viver na floresta dali por diante, como se fossem bichos acuados, o que era muito difícil para uma dama que já tinha sido rainha. Da mesma forma, aquela vida trazia grandes perigos para o filho caçula, Percival.

Acontece que Percival era de uma beleza extraordinária[114] e sua mãe amava-o mais do que a qualquer outro filho seu. Por isso temia que seu caçula sucumbisse à precariedade da vida na floresta.

Assim, um dia o Rei Pellinore disse:

– Amor querido, não estou nem um pouco preparado para defender-te, nem ao pequeno. Portanto, decidi enviá-los para longe daqui por algum tempo para que permaneçam num esconderijo secreto até que ele cresça em anos e altura e se faça homem para defender-te.

"De todas as propriedades que eu outrora tinha somente duas me restaram. Uma delas é um castelo isolado nesta floresta (para onde estou me dirigindo), e a outra é uma torre solitária bem distante dali, num local esquecido do mundo e cercado de montanhas.[115] Para lá envio-te, pois ali dificilmente serás achada por meus inimigos.

"Eis o que quero: se, chegando à idade adulta naquele ermo, essa criança vier a se tornar um homem de corpo e espírito débeis, deves fazer com que entre para uma ordem religiosa. Mas se, crescendo, tornar-se forte e viçoso de corpo e valente de espírito e queira fazer-se cavaleiro, não deves negar sua vontade, mas permite que saia pelo mundo conforme queira.[116]

"E se vier a hora em que queira sair pelo mundo – vê bem! –, aqui está um anel com um rubi muito valioso incrustado. Manda que ele exiba este anel a mim ou a qualquer um de nossos outros filhos, caso nos encontre, e assim saberemos que se trata de meu filho e irmão deles,[117] e o receberemos com muita alegria."

---

114. Assim como procedeu em relação à beleza física de Lancelot e de Tristão, Pyle descreve a bela aparência de Percival, sempre proporcional às qualidades do espírito.

115. Ver nota 101.

116. Ver nota 19.

117. Além da função já assinalada (ver nota 90), o anel tinha também outro uso importante, como sinal de identificação – de uma filiação, de uma irmandade, de uma identidade. Geralmente é o amuleto por meio do qual o herói depara com sua verdadeira linhagem, depois de vagar pelo mundo buscando saber quem é. Nos contos de fadas, os anéis – doados ou achados – estão repletos de magia, benéfica ou maléfica.

E a esposa do Rei Pellinore disse:

– Será como ordenas.

Assim foi que o Rei Pellinore seguiu para o tal castelo isolado onde o Rei Arthur o encontrou e lutou com ele. Enquanto isso a mãe de Percival viajou para o local nas montanhas de que falara o Rei Pellinore, que era uma torre solitária que se erguia bem alta, feito uma agulha de pedra. Lá viveu com Percival por dezesseis anos, e durante todo aquele tempo Percival nada sabia do mundo, nem de que era feito, mas crescia livre e inocente como uma criança pequena.

A mãe de Percival leva-o para as montanhas

Mas durante aqueles anos as coisas não correram bem para a família do Rei Pellinore. Pois embora o Rei Arthur tivesse feito as pazes com o Rei Pellinore, havia em sua corte muitos grandes inimigos daquele bom e valoroso cavaleiro. Portanto, acabou acontecendo de matarem traiçoeiramente o Rei Pellinore, e em seguida mataram Sir Aglaval e Sir Dornar da mesma forma, de modo que, daquela nobre família, restou somente Sir Lamorack.

(Diz-se que Sir Gawaine e seus irmãos tiveram parte nos assassinatos, já que eram inimigos do Rei Pellinore, de modo que sempre foram acusados pelo modo traiçoeiro e desonroso como aqueles nobres cavaleiros da família do Rei Pellinore foram mortos.)

A notícia daquelas várias mortes acabou por alcançar a torre isolada na montanha e os ouvidos da mãe de Sir Percival. E, quando ela ouviu como seu marido e seus dois filhos tinham morrido, emitiu um sonoro lamento de tristeza, apertando as mãos e chorando em desespero. E exclamou:

A mãe de Percival chora a morte de seus entes queridos

– Temo que chegará também a hora de matarem Lamorack. E quanto a Percival, nunca deixarei que saia por este mundo cruel cheio de assassinos malvados, pois se ele também morresse, meu coração por certo se partiria.

Portanto manteve Percival sempre perto de si, ignorante de tudo o que dizia respeito à cavalaria. E embora Percival fosse se tornando um rapaz robusto e forte, de rosto belo e nobre, continuava a viver naquelas montanhas, sem saber do mundo externo mais do que uma pequena criança inocente. Tampouco jamais encontrava alguém de fora, exceto um velho que era surdo-mudo. Esse velho ia e vinha da torre onde Percival e sua mãe viviam, trazendo, no lombo de um velho cavalo, roupas e alimentos do mundo externo para Percival, sua mãe e os seus poucos criados. E embora Percival se perguntasse de onde aquelas coisas vinham, ninguém jamais lhe contara e ele continuou vivendo em total ignorância do mundo.

Como Percival viveu nas montanhas

E a mãe de Percival não o deixava tocar em qualquer arma, exceto uma pequena lança que era uma espécie de dardo. Mas Percival brincava com ela todo dia até tornar-se tão hábil no seu manejo que conseguia acertar a asa de um pássaro em pleno voo.[118]

Certa vez, quando Percival contava dezenove anos de idade, aconteceu de achar-se no topo de um rochedo que se debruçava sobre certo vale. Era bem no início da primavera, portanto era como se o vale estivesse todo coberto por um leve manto esverdeado. E como havia um córrego de água cristalina serpenteando pelo meio do vale, aquela era uma vista muito tranquila e bonita.

Percival ficou portanto ali parado, admirando aquela planície quando, de repente!, um cavaleiro atravessou o vale a cavalo, e o sol saiu de trás de uma nuvem e brilhou na sua armadura, de modo que ela pareceu incendiar-se de

Percival vê um cavaleiro

pura luz.[119] Percival olhou para o cavaleiro sem saber bem o que via. Depois que o cavaleiro passou pelo vale, ele correu direto até sua mãe, muito admirado, e disse:

– Mãe! Mãe! Vi algo muito incrível.

Ela disse:

– O que foi que viste?

Percival disse:

– Vi algo parecido com um homem, e vinha montado num cavalo, e brilhava com um brilho muito vivo e com enorme esplendor. Então, por favor, me diz: o que foi que eu vi?

A mãe de Percival sabia muito bem o que ele tinha visto e ficou muito angustiada, pois sabia que, se despertasse o espírito cavaleiresco de Percival, ele não mais se contentaria em viver naquele ermo tranquilo. Portanto pensou consigo mesma: "Como é possível? Será que até mesmo este carneirinho aqui precisa ser levado de mim, para que eu fique sem cria nenhuma?"

Então disse a Percival:

– Filho meu, o que viste foi sem dúvida um anjo.

E Percival disse:

– Eu também queria ser um anjo!

---

118. Joseph Campbell ensina que, já em tempos imemoriais, havia a tendência de dotar o herói com poderes extraordinários, a partir de seu nascimento ou mesmo do momento em que foi concebido. Toda a sua vida subsequente era apresentada como uma grandiosa sucessão de prodígios. Ou seja, a condição superior do herói é algo a que se está predestinado; no âmbito do religioso – em que o herói limita com o santo –, lembre-se Jesus Cristo, ou seu *duplo* literário, Galahad.

119. Linhas abaixo, a mãe de Percival lhe dirá que a tal "luz" (ver nota 53) é como a de um "anjo".

E ao ouvir aquilo a dama, sua mãe, soltou um suspiro profundo.

Aconteceu que, no dia seguinte, Percival e sua mãe foram até a floresta que ficava ao pé da montanha onde estava a torre. Tencionavam juntar as primeiras flores da primavera que já tinham desabrochado. E enquanto lá estavam – ora vejam! – vieram cinco cavaleiros cavalgando pela floresta, e como as folhas novas mal passavam de uma névoa esverdeada, Percival viu-os à distância. Então exclamou bem alto:

– Mãe! Mãe! Olha só! Lá vai passando todo um grupo de anjos como o que eu vi ontem! Vou lá agora mesmo para cumprimentá-los.

Mas sua mãe disse:

– Ora, ora! Queres falar com os anjos!

E Percival disse:

– Sim, pois parecem ter rosto bondoso e modo gentil.

E seguiu adiante para saudar os cavaleiros.

Acontece que o líder daquele grupo de cavaleiros era Sir Ewaine, que tinha o hábito de ser sempre gentil e cortês com todos. Portanto, quando Sir Ewaine viu Percival se aproximando, cumprimentou-o e disse:

– Belo jovem, qual é o teu nome?

Ao que Percival respondeu:

– Meu nome é Percival.

Sir Ewaine disse:

– É um nome muito bom, e tens também um rosto tão gracioso que suponho venhas de alguma alta linhagem.[120] Agora diz, por gentileza, quem é teu pai?

Percival
conversa com
cinco cavaleiros

Ao que Percival disse:

– Não posso dizer de que linhagem sou porque não o sei.

O que deixou Sir Ewaine assaz surpreso.

Então, pouco depois disse:

– Poderias dizer-me se por acaso viste um cavaleiro que passou por aqui hoje ou ontem?

E Percival disse:

– Não sei o que é um cavaleiro.

Sir Ewaine disse:

– Um cavaleiro é um homem assim como eu.

---

120. Segundo o que vimos dizendo (ver nota 69), a Beleza não poderia ser excluída das relações entre o sangue e a linhagem.

Então Percival compreendeu muitas coisas que até então não sabia, e desejou de coração saber mais. Então disse:

– Se responderes às minhas várias perguntas, responderei às tuas com prazer.

Ao ouvir aquelas palavras Sir Ewaine sorriu alegremente (pois sentia grande simpatia por Percival), e disse:

– Pergunta o que quiseres, e hei de responder-te da melhor maneira que puder.

Então Percival disse, tocando com a mão o objeto da pergunta:

– Poderias dizer-me o que é isto aqui? – e tocou o objeto da sua pergunta.

– Esta é uma sela.

E Percival disse:

– E o que é isto aqui?

E Sir Ewaine disse:

– Esta é uma espada.

E Percival disse:

– O que é esta coisa?

E Sir Ewaine disse:

– Este é um escudo.

E assim Percival foi lhe perguntando sobre todos os apetrechos de um cavaleiro, e Sir Ewaine ia respondendo a todas as suas perguntas. Então Percival disse:

– Agora vou responder à sua pergunta. Vi um cavaleiro passar a cavalo por aqui ontem, e ele seguiu através daquele vale ali, indo para o oeste.

Sir Ewaine agradeceu-lhe e saudou-o, seguido pelos outros cavaleiros, e então seguiram caminho.

Depois de partirem, Percival retornou à sua mãe e viu que ela continuava no mesmo lugar onde a deixara, pois estava extremamente angustiada, percebendo que dali por diante Percival não ficaria com ela por muito mais tempo. E quando Percival se aproximou, disse-lhe:

– Mãe, aqueles não são anjos, mas sim cavaleiros muito bons e honrados.

Ao ouvir aquilo sua mãe caiu num pranto desconsolado, enquanto Percival olhava desconcertado, sem saber por que chorava. Portanto, dali a pouco disse:

– Mãe, por que choras?

Ela de início não soube o que responder, e acabou apenas dizendo:

– Vamos voltar para casa.

E assim caminharam em silêncio.

Mas quando chegaram à torre onde viviam, a dama de repente virou-se para Percival e disse-lhe:

– Percival, o que diz teu coração?

E ele disse:

– Mãe, sabes muito bem o que ele diz.

Ela disse:

– Por acaso é que gostarias de ser cavaleiro também?

E ele disse:

– Tu o dizes.

E então ela disse:

– Será como queres. Vem comigo.

A mãe de Sir Percival então conduziu-o a um estábulo onde estava o pobre animal de carga que costumava trazer os mantimentos, e disse:

– Este é um pobre cavalo, mas não tenho outro para dar-te. Agora vamos arrumar uma sela para ele.

Então Sir Percival e sua mãe torceram vários pedaços de pano e fios de palha até fazerem uma espécie de sela. E a mãe de Percival trouxe-lhe uma sacola com pão e queijo para alimentá-lo e pendurou-a em seu ombro. E trouxe-lhe seu dardo, que ele tomou na mão. E então ela lhe deu o anel do Rei Pellinore com o precioso rubi incrustado, e disse:

– Toma isto, Percival, e coloca em teu dedo, pois é o anel de um rei. Agora, quando me deixares, vai para a corte do Rei Arthur e tenta descobrir o paradeiro de Sir Lamorack de Gales. E quando o encontrares, mostra-lhe este anel, e ele verá que te tornaste um cavaleiro muito promissor pois, Percival, ele é teu irmão. Houve um tempo em que teu pai estava vivo, e tu tinhas dois outros irmãos. Mas foram todos mortos pela traição de nossos inimigos, e restaram somente tu e Lamorack. Portanto toma cuidado quando saíres pelo mundo e estiveres no meio desses inimigos, pois se pereceres nas mãos deles, acho que meu coração se despedaçará.

Então ela deu conselhos a Percival sobre o dever daquele que deseja ser digno da cavalaria, e os conselhos foram os seguintes:

– Em tuas viagens deves seguir todas estas coisas à risca: quando chegares a uma igreja ou santuário diz um Pai-Nosso pela glória de Deus. E se escutares alguém que chama por socorro, corre para ajudar – sobretudo se for uma mulher ou uma criança em apuros. E quando encontrares uma dama ou donzela pelo caminho, saúda-a de modo respeitoso. E quando lidares com um homem, sê educado e valente. E se estiveres com fome e sede e

A mãe de Percival aconselha-o

encontrares comida e vinho, come e bebe o suficiente para satisfazer-te, mas não mais que isso. Mas se encontrares um tesouro ou uma joia preciosa e puderes obtê-los sem causar mal a outros, toma-os para ti, mas divide aquilo que possuas com a mesma generosidade. Dessa maneira, obedecendo a esses preceitos, serás digno de te tornares um verdadeiro cavaleiro e, com isso, também digno de teu pai, que foi um verdadeiro cavaleiro a seu tempo.

E Percival disse:

– Lembrarei e seguirei tudo isso à risca.

E a mãe de Percival disse:

– Mas não me esquecerás, não é, Percival?

E ele respondeu:

– Não, mãe. E quando eu tiver ganhado poder, fama e fortuna, voltarei imediatamente e hei de levar-te comigo e cumular-te de tantas honras que viverás como uma rainha.

Aquelas palavras fizeram a dama, sua mãe, rir e chorar ao mesmo tempo. E Percival inclinou-se e beijou-a nos lábios. Então virou-se e deixou-a, e saiu cavalgando pelas montanhas em direção à floresta, enquanto ela ficou ali, olhando-o até perdê-lo de vista. E sentiu-se muito só depois que ele partiu.

Percival parte da montanha

Assim lhes contei como aconteceu de Percival sair pelo mundo para tornar-se um famoso cavaleiro.

Capítulo Primeiro

Como Percival saiu pelo mundo e como encontrou uma formosa
donzela numa tenda; e também como se apresentou à Rainha
Guinevere e como partiu em sua primeira aventura

Pois bem, após seguir caminho por bastante tempo, Percival acabou alcançando uma parte da floresta que dava num vale onde muitos vimeiros cresciam à beira de um córrego. Então juntou ramos dos salgueiros, aparou-os e trançou-os habilmente no formato de uma armadura, como as dos cavaleiros que encontrara na floresta. E após ter se armado com os vimes do salgueiro, pensou consigo mesmo: "Agora tenho uma indumentária tão boa quanto a deles." E seguiu em seu caminho com o coração prenhe de felicidade. *Percival faz para si uma armadura de ramos de salgueiro*

Dali a algum tempo saiu da floresta e chegou a uma vila de muitas casas com telhados de sapé. E Percival pensou consigo mesmo: "Ah! Como é grande o mundo. Não sabia que havia tanta gente no mundo."

Mas quando a gente daquele lugar viu a sela que estava presa às costas do cavalo, e quando viram a armadura que Percival usava, toda feita de ramos, e quando viram que trazia um dardo e nenhuma outra arma, começaram a rir, escarnecer e zombar dele. Mas Percival não entendeu a zombaria deles e disse:[121]

– Ora! Como o mundo é agradável e alegre. Não sabia que era um lugar tão divertido.

Então riu e assentiu, e saudou aqueles que zombavam dele daquela forma. *Como Percival cavalgou pelo mundo*

E alguns diziam:

– É um louco.

E outros diziam:

---

121. Afeito à matéria cavaleiresca, Howard Pyle deve ter-se inspirado, para a composição desta cena, em Miguel de Cervantes. Afinal, toda a chamada "Primeira Parte" (1605) de *D. Quixote de La Mancha* é um suceder de episódios similares: enquanto todos riem *dele* e de suas sublimes loucuras, d. Quixote e seu escudeiro Sancho supõem que o fazem *com eles*, justamente porque também ali o mundo e as pessoas parecem, equivocadamente, bons. O ridículo da armadura "feita de ramos" repõe, dentre outros apetrechos, o "elmo de Mambrino" quixotesco – na verdade, uma "bacia de barbeiro" que o manchego levava na cabeça.

– Não, é só um bobo alegre.

E quando Percival ouviu aquilo, pensou: "Será que há outros tipos de cavaleiros dos quais não ouvi falar?"

Então seguiu caminho muito alegremente, e sempre que encontrava alguém pelas estradas, riam dele. Mas ele ria ainda mais alto e cumprimentava-os de puro prazer em saber que o mundo era tão alegre e gentil.

Quando ia findando a tarde, chegou a uma clareira agradável e lá avistou uma tenda muito bela e imponente entre as árvores. E aquela tenda era toda de cetim amarelo, portanto brilhava feito ouro na luz do sol poente.

Então Percival pensou consigo mesmo: "Esta com certeza deve ser uma das igrejas de que minha mãe falou." Então apeou de seu cavalo e foi até a tenda, ajoelhou-se e rezou um Pai-Nosso.

E ao terminar a reza, levantou-se e entrou na tenda. Mas, ora vejam!, deparou com uma jovem donzela de dezesseis anos e de extraordinária beleza, que

Percival entra na tenda dourada

lá estava. Estava sentada num banco de madeira entalhada, acomodada numa almofada de tecido dourado, e debruçava-se sobre um bastidor, bordando com fios de prata e ouro. E os cabelos da donzela eram negros como o ébano e suas faces coradas como pétalas de rosa. Ela trazia uma tiara de ouro na cabeça e estava toda vestida de seda azul-celeste. Perto dela havia uma mesa posta com carnes de vários tipos e também com vários vinhos brancos e tintos. E todas as taças eram de prata, e as travessas eram de ouro, e a mesa estava posta com uma toalha bordada com fios de ouro.[122]

Mas agora é preciso contar que aquela jovem dama que lá estava era Lady Yvete, a Bela, filha do Rei Pescador.[123]

Quando Percival entrou na tenda, Lady Yvete ergueu o rosto e olhou-o com enorme surpresa, e pensou consigo mesma: "Este só pode ser um louco ou um

---

122. Não se estranhe o inusitado dessa tenda luxuosa no meio da clareira e nem a pompa da mesa nela servida, pois sua ocupante é uma jovem nobre, filha de rei. O ouro e a prata são os símbolos desse fausto: o ouro é por excelência a cor (solar) do interior das igrejas e de seus objetos, significando poder (terreno e celeste) e autoridade; a prata (lunar) remete a princípios aquáticos e de feminilidade, com a brancura metálica evocando, em muitas culturas, a dignidade real.

123. Observem-se duas questões: em primeiro lugar, como homem do séc.XIX e de espírito indisfarçadamente romântico, Pyle, atraído por histórias de amor, dá muito mais importância à personagem de Lady Yvete, conforme se verá nas páginas seguintes, do que ela tem junto a Percival na matéria arturiana. Quanto ao Rei Pescador, é figura fascinante e nebulosa, resultado de várias elaborações, cheio de mistérios, inclusive porque é conhecido também como o Rei Tolhido, ou seja, aquele que, ferido entre os músculos da perna, não pode caminhar e dedica-se ao papel de guardião do Graal, à espera de que Galahad o venha curar. No *Perceval* (c.1180), de Chrétien de Troyes, ele é filho do Velho Rei Pescador e tio de Percival. A tradição dos Reis Pescadores remonta ao bíblico José de Arimateia.

Lady Yvete, a Bela

bobo imprudente para entrar aqui vestido assim, com uma armadura feita de ramos de salgueiro entrelaçados."

Então disse a ele:

– Oh, rapaz, que fazes aqui?

Ele disse:

– Senhora, por acaso esta é uma igreja?

Aquilo deixou-a irritada, pois pensou que ele tentava fazer um gracejo, então disse:

– Vai-te embora, bobo, pois se meu pai, que é o Rei Pescador, vier e te encontrar aqui, há de punir-te por esse gracejo.

Mas Percival respondeu:

– Não, não creio que o fará, dama.

Então a donzela olhou para Percival com mais atenção e viu o seu rosto nobre e belo e pensou consigo mesma: "Este não é um bobo ou um bufão, mas quem é eu não sei."

Então ela disse a Percival:

– De onde vens?

E ele disse:

– Das montanhas e das matas.

E acrescentou:

Percival come do pão na tenda dourada

– Senhora, quando deixei minha mãe, ela me disse que, quando visse boa comida e bebida e estivesse com fome, deveria comer do que necessitasse. Portanto, é o que farei agora.

E logo se sentou à mesa e se pôs a servir-se com muito apetite.

Quando a dama viu aquilo, riu bastante, batendo palmas de tanto que se divertia. E disse:

– Se meu pai e meus irmãos voltassem agora e te vissem assim, com certeza haveriam de punir-te severamente e não conseguirias sair ileso.

Percival disse:

– Por que fariam isso, Senhora?

E ela disse:

– Porque essa comida e essa bebida são para eles, e porque meu pai é um rei, e meus irmãos são seus filhos.

E Percival disse:

– Com certeza seriam descorteses se negassem comida a um homem faminto.

E isso fez a dama rir novamente.

Quando Percival estava satisfeito, levantou-se. E viu que a donzela usava um lindo anel de ouro com uma pérola muito valiosa incrustada nele. Então disse a ela:

– Senhora, minha mãe disse que, se eu visse alguma joia ou tesouro e desejasse tê-lo, deveria tomá-lo para mim sem causar mal a ninguém. Portanto, peço-lhe que me dê o anel que tem no dedo, pois desejo muito tê-lo.

Aquilo fez a donzela olhar para Percival de modo muito estranho, e ela viu que ele era mais formoso do que qualquer outro homem que jamais vira, e que seu rosto era muito nobre e augusto, embora fosse também incrivelmente doce e gentil. Então disse a ele docemente:

– Por que te daria meu anel?

Ao que ele respondeu:

– Porque a senhora é a dama mais linda que meus olhos jamais viram, e creio que a amo mais do que imaginava ser possível amar alguém.

Ao ouvir aquilo a donzela sorriu para ele e disse:

– Qual é teu nome?

E ele disse:

– É Percival.

Ela disse:

– É um bom nome. Quem é teu pai?

Ao que ele disse:

– Isso não posso dizer, pois minha mãe me pediu que não revelasse seu nome a ninguém por enquanto.

Ela disse:

– Creio que ele deve ser algum cavaleiro muito nobre e valoroso.

E Percival disse:

– Ele é tudo isso, pois também era um rei.

Então a donzela disse:

– Podes ficar com meu anel – e deu-lhe o anel.

> A donzela dá o anel a Percival

E quando Percival colocou-o no dedo, disse:

– Minha mãe também me disse que eu deveria dividir tudo o que era meu, portanto dou-lhe este meu anel em troca do seu, e peço que o use até que eu prove ser digno de sua gentileza. Pois espero tornar-me um cavaleiro de muita fama, e conquistar grande louvor e renome. E, se eu alcançar meus objetivos, serão todos dedicados à sua honra.[124] E quando assim for, gostaria muito de voltar a vê-la novamente na minha nova condição, em vez de como me acho agora.

E a donzela disse:

– Não sei quem és ou de onde vens para te apresentares de um modo tão extraordinário quanto este, mas com certeza deves vir de uma cepa muito nobre. Portanto aceito-te como meu cavaleiro e creio que no futuro me trarás muita honra.

Então Percival disse:

– Senhora, minha mãe me disse que, se eu por acaso encontrasse uma donzela, deveria saudá-la com toda cortesia. Teria, portanto, sua permissão para saudá-la?

E ela disse:

– Tens minha permissão.

---

124. Eis mais um exemplo de entrelaçamento dos valores e normas da Cavalaria com a *cortesia* amorosa, tal como os trovadores medievais e a lírica trovadoresca colocaram na ordem do dia: bater-se pelo rei ou colocar-se a serviço dele, em condições de vassalagem, não difere de fazê-lo pela dama amada, a não ser em grau.

Percival saúda a donzela da tenda dourada

Então Percival tomou-a pela mão e beijou-a nos lábios (pois era a única maneira que conhecia de saudar uma mulher) e – imaginem só! – o rosto dela ficou rubro como fogo.[125] Em seguida Percival saiu da tenda, montou em seu cavalo e partiu a galope. E parecia-lhe que o mundo era de fato um lugar muito belo e maravilhoso onde viver.

Mas a verdade é que ele não sabia como o mundo realmente era: nem que tipo de lugar era, nem que tamanho tinha. Se o soubesse não estaria tão certo de conseguir honras nem de reencontrar facilmente aquela jovem donzela, uma vez que a deixara.

NAQUELA NOITE Percival chegou a uma parte da floresta onde havia várias choupanas de gente simples que vivia de juntar feixes de lenha. Deram-lhe abrigo por aquela noite pois pensaram que fosse algum louco manso que se perdera por lá. E contaram-lhe muitas coisas que ele jamais ouvira antes, fazendo com que o mundo lhe parecesse ainda mais incrível do que ele inicialmente achara.

Assim passou ali aquela noite, e quando veio a manhã seguinte levantou-se, lavou-se e seguiu caminho. E enquanto cavalgava em seu pobre cavalo esfomeado, quebrou o jejum com o pão e o queijo que sua mãe tinha guardado na sacola. Ia assim com o espírito muito feliz, alegrando-se sobremaneira com a maravilha e a beleza do mundo em que se achava.

ASSIM PERCIVAL FOI atravessando a floresta, deleitando-se tanto com a beleza do mundo à sua volta que quase chorava lágrimas de pura alegria, só de felicidade por estar vivo. Além disso, a trilha da floresta passava por baixo das copas das árvores que, naquela estação, estavam cheias de folhas novas e verdes e pareciam derramar uma luz dourada sobre toda a terra. E os pássaros do

Como Percival viajou pela floresta

bosque cantavam em todos os matos e arbustos, seguidos de perto pelo arrulhar suave dos pombos, o que enchia o coração de Percival de um forte desejo, ainda que não soubesse de quê.

Assim seguia em seu cavalo, às vezes enveredando por labirintos verdes, às vezes saindo em clareiras abertas onde a claridade se espalhava e brilhava por

---

125. O rubor deve-se ao fato de que Lady Yvete era donzela e, como tal, vivia sob a proteção do pai e da família, "reservada" para o casamento e, no caso de este não acontecer, para um possível convento. Em qualquer dos casos, mudaria apenas de senhor. Mas o fogo que ilumina o belo rosto da jovem diz de sua nascente paixão.

toda parte. Outras vezes chegava a algum córrego da floresta onde havia poços rasos de cascalho dourado, cujas águas eram tão puras e cristalinas que era impossível saber onde terminava a água e onde começava o ar. Atravessava-os em seu cavalo, espirrando água com grande estardalhaço enquanto peixinhos prateados nadavam velozes para todos os lados, feito faíscas disparadas para cá e para lá à sua passagem.

Assim, com a beleza daquela terra silvestre, tão verde e agradável da primavera, o coração de Percival vinha tão animado de alegria e deleite, que ele quase chorava de pura felicidade, como já foi dito.

Aconteceu que, naquele momento, o Rei Arthur tinha ido àquela floresta para caçar com falcões, acompanhado de vários membros da sua corte. Mas como o dia estava quente, a Rainha se cansara e ordenou a seus criados que montassem uma tenda para ela enquanto o Rei continuava a caçar com seus falcões. Montaram a tenda numa clareira aberta na floresta, aonde Percival acabou por chegar.

Percival avistou aquela tenda montada entre as árvores, e viu que a tenda era de seda cor-de-rosa. Também viu que, não muito distante dali, havia um jovem pajem vestido de modo muito vistoso e fino.[126]

Pois bem, quando o pajem avistou Percival e viu o modo singular como estava vestido, começou a rir muito, e Percival, sem saber que ria dele, riu junto e respondeu, cumprimentando-o simpaticamente. Então Percival disse ao pajem:

Percival fala com o pajem de Lady Guinevere

– Por gentileza, poderias dizer-me a quem pertence aquela tenda ali adiante?

E o pajem disse:

– Pertence à Rainha Guinevere, pois o Rei Arthur chegou a esta floresta com o seu séquito.

Aquilo deixou Percival muito satisfeito, pois achava que finalmente encontraria Sir Lamorack. Então disse:

– Diz-me, por gentileza: por acaso Sir Lamorack de Gales faz parte do séquito do Rei Arthur? Vim até aqui à procura desse nobre cavaleiro.

Então o pajem riu-se bastante e disse:

---

126. Diz o historiador Oliveira Marques que o nascimento da vida na corte, entre os sécs.XI e XIII, colocou os nobres frente a frente uns com os outros e suscitou neles a competição da aparência e da riqueza. Da mesma forma que buscaram aformosear-se e à família, também o fizeram em relação à casa, às tapeçarias e à criadagem. A moda acompanhou intensamente essa evolução, incluindo o "uniforme" dos servos, que preferiam o *saio* de origem germânica e cujo refinamento dependia da casa em que serviam.

– Quem és tu para estar à procura de Sir Lamorack? Por acaso és um bobo da corte?

E Percival disse:

– O que é um bobo da corte?

E o pajem disse:

– Só podes ser um bufão muito tolo.

E Percival disse:

– O que é um bufão?

Aquilo fez o pajem rir sem parar, o que começou a irritar Percival, que pensou consigo mesmo: "Essa gente ri demais, e isso começa a me cansar." Então, sem mais, apeou de seu cavalo para entrar na tenda da Rainha e perguntar sobre Sir Lamorack.

Mas quando o pajem viu o que Percival tencionava fazer, correu a impedi-lo, dizendo:

– Não podes entrar aí!

Ao que Percival disse:

– Pois não posso? – e em seguida deu uma bofetada tão forte no pajem, que ele caiu e ficou imóvel, como se estivesse morto.

Então Percival entrou resoluto na tenda da Rainha.

A primeira coisa que viu foi uma dama muito bonita, rodeada de um séquito de damas.[127] E a Rainha estava comendo um repasto de meio-dia enquanto um pajem a servia, derramando vinho puríssimo numa taça toda de ouro. E viu que um nobre senhor (que vinha a ser Sir Kay, o Senescal) estava no centro daquela linda tenda cor-de-rosa, dando ordens sobre o repasto da Rainha, pois Sir Kay e toda a corte tinham ficado encarregados da Rainha e de suas damas de companhia.

Percival vê a Rainha Guinevere

Pois bem, quando Percival entrou na tenda, Sir Kay olhou-o e, ao perceber sua aparência, fez uma careta de desaprovação:

– Ora! – ele disse. – Quem é esse louco incauto que vem entrando aqui?

E Percival respondeu:

– Oh, moço alto, por favor me diz: qual dessas damas é a Rainha?

Sir Kay disse:

---

127. A origem do termo "séquito" (ver "sequaz") é latina (< *sequi*, segue ou acompanha com assiduidade). Entre os povos germânicos, o séquito seguia um líder, mantendo uma relação de mútua dependência. Conforme os paralelismos do conceito de vassalagem, a prática estendeu-se às damas da nobreza medieval – como é o caso das senhoras que servem à Rainha Guinevere.

– E o que queres com a Rainha?

Ao que Percival respondeu:

– Vim aqui apresentar meu caso ao Rei Arthur, e é o seguinte: gostaria de tornar-me cavaleiro e creio que o Rei Arthur é quem melhor pode ajudar-me.

Quando a Rainha ouviu o que Percival dizia riu-se, divertindo-se muito. Mas Sir Kay continuou muito zangado e disse:

– Escuta aqui, rapaz, és certamente algum bobo imprudente que veio aqui trajando uma armadura de ramos de salgueiro e sem quaisquer armas ou apetrechos, exceto uma pequenina lança. Mas esta é a corte da Rainha e não és digno de permanecer aqui.

Sir Kay faz pouco de Percival

– Ora – disse Percival –, pois a mim me pareces muito tolo, oh, homem alto, em julgar-me por minhas roupas e apetrechos. Ainda que esteja vestido assim pobremente, posso muito bem ser teu superior tanto em estirpe quanto em posição.

Aquilo deixou Sir Kay furioso. Já ia retrucando rudemente a Percival quando, bem naquele instante, outra coisa aconteceu. Assim que Percival terminara de falar, de repente entrou na tenda um cavaleiro corpulento e violento, de aspecto aterrorizante, e tinha no rosto uma expressão de ódio furioso. Esse cavaleiro era um certo Sir Boindegardus, o Selvagem, que era temido por todo o reino do Rei Arthur. Tinha o epíteto "O Selvagem" porque vivia como um bárbaro na floresta, num castelo sombrio escondido nos bosques, e saía de vez em quando desse castelo para atacar e assaltar os viajantes que passavam pelas trilhas da floresta. Muitos cavaleiros haviam enfrentado Sir Boindegardus, tentando matá-lo ou aprisioná-lo, mas a uns conseguiu derrotar, enquanto de outros conseguiu fugir. Portanto, continuava à solta para fazer as maldades que queria.

Sir Boindegardus entra na tenda da Rainha

Pois bem, agora esse cavaleiro selvagem vinha entrando com o elmo[128] apoiado contra o quadril e o escudo ao ombro, assustando todas as damas que lá estavam, pois achavam que vinha zangado e com más intenções.

Quanto a Sir Kay (que naquele instante portava somente uma túnica verde, meias vermelhas e sapatos de veludo, próprios para a corte de uma dama),[129]

---

128. Nas armaduras antigas, o elmo era uma espécie de capacete que protegia a cabeça do guerreiro. Ao longo do tempo, apresentou vários formatos e modelos, como por exemplo o elmo cônico, com protetor para o nariz, o elmo com viseira móvel ou o elmo de uma só peça, cobrindo o crânio como uma calota. Entre os sécs.XII e XIII, desenvolveu-se o "grande elmo", com cimeira e penacho, facilitando a identificação à distância.
129. Ver notas 99 e 126.

ficou amedrontado e não sabia o que fazer na presença de Sir Boindegardus. Então Sir Boindegardus disse:

– Onde está o Rei Arthur?

E Sir Kay não respondeu de tanto medo. Então uma das damas de companhia da Rainha disse:

– Está caçando nos confins da floresta.

Então Sir Boindegardus disse:

– Lamento sabê-lo, pois achei que o encontraria aqui agora, para desafiá-lo junto com toda a sua corte, pois não temo nenhum deles. Mas, como o Rei Arthur não está aqui, poderei ao menos ofender sua Rainha.

Sir Boindegardus ofende a Rainha Em seguida, arremeteu contra o ombro do pajem que trazia uma taça para a Rainha e derramou todo o vinho no rosto e no vestido dela.

A Rainha emitiu um grito de pavor, e uma de suas damas correu em seu auxílio com lenços para secar seu rosto e suas vestes, consolando-a.

Então Sir Kay achou a coragem para dizer:

– Ora! Que cavaleiro grosseiro que és, ofendendo assim a uma dama.

Ao ouvir aquilo, Sir Boindegardus virou-se para ele, furioso, e disse:

– Se desaprovas meu comportamento, podes acompanhar-me até aquele prado que fica a leste daqui, e lá vingar essa ofensa, se tiveres coragem.

Sir Kay ficou sem saber o que responder, pois sabia que Sir Boindegardus era um cavaleiro muito forte e temido. Então disse:

– Podes ver que estou completamente desarmado, e não tenho armadura.

Ouvindo aquilo, Sir Boindegardus riu com grande desprezo, arrancou a taça dourada das mãos do pajem e saiu da tenda. Montou em seu cavalo e partiu, levando consigo o cálice precioso.

A Rainha então pôs-se a chorar, desconsolada de medo e vergonha, e quando o jovem Percival viu aquelas lágrimas, mal pôde conter-se. Virou-se para Sir Kay, gritando:

– Ei, ó homem alto! Fizeste muito mal, pois com ou sem armadura, devias sem dúvida ter assumido para ti a disputa. Minha mãe me disse que eu deveria assumir a defesa de todos os necessitados, mas ela não me disse que esperasse que armas ou armadura me ajudassem a fazer o que é certo. Assim, *Percival repreende Sir Kay* embora eu saiba pouco de armas ou cavalaria, assumirei eu mesmo a disputa para mim e farei o que puder para vingar a ofensa feita a esta dama, se ela me permitir.

E a Rainha Guinevere disse:

– Tens minha permissão, já que Sir Kay escolheu não assumir esta disputa por mim.

Havia ali uma certa jovem donzela muito formosa que fazia parte do séquito da Rainha. Chamava-se Yelande, e era conhecida como "a Donzela Muda", pois não dirigia palavra a cavaleiro algum da corte. Durante todo o ano em que esteve na corte do Rei, não disse uma só palavra nem sequer sorriu a homem algum. Quando tal donzela viu o rosto gracioso e nobre de Percival, foi até ele, tomou-lhe a mão e sorriu-lhe muito gentil. E disse-lhe:

– Belo jovem, tens um coração tão grande e nobre que estou bem certa de que és completamente diferente do que tua aparência levaria a supor. Digo portanto que, se fores capaz de sobreviver a esse feito, virás a ser um dos maiores cavaleiros do mundo todo. Jamais ouvi falar de alguém que, sem armas ou armadura, tomasse para si uma disputa contra um cavaleiro experiente e todo armado. Com certeza a coragem que tens no coração é igual à formosura que se vê em teu rosto, e creio mesmo que tua nobreza equipara-se à gentileza de tua fala e modos.

A dama de companhia elogia Percival

Aquilo deixou Sir Kay muito zangado, e ele disse para a donzela:

– Realmente és muito mal-educada: ficaste este ano todo na corte do Rei Arthur, convivendo com a fina flor da cavalaria, e jamais disseste uma só palavra àqueles nobres e honrados cavaleiros, nem lhes deste um sorriso como fizeste agora a este grosseirão.

E assim dizendo, ergueu a mão e deu-lhe uma bofetada na orelha, fazendo-a soltar um grito de dor e pavor.

Sir Kay esbofeteia a dama de companhia

Vendo aquilo, Percival chegou bem perto de Sir Kay e disse:

– Oh, homem descortês![130] Pois fica sabendo que, não fosse estarem tantas damas aqui presentes e sendo uma delas a Rainha, eu lidaria contigo de um jeito que não gostarias nem um pouco. Agora, antes de mais nada, sairei no encalço daquele cavaleiro incivilizado e buscarei vingar esta nobre Rainha da ofensa que ele lhe causou. Quando tiver resolvido o assunto, aí então ficarei ansiando pelo momento de punir-te por ter tocado nesta linda jovem que foi tão gentil comigo agora há pouco. Quando chegar a hora, retribuirei a horrível bofetada que lhe deste, e será vinte vezes pior.

---

130. O termo está sendo usado no contexto da cortesia já comentada (ver nota 31). Note-se que esse episódio da Donzela Muda renderá várias sequências: a cada batalha que vence, Percival manda um recado a Sir Kay, avisando-o de que a bofetada contra a dama será por ele vingada.

E Percival saiu da tenda em seguida, montou em seu pobre pangaré e partiu na direção em que Sir Boindegardus seguira levando consigo a taça dourada.

Pois bem, muito tempo depois ele alcançou uma outra planície coberta de relva e lá avistou Sir Boindegardus, que cavalgava todo orgulhoso à sua frente, com a taça dourada pendurada na sela do seu cavalo. E Sir Boindegardus tinha o elmo na cabeça, sua lança na mão direita e seu escudo sobre o outro braço, e ia todo pronto para um embate armado.

Percival segue Sir Boindegardus

Quando avistou Percival, que vinha saindo da floresta a cavalo em seu encalço, puxou as rédeas e voltou-se. E quando Percival se aproximou, Sir Boindegardus disse:

– De onde vens, bobo?

Percival retrucou:

– Venho da Rainha Guinevere, da sua tenda.

Então Sir Boindegardus disse:

– Aquele cavaleiro que lá estava veio me seguindo?

Ao que Percival respondeu:

– Não, mas eu o segui para puni-lo pela ofensa que causou à Rainha Guinevere.

Sir Boindegardus então ficou muito zangado e disse:

– Seu bobo! Está me dando muita vontade de matar-te.

Dito isto, ergueu sua lança e atingiu Percival com ela na nuca de modo tão violento que ele foi arremessado de seu cavalo. Aquilo deixou Percival tão zangado, que foi como se o céu ficasse todo vermelho diante de seus olhos. Por isso, quando se recompôs daquele golpe, correu até Sir Boindegardus, agarrou sua lança e começou a lutar com tal força que acabou por arrancá-la de Sir Boindegardus. E quando teve a lança nas mãos, quebrou-a contra o joelho e lançou-a para longe.

Então Sir Boindegardus foi tomado de uma fúria raivosa e logo puxou sua espada reluzente para matar Percival. Mas quando Percival percebeu sua intenção, agarrou seu dardo e correu até um ponto ali perto, virou-se e lançou-o contra Sir Boindegardus, com tal pontaria que a ponta do dardo penetrou a viseira de Sir Boindegardus, atravessou seu olho e seu cérebro e saiu por trás da cabeça. Sir Boindegardus desabou de seu cavalo e caiu inerte no chão, e Percival correu até lá, debruçou-se sobre ele e viu que estava morto. Então Percival disse:

Percival mata Sir Boindegardus

– Bem, parece que dei cabo de um cavaleiro incrivelmente descortês com as damas.

Pouco tempo depois de Percival deixar a tenda da Rainha Guinevere, o Rei Arthur e onze nobres cavaleiros da sua corte retornaram da caçada, e entre os cavaleiros estavam Sir Lancelot do Lago e Sir Lamorack de Gales. Então a gente do séquito da Rainha contou ao Rei Arthur o que acontecera, e o Rei Arthur ficou muito desapontado com Sir Kay. E disse:

– Kay, não foste somente descortês em não assumir a disputa em nome da Rainha, mas creio que tu, um cavaleiro experiente, tendo medo de Sir Boindegardus, acabaste enviando esse jovem numa aventura em que correrá grande perigo e da qual pode ser que mal consiga escapar com vida. Quero então que dois dentre vós saiam em busca desse jovem para salvá-lo, se já não for tarde demais. E os dois serão Sir Lancelot do Lago e Sir Lamorack de Gales. Então, senhores, parti depressa, antes que alguma desgraça aconteça àquele louco corajoso e ingênuo.

O Rei Arthur envia Sir Lancelot e Sir Lamorack em busca de Percival

Então os dois cavaleiros montaram imediatamente em seus cavalos e partiram na direção por onde seguira Percival.

Capítulo Segundo

Como Sir Percival foi sagrado cavaleiro pelo Rei Arthur; como
partiu com Sir Lamorack e como deixou Sir Lamorack para
sair em busca de aventura por conta própria; e também como
um grande cavaleiro lhe ensinou o manejo das armas

Assim, passado bastante tempo, chegaram à campina onde Percival havia alcançado Sir Boindegardus. Mas quando lá chegaram, viram algo extraordinário. Viram um homem trajando uma armadura toda feita de ramos de salgueiro trançados, que arrastava de um lado para outro o corpo de um cavaleiro armado.

Então cavalgaram até lá e, quando chegaram perto o suficiente, Sir Lancelot disse:

Como os dois cavaleiros encontraram Percival na campina

– Ora, belo jovem, o que fazes é muito estranho. O que pretendes?

Ao que Percival respondeu:

– Senhor, quero retirar essas placas da armadura deste cavaleiro, mas não sei como fazê-lo!

Então Sir Lancelot riu e disse:

– Espera um pouco e te mostrarei como retirar essas placas.

E disse:

– Como foi que esse cavaleiro veio a morrer?

Percival disse:

– Senhor, este cavaleiro lançou insultos tremendos à Rainha Guinevere, aquela dama tão linda. E quando o segui até aqui para assumir essa disputa para mim, ele golpeou-me com sua lança. E quando arranquei a lança de suas mãos e quebrei-a em dois, ele puxou da espada, e eu morreria se eu não o tivesse matado antes.

Sir Lancelot admirou-se muito, e disse:

– Aquele cavaleiro não é Sir Boindegardus?

E Percival disse:

– Sim.

Então Sir Lancelot disse:

– Belo jovem, fica sabendo que mataste um dos cavaleiros mais fortes e temidos de todo o mundo, e com isso prestaste um enorme favor ao Rei Arthur.

Portanto, deves vir conosco até a corte do Rei Arthur, pois ele com certeza quererá recompensar-te regiamente pelo que fizeste.

Então Percival olhou para Sir Lancelot e Sir Lamorack e percebeu que o rosto deles era muito nobre. Portanto sorriu-lhes e disse:

– Senhores, por gentileza, digam-me quem são e qual é o seu grau.

Então Sir Lancelot sorriu de volta e disse:

– Chamo-me Sir Lancelot do Lago, e este meu companheiro chama-se Sir Lamorack de Gales.

Então Percival viu que estava diante de seu próprio irmão, e olhou para Sir Lamorack e percebeu como seu rosto era nobre e elevado. Sentiu uma afeição enorme por Sir Lamorack e alegrou-se muito com aquela afeição. Mas não disse a Sir Lamorack quem era, pois aprendera muitas coisas desde que saíra pelo mundo, e uma delas era que não devia ser impulsivo. Então pensou consigo mesmo: "Por ora não contarei a meu irmão quem sou, para que não se envergonhe de mim. Primeiro conquistarei fama suficiente para não envergonhá-lo, e só então revelarei a ele quem sou."

Percival encontra Sir Lamorack

Então Sir Lancelot disse:

– Peço-te, belo jovem, agora que disse os nossos nomes, diz qual é o teu, pois sinto por ti grande afeição e portanto gostaria de saber quem és.

Então Percival disse:

– Meu nome é Percival.

Ao ouvir aquilo, Sir Lamorack exclamou:

– Conheço alguém chamado Percival, meu próprio irmão. Se ainda estiver vivo, deve ter a tua idade.

Naquele momento Percival sentiu um impulso de abraçar Sir Lamorack, mas apenas o olhou e sorriu-lhe afetuosamente. E permaneceu calado, sem revelar a Sir Lamorack quem era.

Então Sir Lancelot disse:

– Agora, belo jovem, mostraremos como se retira a armadura deste cavaleiro morto e depois disso iremos levar-te até o Rei Arthur, para que possa recompensar-te pelo que fizeste da maneira que achar justa.

Com isto, Sir Lancelot e Sir Lamorack apearam de seus cavalos e foram até o cavaleiro morto, soltaram sua armadura e removeram-na do seu corpo. Depois, ajudaram Percival a remover sua armadura de ramos trançados e colocaram-lhe a armadura de Sir Boindegardus. Em seguida, partiram todos os três de volta à tenda onde o Rei e a Rainha se encontravam com sua corte.

Os dois cavaleiros armam Percival

Mas quando o Rei Arthur ficou sabendo que Sir Boindegardus tinha morrido, encheu-se de alegria. E quando soube como Percival o tinha matado, ficou deveras impressionado, e disse a Percival:

– Com certeza Deus está do teu lado, belo jovem, ajudando-te a realizar um feito de armas de tal monta quanto este, pois jamais um cavaleiro foi capaz de fazê-lo.

Então disse:

– Diz o que mais desejas ter e, se estiver ao meu alcance, o terás.

Então Percival ajoelhou-se perante o Rei Arthur e disse:

– Senhor, o que mais desejo no mundo é ser sagrado cavaleiro. Portanto, se estiver ao seu alcance fazê-lo, rogo-lhe que, por suas próprias mãos, me torne um cavaleiro-real.

Então o Rei Arthur sorriu amavelmente para Percival e disse:

O Rei Arthur faz de Percival um cavaleiro-real

– Percival, teu desejo será realizado e amanhã hei de fazer-te cavaleiro.

Assim, naquela noite, Percival ficou vigiando sua armadura na capela de um eremita da floresta,[131] e a armadura que vigiou era a armadura que pertencera a Sir Boindegardus (pois Percival pediu ao Rei Arthur para ficar com essa armadura, já que a havia conquistado numa batalha). E quando veio a manhã seguinte, Sir Lancelot e Sir Lamorack levaram Percival até o Rei Arthur, e o Rei Arthur sagrou-o cavaleiro.

Depois disso, Sir Percival pediu permissão ao Rei Arthur para partir da corte, para que pudesse realizar algum grande feito em armas que lhe desse renome, e o Rei Arthur aquiesceu.

Então Sir Percival foi até Sir Kay e disse:

Sir Percival ameaça Sir Kay

– Senhor, não esqueci a bofetada que ontem deu naquela formosa dama quando ela falou tão gentilmente comigo. Ainda sou um cavaleiro jovem demais para lidar com o senhor, mas há de chegar o momento em que voltarei e vingarei em dobro aquela bofetada!

E Sir Kay não gostou nada do que ouviu, pois sabia que Sir Percival ainda havia de se tornar um cavaleiro muito forte e valoroso.

---

131. Na Idade Média, a prática do eremitismo cristão entre os chamados "Padres da Igreja" remonta a são Bento de Núrsia (autor da *Regra de São Bento*, do ano 530), que se retirou para o Subiaco, Itália, antes de fundar a célebre abadia de Monte Cassino. Com as profundas transformações dos sécs. XI e XII, os ermitães davam as costas ao mundo radicalmente, a fim de se entregar a uma espiritualidade mais individual, mais rigorosa, em contato direto com a divindade. Em razão de sua experiência de vida, estavam sempre cercados por pessoas em busca de conselhos, apoio e orações.

Sir Percival e Sir Lamorack cavalgam juntos.

Pois bem, enquanto isso Sir Lamorack sentia-se muito próximo de Sir Percival, embora Sir Lamorack não compreendesse a razão. Portanto, quando Sir Percival ganhou permissão para seguir errante, Sir Lamorack pediu ao Rei Arthur para acompanhá-lo, somente para estar-lhe próximo. E o Rei Arthur deu-lhe permissão.

Foi assim que Sir Lamorack e Sir Percival partiram juntos a galope, muito alegres e amigos. E, enquanto cavalgavam, Sir Lamorack contava a Sir Percival muitas coisas sobre a cavalaria, enquanto Sir Percival ouvia atentamente tudo o que ele dizia. Mas Sir Lamorack não imaginava que cavalgava com seu irmão ou que era a seu próprio irmão que ensinava os mistérios da cavalaria, e Sir Percival nada disse a esse respeito.

Sir Percival e Sir Lamorack cavalgam juntos

Enquanto isso, Sir Percival pensava consigo mesmo, do fundo do seu coração: "Se Deus quiser, um dia farei jus a todos os teus ensinamentos, ó meu irmão!"

Pois bem, foi somente depois de terem viajado bastante que Sir Percival e Sir Lamorack saíram da floresta e foram dar num campo aberto e todo cultivado, e no meio da planície corria um rio tranquilo.

Bem no centro da planície havia uma vila bem grande e um castelo enorme com várias torres altas e muitos telhados e chaminés que davam para a vila.

Naquele momento o dia já chegava ao fim, portanto o céu a oeste estava todo aceso, como uma chama dourada – muito lindo. E a estrada que tomaram era bem larga e lisa, como se fosse ladrilhada. E havia todo tipo de gente passando por ela: alguns a pé, outros a cavalo. Havia também uma trilha ladeando o rio por onde os cavalos puxavam barcas de carga que iam e vinham da vila. As barcas eram todas pintadas de cores vivas, enquanto os cavalos traziam arreios de cores alegres e sininhos que tilintavam.

Sir Percival via tudo aquilo muito impressionado, pois jamais vira nada igual antes. Por isso exclamou, encantado, dizendo:

– Por todos os santos! Como o mundo é grande e maravilhoso!

Então Sir Lamorack olhou para ele e sorriu, cheio de afeição e carinho, e disse:

– Ora, Percival! Este é somente um pequeno pedaço do mundo.

Ao que Sir Percival respondeu:

– Caro Senhor, fico tão feliz de ter saído assim pelo mundo afora, que às vezes nem sei se tudo não passa de um sonho ou se estou mesmo acordado.

Assim, depois de bastante tempo, acabaram alcançando a vila com seu castelo, e ambos ficavam bem perto do rio. A vila e o castelo se chamavam Cardennan, sendo a vila muito conhecida pelos seus renomados tecidos de lã colorida.

Então Sir Percival e Sir Lamorack entraram na vila. E quando Sir Percival viu todas as pessoas pelas ruas, ocupadas por toda parte em seus afazeres, e

Sir Percival e Sir Lamorack chegam a Cardennan — quando viu as cores alegres das roupas de tecidos finos que todos usavam, e quando viu as várias barraquinhas cheias de mercadorias valiosas e variadas, nem conseguia conter seu deslumbramento[132] e, exaltado, exclamou bem alto:

---

132. O deslumbramento de Percival deve-se não só ao seu desconhecimento do mundo, pois sempre viveu na Floresta Solitária, como ainda à intensa movimentação da vila, pois é na Idade Média Central que se desenvolvem as pequenas e grandes cidades, graças ao êxodo da população do campo.

– Mas que coisas maravilhosas são estas que vejo! Não tinha ideia que uma vila podia ser assim tão grande.

Novamente Sir Lamorack sorriu-lhe de modo muito carinhoso e disse:

– É o que achas? Pois fica sabendo que este lugar, comparado a Camelot, que é a vila do Rei, é como uma estrela comparada com a lua cheia em toda a sua glória.

E Percival ficou sem saber o que pensar de tão deslumbrado que ficara.

Seguiram subindo pela rua até alcançar o castelo de Cardennan e lá pediram para entrar. Quando Sir Lamorack anunciou seu nome e posição, o guardião abriu os portões com muita alegria, e eles entraram. Dali a pouco, o senhor e a senhora do castelo desceram de uma sacada com mureta de treliça e saudaram-nos. Depois disso, vários atendentes imediatamente vieram e ajudaram Sir Percival e Sir Lamorack a apear, então levaram seus cavalos para o estábulo. Vários outros atendentes conduziram-nos a certos aposentos onde lhes retiraram as armaduras e banharam-nos em água morna e deram-lhes vestes macias. Depois disso, o castelão e a castelã os entretiveram com um suntuoso banquete, onde havia músicos que tocavam belas canções ao som de harpas e acompanhados de cantores. Vieram também atores que encenaram uma peça para os convivas.[133]

De como os dois cavaleiros foram recebidos pelo castelão e pela castelã

Assim os dois cavaleiros comeram junto com o castelão e a castelã e passaram algum tempo conversando agradavelmente. Todavia, quando a noite já estava quase no fim, Sir Lamorack deu-lhes boa-noite, e ele e Sir Percival foram conduzidos até um nobre aposento, onde lhes haviam preparado leitos macios forrados de mantas vermelhas.

Assim terminou aquele dia, que foi o primeiro dia de Sir Percival de Gales como cavaleiro.

Contudo, embora durante todo esse tempo Sir Percival folgasse muito em viajar na companhia de Sir Lamorack, decidira que, assim que fosse possível, deixaria Sir Lamorack e partiria sozinho numa demanda só sua. Pensava consigo mesmo: "Ora veja! Sou um cavaleiro ainda tão inexperiente que meu irmão acabará por se cansar da minha companhia e deixar de gostar de mim. Por isso o deixarei antes

---

133. Essas festas (ver nota 33) eram a ocasião propícia para a representação de peças teatrais, muito do agrado da nobreza, bem como para a execução de músicas e cantos por trovadores e jograis (ver nota 89).

que se canse de mim, e sairei sozinho em busca de feitos de cavalaria. Depois disso, se Deus quiser que eu me torne um cavaleiro digno, aí sim, meu irmão se alegrará em reconhecer que sou filho do seu pai."

Assim, quando veio a manhã seguinte, Sir Percival levantou-se ao raiar do dia e, silenciosamente, colocou sua armadura, evitando despertar Sir Lamorack. Então inclinou-se e, olhando o rosto de Sir Lamorack, viu seu irmão embrulhado no sono como num manto macio. E, ao olhar Sir Lamorack assim adormecido, Sir Percival sentiu que o amava tanto que quase não cabia em si com a força daquele amor. Mas pensou consigo mesmo: "Continua dormindo, meu irmão, enquanto eu parto e te deixo. Mas quando eu tiver conquistado grande fama, retornarei para te encontrar e derramarei glórias aos teus pés, para que te alegres em descobrir quem sou de verdade."[134]

Sir Percival deixa Sir Lamorack

E pensando assim consigo mesmo, partiu dali sorrateiramente, enquanto Sir Lamorack dormia tão profundamente que não se deu conta de que Sir Percival partira.

Em seguida, Sir Percival foi até o pátio do castelo e pediu a alguns atendentes que lhe aprontassem o cavalo, e eles assim fizeram. E pediu a outros que o armassem, e eles assim fizeram. Em seguida, montou em seu cavalo e partiu do castelo.

Pois bem, depois de deixar Sir Lamorack dormindo no castelo, como já foi dito, Sir Percival seguiu caminho, deleitando-se com tudo o que via. Assim viajou toda aquela manhã, e como o dia estava muito claro e quente, não demorou muito para que ficasse com fome e sede. Passado algum tempo, alcançou uma estrada que lhe pareceu promissora, então seguiu por ela, esperançoso de encontrar alguma aventura ou, ao menos, comida e bebida.

Depois de algum tempo escutou as badaladas de um sino e, seguindo o som por algum tempo, acabou chegando a uma pequena capela na beira da estrada onde vivia um eremita. E Sir Percival viu que era o eremita, um ancião com uma longa barba branca, quem tocava o sino da pequena capela.

Pensando que ali encontraria comida e bebida, Sir Percival dirigiu-se até onde o eremita estava tocando o sino. Mas, ao se aproximar, notou que atrás da capela havia um cavaleiro muito nobre montado a cavalo. Percebeu que o cavaleiro tinha uma armadura toda branca e que seu cavalo (que era branco feito leite e de nobre envergadura) tinha os arreios e apetrechos todos brancos.

Sir Percival encontra seu destino na capela da floresta

---

134. Nem mesmo ao irmão, há tanto procurado, Percival deseja revelar-se sem antes ter adquirido fama e glória pelas armas – essenciais na Ordem de Cavalaria.

Assim que avistou Sir Percival, o cavaleiro cavalgou até ele e saudou-o com toda cortesia. E o cavaleiro disse:

– Senhor, que acha de travarmos uma justa antes do desjejum? Eis aqui um belo campo gramado, bem plano, perfeito para uma luta amistosa,[135] se por acaso tiver tempo para isso.

Ao que Sir Percival respondeu:

– Senhor, muito me alegraria bater-me consigo, mas devo avisar que sou um cavaleiro ainda jovem e inexperiente, e só fui sagrado ontem pelo próprio Rei Arthur. Mas embora ainda seja inábil em armas, folgaria muito em aceitar o gentil e cortês desafio que me propõe.

Com isso, cada cavaleiro retrocedeu com seu cavalo e posicionou-se no local que lhe pareceu melhor. E quando estavam completamente prontos, dispararam, galopando em grande velocidade um contra o outro, e chocaram-se, escudo contra lança, *Sir Percival é derrubado pelo cavaleiro branco* bem no meio do caminho. Naquele choque (que era o seu primeiro), Sir Percival portou-se muito bem e mostrou admirável ímpeto cavaleiresco, pois espatifou sua lança contra o cavaleiro branco. Mas a lança do cavaleiro branco ficou inteira e arrebatou Sir Percival da sela do seu cavalo, arremessando-o violentamente ao chão, onde caiu levantando poeira.

Então o cavaleiro branco voltou até onde Sir Percival estava e perguntou-lhe muito cortesmente:

– Senhor, está ferido?

Ao que Sir Percival respondeu:

– Não, senhor! Não estou ferido, apenas um pouco atordoado com a queda.

Então o cavaleiro branco desmontou de seu cavalo e foi até Sir Percival. E, quando ergueu a viseira do seu elmo, Sir Percival viu que o cavaleiro branco era na verdade Sir Lancelot do Lago.

E Sir Lancelot disse:

– Percival, desde o início eu bem sabia quem eras, mas queria ter certeza do que eras realmente capaz, e pude ver que realmente és capaz de muita coisa. Contudo, deves saber que é impossível para um cavaleiro jovem como tu, que nada sabe do uso de armas de cavalaria, querer ter algum sucesso ao enfrentar um cavaleiro experiente em armas como eu. Portanto, precisas aprender a arte das armas à perfeição.

---

135. Note-se que as "lutas amistosas" faziam parte da educação do cavaleiro, apenas para treinamento no jogo das armas (ver nota 28).

Sir Percival retrucou:

– Senhor, então diga-me: como poderei adquirir a mestria em armas que me há de servir em situações como esta?

Sir Lancelot disse:

– Eu mesmo vou ensinar-te, mostrando-te tudo o que sei. A menos de meio dia de viagem ao sul daqui fica meu castelo, Vista Alegre. Estava mesmo indo para lá quando te encontrei aqui. Agora virás comigo para Vista Alegre e lá ficarás até que domines completamente o uso das armas. Assim poderás fazer jus à honra cavaleiresca com a qual, creio, Deus te investiu.

Assim, Sir Lancelot e Sir Percival partiram em seguida para a casa do eremita, e o eremita deu-lhes de comer com o melhor que sua simplicidade permitia.

Como Sir Percival ficou em Vista Alegre Ao final, montaram em seus cavalos novamente e partiram para Vista Alegre, e Sir Percival lá permaneceu por um ano, praticando e preparando-se de todas as formas necessárias para alcançar a mestria de cavaleiro que o faria tão famoso. Durante aquele ano, Sir Lancelot foi seu tutor no uso das armas. Além disso, também ensinou-lhe todos os hábitos e códigos de cavalaria, de maneira que, quando chegou a hora de partir de Vista Alegre, Sir Percival sabia muito bem como deveria proceder em qualquer situação, fosse no campo ou na corte.

Foi assim que, quando Sir Percival partiu de Vista Alegre, nenhum cavaleiro, exceto o próprio Sir Lancelot, era capaz de superá-lo na mestria em armas. Isso mesmo, nem mesmo seu próprio irmão, Sir Lamorack. E ninguém, nem mesmo Sir Gawaine ou Sir Geraint, superava-o nos modos nobres, cheios de cortesia e gentileza.

AGORA CONTAREI SOBRE a grande aventura que aconteceu a Sir Percival depois que foi treinado por Sir Lancelot em Vista Alegre.

Capítulo Terceiro

Como Sir Percival encontrou duas pessoas estranhas na floresta e como socorreu um cavaleiro que se achava em profundo sofrimento e dor

Pois bem, depois de partir de Vista Alegre, Sir Percival viajou muitos dias em busca de aventura, mas nada encontrou. Até que, certo dia, chegou a uma parte muito escura e misteriosa da floresta que, embora fosse erma e silenciosa, parecia também tão cheia de encanto que Sir Percival imaginou que só poderia ser uma floresta mágica. Então foi entrando por ela para tentar ver se encontrava alguma boa aventura por lá.

(Aquela floresta era mesmo uma floresta mágica. Saibam que era a Floresta de Arroy, também conhecida como a Floresta das Aventuras, mencionada várias vezes no Livro do Rei Arthur. Quem quer que a adentrasse sempre acabava encontrando alguma aventura especial.) *Sir Percival na Floresta de Arroy*

Sir Percival assim foi atravessando esse bosque maravilhoso por um bom tempo, muito intrigado com o total silêncio à sua volta, sem que nem mesmo um piado de pássaro viesse interromper. Pois bem, enquanto cavalgava através desse silêncio, começou a ouvir o som de uma conversa, e pouco depois avistou um cavaleiro com uma dama que cavalgavam entre as finas árvores que lá cresciam. E o cavaleiro ia montado num grande cavalo branco, enquanto a dama seguia num palafrém ruão.[136]

Quando os dois viram Sir Percival, pararam para aguardá-lo e, ao aproximar-se, Sir Percival percebeu que tinham uma aparência bastante singular. Estavam os dois vestidos todos de verde, e ambos usavam colares extraordinários trabalhados a ouro, com opalas *Sir Percival encontra duas pessoas estranhas* e esmeraldas. Seus rostos eram brancos feito cera, com olhos muito brilhantes, feito joias incrustadas em marfim. Não estavam rindo nem tampouco estavam sérios, mas somente sorriam, continuamente. E o cavaleiro que Sir Percival via era Sir Pellias, e a dama era Lady Nymue do Lago.

---

136. Por ruão entende-se o cavalo malhado, de pelagem no geral mesclada de branco, negro e alazão, mas podendo ter outras variações de cores. Ver também nota 27.

Só que, quando viu os dois, Sir Percival logo teve certeza de que eram do mundo das fadas, portanto apeou rapidamente e ajoelhou-se no chão, unindo as palmas das mãos. Então a Dama do Lago sorriu gentilmente para Sir Percival, e disse:

– Sir Percival, levante-se e diga-me o que faz por estas paragens.

Então Sir Percival levantou-se, prostrou-se em frente ao cavaleiro e à dama, e disse:

– Senhora, não sei como sabe quem eu sou, mas creio que é uma fada e, portanto, sabe de muitas coisas. Quanto ao motivo pelo qual vim dar aqui, é que estou em busca de aventura. Portanto, se souber de alguma em que possa lançar-me em seu nome, por favor, diga-me.

A dama disse:

– Se é o que deseja, posso talvez enviá-lo numa aventura digna de um cavaleiro. Continue seguindo por esta trilha e acabará avistando um pássaro cujas penas brilham como ouro reluzente. Siga-o e ele o levará até um local onde encontrará um cavaleiro muito necessitado da sua ajuda.

E Percival disse:

– Farei o que me aconselha.

Então, a dama disse:

A Dama do Lago dá um amuleto a Percival

– Espere um pouco, tenho algo para lhe dar.

Em seguida, tirou do pescoço um pequeno amuleto dourado que pendia de um cordão de seda muito fino e delicado. E disse:

– Use isto, pois o protegerá de todos os encantos malignos.[137]

Dizendo isto, pendurou o amuleto no pescoço de Sir Percival, e Sir Percival agradeceu-lhe muito.

Então, o cavaleiro e a dama saudaram-no, e eles saudou-os e partiram, cada qual para um lado.

Sir Percival foi viajando por aquela trilha por algum tempo, conforme a dama lhe aconselhara, e acabou por avistar o pássaro de que ela falara. E viu que

Percival segue o pássaro dourado

sua plumagem reluzia como se fosse feita de ouro, e aquilo deixou-o deslumbrado. Toda vez que se aproximava, o pássaro alçava voo, indo mais adiante pelo caminho, em seguida pousava novamente no chão,

---

137. Os amuletos ou talismãs eram pequenos invólucros de couro, contendo tiras de pergaminho com certas passagens da Escritura e trazidos presos nos braços, por judeus ortodoxos, durante algumas rezas. Continham palavras sagradas e sinais misteriosos. Os cristãos herdaram a prática e, para se opor à obra de adivinhos e charlatães que deles faziam mau uso, ligaram os amuletos às relíquias dos santos e mártires, como signo de proteção e auxílio nas mais diversas dificuldades.

e ele o seguia. E quando novamente se aproximava, o pássaro voava para ainda mais longe, e ele continuava a segui-lo. Isto continuou por um bom tempo – o pássaro voava, e ele o seguia – até que a floresta começou a rarear e Sir Percival viu que ela chegava ao fim, e começava uma área de campos abertos. Após ter levado Sir Percival até lá, o pássaro de repente alçou voo e retornou para a floresta, piando bem alto enquanto voava.

Foi assim que Percival saiu da floresta e deu num campo aberto, de um tipo que jamais vira antes, pois era uma terra muito descampada e triste. E no meio dessa planície desolada havia um castelo de aparência maravilhosa: tinha partes pintadas de verde-água e partes pintadas de carmesim. E sobre a tinta verde-água e carmesim havia fantásticos adornos dourados. Por causa de todas essas cores extraordinárias, o castelo reluzia como um arco-íris brilhante contra o céu, o que fez Sir Percival permanecer sentado no seu cavalo por algum tempo muito deslumbrado com aquilo.

Sir Percival avista um maravilhoso castelo

Dali a pouco, porém, Sir Percival percebeu que o caminho que levava até o castelo passava por uma ponte de pedra, e quando olhou bem para a ponte viu que bem no meio dela havia uma coluna de pedra.[138] E viu, atrelado em correntes de ferro na coluna de pedra, um cavaleiro trajando armadura completa, o que deixou Sir Percival muito estarrecido. Portanto, foi bem rápido pelo caminho até a ponte e seguiu pela ponte até onde estava o cavaleiro. E quando Sir Percival alcançou a ponte, pôde ver que o cavaleiro acorrentado tinha uma aparência muito nobre e altiva, mas que parecia acometido de grande dor e sofrimento de estar assim acorrentado àquela coluna. O cavaleiro aprisionado gemia tanto, que Sir Percival sentiu-se persuadido a ouvi-lo.

Então Sir Percival disse:

– Senhor cavaleiro, que estado lastimável.

E o cavaleiro disse:

– Sim, e estou desanimado, pois estou aqui assim há três dias, e minha mente e meu corpo estão sofrendo demais.

Sir Percival disse:

– Talvez eu possa ajudá-lo. – E em seguida, desceu de seu cavalo e aproximou-se. E puxou da sua espada, que reluziu no sol com enorme brilho.

---

138. Observe-se: uma coluna de pedra, no meio de uma ponte, para onde Percival foi conduzido por um pássaro dourado (que em seguida desaparece), indicação de Lady Nymue do Lago, uma fada (ver nota 23). A cena completa constitui uma *mirabilia* (maravilhoso, extraordinário), caracterizando a referida "aventura digna de um cavaleiro", que todos os heróis buscam para se aprimorar (ver nota 19). Este recurso narrativo é um dos esteios das novelas de cavalaria. (Assinale-se, ainda, que essa coluna lembra a do Monte Doloroso, onde Merlin ergueu uma semelhante, a que só poderiam ascender "os melhores combatentes do mundo".)

Vendo aquilo, o cavaleiro disse:

– Senhor, o que pretende fazer?

E Sir Percival disse:

– Vou partir as correntes que o agrilhoam.

Ao que o cavaleiro disse:

– Como poderá fazê-lo? Quem conseguiria arrebentar correntes de ferro como estas?

Mas Sir Percival disse:

– Verei o que posso fazer.

Em seguida, ergueu sua espada e desferiu um golpe tão poderoso como jamais se viu. Aquele golpe arrebentou as correntes de ferro e atingiu com tal ímpeto a malha do cavaleiro,[139] que ele caiu no chão sem conseguir respirar.

Sir Percival liberta o cavaleiro aprisionado

Mas quando Sir Percival viu o cavaleiro caído daquele modo, exclamou:

– Ai de mim! Será que acabei matando este bom e gentil cavaleiro em vez de ajudá-lo?

E ergueu o cavaleiro, retirando a armadura que cingia seu pescoço. Mas o cavaleiro não estava morto, e aos poucos foi recuperando o fôlego, e disse:

– Por Deus, esse foi o golpe mais extraordinário que jamais vi alguém desferir em toda a minha vida.

Depois, quando o cavaleiro tinha se recuperado o suficiente, Sir Percival ajudou-o a se levantar e, estando de pé, logo recobrou boa parte das suas forças.

O cavaleiro tinha sede e desejava muito beber algo. Então Sir Percival ajudou-o a descer por uma trilha estreita que levava até um córrego d'água que corria por baixo da ponte. E lá o cavaleiro se inclinou e saciou sua sede. Quando tinha bebido o necessário, recobrou toda a sua força e disse:

– Senhor, sou-lhe totalmente grato, pois, se não tivesse vindo em meu auxílio, não faltaria muito para que perecesse da maneira mais miserável.

Então Sir Percival disse:

– Peço que me diga, senhor: como veio acabar nesse triste estado em que o encontrei?

Em resposta, o cavaleiro disse:

---

139. Referência à cota de malha, muito usada pelos cavaleiros principalmente no séc.XII. Tratava-se de uma espécie de túnica (às vezes com capuz), construída a partir de elos de arames, feitos em torno de um cilindro. Chegavam a pesar até quatorze quilos e eram eficazes contra a maioria das armas de corte, mas vulneráveis a bestas e martelos pesados. Para ficar mais confortáveis, podiam ser colocadas sobre um acolchoamento para o corpo.

– Vou contar-lhe. Foi assim: dois dias atrás vinha passando por aqui e por esse castelo acompanhado de dois excelentes escudeiros, pois sou cavaleiro de linhagem real. Pois bem, quando íamos passando por aquele castelo, saiu de lá uma dama toda vestida de vermelho e tão bela que meu coração ficou completamente encantado. Acompanhavam-na vários escudeiros e pajens, todos com rosto muito formoso e todos vestidos da cabeça aos pés, como ela, de vermelho. Pois quando essa dama aproximou-se de mim, disse palavras muito amáveis e tentou-me de tal forma, que me parecia jamais ter encontrado alguém tão gentil quanto ela. Contudo, quando chegou bem perto, ela de repente desceu-me um golpe pelos ombros com um bastão de ébano que trazia nas mãos, enquanto gritava algumas palavras das quais não me lembro. O fato foi que imediatamente me sobreveio uma escuridão parecida com um desmaio, e eu não dava mais conta de mim. Quando despertei daquele desmaio, imagine!, estava ali, acorrentado à coluna de pedra. Caso o senhor não tivesse vindo, eu teria certamente morrido de tanto penar. E quanto aos meus escudeiros, não tenho ideia. Mas quanto à dama, creio que só pode ser uma tal feiticeira chamada Vivien, que lançou feitiços tão poderosos em Merlin, que acabou por fazê-lo desaparecer da face da Terra.[140]

> O cavaleiro conta a sua história

Sir Percival ficou escutando aquilo tudo muito impressionado, e quando o cavaleiro terminou a sua história, disse:

– Qual é o seu nome?

E o cavaleiro disse:

– Meu nome é Percides e sou filho do Rei Pescador, assim chamado porque é o rei de todos os pescadores que vivem na costa oeste.[141] Agora peço que também me diga seu nome e origem, pois tenho-lhe grande estima.

E Sir Percival disse:

---

140. A história de Merlin é uma das mais ricas, densas e complexas da matéria arturiana. Druida célebre, mago poderoso, diz-se que nasceu do cruzamento de um íncubo (demônio que assume a forma masculina para se deitar com mulheres adormecidas e levá-las ao pecado da carne) com uma donzela virgem, filha de rei, donde adviria sua personalidade ambígua, ora boa, ora ruim. Merlin é uma invenção literária de Geoffrey de Monmouth em seu *Historia Regum Britanniae* (c.1135), com intervenções na vida de grandes personagens da corte de Arthur e nos destinos de seu reino. Roberto de Boron, em *Merlin* (c.1210-50), completa a lenda, cristianizando-a e acrescentando-lhe novos detalhes. Um dos traços mais conhecidos dessa acidentada biografia é que o prestigiado Merlin sucumbe por amor: tendo transmitido seus poderes à bela Vivien, ela engana-o e tranca-o em uma cova (ou também jaula), onde ele vem a falecer, completamente humilhado.

141. Cf. nota 123.

– Meu nome é Percival, mas ainda não posso dizer qual é a minha origem e de quem descendo, pois isto deve permanecer em segredo até que eu conquiste fama como cavaleiro. Mas agora um dever me espera, e trata-se de dar a essa tal dama Vivien o que ela merece.

Ao que Sir Percides exclamou:

– Não se aproxime daquela feiticeira, pois ela pode causar-lhe um mal tão grande com seus terríveis feitiços, como fez a mim!

Mas Sir Percival disse:

– Não tenho medo dela.

Sir Percival então levantou-se e atravessou a ponte, dirigindo-se para o castelo encantado. Sir Percides queria acompanhá-lo, mas Sir Percival disse:

– Fique onde está.

Então Sir Percides ficou e Sir Percival seguiu sozinho.

Pois bem, quando ia se aproximando do castelo, o portão abriu-se, e de lá saiu uma dama de extraordinária beleza, toda rodeada de um cortejo de escudeiros e pajens de mui formosa aparência. E a dama e o seu cortejo estavam todos vestidos de vermelho, de maneira que brilhavam como se fossem várias labaredas. Como o cabelo da dama era vermelho-dourado, e ela trazia no pescoço enfeites de ouro, ela toda reluzia de maneira deslumbrante. Suas sobrancelhas eram muito negras e finas, e uniam-se como se fossem duas linhas finíssimas desenhadas a lápis, enquanto seus olhos pequenos e negros brilhavam como olhos de serpente.[142]

Lady Vivien vai ao encontro de Sir Percival

Quando Sir Percival viu a beleza singular daquela dama, ficou tão encantado que não conseguia nem se aproximar. E – ora vejam! – ela permaneceu imóvel e sorriu para ele, fazendo com que o coração do cavaleiro se agitasse no peito como se lhe fosse escapulir. Então ela disse para Sir Percival, numa voz muito doce e gentil:

– Senhor Cavaleiro, seja bem-vindo. Teríamos enorme prazer se usasse este castelo como se fosse seu e se hospedasse aqui comigo por algum tempo.

E, enquanto falava, sorria novamente para Sir Percival e estendia-lhe a mão.

---

142. Vivien é uma feiticeira e como tal é descrita, inclusive com predominância da cor vermelha em sua composição (ver nota 81). A comparação de seus olhos com os de uma serpente é muito apropriada: nos bestiários medievais (por exemplo, no *Physiologus*, c.140), o animal peçonhento é exemplo de astúcia: troca de pele à medida que vai envelhecendo; quando vai beber água, livra-se temporariamente do veneno que traz na cabeça; só ataca os homens vestidos, rechaçando os nus; e enrosca-se toda quando se aproximam para matá-la, protegendo a cabeça venenosa. A imagem bíblica diz: "Eu vos envio como ovelhas no meio de lobos. Sede, pois prudentes como as serpentes..." (Mateus, 10:16).

Sir Percival derrota a feiticeira Vivien.

Então Sir Percival avançou para tomar-lhe a mão, e ela continuava sorrindo sem lhe deixar escolha a não ser obedecer a ela.

Acontece que, na outra mão, a dama trazia um bastão de ébano de uma vara de comprimento, e quando Sir Percival chegou perto o suficiente de si, ela ergueu o bastão de repente e golpeou-o violentamente nos ombros, gritando ao mesmo tempo numa voz terrivelmente alta e estridente:

– Transforma-te em pedra!

Mas, naquele momento, o amuleto que a Dama do Lago havia pendurado no pescoço de Sir Percival valeu-lhe, pois, não fosse por ele, naquele instante ele se teria transformado em pedra. Assim o feitiço falhou, pois foi impedido pelo encanto poderoso do amuleto dourado.

Mas Sir Percival sabia muito bem o que a feiticeira Vivien pretendia, e ficou tomado de raiva e indignação porque ela tentara transformá-lo em pedra. Portanto, gritou bem alto e agarrou a feiticeira pelos longos cabelos dourados, e deu-lhe um puxão tão forte que ela caiu de joelhos. Então, sacou a sua espada brilhante para cortar-lhe o pescoço fino e branco feito alabastro.

Sir Percival investe a espada contra Lady Vivien

Mas a dama começou a gritar apavorada, implorando por clemência. Aquilo amoleceu o coração de Sir Percival, que se encheu de pena, pensando que afinal ela era uma mulher, enquanto olhava aquele pescoço tão macio e belo e aquela pele tão alva e macia feito cetim. Portanto, quando ouviu sua voz – a voz de uma mulher implorando perdão – seu coração se amoleceu, e ele não achava mais a força necessária para decepar aquele pescoço com sua espada.

Então, mandou que ela se erguesse – embora ainda a prendesse pelos cabelos (que eram mornos e suaves como seda e muito perfumados) e a dama levantou-se, trêmula.

Em seguida, Sir Percival disse:

– Se quiser continuar viva, ordeno agora que desencante todos os que enfeitiçou, como quase me enfeitiçou.

Então a dama disse:

– Assim será feito.

Em seguida bateu palmas bem forte, exclamando:

– Todos os que tiverem sido transformados em outra coisa, voltem à sua forma original.

Então, ora vejam!, naquele instante, inúmeras pedras que estavam por lá espalhadas pelo chão começaram a tremer, como ovos chocando. E, à medida que ganhavam vida, mexiam-se e rolavam. E acabavam por derreter, e, ora!, em seu lugar surgia uma quantidade enorme de cavaleiros, escudeiros e muitas damas, oitenta e oito ao todo. Enquanto isso, outras pedras começavam a se mexer do mesmo modo e, enquanto Percival olhava, imaginem!, surgiram os cavalos daquela gente, todos atrelados para seguir viagem.

Lady Vivien desfaz o feitiço

Pois bem, quando toda aquela gente viu Sir Percival prender Lady Vivien pelos cabelos, começaram a clamar por vingança,[143] dizendo:

---

143. Prática individual e social, a vingança subsiste durante todo o período medieval, desde as célebres *faides* (vinganças pessoais) da Alta Idade Média, até os homicídios do séc.XV, cometidos essencialmente para vingar casos de honra maculada. Entre os nobres (embora não fosse direito apenas deles), a necessidade de vingança era particularmente sensível, pois os processos vindicativos permitiam mostrar a excelência da nobreza, que assim adquiria bens,

– Mate-a! Mate-a!

E vários ameaçavam lançar-se sobre ela como se quisessem matá-la com suas próprias mãos. Mas Percival ergueu sua espada na frente dela e disse:

– De jeito nenhum! De jeito nenhum! Esta dama é minha prisioneira e ninguém lhe fará mal, a não ser que passem por cima de mim.

Aquilo os fez todos logo se calarem. E quando viu que os tinha acalmado, voltou-se para Lady Vivien e disse:

– A minha ordem é a seguinte: irás até a corte do Rei Arthur e confessarás tudo a ele, e em seguida cumprirás a pena que ele decidir impor a teus crimes. Farás o que ordeno para salvar tua vida?

E Lady Vivien respondeu:

– Tudo será feito conforme ordena.

Então Sir Percival soltou os seus cabelos e libertou-a.

Quando se viu livre, ela deu um ou dois passos para trás e olhou bem para o rosto de Sir Percival, então riu. E disse:

– Que bobo que és: por acaso achaste que eu faria algo tão louco como o que me fizeste prometer? Que perdão poderia ter nas mãos do Rei Arthur, já que fui eu que destruí o Mago Merlin, que era o conselheiro-mor do Rei Arthur! Vai tu ao Rei Arthur e entrega a ele tuas próprias mensagens.

E assim dizendo, desapareceu num instante da vista de todos que ali estavam. E junto com ela desapareceu o castelo carmesim, verde-água e dourado – e tudo o que restou foi a rocha nua e a planície descampada.

Lady Vivien escapa

Então, os que ali estavam, ao despertar do espanto de ver aquele enorme castelo desaparecer, voltaram-se para Sir Percival e elogiaram-no e agradeceram-lhe demais, dizendo-lhe:

– O que podemos fazer para retribuir por ter-nos salvado do encantamento dessa feiticeira?

E Percival disse:

– Façam o seguinte: vão até a corte do Rei Arthur e contem-lhe como o jovem cavaleiro Percival, que ele sagrou cavaleiro há um ano, libertou-os do encantamento dessa feiticeira. E procurem Sir Kay e digam-lhe que daqui a pouco retornarei e retribuirei em dobro a bofetada que ele deu na donzela Yelande, a Donzela Muda, por causa da gentileza com que ela me tratou.

---

mulheres e renome. Não está circunscrita a um só indivíduo, mas a todo um grupo, principalmente no sistema organizacional das linhagens.

Assim falou Sir Percival, e eles disseram:

– Será feito conforme ordena.

Então Sir Percides disse:

– Por que não vens até o meu castelo e descansas ali por esta noite? Com certeza estás cansado de toda esta liça.

E Sir Percival disse:

– Irei contigo.

Assim Sir Percides e Sir Percival partiram juntos para o castelo de Sir Percides.

Pois bem, enquanto Sir Percival e Sir Percides jantavam no castelo de Sir Percides, aconteceu de Sir Percival tocar afetuosamente o braço de Sir Percides, e naquele momento Sir Percides viu o anel no dedo de Sir Percival, dado pela jovem donzela na tenda em troca do anel dele.

Sir Percides vê o anel que Sir Percival trazia no dedo

Quando Sir Percides viu aquele anel, exclamou com enorme surpresa:

– Onde arrumaste esse anel?

Sir Percival disse:

– Vou contar-te – e passou a contar a Sir Percides tudo o que lhe acontecera desde quando saíra do ermo em que antes vivia para viajar pelo mundo, e como acabou entrando na tenda amarela e encontrando a donzela que agora era sua dama escolhida. Depois de escutar aquela história, Sir Percides caiu numa enorme gargalhada, e então disse:

– Mas como farás para achar a jovem donzela novamente quando decidires que é hora de encontrá-la?

Ao que Sir Percival respondeu:

– Não sei como encontrá-la, mas sei que o farei. Embora o mundo seja muito mais vasto do que eu pensava quando primeiro o conheci, sei que encontrarei aquela dama quando chegar a hora de procurá-la.

Então Sir Percides disse:

– Caro amigo, quando desejares encontrar a dama a quem esse anel pertence, vem até mim e eu te direi como encontrá-la. Só não sei por que não vais ao seu encontro agora mesmo.

Ao que Sir Percival respondeu:

– Não vou procurá-la imediatamente porque, como sou ainda jovem e desconhecido do mundo, de nada lhe valerei se a encontrar agora. Primeiro, preciso ganhar fama de cavaleiro, e aí sim, irei buscá-la.

Sir Percides disse:

– Bem, Percival, creio que prometes ser um excelente cavaleiro e não creio que será difícil encontrares muitas aventuras nas quais lançar-te. Agora mesmo posso te contar de uma aventura na qual, se tiveres sucesso, ganharás tal renome, que poucos cavaleiros no mundo se igualarão a ti.

Então Sir Percival disse:

– Caro amigo, diz-me, por favor, que aventura é essa?

Então Sir Percides contou para Sir Percival sobre a seguinte aventura:

– Fica pois sabendo – disse ele – que a pouco mais de um dia de viagem para o norte há uma planície bela e muito fértil, com uma linda vista. No meio da planície há um pequeno lago, e no lago há uma ilha, e na ilha há um castelo muito alto, de tamanho e proporções imponentes. Esse castelo se chama Beaurepaire, e a castelã é tida como uma das donzelas mais lindas do mundo. O nome dessa dama é Lady Brancaflor.[144]

> Sir Percides conta a Sir Percival sobre Beaurepaire

"Pois bem, há um cavaleiro muito forte e poderoso chamado Sir Clamadius, conhecido como o Rei das Ilhas, e que é um dos cavaleiros mais famosos do mundo. Faz muito tempo que Sir Clamadius é perdidamente apaixonado por Lady Brancaflor. Contudo, Lady Brancaflor não é apaixonada por Sir Clamadius, e sempre busca evitá-lo com um coração frio e indiferente.

"Só que Sir Clamadius é um Rei incrivelmente orgulhoso e altivo, e não admite ser desprezado por dama alguma. Por isso decidiu atacar o castelo de Beaurepaire acompanhado de numerosos cavaleiros da sua corte, de modo que, neste exato momento, mantém o castelo sitiado.

"Acontece que naquele castelo não há um único bravo cavaleiro de grandeza suficiente para defendê-lo, portanto todos os que vivem em Beaurepaire estão acuados dentro das muralhas. Enquanto isto, Sir Clamadius ocupou os prados ao redor do castelo, de maneira que ninguém entra ou sai.

"Se pudesses libertar Lady Brancaflor do cerco que Sir Clamadius lhe impõe, creio que conquistarias a maior admiração que se pode ter nas cortes de cavalaria. Pois desde que Sir Tristão partiu, Sir Clamadius é considerado o melhor cavaleiro do mundo, exceto por Sir Lancelot do Lago, a não ser que Sir Lamorack de Gales seja ainda maior cavaleiro do que ele."

Então Sir Percival disse:

---

144. Todo o episódio está decalcado do *Percival ou Le Comte du Graal*, de Chrétien de Troyes: Brancaflor é senhora do castelo da Bela Guarda (*Beaurepaire*), onde ela e seus habitantes estão sitiados por Clamadius ou Clamadeu, apaixonado pela dama, que o rejeita. Percival consegue libertar o castelo, Lady Brancaflor apaixona-se por ele, mas é recusada. No *Parzival* (c.1200-10), de Wolfram von Eschenbach, o episódio toma rumos bem diferentes.

– O que me dizes muito me agrada, pois trata-se de uma ótima aventura para um jovem cavaleiro: se perder, não me trará vergonha e, se ganhar, me trará grande glória. Portanto, amanhã hei de lançar-me em aventura e verei a sorte que me aguarda.

Portanto, contei-lhes como Sir Percival realizou suas primeiras aventuras no mundo da cavalaria depois de ter se aperfeiçoado nos mistérios da cavalaria pelas mãos de Sir Lancelot do Lago. Contei também como, ao realizar essas aventuras, conquistou grande renome para si e glória para a ordem dos cavaleiros, à qual ele agora verdadeiramente pertencia como um dos membros mais valorosos.

Ele passou aquela noite no castelo de Sir Percides, onde descansou confortavelmente e, quando veio a manhã seguinte, levantou-se sentindo-se muito repousado e com o espírito renovado. Desceu até o salão onde havia um belo e farto desjejum preparado para ele. Então ele e Sir Percides sentaram-se e comeram com grande apetite, enquanto conversavam no mesmo espírito de grande camaradagem antes dito.

Depois do desjejum, Sir Percival despediu-se de Sir Percides, montou em seu cavalo e saiu a galope na luz brilhante do sol, seguindo na direção de Beaurepaire e das outras aventuras que lá o aguardavam.

Que vocês tenham o mesmo sucesso que Sir Percival naquela primeira aventura, quando saírem em busca de realizar seus primeiros feitos após terem alcançado a glória de serem cavaleiros. Sairão com a vida toda pela frente e com o mundo todo diante de vocês para servir à glória de Deus e à sua própria honra.

Agora contarei o que aconteceu com Sir Percival na aventura do castelo de Beaurepaire.

Capítulo Quarto

Como Sir Percival se lançou na aventura do castelo de Beaurepaire e
o que lhe aconteceu lá depois de várias extraordinárias aventuras

Pois bem, o caminho que Sir Percival tomou levou-o aos limites da floresta, de modo que ora seguia pelo bosque, ora seguia por campos abertos. Por volta do meio-dia ele chegou à cabana de um vaqueiro que ficava isolada no meio de uma agradável várzea. Um pequeno riacho cascateava desde a floresta e corria pela várzea, indo desaguar num pequeno lago. Eram tantos os narcisos em flor às suas margens que era como se inúmeras estrelas amarelas tivessem caído do céu e se espalhado pela relva. Sendo um local tão agradável, Sir Percival resolveu apear de seu cavalo e sentar-se num morrete de musgo à sombra de um carvalho que ficava perto da cabana para repousar um pouco naquele local agradável. Enquanto lá estava, saiu da cabana uma camponesinha trazendo-lhe leite fresco; e a dona da casa veio e trouxe-lhe pão e queijo cremoso; e Sir Percival comeu e bebeu com grande gosto.

Sir Percival faz o desjejum numa cabana na floresta

Acontece que, enquanto Sir Percival estava ali descansando e comendo daquela maneira, veio de repente na sua direção um cavaleiro alto e nobre, montado num corcel norueguês de pelo malhado. Ao ver o cavaleiro avançando daquele jeito, Sir Percival rapidamente colocou seu elmo e montou em seu cavalo, preparando-se para se defender, caso o cavaleiro viesse atacá-lo.

O cavaleiro, enquanto isso, vinha galopando com grande altivez até Sir Percival e, ao chegar bem perto, interpelou Sir Percival, dizendo assim:

– Senhor Cavaleiro, por gentileza, diga-me qual é o seu nome, para onde vai e qual é a sua demanda.

Ao que Sir Percival respondeu:

– Senhor, não desejo dizer-lhe meu nome, pois sou um cavaleiro ainda jovem e muito inexperiente de aventuras, e ainda não sei o que acontecerá nesta demanda que escolhi. Portanto, tentarei a minha sorte antes de dizer meu nome. Todavia, embora não queira dizer meu nome, direi aonde vou e em que demanda: vou em busca de um castelo chamado Beaurepaire, onde tentarei libertar a castelã do cerco de um certo cavaleiro chamado Sir Clamadius, que, pelo que sei, a mantém sitiada dentro das muralhas do castelo.

Sir Percival fala com o cavaleiro desconhecido

335

Só que, quando Sir Percival acabou de falar, o cavaleiro desconhecido disse:

– Senhor, isso é realmente extraordinário, pois esta aventura de que fala é a mesma que eu mesmo me comprometi a realizar. Porém, segundo diz, não passa de um cavaleiro ainda muito jovem e inexperiente, enquanto eu, por outro lado, sou um cavaleiro bem experiente em feitos de armas. Por isso, o mais certo é que seja eu a seguir em demanda. E fique sabendo que sou bem habituado com o manejo de armas, pois lhe digo que já participei de vinte e quatro batalhas de todo tipo, amistosas ou não. Além disso, já me envolvi em um número ainda maior de embates armados homem a homem, e quase todos de grandes proezas. Por tudo isso, deve agora desistir desta aventura e deixar-me tentar. Se, contudo, eu falhar, poderá assumi-la.

– Senhor – disse Sir Percival –, vejo que é um cavaleiro de muito mais experiência do que eu. Contudo, não tenho a intenção de abrir mão desta aventura. Portanto, o que proponho é o seguinte: lutemos um contra o outro, e aquele que vencer realizará a tarefa a que ambos nos propusemos.

Em resposta, o cavaleiro desconhecido assentiu em concordância, dizendo:

– Muito bem, Senhor, será como queira.

Isso posto, cada cavaleiro puxou as rédeas de seu cavalo e afastou-se um pouco dali. Então, cada um se posicionou da forma que achou melhor. Cada um empunhou lança e escudo e preparou-se para o embate.

Sir Percival luta contra o cavaleiro desconhecido

Quando estavam prontos, gritaram para seus cavalos, cravaram-lhes as esporas e avançaram um contra o outro, com um estrondo e um ímpeto tão terríveis que o rumor ecoou pelos bosques como se fosse um trovão.

Chocaram-se no meio do caminho, com um impacto tão violento que era terrível de ver. E, no choque, a lança de cada cavaleiro despedaçou-se, e o cavalo de cada um empinou e quase caiu para trás, não fosse cada cavaleiro saltar da sela com destreza e agilidade incríveis.

Então, os cavaleiros desembainharam suas espadas e avançaram um contra o outro com a fúria de dois carneiros em luta.[145] E assim lutaram por quase uma hora, investindo e defendendo-se, estocando para um lado e para outro, furiosamente. E o ruído dos golpes podia ser ouvido a grande distância.

---

145. Como o leitor deve ter notado, Howard Pyle aprecia muito a simbologia analógica dos animais na Idade Média e usa-os sempre como metáfora, principalmente em casos de lutas. O carneiro (aqui, o *bélier*) é o primeiro signo zodiacal e mantém alguma relação com o Tosão de Ouro (na mitologia grega, refere o pelo do carneiro Crisómalos) buscado pelos Argonautas, que são a imagem da sabedoria. A forma espiralada de seus poderosos cornos sugere força, e em não poucas culturas ele é também símbolo de fecundidade.

Durante aquela batalha, Sir Percival recebeu muitos ferimentos profundos, o que o deixou muito zangado. Então lançou-se na batalha com todo o ímpeto e acabou golpeando tanto e tão furiosamente que o outro cavaleiro mal conseguia erguer seu escudo de tão exausto que estava. Isto Sir Percival percebeu, portanto lhe desferiu um golpe tão furioso na cabeça que este caiu de joelhos sem conseguir mais levantar-se. Em seguida Sir Percival correu até ele, agarrou-o pelo pescoço e derrubou-o violentamente no chão, gritando:

Sir Percival derrota o cavaleiro desconhecido

– Rende-te ou te mato!

Então o cavaleiro pediu clemência numa voz muito fraca, dizendo:

– Senhor Cavaleiro, por favor, poupe-me a vida!

Sir Percival disse:

– Bem, ela será poupada, mas diga-me, qual é o seu nome?

Ao que o outro respondeu:

– Sou Sir Lionel, e sou cavaleiro da corte do Rei Arthur e da Távola Redonda.[146]

Mas, quando Sir Percival ouviu aquelas palavras, soltou um grito bem alto e muito lamentoso, e disse:

– Ai, por que fui lutar dessa maneira! Sou Sir Percival, e fui treinado nas armas por seu próprio primo, Sir Lancelot do Lago. Jamais pensei que usaria a mestria que ele me ensinou contra alguém que lhe é tão caro como o senhor, Sir Lionel.

Com isso, Sir Percival ajudou Sir Lionel a levantar-se, mas Sir Lionel estava tão fraco daquela luta terrível, que mal conseguia manter-se de pé.

Sir Percival ajuda Sir Lionel

Aquele córrego de que falei antes ficava ali perto, então Sir Percival conduziu Sir Lionel até lá, amparando-o pelo caminho. E assim Sir Lionel pôde lavar-se. Então, tendo se recomposto um pouco, olhou Sir Percival com um jeito bem lânguido e disse:

– Percival, fizeste comigo hoje o que poucos cavaleiros já conseguiram. Assim, toda a glória que jamais conquistei é agora tua por causa desta batalha. E já que me derrotaste num embate justo, e já que me rendi, agora o certo é que me digas o que desejas de mim.

---

146. Personagem da Távola Redonda, é filho de Boorz de Gaunes e primo de Lancelot e de Heitor. Deve seu nome a uma marca de nascença, em forma de leão, que traz no peito. Essa marca é confirmada anos mais tarde, quando, sagrado cavaleiro, luta com um leão e mata-o. Por longos anos, ele e seu irmão são feitos prisioneiros por Rei Claudas, mas depois libertados pela Dama do Lago, que os leva para seu palácio subaquático. Diz-se que possuía caráter violento, por associação com a ferocidade do leão que o distingue.

Então Percival disse:

– Ora, não me cabe dar ordens a alguém como tu. Mas, se queres, peço-te que, quando chegares à corte do Rei Arthur, digas ao Rei que eu, seu jovem cavaleiro Percival, não me portei nada mal na batalha contigo. Pois esta é a primeira batalha homem a homem de toda a minha vida. E peço-te que saúdes Sir Kay, o Senescal, por mim, e diz-lhe que daqui a pouco irei encontrá-lo e revidarei a bofetada que ele deu na donzela Yelande, a Donzela Muda, na tenda da Rainha.

Sir Lionel disse:

– Será feito como dizes, cumprirei teu pedido. Contudo, em relação a Sir Kay, não creio que ficará muito feliz com a tua mensagem, pois não lhe será nada agradável pensar na tua promessa de revidar a bofetada.

Pois bem, como o dia a essa altura já estava quase no fim, Sir Percival passou aquela noite na cabana do vaqueiro que ficava perto do local da batalha, e lá pôde limpar e cuidar de suas feridas. Quando chegou a manhã seguinte, levantou-se cedo, aprontou seu cavalo e partiu a galope. Cavalgava muito satisfeito,

Sir Percival parte para a sua aventura

pensando na batalha que travara com Sir Lionel, pois sabia que tinha conquistado grande admiração naquele embate, e sabia também que, agora que tinha testado sua força contra alguém como Sir Lionel, era com certeza um dos maiores cavaleiros do mundo. Portanto, seu coração sorria de alegria e de enorme prazer, só de pensar que era agora um cavaleiro-campeão comprovado e digno de seu título. Assim foi cavalgando durante todo aquele dia, muito alegre ao pensar no que fizera no dia anterior.

Quando já caía a tarde, Sir Percival finalmente saiu do bosque e chegou a uma grande planície muito fértil e cheia de plantações, onde por todos os lados havia campos de trigo e centeio. E viu que, bem no meio da planície, havia um lago bem grande, e que no meio daquele lago havia uma ilha, e que na ilha havia um belo e nobre castelo, e concluiu que aquele deveria ser o castelo de Beaurepaire. Então seguiu veloz em direção ao vale.

Depois de cavalgar por algum tempo, acabou avistando um cavaleiro de aparência e porte muito altivos, que ia pelo mesmo caminho que ele. O cavaleiro usava uma armadura toda vermelha, e montava um cavalo tão negro que parecia não ter um só pelo branco. Todos os arreios e apetrechos do cavalo

Sir Percival avista um cavaleiro vermelho

eram vermelhos, o que lhe dava uma aparência muito nobre. Sir Percival então apertou o passo para alcançar o cavaleiro e, quando estava próximo o suficiente, puxou as rédeas. Ao que o cavaleiro vermelho se voltou para Sir Percival com um jeito muito orgulhoso, dizendo:

– Senhor Cavaleiro, para onde vai e com que missão?

– Senhor – disse Percival –, vou em direção àquele castelo que creio ser o castelo de Beaurepaire, e vou com a intenção de socorrer sua castelã, Lady Brancaflor, de um cavaleiro chamado Sir Clamadius, que a mantém prisioneira lá contra a sua vontade. Portanto, é o dever de qualquer bom cavaleiro tentar salvá-la.

Ao ouvir aquilo, o cavaleiro vermelho virou-se raivosamente e disse:

– Ora Senhor, e isso por acaso é da sua conta? Pois fique sabendo que sou um dos cavaleiros do Rei Clamadius, portanto posso dizer-lhe que não seguirá nesta demanda. Sou Sir Engeneron de Grandregarde, e sou o Senescal do Rei Clamadius, e não permitirei que avance mais um passo a não ser que passe por cima de mim.

– Senhor – disse Sir Percival –, não tenho nenhuma disputa consigo, mas se deseja disputar comigo, não me recusarei a enfrentá-lo. Portanto, pode preparar-se e eu também me prepararei, de modo que logo veremos se poderei seguir adiante ou não.

Em seguida, cada cavaleiro conduziu seu cavalo até o local que julgou mais adequado e, quando estavam todos prontos, largaram ao mesmo tempo numa velocidade incrível, com um estrondo de *Sir Percival luta com Sir Engeneron* trovão. E desse modo chocaram-se no meio do caminho. Naquele choque a lança de Sir Engeneron despedaçou-se, mas a lança de Sir Percival permaneceu inteira e arrancou Sir Engeneron de sua sela e arremessou-o no chão tão violentamente, que Sir Engeneron ficou caído, desacordado.

Então Sir Percival saltou bem rápido de seu cavalo, puxou o elmo de Sir Engeneron de sua cabeça, tencionando matá-lo. Mas a iminência daquele perigo acabou despertando Sir Engeneron, que logo se pôs de joelhos e agarrou as pernas de Sir Percival, exclamando:

– Senhor, imploro-lhe pela sua honra de cavaleiro que me poupe *Sir Engeneron rende-se a Sir Percival* a vida.

– Bem – disse Sir Percival –, já que implora pela minha honra de cavaleiro, sou obrigado a aceitar o que me pede. Mas o farei apenas com duas condições: a primeira é que vá até a corte do Rei Arthur e que se renda como prisioneiro de uma donzela daquela corte conhecida como Lady Yelande, a Donzela Muda. E deve dizer àquela donzela que o jovem cavaleiro que matou Sir Boindegardus a saúda e diz-lhe que daqui a pouco retornará para revidar a bofetada que Sir Kay lhe deu. Esta é a minha primeira condição.

E Sir Engeneron disse:

– Vou cumpri-la.

– E minha segunda condição – disse Sir Percival – é a seguinte: que me entregue sua armadura para que eu a use nesta aventura em que me lancei, e que tome a minha armadura e deixe-a com o eremita de uma pequena capela que encontrará não longe daqui, ao retornar pela estrada que aqui me trouxe. Daqui a algum tempo retornarei para buscar minha armadura e então devolverei a sua. É a minha segunda condição.

E Sir Engeneron disse:

– Tal condição também cumprirei, conforme ordena.

Então Sir Percival disse:

– Levante-se.

E Sir Engeneron assim fez. E então Sir Engeneron retirou sua armadura, e Sir Percival fez o mesmo. E Sir Percival colocou a armadura de Sir Engeneron e Sir Engeneron amarrou a armadura de Sir Percival no seu cavalo e preparou-se para partir, obedecendo às condições de Sir Percival. Assim se separaram, Sir Percival cavalgando para Beaurepaire e Sir Engeneron partindo em busca da capela do eremita de quem Sir Percival falara.

Sir Percival e Sir Engeneron trocam de armadura

Foi assim que, após duas aventuras, Sir Percival finalmente chegou àquela empreitada que tinha vindo realizar em nome de Lady Brancaflor.

E AGORA, se quiserem ler o que se segue, saberão o que aconteceu a Sir Percival no castelo de Beaurepaire.

Depois da aventura com Sir Engeneron, Sir Percival continuou em seu caminho, e dali a pouco chegou a um lago onde ficavam o castelo e a vila de Beaurepaire. E Sir Percival viu que uma ponte comprida e estreita cruzava uma parte do lago, unindo a vila à terra firme. Então Sir Percival cavalgou corajosamente até a ponte e atravessou-a, e ninguém tentou impedi-lo, pois todos os cavaleiros de Sir Clamadius que o viam pensavam: "Ali vai Sir Engeneron." Assim, Sir Percival atravessou a ponte e continuou muito valentemente até chegar aos portões do castelo, e os que o viam pensavam: "Com certeza Sir Engeneron leva uma mensagem para o castelo", pois ninguém sabia que aquele cavaleiro não era de fato Sir Engeneron, e todos achavam que era ele por causa da armadura que usava.

Sir Percival chega a Beaurepaire

Foi assim que Sir Percival conseguiu aproximar-se do castelo e, quando lá chegou, chamou os que estavam lá dentro, e dali a pouco, numa janela no primeiro andar, surgiu o rosto de uma mulher, e era um rosto muito pálido e abatido.

Então Sir Percival disse à mulher na janela:

– Manda que abram o portão e deixem-me entrar, pois venho socorrê-los.

A mulher respondeu:

– Não mandarei que abram o portão, pois sei pela sua armadura quem é, e sei que é Sir Engeneron, o Senescal. E sei que é um dos nossos piores inimigos, pois já matou vários cavaleiros deste castelo onde agora busca entrar sorrateiramente.

Então Sir Percival disse:

– Não sou Sir Engeneron, mas um cavaleiro que o derrotou numa batalha. Coloquei esta armadura justamente para vir aqui ajudar a defender este castelo contra Sir Clamadius.

Assim falou Sir Percival, e ergueu a viseira do elmo, dizendo:

– Olha bem. Vê? Não sou Sir Engeneron.

Então a mulher na janela olhou para o seu rosto e viu que não era o rosto de Sir Engeneron. E viu que o rosto de Sir Percival era suave e gentil, portanto correu e contou para a gente do castelo que lá fora havia um cavaleiro amigo. Em seguida, os do castelo abaixaram a ponte levadiça e abriram os portões, e Sir Percival entrou.

Sir Percival entra em Beaurepaire

Vieram então várias pessoas importantes do castelo, e todas estavam com o rosto muito pálido e abatido de tanto jejuar, igual ao da mulher que Sir Percival vira primeiro. Estavam todos muito alquebrados com o sofrimento e a ansiedade daquele cerco. Perguntaram a Sir Percival quem era e de onde vinha e como chegara ali. E Sir Percival contou-lhes tudo o que queriam saber: contou-lhes que era um jovem cavaleiro treinado sob a tutela de Sir Lancelot, e contou-lhes que viera esperando servir a Lady Brancaflor, e contou-lhes também das aventuras que encontrara pelo caminho e como derrotara Sir Lionel e Sir Engeneron para conseguir chegar ali. Assim, por tudo isso, os do castelo viram que Sir Percival era um cavaleiro muito forte e valoroso e alegraram-se muito que ele tivesse vindo para ajudá-los.

Então, o líder da gente que estava no castelo chamou vários atendentes, que vieram, tomaram o cavalo de Sir Percival e levaram-no para os estábulos, enquanto outros retiravam a armadura de Sir Percival, e outros levavam-no para um banho de água morna, onde ele banhou-se e depois secou-se com toalhas de linho macio. Outros atendentes trouxeram vestes macias e mantos cinzentos e vestiram Sir Percival, e depois conduziram-no até um amplo e belo aposento, onde havia uma mesa posta para uma refeição.

Pouco depois de Sir Percival chegar ao grande refeitório, a porta abriu-se e entraram várias pessoas. Junto com elas veio uma donzela

Sir Percival vê Lady Brancaflor

de uma beleza e graça tão extraordinárias, que Sir Percival ficou deslumbrado. Seu rosto era indescritível: as maçãs do rosto rosadas coloriam a pele alva, como pétalas de rosa pousadas na neve; seus olhos eram brilhantes e argutos como os de um falcão; seu nariz era fino e reto; seus lábios eram rubros como coral; seus cabelos, negros, cheios e macios como seda. Suas vestes eram negras com estrelas douradas, e o vestido, forrado de pele de arminho, enquanto a barra do colarinho e das mangas era forrada de pele de zibelina.[147]

Sir Percival ficou ali parado, admirando a dama com um prazer indescritível, e concluiu que esta deveria ser Lady Brancaflor, por quem fora até ali.

E Lady Brancaflor olhou para Sir Percival com grande simpatia, pois ele parecia um herói aos seus olhos, por causa da sua beleza e força. Portanto sorriu para Sir Percival com muita graça, aproximou-se dele e estendeu-lhe sua mão. E quando Sir Percival tomou sua mão e pousou-a em seus lábios – ora! –, a mão era macia feito seda e muito quente, rosada e cheirosa, e os dedos brilhavam com anéis dourados incrustados de pedras multicoloridas.

Então a bela Lady Brancaflor disse:

– Caro senhor, portou-se muito cavaleirescamente vindo até aqui. E chegou bem na hora, pois a comida começa a escassear e daqui a pouco passaremos fome. Por causa do cerco de Sir Clamadius, ninguém pode entrar ou sair. Isso mesmo, o senhor é a primeira pessoa que vem aqui desde que ele postou-se na entrada de Beaurepaire.

Lady Brancaflor conta de seu sofrimento a Sir Percival

Logo ela parou de sorrir e seu rosto ficou sério. Logo lágrimas cintilantes começaram a escorrer dos olhos de Lady Brancaflor, e ela disse:

– Tenho muito medo de que Sir Clamadius venha a se apossar deste castelo, pois tem-nos mantido prisioneiros há muito tempo. Mas, mesmo que se apposse do castelo, jamais se apossará do que está dentro do castelo, pois trago comigo uma pequena arca de prata onde há uma adaga muito fina e afiada. Portanto, o dia em que Sir Clamadius invadir este castelo, enterrarei a adaga no meu coração. Pois embora Sir Clamadius possa apossar-se do meu castelo, jamais se apossará da minha alma.

Sir Percival ficou penalizado com as lágrimas que cintilavam no rosto de Lady Brancaflor, portanto disse:

– Senhora, tenho muitas esperanças de que a situação não chegue ao lamentável extremo de que fala.

---

147. Mais uma vez Howard Pyle manifesta seu refinado senso cromático de ilustrador, na descrição de Lady Brancaflor e da riqueza do traje por ela usado, forrado de "pele de arminho" e "pele de zibelina".

Lady Brancaflor

Lady Brancaflor disse:
– Eu também – e secou suas lágrimas, voltando a sorrir. Então disse:
– Veja, Sir Percival, chegou a noite e está na hora do jantar, portanto peço que me acompanhe até a mesa pois, embora tenhamos pouco de comer, posso garantir que o senhor é muito bem-vindo a comer do melhor que temos.

Então Lady Brancaflor conduziu Sir Percival até a mesa, e comeram daquilo que era possível naquele lugar de privação. Tinham pouco, mas suficiente: somente algum peixe que conseguiram pescar no lago e um pouco de pão, mas não muito, e muito pouco vinho.

Depois de comerem e beberem do que havia, Lady Brancaflor tomou uma harpa dourada nas mãos e começou a tocar, cantando numa voz tão clara, aguda e bela, que deixou Percival completamente encantado e deslumbrado.

A Dama canta para Sir Percival

Foi assim que passaram aquela noite de forma muito agradável e alegre, tanto que já era bem tarde quando Sir Percival se retirou para o leito que lhe tinha sido preparado.

Porém Sir Clamadius foi informado de que Sir Engeneron, o Senescal, fora derrotado por um outro cavaleiro, portanto concluiu que era outro cavaleiro que entrara no castelo trajando a armadura de Sir Engeneron. Assim, Sir Clamadius disse:

– Com certeza esse deve ser um campeão de grande habilidade, para conseguir sozinho lançar-se numa demanda destas e entrar no castelo, pois parecem muito alegres com a sua chegada. Agora, se ele continuar lá dentro, pode bem ser que eles acabarão querendo continuar a resistir, e aí tudo o que já consegui conquistar terá sido em vão.

Havia entre os conselheiros de Sir Clamadius um velho cavaleiro muito astuto e perspicaz. Ele disse ao Rei:

– Milorde, creio que podemos pensar num plano para fazer com que este cavaleiro-campeão saia do castelo. Meu plano é o seguinte: mande dez dos seus melhores cavaleiros desfilarem em frente do castelo amanhã, e que desafiem os que estão lá dentro para uma batalha. Creio então que esse cavaleiro sairá lá de dentro, acompanhado dos cavaleiros do castelo, para aceitar o desafio. Depois disso, ordene que nossos cavaleiros recuem, como se fossem partir em retirada, para levar esse cavaleiro, junto com os outros do castelo, a uma emboscada. Nessa emboscada, ordene que muitos dos nossos os ataquem de uma só vez e os matem ou os aprisionem. Assim o castelo não mais terá esse novo campeão que lá chegou, e a sua gente ficará tão desanimada que acabará se rendendo.

O velho conselheiro fala a Sir Clamadius

O Rei Clamadius achou o conselho muito bom; portanto, quando veio a manhã seguinte, escolheu os dez melhores cavaleiros entre todos os que tinha e ordenou-lhes que lançassem o tal desafio. Eles fizeram-no, e logo em seguida Sir Percival e nove outros cavaleiros saíram do castelo para enfrentá-los.

Mas o desenlace não foi o que Sir Clamadius esperava, pois o ataque de Sir Percival e seus cavaleiros foi tão feroz e súbito, que os dez cavaleiros de Sir Clamadius não conseguiram retroceder tão facilmente como tencionavam. Antes que pudessem retirar-se, Sir Percival já tinha derrubado seis deles com suas próprias mãos, e os outros quatro foram feitos prisioneiros.

Sir Percival trava uma grande batalha

Portanto Sir Percival e seus cavaleiros acabaram não caindo na emboscada que lhes havia sido preparada.

Nisso, como os que estavam emboscados à espreita perceberam que seu plano falhara, saíram do esconderijo para fazer o que estivesse ao alcance. Mas Sir Percival e seus cavaleiros os viram vindo, então retrocederam, defendendo-se com enorme coragem, até conseguirem entrar de volta no castelo.

Foi assim que os planos do Rei Clamadius e seu conselheiro falharam, o que deixou Sir Clamadius furioso com o sábio ancião. Quando o conselheiro veio ter com ele novamente dizendo "Senhor, tenho um outro plano", o Rei Clamadius gritou enfurecido:

– Chega dos teus planos! De nada me servem.

Então Sir Clamadius disse:

– Quando chegar amanhã, irei eu mesmo resolver o assunto. Irei desafiar esse cavaleiro, de modo que espero resolver essa disputa num duelo. Pois, a não ser que aquele cavaleiro ali seja Sir Lancelot do Lago ou Sir Lamorack de Gales, não será páreo para mim num duelo homem a homem.

Assim, quando veio a manhã seguinte, Sir Clamadius armou-se completamente e partiu em direção a um prado belo e plano que ficava bem embaixo das muralhas do castelo. E quando lá chegou, gritou:

Sir Clamadius arma-se para a luta

– Senhor Cavaleiro Vermelho, apareça e fale comigo.

Depois de algum tempo, Sir Percival apareceu no alto da muralha do castelo e disse:

– Eis-me aqui. O que quer de mim?

Então Sir Clamadius disse:

– Senhor, por acaso é Sir Lancelot do Lago?

E Sir Percival disse:

– Não, não sou.

E Sir Clamadius disse:

– Então por acaso é Sir Lamorack de Gales?

E Sir Percival disse:

– Não sou um grande cavaleiro-campeão como esses dois de quem fala, mas um jovem cavaleiro que ainda não lutou mais do que duas ou três vezes na vida.

Aquilo deixou Sir Clamadius muito satisfeito, pois temia que Sir Percival fosse algum famoso cavaleiro muito experiente em feitos de armas. Portanto, quando descobriu que Sir Percival era somente um jovem cavaleiro inexperiente, imaginou que lidar com ele seria fácil. Então disse:

– Senhor, eu o desafio a vir lutar comigo num duelo para que resolvamos a disputa entre nós, pois é pena derramar mais sangue do que necessário nesta disputa. Assim, se sair e me derrubar, levarei minha gente embora daqui. Mas, se for eu a derrubá-lo, então este castelo se renderá a mim com tudo o que tem dentro.

E Sir Percival retrucou:

– Senhor Cavaleiro, tenho toda a intenção do mundo em lutar consigo para resolver este assunto. Mas primeiro preciso pedir permissão a Lady Brancaflor para ser seu campeão.

Então, Sir Percival foi ter com Lady Brancaflor e disse:

– Senhora, aceita-me para ser seu campeão e duelar com Sir Clamadius para resolver esta disputa?

Ela disse:

– Percival, és muito jovem para lutares contra um cavaleiro tão maduro e experiente. Fico muito temerosa por tua vida num duelo desses.

Ao que Sir Percival respondeu:

– Senhora, sei que sou jovem, mas a verdade é que sinto um ímpeto muito forte agitando-se dentro de mim. Portanto, se confiar em mim, creio que, com a graça de Deus, vencerei a batalha.

Então Lady Brancaflor sorriu para Sir Percival e disse:

– Percival, folgo muito em entregar minha vida e segurança aos teus cuidados, pois também eu dependo inteiramente da tua honra de cavaleiro.

Então, Sir Percival imediatamente armou-se, e quando estava completamente preparado, saiu para lutar com o coração cheio de coragem e esperança.

Encontrou Sir Clamadius, que ainda desfilava pelo prado sob as muralhas, esperando seu oponente.

Enquanto isso, muita gente veio e ficou no alto das muralhas do castelo para assistir àquele embate, enquanto cada cavaleiro se posicionou da forma que lhe pareceu melhor. Então, quando estavam completamente prontos, os *Sir Percival e Sir Clamadius travam uma batalha* cavaleiros esporearam seus cavalos e avançaram um contra o outro com uma violência terrível e feroz. Em seguida, chocaram-se bem no meio do caminho, com um estrondo de trovão que ecoou nas muralhas do castelo.

Naquele choque a lança de Sir Percival ficou inteira, mas a lança de Sir Clamadius se fez em pedaços. E assim, como Sir Percival vinha com um ímpeto furioso, Sir Clamadius acabou derrubado junto com seu cavalo, com tanta violência que ficou caído no chão feito morto.

Então, todos os que estavam no topo das muralhas gritaram de alegria, enquanto os membros do grupo de Sir Clamadius se lamentavam na mesma medida.

Mas Sir Percival desceu rapidamente de sua sela e correu até onde Sir Clamadius estava caído. E Sir Percival arrancou o elmo da cabeça de Sir Clamadius, agarrou-o pelos cabelos e ergueu sua espada bem alto para terminar o serviço que havia começado. Naquele momento, Sir Clamadius despertou para o perigo em que se encontrava e gritou numa voz aguda:

Sir Clamadius se rendeu

– Senhor, imploro por sua honra de cavaleiro que me poupe a vida!

– Bem – disse Sir Percival –, já que me pede pela minha honra de cavaleiro não posso recusar, pois assim me ensinou o nobre cavaleiro Sir Lancelot: não recusar uma mercê invocada pela minha honra de cavaleiro e que eu possa conceder. Mas somente lhe poupo a vida com uma condição, que é a seguinte: que se desarme completamente e vá sem armadura até a corte do Rei Arthur. Lá, deverá oferecer-se como serviçal de uma donzela da corte do Rei Arthur, chamada Yelande, apelidada de Donzela Muda. A ela dirá que o jovem que matou Sir Boindegardus mandou-o para servi-la. E deverá dizer a Sir Kay, o Senescal do Rei Arthur, que o jovem cavaleiro Percival daqui a pouco virá revidar a bofetada que ele deu na mesma donzela Yelande.

Assim falou Sir Percival, e Sir Clamadius disse:

– Será feito exatamente como ordena, se com isso poupar-me a vida.

Então Sir Percival disse:

– Levante-se – e Sir Clamadius levantou-se.

E Sir Percival disse:

– Vá – e Sir Clamadius partiu em seguida, conforme Sir Percival ordenara.

Assim, naquele dia Sir Clamadius partiu do castelo de Beaurepaire com todos os seus cavaleiros e seguiu para a corte do Rei Arthur, e cumpriu tudo o que Sir Percival lhe ordenara.

Assim foi que Sir Percival realizou aquela demanda e libertou Lady Brancaflor do cerco. E que Deus permita que vocês também realizem suas demandas com tanta honra e nobreza como ali se viu.

Capítulo Quinto

Como Sir Percival revidou a bofetada que Sir Kay dera
em Yelande, a Donzela Muda, e como, depois disso,
partiu em busca de sua própria dama amada

Pois bem, após as aventuras já contadas, Sir Percival permaneceu um bom tempo em Beaurepaire, e durante aquele tempo foi o cavaleiro-campeão de Lady Brancaflor. E Lady Brancaflor a cada dia que passava ia ficando cada vez mais apaixonada por Sir Percival. Mas Sir Percival não lhe retribuía a paixão, o que deixava Lady Brancaflor muito preocupada.

Pois bem, certo dia Lady Brancaflor e Sir Percival passeavam juntos num terraço. O outono tinha chegado, então as folhas das árvores caíam à volta deles como flocos dourados. E naquele dia Lady Brancaflor sentia-se tão apaixonada por Sir Percival que era como se uma agonia profunda atravessasse seu coração. Mas Sir Percival nada percebia.

Sir Percival e Lady Brancaflor caminham juntos

Então Lady Brancaflor disse:

– Caro Senhor, gostaria que ficasse aqui para sempre como nosso cavaleiro-campeão.

– Senhora – disse Percival –, isto não será possível, pois daqui a pouco devo deixá-la. Embora fique triste de partir de um lugar tão acolhedor como este, sou um cavaleiro errante e, como tal, devo realizar muitas aventuras além da que realizei aqui.

– Meu Senhor – disse Lady Brancaflor –, se ficar aqui, este castelo será seu, bem como tudo o que há nele.

Aquilo deixou Sir Percival tão perplexo que disse:

– Senhora, como pode ser? Veja! Este castelo é seu, e ninguém pode tomá-lo de si, tampouco pode dá-lo a mim de presente.

Então Lady Brancaflor virou o rosto e inclinou a cabeça. E, numa voz engasgada, disse:

– Percival, não precisas tomar o castelo de mim: toma-me como tua e então o castelo e tudo o mais serão teus.

Aquilo deixou Sir Percival sem ação por algum tempo, como se nem conseguisse respirar. Então, aos poucos acabou dizendo:

348

– Senhora, parece-me que nenhum cavaleiro poderia esperar maior honra do que a que me oferece. Contudo, se aceitasse uma oferta dessas, estaria desonrando minha posição de cavaleiro, o que não me faria digno de receber a honra que me oferece. Acontece que já jurei servir a outra dama e, se traísse esse juramento, seria um cavaleiro desonroso e indigno.

Sir Percival recusa Lady Brancaflor

Então Lady Brancaflor exclamou, numa voz muito sofrida:

– Não digas mais nada pois estou muito envergonhada.

Sir Percival disse:

– Não, não fique envergonhada, eu é que estou lisonjeado.

Mas Lady Brancaflor não queria mais ouvi-lo, e saiu muito apressada, deixando-o ali parado.

Com isso Sir Percival não podia continuar mais lá e, assim que pôde, preparou seu cavalo e partiu. E nem chegou a ver Brancaflor novamente depois daquela conversa no terraço.

Depois que Sir Percival partiu, Lady Brancaflor entregou-se a uma tristeza profunda, e chorava sem parar e passou muito tempo sem conseguir encontrar qualquer alegria na vida ou no mundo.

Foi assim que Sir Percival realizou aquela aventura de libertar o castelo de Beaurepaire do cerco em que se achava. Depois disso e antes de o inverno chegar, realizou várias outras aventuras de maior ou menor monta. E durante aquele tempo, derrubou onze cavaleiros em vários embates armados e em todas essas aventuras saiu ileso. Além desses embates armados, realizou vários feitos admiráveis: matou um javali que aterrorizava todos os que viviam perto da floresta de Umber, e também matou um lobo muito selvagem que infestava os charcos de Dart. Assim, por causa dessas muitas aventuras o nome de Sir Percival tornou-se muito conhecido em todas as cortes de cavalaria, e muitos diziam:

Das outras aventuras de Sir Percival

– Com certeza esse jovem cavaleiro deve estar à altura do próprio Sir Lancelot do Lago.

Pois bem, certo dia, perto do cair da tarde (era um dia muito frio de inverno), Sir Percival chegou à cabana de um eremita na floresta de Usk e passou a noite ali.

Quando veio a manhã, saiu e ficou em frente à cabana, e viu que, durante a noite, uma neve macia havia caído, cobrindo tudo de branco. E viu também que um falcão havia derrubado um corvo[148] em frente à morada do eremita, deixando alguma penas do corvo e um pouco de seu sangue espalhados na neve.

Só que, quando Sir Percival viu o sangue e as penas negras sobre a neve branca, pensou consigo mesmo: "Olha só! Essa neve não é mais alva do que a tez e o colo da minha dama; e esse vermelho não é mais rubro do que seus lábios; e esse negror não é mais negro que seus cabelos." A lembrança da dama tomou conta dele e fê-lo suspirar profundamente, e aquele suspiro despertou seu coração. Então ficou olhando o branco, o vermelho e o negro, e acabou se esquecendo de tudo o mais que não fosse sua dama amada.

Sir Percival fica pensativo

Bem naquele momento, aconteceu de um grupo vir cavalgando por ali, e eram Sir Gawaine, Sir Geraint e Sir Kay. E quando viram Sir Percival encostado numa árvore e olhando para o chão perdido em pensamentos, Sir Kay disse:

– Quem é aquele cavaleiro ali? – pois não sabia que o cavaleiro era Sir Percival.

E Sir Kay acrescentou:

– Vou lá falar com ele e perguntar-lhe quem é.

Mas Sir Gawaine percebeu Sir Percival completamente absorto, então disse:

– Não, não deves perturbar aquele cavaleiro, pois ou bem ele traz algum assunto sério na cabeça ou bem está pensando na sua dama. Em ambos os casos seria errado interrompê-lo antes que ele mesmo se dê conta.

Sir Kay, contudo, não quis dar ouvidos ao que Sir Gawaine dissera, e seguiu até onde estava Sir Percival. E Sir Percival, estando tão absorto em seus pensamentos, nem se deu conta de que ele se aproximava. Então Sir Kay disse:

– Senhor Cavaleiro – mas Sir Percival nem o escutou.

E Sir Kay repetiu:

– Senhor Cavaleiro, quem é? – mas Sir Percival ainda não respondeu.

Sir Kay sacode o braço de Sir Percival

Então Sir Kay disse:

– Senhor Cavaleiro, responda! – e agarrou o braço de Sir Percival, sacudindo-o rudemente.

Então Sir Percival despertou daquele torpor e encheu-se de indignação que alguém o estivesse sacudindo daquela maneira. E Sir Percival, não reco-

---

148. Sinais miraculosos e premonitórios interpretados a partir do voo ou da luta de aves eram estratégia comum nas novelas de cavalaria. Aqui, um corvo é derrubado: mais um animal de simbologia ambivalente, ora do Bem, ora do Mal. Não poucas vezes tem papel profético, é associado a maus augúrios, a mensagens das trevas. Sua cor negra e seu grito lúgubre, além do fato de se alimentar de mortos, sustenta a crença de que traz infelicidade.

Sir Kay interrompe os pensamentos de Sir Percival.

nhecendo Sir Kay porque ainda estava enredado em pensamentos, esbravejou:

– Olhe lá, homem! Não me encostes a mão! – e em seguida ergueu o punho e desceu uma grande bofetada no lado da cabeça de Sir Kay, deixando-o caído sem movimento, feito morto, no chão. Então Sir Percival percebeu que havia dois outros cavaleiros ali perto e voltou a pensar em outras coisas. Ao dar-se conta do que tinha feito num momento de raiva, sentiu-se arrependido e envergonhado de ter dado uma bofetada de modo impulsivo.

Então Sir Gawaine aproximou-se de Sir Percival e falou-lhe severamente, dizendo:

– Senhor Cavaleiro, por que esbofeteou meu companheiro de maneira tão pouco apropriada a um cavaleiro?

Ao que Sir Percival disse:

<aside>Sir Percival dá uma bofetada em Sir Kay</aside>

<aside>Sir Gawaine repreende Sir Percival</aside>

– Senhor, lamento profundamente ter agido de forma tão impulsiva, mas estava pensando na minha dama quando este cavaleiro me interrompeu, portanto o golpeei sem pensar.

Ao que Sir Gawaine respondeu:

– Senhor, vejo que tem uma boa razão para ter dado uma bofetada. Ainda assim, não me agradou que tenha golpeado este cavaleiro. Agora exijo que me diga qual é o seu nome e a sua posição.

E Sir Percival disse:

– Meu nome é Percival e fui sagrado cavaleiro pelo Rei Arthur.

Quando ouviram aquilo, Sir Gawaine e Sir Geraint exclamaram surpresos. E Sir Gawaine disse:

Sir Gawaine e Sir Geraint alegram-se de encontrar Sir Percival

– Ora, Sir Percival! Que sorte encontrá-lo, pois meu nome é Gawaine e sou sobrinho do Rei Arthur e membro da sua corte. E este cavaleiro aqui é Sir Geraint, e ele também é da corte do Rei Arthur e da sua Távola Redonda. Há muito tempo que estamos à sua procura para levá-lo até o Rei Arthur em Camelot, pois sua fama agora se espalhou por todo o reino, e fala-se do seu nome em todas as cortes de cavalaria.

E Sir Percival disse:

– São boas-novas, pois não sabia que já tinha conquistado tanto renome. Contudo, quanto a acompanhá-los de volta à corte do Rei Arthur, peço que me desculpem, mas, já que me dizem que agora tenho tanto reconhecimento como cavaleiro, devo ir imediatamente até a minha dama e oferecer-lhe meus serviços. Acontece que, quando me despedi dela, prometi que voltaria assim que tivesse conquistado suficiente fama de cavaleiro. Quanto ao cavaleiro a quem esbofeteei, não posso lamentar a bofetada, mesmo que a tenha dado com meu punho e não com minha espada, como devia ter feito. Prometi a Sir Kay, por muitos mensageiros, que iria um dia dar-lhe uma bofetada igual à que deu na donzela Yelande. Agora consegui cumprir minha promessa e dei-lhe a tal bofetada.

Então Sir Gawaine e Sir Geraint riram, e Sir Gawaine disse:

– Bem, Sir Percival, realmente conseguiu cumprir sua promessa muito bem cumprida, pois juro que nunca alguém recebeu uma retribuição tão bem dada quanto Sir Kay hoje.

Sir Percival não retorna à corte

Àquela altura, Sir Kay já se recuperara do golpe e levantara-se muito cabisbaixo, olhando em volta como se não soubesse bem onde estava.

Então Sir Gawaine disse a Sir Percival:

352

– Quanto a vir à corte do Rei, faz bem em cumprir sua promessa à sua dama antes de assumir qualquer outra obrigação. Ainda que o próprio Rei tenha pedido que viesse, sua obrigação para com a sua dama é mais importante do que para com o Rei.[149] Portanto peço que, em nome de Deus, vá agora em busca da sua dama. Mas não deixe de vir à corte do Rei assim que puder.

E assim foi que Sir Percival cumpriu a promessa de revidar a bofetada em Sir Kay.

Agora ficarão sabendo como ele encontrou Lady Yvete, a Bela.

Pois bem, depois de deixar Sir Gawaine, Sir Geraint e Sir Kay, Sir Percival seguiu na direção que melhor lhe pareceu e, dali a algum tempo, quando a noite caía, alcançou novamente o castelo de Sir Percides. Sir Percides lá estava e recebeu-o com grande alegria, cumprimentando-o efusivamente. Como a fama de Sir Percival agora corria o mundo, Sir Percides recebeu-o com grande aclamação.

Sir Percival vai até o castelo de Sir Percides

Assim, Sir Percival sentou-se com Sir Percides e comeram e beberam juntos, e por algum tempo Sir Percival nada disse do que trazia no coração, pois era naturalmente muito reservado, portanto nada dizia impulsivamente.

Mas depois de fartarem-se de comer e beber, Sir Percival falou para Sir Percides do que trazia no pensamento, dizendo assim:

– Caro amigo, me disseste uma vez que, quando estivesse pronto para te fazer um certo pedido, que eu viesse até aqui e que me dirias quem é a dama cujo anel eu trago no dedo e onde a encontrarei. Pois bem, creio que agora sou muito mais digno de ser seu cavaleiro do que era quando a conheci, por essa razão venho agora pedir-te que cumpras tua promessa. Agora, imploro que me digas: quem é essa dama e onde vive?

Então Sir Percides disse:

– Amigo, contarei o que me pedes. Em primeiro lugar, a dama é minha própria irmã, chamada Yvete, e ela é filha do Rei Pescador. Em segundo lugar, poderás encontrá-la no castelo de meu pai, que fica na costa, a oeste daqui. Não terás qualquer dificuldade em

Sir Percides revela a Sir Percival quem ele é

---

149. Tal afirmação – a Mulher precedendo o Rei em situação de vassalagem cavaleiresca – só se justifica nesse ambiente de *cortesia* amorosa recriado muito livremente por Howard Pyle... Mesmo que o cavaleiro esteja preso aos deveres da Ordem e que eles incluam os serviços à dama (ver nota 10) ou a mulheres indefesas, é ao rei ou ao senhor feudal que ele, em primeiro lugar, deve obediência como vassalo.

encontrar esse castelo, pois o alcançarás facilmente perguntando a qualquer um que encontrares pelo caminho nessa região. Todavia, faz dois anos que não vejo nem meu pai nem minha irmã, portanto não sei como estão.

Então Sir Percival foi até Sir Percides, abraçou-o e beijou-lhe o rosto, dizendo:

– Se conseguir a doce estima daquela dama, nada me faria mais feliz do que saber que és irmão dela, pois a verdade é que trago uma enorme afeição por ti.

Aquilo fez Sir Percides rir de alegria. E ele disse:

– Percival, não me dirás de que família vens?

Percival disse:

– Direi o que queres saber: meu pai era o Rei Pellinore, que foi um cavaleiro muito bom e nobre da corte do Rei Arthur e da Távola Redonda.

Então Sir Percides gritou de espanto, dizendo:

– Isso é maravilhoso! Quem dera saber disso antes, pois minha mãe e a tua eram irmãs, filhas do mesmo pai e da mesma mãe: portanto somos primos-irmãos.

Então Sir Percival disse:

– Isso me deixa muito feliz! – e sentiu o peito encher-se de satisfação ao descobrir que Sir Percides era seu parente e que não estava mais sozinho naquele canto do mundo.

Assim Sir Percival passou dois dias com Sir Percides e depois partiu para o oeste em busca daquela aventura. Passou três dias na estrada e, na manhã do quarto dia, depois de muito perguntar, já conseguia avistar o castelo do Rei Pescador. Esse castelo ficava no topo de um penhasco e projetava-se tão alto contra

Sir Percival parte para o castelo do Rei Pescador

o céu que parecia mesmo parte do penhasco. Era um castelo muito distinto e imponente, com várias torres altas e muitas construções do lado de dentro das muralhas. A vila era toda de casinhas brancas de pescadores que se aglomeravam nos rochedos ao pé das muralhas do castelo, como pintinhos abrigados sob a asa da mãe.

Mas, imaginem só!, era a primeira vez que Percival via o mar, e ficou tomado de espanto com as enormes ondas que avançavam sobre a praia e quebravam-se contra o rochedo, lançando uma espuma branca como a neve. E ficou admirado da quantidade de aves marinhas que voavam ao redor das rochas, em bandos que escureciam o céu. Ficou também perplexo com os barcos pesqueiros que enfunavam suas velas contra o vento e vagavam pela água feito cisnes, pois jamais vira nada como aquilo antes. Ficou assim, sentado no seu cavalo, parado no alto do rochedo perto do mar, fartando-se de olhar todas aquelas coisas que lhe pareciam tão incríveis.[150]

Então, passado algum tempo, Sir Percival continuou em direção ao castelo. E ao se aproximar do castelo avistou um homem muito respeitável, com os cabelos e a barba brancos feito neve, sentado numa almofada de veludo carmesim sobre um rochedo que dava para o mar. Havia dois pajens, ricamente vestidos de preto e prata, parados atrás dele. E o ancião olhava para o mar, e Sir Percival viu que ele nem falava nem se movia. Mas, quando Sir Percival se aproximou, o ancião levantou-se e entrou no castelo, e os dois pajens recolheram a almofada de veludo carmesim e seguiram-no.

Mas Percival cavalgou até o castelo e viu que a entrada estava desimpedida, portanto entrou a cavalo no pátio do castelo. E quando chegou ao pátio, logo apareceram dois atendentes e tomaram seu cavalo e ajudaram-no a apear, mas nenhum deles dizia nada, permaneciam quietos como se fossem mudos.

Então, Percival entrou no salão e lá viu o mesmo ancião que antes vira, e o ancião estava sentado numa grande cadeira entalhada ao lado de uma lareira feita de grossas toras de madeira. E Sir Percival viu que os olhos do ancião estavam vermelhos, e lágrimas corriam pelas suas faces. E Percival ficou constrangido de ver tanta tristeza no seu semblante. Contudo, foi até o ancião e saudou-o com grande reverência, e disse:

Sir Percival encontra o Rei Pescador

– Por acaso o senhor é o Rei Pescador?

E o ancião respondeu:

– Sim, pois sou pescador e pecador.

Então Sir Percival disse:

– Milorde, trago saudações de seu filho, Sir Percides, que é um caro amigo meu. Também lhe trago minhas próprias saudações: sou Percival, filho do Rei Pellinore, e sua Rainha e minha mãe são irmãs. Vim também cumprir uma promessa pois, veja, eis aqui o anel de sua filha Yvete, a quem jurei ser leal cavaleiro. Portanto, agora que conquistei considerável renome no mundo da cavalaria, vim pedir a gentileza de ela devolver-me meu anel, que ela colocou no próprio dedo, e eu então hei de devolver-lhe o seu.

O Rei Pescador começou a chorar profusamente e disse:

---

150. Mais uma cena descritiva em que Howard Pyle dá vazão às suas indisfarçáveis inclinações de pintor e ilustrador: Percival adota a mesma atitude contemplativa de Tristão, acrescida do fato de ser a primeira vez que vê o mar, como um neófito criado longe do mundo. Experiência quase iniciática.

– Percival, tua fama chegou até a este lugar retirado, pois todos falam de ti com grande entusiasmo. Mas, quanto à minha filha Yvete, se me acompanhares, vou levar-te até ela.

Assim, o Rei Pescador levantou-se e saiu e Sir Percival seguiu-o. E o Rei Pescador levou Sir Percival até uma torre e subiu com ele uma longa escadaria em caracol, e no topo da escadaria havia uma porta. O Rei Pescador abriu a porta e Sir Percival entrou no aposento.

As janelas desse aposento estavam abertas, e um vento frio entrava, vindo do mar. No meio do quarto havia um leito coberto de veludo negro, e Lady Yvete estava deitada sobre o leito mas – ora! – seu rosto parecia de cera de tão pálido, e ela não se movia nem falava, apenas jazia ali, imóvel. Estava morta.

Sete velas ardiam na sua cabeceira, e sete outras a seus pés, e as chamas das velas espalhavam-se e dançavam no vento frio que soprava. E os seus cabelos (negros como as penas do corvo que Sir Percival vira espalhadas sobre a neve) oscilavam como fios de seda negros quando o vento batia neles vindo da janela – só que Lady Yvete não se movia, mas continuava como uma estátua de mármore, toda vestida de branco.

De início, Sir Percival ficou parado na porta, como se tivesse se transformado em pedra. Depois aproximou-se e ficou ao lado do leito, apertou as mãos com força e olhou para Lady Yvete ali deitada. Assim ficou por um longo tempo e não sabia por que se sentia como se tivesse se transformado em pedra, sem sentir no coração a tristeza que esperaria sentir (mal sabia, naquele instante, que o seu espírito estava despedaçado).

Então falou à figura imóvel:

– Cara Senhora, é assim que a encontro depois de todo esse longo empenho meu? Quem sabe, lá do Paraíso, vê tudo o que conquistei em seu nome? Será minha dama para sempre, até o fim dos meus dias não terei outra que não a senhora. Por isto dou-lhe seu anel de volta e tomo o meu de volta também – e assim falando, ergueu a mão (tão fria feito a neve) e retirou seu anel do dedo dela e ali colocou seu anel de volta.

Então o Rei Pescador disse:

– Percival, não tens lágrimas?

E Percival disse:

– Não, nenhuma – em seguida virou-se e saiu, e o Rei Pescador acompanhou-o.

Ficou ali por mais três dias, e o Rei Pescador e sua Rainha, e os dois filhos pequenos que viviam ali com eles, tiveram-lhe muita pena e choraram muito. Mas Sir Percival mal falou e não chorou.

Agora contarei da incrível visão que Sir Percival teve no dia de Natal.[151]

No terceiro dia, que vinha a ser o dia de Natal, aconteceu de Sir Percival estar sozinho no salão do castelo, meditando sobre a enorme tristeza que sentia. E enquanto assim estava, aconteceu-lhe uma coisa muito incrível: de repente, viu dois jovens entrarem no salão. E seus rostos reluziam com uma claridade imensa, e seus cabelos brilhavam feito ouro, e suas vestes eram reluzentes e brilhantes como ouro. Um dos jovens trazia na mão uma lança descomunal, e sangue pingava da ponta da lança. O outro jovem trazia na mão um cálice de puro ouro, de aspecto maravilhoso, e trazia o cálice num lenço de fina cambraia.

Sir Percival vê o Santo Graal

Então, de início, Sir Percival achou que aquela era uma visão causada pela tristeza profunda que enchia seu coração e teve medo. Mas o jovem que segurava o cálice falou numa voz extraordinariamente alta e clara. E disse:

– Percival! Percival! Não te assustes! O que vês é o Santo Graal e esta é a Lança da Tristeza. O que é tua tristeza na presença destas coisas sagradas? Elas representam tanta tristeza e sofrimento que foram abençoadas! Portanto, Percival, deixa que tua tristeza santifique tua vida em vez de amargurá-la. Foi assim que esta taça amarga foi santificada pela grande tristeza que ela continha.

Percival disse:

– O que vejo é real ou uma visão?

O que trazia o cálice disse:

– É real.

E o que trazia a lança disse:

– É real.

Então o coração de Sir Percival ficou inundado de enorme alívio e paz, que o acompanharam até o dia da sua morte.

Em seguida, os que traziam o Santo Graal e a Lança saíram do salão, e Sir Percival ajoelhou-se ali por algum tempo depois da sua partida e rezou com grande devoção, sentindo-se satisfeito e confortado.

Aquela foi a primeira vez que um dos cavaleiros da Távola Redonda do Rei Arthur viu aquele cálice sagrado, algo que só Sir Percival e outros dois cavaleiros[152] conseguiram depois disso.

---

151. Assim como procedeu em relação à história de Lancelot (ver nota 21), Howard Pyle escolheu da história de Percival o que lhe pareceu atender a um enredo amoroso (ver nota 123). Portanto, nesta sequência adiante, resolveu resumir e adiar para serem contadas "algum dia", como ele diz no epílogo, as relações de Percival com o Graal – ou seja, a narrativa que tornou célebre a personagem, na criação insuperável de Chrétien de Troyes.

152. Referência a Galahad e a Boorz de Gaunes.

Portanto, quando Sir Percival saiu daquele salão, todos os que o viam se espantaram com a paz e a calma que pareciam emanar dele. Mas ele nada disse da visão milagrosa que acabara de ter: embora conste desta história, naquele momento ainda não se sabia nada disso.

Então Sir Percival disse para o Rei Pescador, seu tio, e para sua tia e seus filhos:

– Caros amigos, chegou minha hora de partir, pois devo ir imediatamente para a corte do Rei Arthur, obedecendo à sua ordem e também para apresentar-me ao meu irmão, Sir Lamorack.

Sir Percival parte para a corte

Assim, naquele mesmo dia, Sir Percival seguiu para Camelot, onde a corte do Rei Arthur estava reunida com grande pompa. E Sir Percival chegou a Camelot quatro dias depois, ainda durante os festejos de Natal.

Pois bem, o Rei Arthur estava em pleno banquete, acompanhado de cento e vinte pessoas de nobre estirpe. E o coração do Rei estava cheio de alegria e júbilo. Então, no meio da harmonia daqueles festejos, de repente entrou no salão um mensageiro. Ao vê-lo, o Rei Arthur perguntou:

– Que mensagem trazes?

Ao que o mensageiro disse:

– Senhor, há alguém aqui pedindo permissão para entrar que o deixará muito feliz de o ver.

O Rei disse:

– Quem é?

E o mensageiro disse:

– Ele disse que seu nome é Percival.

Ao ouvir aquilo, o Rei Arthur levantou-se e todos levantaram-se também e começou uma algazarra, pois a fama de Sir Percival tinha crescido muito desde que partira para suas aventuras. Portanto, o Rei Arthur e os outros logo saíram para recebê-lo.

Então a porta se abriu e Sir Percival entrou, com o rosto brilhando de paz e simpatia, e um aspecto muito galante.

O Rei Arthur disse:

– És Percival?

E Percival disse:

– Sim.

Sir Percival é recebido com alegria

Em seguida, o Rei Arthur segurou a cabeça de Sir Percival nas mãos e beijou-o na testa. E Sir Percival beijou a mão do Rei Arthur e beijou o anel real no dedo do Rei, e naquele momento tornou-se um verdadeiro cavaleiro, vassalo do Rei Arthur.

Então Sir Percival disse:

– Senhor, peço sua permissão para falar.

E o Rei Arthur disse:

– Podes falar.

Sir Percival falou:

– Onde está Sir Lamorack?

E o Rei Arthur falou:

– Está ali.

Quando Sir Percival viu que Sir Lamorack estava junto com os outros, foi até lá e ajoelhou-se aos seus pés. Sir Lamorack ficou muito espantado, e disse:

– Por que te ajoelhas aos meus pés, Percival?

E Sir Percival disse:

– Reconheces este anel?

Então Sir Lamorack reconheceu o anel de seu pai e exclamou bem alto:

– É o anel do meu pai! Onde o encontraste?

Percival disse:

– Nossa mãe deu-o a mim, pois sou teu irmão.

Sir Percival revela-se a Sir Lamorack

Ao ouvir aquilo Sir Lamorack soltou um grito cheio de emoção e abraçou Sir Percival, beijando-o muitas vezes no rosto. O amor e a emoção que sentia eram tão fortes, que ninguém que estava em volta conseguiu conter-se e caíram todos em prantos com aquela cena.

Então, depois de algum tempo o Rei Arthur disse:

– Percival, vem comigo, tenho algo que gostaria de mostrar-te.

Assim, o Rei Arthur, Sir Lamorack, Sir Percival e muitos outros foram até a tenda onde ficava a Távola Redonda, e lá o Rei Arthur mostrou a Sir Percival o assento que ficava logo à direita do Assento Perigoso.[153]

Percival é feito Cavaleiro da Távola Redonda

E atrás desse assento havia um nome escrito em letras douradas. E o nome era o seguinte:

PERCIVAL DE GALES

Então, o Rei Arthur falou:

---

153. Lugar da Távola Redonda reservado ao "cavaleiro escolhido" (no caso, Galahad), ao lado de Sir Lancelot. Qualquer um que se atrevesse a ocupá-lo receberia castigo imediato, como aconteceu com Brumante, o Orgulhoso, reduzido a cinzas.

– Veja, Sir Percival, este é teu assento, pois quatro dias atrás este nome surgiu de repente, miraculosamente, onde aí o vês.[154] O assento é teu, portanto.

Então Sir Percival viu que aquele nome surgira no mesmo instante em que o Santo Graal aparecera-lhe no castelo do Rei Pescador, e com isso foi tomado de imenso amor e saudade de Lady Yvete. A força daquele sentimento era tanta, que parecia uma imensa alegria. E ele pensou consigo mesmo: "Se a minha dama pudesse ver isso, como teria ficado orgulhosa! Mas com certeza, lá do Paraíso, ela agora vê tudo o que fazemos." E ergueu os olhos, como que para olhá-la, mas ela não estava lá, e tudo o que viu foi o teto da tenda.

Contudo, permaneceu calado e nada disse a ninguém daqueles pensamentos que o perturbavam.

COM ISTO CONCLUO por ora as aventuras de Sir Percival, dizendo só mais o seguinte: que depois disso, logo que puderam, ele e Sir Lamorack subiram a serra onde a mãe deles morava e trouxeram-na de volta para o convívio dos homens, e ela foi recebida na corte do Rei Arthur com grandes honrarias e reverência até que, depois de algum tempo, entrou para um convento e tornou-se freira.

Também é preciso contar que Sir Percival viveu, como jurara, como um cavaleiro virgem a vida toda.[155] Jamais cortejou qualquer outra dama dali por diante, e manteve sempre guardada na sua mente a imagem da sua querida dama que o esperava no Paraíso, até o momento que Deus escolhesse para que ele se unisse a ela.

MAS NÃO PENSEM QUE SÓ resta isso para contar sobre aquele cavaleiro nobre, gentil e valoroso cuja história vimos acompanhando. Depois desses últimos acontecimentos, ele realizou vários feitos gloriosos para enorme honra de sua condição de cavaleiro e colecionou tantas aventuras notáveis que o mundo falava dele quase tanto quanto de Sir Lancelot do Lago, que era o mais admirado de todos. Havia mesmo muitos que duvidavam se Sir Lancelot era ainda melhor

---

154. De igual modo, "miraculosamente", surgiu o nome de Tristão na Távola (ver nota 84), o que confirma a excelência desses cavaleiros "escolhidos" (por Merlin, diz a lenda) para compor a gloriosa corte arturiana.

155. *Virgem* só Galahad permaneceu, por isso foi o único a ver o Graal; Percival guardou sua *castidade* depois de ceder a uma tentação demoníaca, na *Demanda do Santo Graal* (ver, ali, o capítulo "Tentaçam de Persival").

cavaleiro do que Sir Percival. E, embora muitos admitissem que Sir Lancelot tinha maior destreza, Sir Percival com certeza tinha o coração mais puro e a alma mais transparente.

Portanto um dia, se Deus quiser, ainda hei de contar mais histórias de Sir Percival, pois ainda tenho muito a escrever sobre como obteve o Santo Graal, o mesmo que lhe aparecera numa visão no castelo do Rei Pescador, como já foi dito.

Mas, por ora, chega destas aventuras e até logo.

Conclusão

Assim terminam as histórias de cada um desses três cavaleiros-campeões tão nobres, valorosos e excepcionais: Sir Lancelot do Lago, Sir Tristão de Lyonesse e Sir Percival de Gales.

Espero que tenham se deleitado em pensar sobre a vida deles e os seus feitos, tanto quanto eu. Pois, enquanto escrevia e pensava sobre o comportamento deles, pareceu-me que eram o melhor exemplo a ser seguido por qualquer um que queira progredir na vida, neste mundo cheio de enganos a consertar.

Mas embora eu tenha contado tanto, como já disse, ainda sobram muitas coisas a contar sobre Sir Lancelot e Sir Percival cuja leitura pode agradar. Elas serão contadas em outro livro, num outro momento, com todos os detalhes que essas histórias demandarem.

CRONOLOGIA: VIDA E OBRA DE HOWARD PYLE

1853 | 5 mar: Nasce Howard Pyle, primeiro filho do casal Margareth e William Pyle, na pequena Wilmington, Delaware, Estados Unidos.

1869-72: Pyle aprende técnicas e conceitos básicos de ilustração em aulas particulares com o artista Franz van der Weilen, na Filadélfia. Foi este o único treinamento formal em arte que ele teve.

1876 | out: Muda-se para Nova York, onde passa a colaborar com revistas conceituadas, tais como *Scribner's Monthly*, *Harper's Weekly*, *Harper's New Monthly Magazine* e *St. Nicholas*, tanto com suas histórias e versos quanto com suas ilustrações.

1877: Ingressa na Art Students League, em Nova York.

1879: Retorna a Wilmington, tendo acertado com a *Harper's* que a colaboração não seria interrompida.

1881: Casa-se com Anne Poole, com quem viria a ter sete filhos.

1883: Publica *As aventuras de Robin Hood*, primeiro livro escrito e ilustrado por ele e considerado por muitos o mais belo exemplo de seu duplo talento, como autor e ilustrador. Foram tantas as edições que as pranchas de impressão se desgastaram quase por completo, e novas tiveram que ser feitas a partir dos desenhos originais.

1886: Publica *Pimenta & Sal*, coletânea de histórias originalmente publicadas na *Harper's Young People*.

1888: Publica *Otto da Mão de Prata*, romance histórico para crianças.

1889: Visita a Jamaica com a esposa, visando a conferir mais autenticidade a suas bem-sucedidas histórias de piratas.

1894: Começa a ministrar aulas de ilustração no Drexel Institute of Arts and Sciences, na Filadélfia.

1895: Publica o longo conto de fadas *O jardim atrás da lua*.

1900: Funda a Howard Pyle School of Art, em sua cidade natal. A primeira turma, selecionada com rigor entre centenas de candidatos, tinha apenas doze alunos. Foram muitos os ilustradores de renome que passaram pela escola de Pyle, entre eles Maxfield Parrish, Jessie Willcox Smith, Violet Oakley e Walter Everett.

1903-10: Publica sua obra-prima sobre a temática da Idade Média, os quatro volumes do ciclo arturiano: *Rei Arthur e os cavaleiros da Távola Redonda* (1903), *Três grandes cavaleiros da Távola Redonda* (1905), *A história de Sir Lancelot e seus companheiros* (1907) e *A história do Graal e a morte de Arthur* (1910).

1905: Volta seu interesse para a pintura mural.

1906: Conclui o mural *The Battle of Nashville*, no Palácio do Governo de Minnesota.

1910: Inicia viagem pela Itália para aprimorar suas técnicas de pintura.

1911 | 9 nov: Tendo passado por Roma, Siena e Gênova, morre em Florença, em decorrência de uma grave infecção renal.

A marca FSC® é a garantia de que a madeira utilizada na fabricação
do papel deste livro provém de florestas que foram gerenciadas de maneira
ambientalmente correta, socialmente justa e economicamente viável,
além de outras fontes de origem controlada.

Este livro foi composto por Mari Taboada em URW Alcuin e Kingfisher 10/15
e impresso em papel offwhite 80g/m² e couché matte 150g/m²
por Geográfica Editora em março de 2018.